ボウエン・コレクション

リトル・ガールズ

Elizabeth Bowen
The Little Girls

エリザベス・ボウエン　太田良子 訳

国書刊行会

リトル・ガールズ　目次

○主な登場人物

ミセス・ドラクロワ……旧姓ダイアナ・ピゴット、愛称ダイシー、ダイナ
ミセス・アートワース……旧姓シーラ・ビーカー、愛称シーキー
クレア・バーキン-ジョーンズ……愛称マンボ

フランク・ウィルキンス少佐……ダイナの友人
ミセス・コラル……ダイナの隣人
フランシス……ダイナの引き取った孤児、ハウス・ボーイ
トレヴァー・アートワース……シーラの夫

ミセス・ピゴット……ダイナの母
ローランド……ダイナの祖母の従兄
バーキン-ジョーンズ少佐……クレアの父

ミス・アーディンフェイ……セント・アガサ校の創立者、学校長
ハーマイオニ・ボレット……セント・アガサ校の上級生
オーブリー・アートワース……トレヴァーの兄
オリーヴ・ポコック……誕生会の主役

ローランド……ダイナの長男
ウィリアム……ダイナの次男
エマ……ダイナの孫娘
パメラ……ダイナの孫娘
コラリー……ミセス・コラルの孫娘

カンバーランド州
（現カンブリア州）
リーズ
ダブリン
ロンドン
ハーン・ベイ
ブリストル
ケント州
サマセット州
デヴォン州
フォークストン
（サウストンのモデル）

装幀　名久井直子

装画　勝本みつる

'living things / life' 2004

リトル・ガールズ

アーシュラ・ヴァーノンに

第一部

1

男が一人、岩肌に刻まれた階段を降りてきた。生まれつき俊敏だったが、いつにない用心をして階段をくだり、一歩ずつまず確かめてから、とりわけしっかりと足を踏みおろしている。それもそのはず——階段は、いつとも知れぬ頃に素人が切り出したのか、二つとして同じものはなく、今夕は雨が降ったあとでよけいに滑りやすくなっていた。そのうえ彼はわき腹に付けてバランスを取りながら、雑多な物が上まで詰まった蓋のない白いダンボールの箱を抱えていた。

彼がたどり着いたのは、熊の穴《ベアー・ピット》の床みたいな地面だった。つまり、一段低く窪んだ円形の広場で、昔ながらの動物園で飼育している熊を見せ物にするような場所に似ていた。ともあれ、大きくて深い穴だった。真ん中に支柱はなく、鉄柵もなかったが、穴の周囲はつる植物のつると重たく生い茂った薔薇に覆われていた。階段を上がった所にはダリアの花が咲いていた。でこぼこした床の突き当たり、階段の向かい側には、浅い洞窟というか深い窪みがあり——もしかしたらこれは装飾が施されていない岩屋《グロット》だろうか？——、いまは裏に丸いループがついた防水布のカーテンが入り口を仕切っていた。中には架台が数台あり、その上に板が渡してあった。そして一人の女が、今していることに集中し、ほとんど忘我の境にあるような後ろ姿を見せて、板のテーブルの上に置かれた品々を手に取っていた。メモ帳が洞窟に入るわずかな日光を集めていて、彼女はそれに短くちびた鉛筆でときどき何か書き込んでいる。男の物音が聞こえなかったのか、彼がエスパドリーユ底の靴を履いていたからか、とにかく彼女は振り返らなかった。

彼が言った。「やっと着いた」

「ああ、あなたね」と彼女は応じて、彼の言葉をそのまま受けた。

「はかどってる?」

彼女は、今度は返事をする代わりに自分で出てきて彼に会い、額にかかった髪の毛を手首で押し上げた。セーターの袖を肘の上までまくり上げている。スラックスのポケットからは男物のハンカチがはみ出していて、どうやらハタキがわりに使ったらしい。彼と同じ造りの靴だったので、彼女も音を立てずに動き、近づいてくる途中で煙草に火を点けた。自分の箱を見てもらおうと、フランク・ウィルキンスは箱をかすかに鳴らしてみた。これが効いた。彼女の顔がパッと明るくなった。「あら、持ってきてくれたのね!」彼女は叫んだ。

「僕が何をしに行ったと思ったんだい?」

「一緒に見ましょう!」彼女は箱につかみかかった。

「危ない!」彼はそう言って、箱を支えた。「ほとんど丸一日取られたよ、これだけ集めるのに。ずいぶん内省的な気持にさせられた」

「電話のことが頭から離れた?」

「うん——まあね」

「よかった」

彼らは仲良く一緒に洞窟に入り、さっきのテーブルの上にスペースを作って彼の箱を置いた。すでに出されていた品々を見た彼は、批判する気はないにしろ、熱意はあまり湧かなかった。「僕の目には、まるで同じに見えますがね」

「前と同じということ、それともどれもが同じに見えるの?」

「どれもが同じに見えるね、前のときとまるで同じじゃないか。その後新しい物は何もないんでしょ?」

「一包み届いたけど、あなたに見分けがつかなくても、私は別に驚かないわ。これは本当に異様なことよ、そうでしょ、フランク? どうやら実は、人間はみな同じなんだわ、奥の奥まで突き詰めると。だから多様性なんて、ほんの上っ面だけのことなんだという感じがする。その気になって考えてみて、何が驚きだったかというと——」しかし彼女は、いつもの癖で、いったん言葉を切った。もう一度煙草をふかしてから、下に落とし、足で踏んだ。「でも、ほら」新たに意気込んで彼女は叫んだ。「いまカタログを作っていたのよ、何が誰の物か忘れないうちに。いったん忘れたら最後、私にはほとんど区別がつかないから——そう、誰だって無理よ」

「君はそうとう当てにしているんだね、後世の人が辻褄を合わせてくれるものと——!」

彼女はほほ笑むだけで、あとは聞き流した。一度述べられたあとも、主義としてときどき繰り返したくなる感想があるものだ。フランクが述べた感想がそれに該当するものだった。「よかれ悪しかれ」、彼女が続けた。「いままでカタログなんて作ったことなかったの。でもこれがどうやらそれらしきものになりそうよ――そう思わない?」彼女は書きとめたメモ帳を長さいっぱいに腕を伸ばして示し、誉めてもらうつもりだった。彼はその意味を図りかねているようだった。「もう、厭な人ね」、彼女は不服だった。「ちゃんと眼鏡をかけなさいってば!」(彼はなかなか眼鏡をかけようとしないことで知られていたが、とにかく嫌がっていた。)彼が反論した。「僕らが光をさえぎっているんです」

彼らがさえぎっていた。上背のある二人は、入り口を背にしていたので、テーブルを影にしているだけでなく、洞窟そのものを暗くしていた――外部の光が遮断され、もっともここまで下に降りてくると、一日のうちの大半は光も弱くなっていた。ほんの正午前後にだけ、太陽が洞穴の丸い床をじかに射した。もうあと一時間かそこらで日没だった――暴風雨のあととあって、晴れわたって鮮やかな、長く延びた光線が頭上にある庭に降り注ぎ、濡れたものを輝かせ、九月のダリアと薔薇を燃え上がらせていた。しかし下のここでは、時間はどこか別の時間だった――奇妙なことに、おそらく時間はどこにもなかった。

「どうしてランプか何かを装備しないの?」彼は不思議でならなかった。「わからないのかい、ダイナ、日が短くなってくるんだ」

「あなた、もうとっくに短くなってるわ!」彼女は皮製の上着を拾い上げ、彼に手伝ってもらって両肩に羽織った。それからフランクは、視力のほどはさておき、自分が持ってきた箱を掘り起こしてみないではいられなかった――できるだけ面白くなさそうに。彫刻をほどこした鯨骨製の扇子が上から滑り落ちた。ダイナがさっと手に取り、開いてみて、光のほうに向けた。「これは駄目」彼女が悲しげに宣言した。「百年以上前の時代物《アンティーク》だから!」

「僕の祖母のものだったんだ」

「でもねフランク、ダーリン――先祖は駄目って、私たちで決めたでしょ！」

「当然そう思ったんだが、実は僕がずっと持っていたから――」

「思い入れがある、のね？」彼女はやや期待して訊いた。

「それだけじゃなくて、祖母の何かが僕の中にあるような気がときどきするんだ――そう、彼女の話を聞いてみると。共通性とでもいうのかな。でも、誤解しないで、僕は祖母に会ったことは一度もない。祖母は若死にしたからね」

「少なくともあなたは若死にはしてないわね」

「容貌のほうが、もっとね――たぶん」

「あら、じゃあ美人だったのね、お祖母さまは？」

フランクは口を開きかけて、横目でダイナを見た。彼女があまりにも素気ない顔をしているので、彼は彼女が意地悪《メシャント》をしているに違いないと判断した。彼はいきなり腹を立てた。「君はこの全体を笑いものにする気なんだね、この箱のことを？　処分品だと――そう見てるわけだね？」彼は大声を出し、彼の箱にさわろうとした彼女の手を途中で押しとどめ、空中で手首をつかんで逮捕した。彼女は相手の気がすむのを待ってから、そっと引いて手首を解放してから言った。「いいえ、私たちで決めたとおりにしているだけよ――後世の人の手がかりになるものよ。さもないと、解けないわよ」

「それは君の言い分だ。しかし――」

「ほかの人は誰も」、彼女は悲しそうな声を出した。「そんなに騒いだりしないけど」

「僕はほかの人じゃありません！」

「ああ、違うわ。ええ、違います」

「僕は別でしょう?」彼は言い張った。

「違います、って言ってるでしょう。みんなは理念を理解してくれているわ」

「へえ、そうなの?」

「ほんとに暗くなる前に、あなたの箱の中身を出したほうがよくない?」

というわけで彼らは仕事に取りかかり、薄れゆく日光と競り合った——黙々と働いていると、上で咳をする音が一度聞こえた。短くていわくありげな咳だった。二度目はなかった。ダイナが言った。「あれは絶対にミセス・コラルよ」彼らは一列になって洞窟を出て、そろって上を見上げた。

ミセス・コラルはレインコート《マッキントッシュ》に身を包み、雨に濡れたダリアに囲まれたまま、彼らを見下ろして立っていた。誠実さの権化のように、彼女はつねに柱のように直立不動だった。幅広の骨格をした顔についた大きな目と、丈夫そうで愛想のない顔の造作は、教会の外に立っているサクソン人の彫像のようだった。頭にかぶった子供じみた帽子は、ひさしが上に全部巻き上げられている。信念を曲げないところは十四歳、見た目は典型的な四十歳だったが、実は四十歳を過ぎていた。村の反対側にある石造りの二戸建て《セミ・デタッチト》式の平屋に住み、近くにある農業研修所の学生(通常は外国人学生)を預かっていた。雑誌が入ったプラスチックのメッシュの袋を手に持って、彼女はもう一歩前に出て洞窟のへりまで前進した。「今晩は、ミセス・ドラクロワ。お忙しそうね?」

「どうぞ中へ、ミセス・コラル!——ねえ、降りてらっしゃいよ!」

「母の会のことで参りましたのよ」

「ウィルキンス少佐はご存じね?」

ミセス・コラルはフランクを見つめ、そして言った、「今晩は」。彼女の視線がいかにも率直で期待に満ち、同時に寛大であることを考えると（彼女は男も女も子供もみんな同じ目で見た）、自分の目が見たものからほとんど何も読み取らないのは不思議だった。一度に一つのことしか心になく、それが、少なくとも本人には、つねに変わらず重要だった。おまけにそれがすぐおもてに出てきた。彼女はわかりにくい人ではなかった。「あなたの雑誌をお持ちしたのよ」彼女はそう言って、誘惑するようにメッシュの袋を持ち上げてみせた。「で、で、申し訳ないけど、購読料がまだなんです」

「いつものことね——いかほど?」

ミセス・コラルはそれを告げて、さらに説明した。「あなたはちょっと遅れてますの」

「すみません」ダイナはうめいた。

「期限が過ぎるままにしておくのもよくないと感じたし、あなたも期限が過ぎるのはお好きじゃないと思ったし、この前の会合でお見かけしなかったので、先日お宅に伺ったら、ロンドンにお出かけだったもので」

「まあ、たいへんなご足労だったのね!　でもいまは、お金は財布を家に置いてきちゃったから。——もしかしてあなた……?」とダイナは叫び、とっさにひらめいて懇願するようにフランクのほうを見た。彼は眉と眉をぐっと寄せたが、片方の手はポケットに突っ込んでいる。『ミセス・コラルをお待たせするよりいいと思って」そう解説しながらダイナは彼の手のひらから必要な銀貨をつまみ上げた。ミセス・コラルは上からそれを眺め、中立を保ちながら、ともあれ機嫌はよかった。紳士は小銭を吐き出すのが自然なこと、ということか。

上からミセス・コラルが見ていたのは、やや寸詰まりに見える年齢不詳の二人の不良で、その飾らない美しさは、彼らの臆面のなさ、というか、騙し合いのうちでは、もっともおとなしいものだった。「時間」を騙しているのだった。彼らくらいの年齢になると、この二人がいまなお持っているような外観を持つ権利のある人はいないと言えただろう。彼ら二人のこの外観が、そもそも二人を結び付けた共通要因だったのかもしれない。外観が衰えてしまってドアの後ろに隠れた人たちのことはよく耳にする。しかし、たまたまドアの後ろかどこかにいて、また顔を見せてと言われる人たちはどうなのか？　この二人は、なぜか、自然が与えた期間限定の証文をまだ返却していなかった。あるいは回収係が仕事を忘れたのか？　彼らはこのお目こぼしの恩恵に浴していた。お互いにからかったり冷やかしたりすることが二人に調和をもたらし、敵対心はなく、それが習い性となっていた。背が高くて足が長く、今宵の二人は着ているものまで偶然そっくりだった。彼の黄色い弾力性のある髪の毛と素晴らしい口ひげは、夏を何度も過ごすうちに、白髪になったというよりは明るくなって、表情にいっそうの輝きを添えていた――もともと風変わりな、よく動く、ときに野性的にもなる表情だった。彼女は髪を断髪にしており、少女の髪のようにさらさらしていて、金髪が濃くなって年代物のマーマレードの色になっていた。顔色は青白いというよりは色白だった。彼らはお金のことでしばらく話し合った。その間、ミセス・コラルは二人のことを放っておいた。

合計金額を手に、ダイナは事務的な様子で階段のほうに向かった。

「ではあなたに雑誌をお渡ししないと」ミセス・コラルは宣言した。「そして私があなたに領収書を書きませんと。それにはテーブルがないと、はい。あれがそうかしら、下にあるのが？」彼女はマッキントッシュをたくし上げると、下り坂を見据えた。「ここには鶏が飼われていたんですよ、私が子供だった頃は。狐は一匹たりとも、この階段を降りてこなかったのよ――狐は面白かったわ。時代は変わるのね」彼女は感想を述べつつ降りていった。「サボテンたち《カクタシズ》でも始めるの？」彼女は下に近づくと袋から雑誌を引っ張り出した。

「サボテンたちじゃないけど、何かを始めるところなの」

「あなたがここに降りているだろうって聞いたものですから、どこかにいるとすれば」

フランクはホストになって彼女に訊いた。「この洞窟の歴史について何かご存じですか？」

「ただ一つですね、ウィルキンス少佐、私が聞いたのはこれが有史以前だということですの」ミセス・コラルは洞窟の中を覗き込んだ、何の感動もなく。「いまから雑貨品のバザーでもなさるの、あなた方は？」

フランクは天を仰ぎ、喉を鳴らして笑った。

「ウィルキンス少佐はあなたのことを笑ってるんじゃなくて、私のことを笑ってるのよ」ダイナは一息ついて、彼のほうをぎゅっと睨んだ。ミセス・コラルはもう一度テーブルを見た。

「なるほど、小型のミュージアムね。失礼しました。でも気をつけないと、こんなに遅くまでここで働くなんて、とくにリュウマチの傾向なんかおありになるよ。この手の岩は汗をかくんですよ。いつもそうなの」

「僕だっていつも彼女にそう言ってるのに！」

「何よりもまず、展示品にカビが出てお困りでないといいけど」

ダイナは、その意見を聞いて、くしゃみを半分こらえ、ポケットからはみだしているハンカチを引っつかんで鼻を叩いた。「そのうち密封しますから。封印するつもりなの」

「まあ、それでは、一般公開するミュージアムではないのね？」

「ミュージアムじゃないのよ――そんなものじゃないの。よろしかったら何とかご説明しますけど。これは誰か遠い未来の人が偶然見つけるためなの、その頃には私たちの――たとえばあなたも私もよ――身の回りのものは、これがなかったら知られることはないわけ。ここにこうして色々と置いておき、そこから論理的に推論してもらうの。もうその頃には、数百年、いえきっと数千年も経っているから、考えてみて、この発見でいかにすべてがくつがえるか！　想像してみて、これが書き換えを迫るかもしれない理論の数々を！」

「まあ、そうなの」ミセス・コラルは同意した。「そういうこともあるでしょうね。――どの理論のことをおっしゃってるのかしら、ミセス・ドラクロワ？」

「何だっていいのよ、どんなことでも私たちに関する理論なら。だって、新聞がどんなに大騒ぎをしているとか、たまたま出てきたガラクタのことで――みすぼらしいビーズが一つ二つ見つかったとか、陶器の破片が出土したとか言って！　恐ろしく博学な理論がそれらを根拠にして書かれるのよ。それにむろん矢じりとか短剣とか、陥没した頭蓋骨もあるし。でもそれでは喧嘩腰の不機嫌な人生しか提供しないから、すでに消滅した人種にとって不公平な理論を生み出すことになると思うの。だから私は先を見越して、我々が消滅した人種になったときのことを考えているのよ」

「あら、私は一度もそんなこと」とミセス・コラル。

「まあ、そうね。でもいま私たち、やっと核心部分にきたわ！　あなたのお気持は知らないけど、ミセス・コラル、私の想像どおりになると思うの――でもあなたはそれでいいんですか、自分たちはもう消滅したのだから、せいぜい人種の一つと見なされるだけで――みんなが、つまり、一つのお団子みたいに固まっているだけでいいんですか？　私は思うの、我々はそれぞれが人格として見なされる値打ちがあると。あなたはあなた、ウィルキンス少佐はウィルキンス少佐、私は私としてね。そのためには、いいわね、段取りをつけなくては。ああいった初期の人種はきっと考えもしなかったでしょう。あるいは、私の想像どおりだろうという気がするけれど、彼らは自分たちが消滅するなんて夢にも思っていなかったのよ。でも私たちはよほど変な人種ということよ――そうでしょ？――もしそういう考えが一度も頭に浮かばなかったとしたら」

「でも、くよくよしても始まらないわ」とミセス・コラル。

「まったく同感だわ！　でも要するに、後世の人に突破口を与えておかないといけないのよ。後世の人に手がかりをいくつか残しておかないと！」

ミセス・コラルは咳払いをした。それから言った。「後世の人が果たしているかしら」

「彼女にひと言でも聴いてもらうのは無理みたいだ！」フランクが少し離れた所から言った。彼はパイプに火をつけるために外に出て、そのまま中庭の後方におり、歩いたり立ち止まったりして、ときどき上空を見ると、ミヤマガラスが空を渡っていた。さらに念を押すように、彼はパイプを使って暗にミセス・コラルにかこつけた合図を送った。「聞く耳を持たないらしいね！」ミセス・コラルはフランクからダイナに視線を移し、ここへきて初めてまごついた様子を見せた――そこでダイナは、この訪問者のマッキントッシュの肘のところに手を添えることで、しっかりと素早く自分の聴衆を取り戻した。そして話を続けた。

「手がかりで私たちのことを再構築するのよ。表現している品物ですから。何が本当に人間を表現するか？　品物でしょう――絶対に――みんなが執着を持っている物よ。長く身に着けていた物とか、使っていた物、あるいは、もしなくしたら大騒ぎをする物とか、それがないと眠れない物とか。

だって、人は初めて人になるのよ、その人だけの燃えるような特異性があるときに――お気づきにならない、ミセス・コラル、あなたのお友だちを見れば？」

「私たちのほとんどが、自分なりのちょっとしたやり方を持っていますわね、そう言えば」

「要するに、みんなてんでに違うのよ！……少なくとも」、ダイナはそう言ったものの、かすかな落胆というか、少なからぬ不安をにじませて品物の山を見やった。「私はずっとそう言ってきました。だから、ほら、どういう考えだったかがわかるでしょ？　みなさんにお願いして（一人十二個ずつね）、普通だったら絶対に手放せないような物を出して下さるように頼みました。最初に自分の友だちから始めたのよ、むろん。だけどもっと範囲を広げたいの」

「みんな手放してくれたんですか？」

「ああ、ええ」ダイナは言ったが、また少し気が滅入った。「喜んだ人もいたと思うわ、思い切って捨てられたからよ。最初なんて、一人か二人は、何だかきまり悪そうだったわ。なかには十二個も集めるのが難しい人もいたし――何かを表現している物が、近頃はどんどん減っているのね、どこでも引っ越しばかりで、歯で噛んだ跡がついた私の銀の鉛筆みたいな物がめっきり。でもはっきり言ったわ、どうしても十二個にして下さいと、だってそれ以下だと全体像が十分に伝わらないでしょ。個性って、ものすごく複雑だから」

「何だか」、ミセス・コラルは用心深く応じた。「ずいぶんたくさん真珠のネックレスがあるのね。どれも本物じゃないんでしょ？」

「ええ、全部まがい物――でもよくご覧になって。一つはロザリオよ。それにこれもわかるでしょ、爪切りがいくつもあるのが。だけど同じ物でも、それが意味する内容は人によって違うでしょ。ほら、これなんか先が欠けてるじゃない。そこに何か意味があるのね……」疲れたのか、ダイナの声が低くなって途切れた。しかしまた元気になって、しっかりした口調で宣言した。「さぞかし目を見張るでしょうね、この洞窟には――いかが？」

「僕はただ」、フランクはミセス・コラルに向かって申し開きをした。「僕のぶんを持ってきたところでしてね。ちょっと考えたほうがいいぞ、石橋を叩いてから渡ろうと思いましてね。あそこにあるのが僕のですよ、ご興味があればですが。全体として、僕はシンプルな路線にしました。いや、僕に言わせれば」、彼はダイナに警告した。「後世の人にあまり高飛車に出るのはよくないよ。高尚すぎてもいけない」

「手のつけられないお馬鹿さんを相手にするつもりはないから」

「君はハープの上に座って雲を奏でている――これは失礼、その逆でした……。さてと」、フランクは、ミセス・コラルにこぼれるような魅力を振りまきながら、訊いた。「僕らの小さな広場を見てご満足でしたか？」

　ミセス・コラルはダイナに訊いた。「誰がここを封印するんですか？」

　この質問は、質問そのものに不釣合いな絶大な影響をおよぼした――その一瞬が長引き、さらに度合いが増していった。ダイナはまず質問者を穴のあくほど見つめ、それから目を閉じた――また目を開けたが、どの方角を見ようと、焦点が合ってはっきり見えるものは一つもなかった。動転のあまり周囲から浮いてしまい、彼女は握った拳骨でもう一方の手のひらを不規則にゆっくりと叩いた。叩くたびに捜し求め、耳を澄まし、あるいはただ呆然として、何らかの答えを待っているようだった――それは、これまでに求められたどんな答えからもかけ離れていた。洞窟に忍び寄ってきた薄暮の中で、彼女の顔が白く見えた――それも表情のことではなく、落胆の色だった。それはむしろ、神経がすり減るような興奮だった。わざわざ断るまでもなく、彼女には言葉がなかった。

「いえ、私が心配することじゃありませんが」とミセス・コラル。

「何とおっしゃいました?」

「ちょっと不思議に思ったものだから、誰がここを封印するんですか?」

我に返った立案者（我に返るのも、我を忘れた時と同じくらい素早かった）は、喜びいさんで一気に答えた。「それはもう、最後の誰かよ!」

これがもう一つの決まり文句をフランクが言うきっかけになった。「我々は例の大爆発とともに消滅するかもしれませんんよ」

「だったらその大爆発が確実に封印してくれるわ。あなたは難しいことを持ち出すのね」ダイナはフランクにこう言って、防水布のカーテンを閉じる作業に取りかかった。「つまり」、と彼女はミセス・コラルに言った。「夜の間はここを閉めておくんです――何はともあれ、すごく寒いわ。みんなで中に入って、一杯やりましょうよ。暖炉の火の前で飲みたいわ――火が焚いてあるといいけど。家に誰かいたとおっしゃったかしら?」

「あの青年が、ときどき呼び鈴に出る方がいましたよ」

「よかった。さあ行きましょう!」

「申し訳ないけど、失礼しますわ」

「あら、そんな、ぜひ、ミセス・コラル!　シェリーがあるのよ」

ミセス・コラルは、動ずる色もなくメッシュの袋を持ち上げて言った。「まだこんなに雑誌が残っていますので」

洞窟のカーテンを引き、それからまとめてくくりつける儀式のあとは、鍵を掛けるばかりだった。それが終わると持主二人はその場を離れ、庭を通ってミセス・コラルに合流した。彼らが階段を上がるにつれて、気温が上がった。地上に出ると、湿ったような花の香りが大気（それはまだ九月のというよりは、去りやらぬ八月の大気だった）に満ち、三人は蛇がくねったような小道の海綿のように水を含んだ草を踏んで屋敷まで歩いた。道は両側とも、密集した境栽《ボーダー》がはみ出していた。モーヴ色、暗褐色、それにクリーム・ピンク色のストックの八重咲きが、もっとも強い香りを放ち、もっとも重く咲き乱れていた。さらに刺激的な香りを放っていたのは、青銅色のイヌハッカ《キャット・ミント》のおびただしい群生だった。壮麗なのはグラジオラスで右や左に傾いていた——ダイナは度を越した、愛情深い、混乱した、整理の悪い庭師だった。支柱を立てたり、束にまとめたりするのは得手ではなかった。薔薇は満開のところに二度目の開花が花盛りで、無数の花びらがパンジーのクッションの上に散り敷いていた。毛糸刺繍のような花、明るい色のチョークのような花、しかも、ほぼあらゆる色の濃淡がすべてそろい、百日草も互いに負けてはいなかった。そして蛇のようにくねった歩道の道沿いは、ほかには何一つなく、ダリアだけが咲いていた。矮小種のもの、巨大なもの、紋章のような花冠を持つもの、緻密な縦溝彫りのようなもの、ビロードのようなもの、陶磁器かサテンのようなもの、あるものは黒っぽく、あるものは炎のように燃え立ち、あるものは酸のように噛み付いて、暮れゆく大地が侵食している薄暮に溶け込んでいた。

　ここは以前は果樹園だった。ねじ曲がった、古いのに実を豊富につける果樹など、伐採されずに残っている樹木が手前にあり、重そうな枝をつけていた。すでに林檎が一つ二つ、落ち始めていた。

しかし、摘み取る前に、あと一、二週間は太陽がまだ必要だという感じがした。豊作の年は、林檎をどうするかにてこずり、重荷になった。食い意地の張った人がもっと興味を持つのが野菜畑で、もはや木々がなくなった場所がいくつか四角く区切られて畑になっていた。本職の人の野菜畑のように見えた――必要な場所に深い畝があり、保温用のガラスのベル・ジャーが点々と置かれ、柵があり、柵が尽きた所に割れた板ガラスがいくつかの煉瓦に立てかけてあった。フランクは、生産物を自由にぶん捕っていい代わりに、毎日のように自分の小屋からここまでやってきて働いていた。彼は自分の庭ではこれほどの成果が上がらなかったらしい。彼と彼女の勤勉さにくわえ、およそ温暖な気候と上質の土壌のおかげで、彼女の食卓と彼の食卓は、ほぼ一年じゅう自給でき、好都合だった。彼らはいまやプロヴァンス地方の野菜や、その他の国の異国風な野菜を栽培するまでになり、より上級者のための料理本にある「必需野菜《マスト》」にも挑戦していた。ダイナとミセス・コラルのあとを歩くフランクが遅れがちになるのも道理、ときどき不安に曇った目で、彼が自分で家庭菜園《ポタジエ》と呼ぶことにした区画のほうを見ていた。鉢植え作業をもう始めないと、それもすぐに、ダイナの洞窟熱がいっこうに冷めなくても。

前の方では会話が最終段階にきていた。「あなたはいかがなの?」やや遅まきながらダイナが訊いた。

「お耳に入ったかどうか、うちのインド人がいなくなったんです」

「まあ、それはお困りでしょう。どうやって?」

「ある朝自分のバイクに乗って出ていって、むろん何も言わずに、それから自分の私物を送れと言ってきて。それ以来、音信不通なの。郵便為替がきただけ。何かが気に入らなかったんだ、としか思い浮かばないわ。でも何が気に入らなかったのかしら？」

「頭がおかしいのよ」

「うちのフィンランド人とそりが合わなかったのかもしれません」

「お宅のフィンランド人はどう思ってるの？」

「彼には訊かなかったから。それとも、そうだわ、もっと自分に合ったところが見つかったのかもしれない」

「そのインド人だけど、恋人でもいたかな？」

「私は原則として、何も聞かないことにしておりますの。まあ、そういうわけ。だからいま空き部屋があるのよ」

「あら、だけど指一本上げれば、それくらいすぐ埋まるでしょうに！」

「よくそう言われるんだけど。実は私は承知の上なの。その点は気にならないわ。でもこの一件以来、ずっと気になっています。非人間的な感じがして」

ダイナは立ち止まって、キャロライン・テストート種の薔薇を一輪摘むと、ミセス・コラルに黙って手渡した――夫人は一瞬困ったように薔薇を見つめてから、マッキントッシュの上のほうのボタンホールに薔薇を挿した。彼らは歩きつづけた。「うちには空き部屋がいくらでもあるのよ」ダイナは林檎の木と屋敷の間に日をやりながら白状した。「でも何が非人間的かというと、私は空き部屋のほうがいいの。孫たちがこないときは、すごく嬉しくてね、鉢合わせするのがフランシスだけで」

ミセス・コラルは驚いて肩越しに見つめ、そこには疑問符が浮かんでいた。ダイナは事の次第を説明した。「違うのよ、フランシスはうちのハウス・ボーイ、斜視で、あなたも言ったでしょ、とさどきドアを開ける青年が、と。彼はマルタ島出身の孤児なの。ウィルキンス少佐のお名前は、ただのフランク。彼も鉢合わせをするのに馴染んだところ。彼はすごく運がいいわ、素敵なコテージがあって」

「世捨て人みたいな方なんですか?」

「ええ、そうね。彼はいまちょっと動揺しているの——今日明日にもお祖父ちゃんになるので」

「元気が出るでしょうに?」

「ええ、そうよ」ダイナは道の途中で立ち止まり、片足で立ってもう一方の足を持ち上げると、濡れてしまったエスパドリーユを憂鬱そうに点検した。「雨になるなんて、夢にも思わなかった。それにあなたの言うとおりだわ、あの洞窟は。あそこにいるといつのまにか置き去りになるのね、気づかないうちに。もしもフランシスが火を焚いていなかったら、私もう死んじゃいそう!——煙らしきものが見える?」

「ここからは、全然。……男の子はだいたい考えないから」

「あのろくでなし、いつか殺してやる。とはいっても、彼は彼なりに、憎めないのよ。彼は考えるの。やたらに頭を使ってることは、見ていてわかるわ」彼らはまた歩き出した。

「私だったら、三十秒で火を焚いて差し上げるけど」

「いいえ、よろしいのよ、一杯お付き合い下さらないなら」

「それはだめ、失礼させていただくわ、さっき申したとおり」

道はやがて芝生に入り、さえぎるものなくダイナの屋敷が視界に入ってきた——ほかに目を移せなくなる屋敷だった。アプルゲイトは一九一二年に建てられ、建て主は引退した百貨店主で、ブリストル出身だった。頑丈な平屋建てで、（近隣の家々が新旧を問わずそうだったように）石造り、それも天候の影響を受けにくい、というか上質の石だった。屋敷そのものが、細部まで行きわたった手堅い職人仕事を思わせた。切断面の角度、切妻屋根、板ガラス窓の縦仕切り（窓のいくつかは出窓になっていた）に狂いの出た箇所はなく、また、新しく切り出された石材のせいで全体がまばゆいからといって修正したこともなかった――それはむしろ、鬱蒼とした森の緑と田園がうねるようなサマセット州の風景に囲まれていると、対照的に際立って美しかった。アプルゲイトは内部も外部に似ていると思わせて、事実そのとおりだった。夜中もかたかたと鳴るようなものはなく、突風が吹いても同じだった。窓はぴたりとかみ合い、ドアはちゃんと閉まった。階段も床板も軋まなかった。ダイナがここを買った理由の一つが、これだったかもしれない。もう一つの理由が洞窟だった。

この一刻は、地上が何かにとり憑かれたように見える唯一の時刻だった。果樹園に付随していた農場主の住居は何世代かを経たあと、まさにこの場所で焼け落ちたが、それはアプルゲイトが建てられる前の年で、希望もなく息子もいない所有者をこの火災が連れ去っていた――ただし、酔って帰宅した本人がランプを倒したものと思われている。いま太陽は薄い霧の膜に溶け込んでいて、日没に代わるこの奇妙な代替物が、後継者が築いた石組みに黄ばんだ色合いを与えたか、あるいは、もとからあった下地の色を引き出していた。アプルゲイトは今という時刻を受け止めていた、その他の時刻も受け止めてきたように。窓を通してフランシスが白い上着を着て動き回っているのが見え、飲み物の盆を運んでいた。女性たちが踏みしめている芝生は、さまざまな輪郭線によって区切られていた。三日月型とダイアモンド型、それに円形をした観賞用の花壇は、いにしえの九月には色鮮やかなベゴニアが咲いていたが、いまは芝生に植え替えられていた。

門に通じる小道に入るには、屋敷の横を回らなくてはならなかった。そこを出た前方に湧き出たように茂っているのが銅葉ブナ、その赤黒い天蓋の下に子供用のブランコがぶら下がっていた――斜めにかしいでいて、片方のロープがもう一方よりちょっとだけ短かった。それがダイナの目に、初めて見たもののように映った――通り過ぎながら後ろ髪を引かれた彼女は、不思議なほど呆然と、しかも真剣なまなざしでブランコを見つめ（宙を見つめるときのまなざしだった）、それが人の注意を引いた。「本当に安全なのかしら、あれで？」ミセス・コラルが訊いた。

「ああ、ええ。ただちょっと、揺らすとぐるぐる回るけど」ダイナは答えた、もう一つ別の天体から答えるように。

「安全でさえあればけっこうよ。あらあら！」ミセス・コラルはいきなり雑誌が入ったままのメッシュの袋で空中をはたと叩いた。驚いたのか、薔薇が彼女のコートのボタンホールから落ちた。「もう、ほら！」不安と後悔で彼女の顔が赤くなった。「あなたの領収書を書かないなんて！」

「あら、わざわざそんなことまで？」

「私は几帳面にするのが好きなんです、ミセス・ドラクロワ。でも、考える糧をいただいたわ」

「それはよかった、いえ、どうも失礼」

「領収書は、明日の朝一番でお届けしますから」二人はすでに白い門まできており、門の掛け金は開いていた。残念だというように、ダイナは別れの手を差し伸べたが、この友人は何があろうと話を最後まで続けるつもりだった。「あるいは今晩、うちのフィンランド人がもしかしたら、バイクで出かけるかもしれません。彼が出かける目的にもなるし。きっと彼も喜ぶと思うわ。この私がどういう立場にいるかというと、ジャムの蓋をしなければならないの――それにむろんラベルも貼らないと。とてもお話できないわ、全部で何ポンドあるかなんて！　プラムのジャム。みんな早く済ませたがっていて、だから電話がかかってくるかもしれない。どうしようかな……いえ、何かとお世話さまでした、ミセス・ドラクロワ。では、ごきげんよう」

　夫人は決意を実行に移した。ダイナは小道に立って気さくに手を振り、それから中に入った――門を閉め、フィンランド人がきたときの対策を考えた。この門は、家畜が放牧に出ているときは、ごくたまに閉じるだけだった。フランクが車できたら、さぞかし面食らうだろう。自分と他人を同時に喜ばすことはできないのだ。そろそろ空き部屋ありを終わりにする頃合いだろうか。フランシスは、飲み物の用意がすむと、横になるか散歩に出るかのどちらかで、ともかく元気を取り戻してから、夕方の勤務の残りを果たすのだった。あるいは都合がつけば、髭を剃ることもあった。彼が在宅のときは、暖炉の火のことで、ひと騒動演じなければならなかった――もし彼女が火を起こさなければ、フランクが代わりに起こしてくれた。もしダイナがフランクを引き止めたら、フランシスがしゃしゃり出て、自分からひと騒動演じたことだろう。彼女は、すぐ荒れ狂うような人間とは折り合えないと感じた。彼女も考える糧があった。

　部屋に入るとフランクは自分で酒をつぎ、それを手に持って部屋をうろつき、フランシスを見ていた。フランシスは火格子の前にうずくまり、パラフィン油に浸した新聞紙を丸めたので新しく起こした火をつついていた。彼はこうした品々を、蓋付のスープ容器《チューリーン》と一緒にして持ってきて、チューリーンのほうはまだスープが入ったままなのに、暖炉前の敷物の上に置かれていた。「僕だったら君のこういう現場をミセス・ドラクロワに見られないようにするがね」フランクがフランシスに忠告したところへ、ダイナが入ってきた。だが悪感情が流れた様子はなく、あるとすれば、一種の連帯感だった。彼ら三人の位置関係は日ごとに変化し、いや一時間ごとに、と言う人もいたかもしれない――今の時点で、もし誰かが誰かの採点簿に点を付けられたとしたら、それはダイナだった。その上彼女はそれが誰の採点簿なのかがわかっていた。「それでうまく行きそうね」彼女は穏やかに探りを入れた。しかしフランシスは、チュリーンを抱えなおし、わざとらしく立ち上がり、彼女には目もくれずに部屋を出て行った。

フランクは彼女を見て、おもむろに言った。「お帰り」

「ただいま」

「ミセス・コラルは、帰ったの?」

「ミセス・コラルは、帰ったわ」

「足が濡れたようだね」（彼はすでにここに置いてある自分用のスリッパに履き替えていた。）

「あなたの言うとおりよ」彼女はそう言って、エスパドリーユを蹴って脱いだ。「それに私はもうこのへんで――」

「僕はこれがないとね、どうしても」彼はグラスに残ったものをじっと見つめ、それからトレーのほうに大またで歩いて彼女の酒を取りにいった。途中で彼はかすかにうなった。

「ねえ、あなた」彼女が制した。「赤ちゃんのことで悩むのは、やめなさい。自然は自然に任せるほかないのよ、好むと好まざるとにかかわらず。それに、人が生まれるのは、正常と呼べる数少ない出来事の一例だわ。それにジョーンは間違いなく――」

「いや、ジョーンはサイみたいに頑丈だ。幸いなことに！　何が正常じゃないかというと、それが僕の身に起きることだ」

「あら、まあ」彼女は椅子に腰をおろし、前にいる彼をじっと見た。

「ああ、僕は偏執狂さ、白覚してるさ！」

「いまから怒り出すのはやめてね、フランシスみたいに。――あら、どうも、ありがとう！」彼女はそう言って酒を手に取った。しかしグラスを無造作に傾けたまま、飲むのを忘れている――代わりに窓の外の暮れていく果樹園を見つめた。「『千年の歳月も汝の目には、一夕の如く過ぎる』[*1]」彼女は朗誦した。

「僕にははっきりしないんだ、それをどう解釈したものか」彼はグラスをまた満たしてから、いつもの椅子に向かった。

「フランク、あなたにわかるかしら」彼女は突然大きな声を出した――裸足の足を尻の下に折りたたみ、椅子の中から彼を睨んだ――「私、いままでにないくらいの異常なセンセーションを覚えたのよ！　そう、いまも、まだ続いてる！　だって、あることが一瞬のうちに甦ってきて、それがあまりにも完璧だったので、あれが『あの時』ではなくて『今』になったの、これってたしかにセンセーションでしょう？　私にはわかるの、あれはたんなる思い出じゃない、もっともっと違うものなんだと！　その中に舞い戻ったの、その真ん中に。そういうことって、起きるのね。それどころか、起きないはずがないのよ。そう――うっとりする！」

「なるほど」フランクは用心して言った。

「みんな言うじゃない――言わない？――人は何をするにしろ、初めてするものはないと。私はこう言いたいの、最初はある、と――自信をもって！　あなた、知ってたでしょ、私は物を埋める傾向があることを？」

「僕は埋めないでくれよ」

「まさか、まさか、そうじゃないわ――目的があるのよ。今晩起きたことで、一つわかったんだ、あの洞窟の奥で私が何をしていたか、それがわかったのよ」

「ほほう！」

「洞窟案はずっと正解だったし、あれを偽物と呼んだことは一度もないけど、実はあれはたんなる繰り返しだったのよ。――いいえ、一度すでに始まっていたものにそっくりそのまま戻ったわけじゃないわ。とにかく、それをいま確信したわけ」

「それで君はそのために、みんなの愛用の歯ブラシを取り上げたんだ」

「ふざけないで」そう言う彼女の声に悪意はなかった。

「実を言うとね、ダイナ、何の話だかさっぱりわからん」

「努力して！……私は『一瞬のうちに』って言ったでしょ？ それがもっと、一瞬が二回あったの。最初のは質問。二つ目はその回答だった。最初の瞬間がきたのは――あなた、憶えてるでしょ？――洞窟にいた時だった、ミセス・コラルが訊いたわね、『誰がここを封印するの？』って。あれで私がなぜ、あっけにとられてぐるぐる歩き回ったかというと、それを前に聞いた憶えのあることがわかったから。でも、どうやって、なぜ、どこでだったか？……そこで二つ目の瞬間がきたわ、それがミセス・コラルと二人でゆがんだブランコを見た時だった」

「マイ・ディア・ガール、君は毎日あのブランコは見ているじゃないか」

「ええ、見ているのはわかってます」ダイナはここで一息つき、眉をしかめ、また窓の外に目をやった。酒はほとんど飲み干していたが、こちらは早く片付けてしまおうという飲み方だった。――「フランク?」

「ああ、続けていいよ」

「私が通っていた学校だけど、ゆがんだブランコがあったのよ」

彼は返す言葉がない。

「それに、あと二人の少女と私がいたの。私たち、全部で三人だった」

「小さな学校」

「ふざけないで――もちろんあと何十人もいました! 私があなたに話している少女たちって、私たちのことなの。三人いたのよ。いまどうしても知りたいわ、あとの二人はどこにいるの? 私が何をしたらいいと、あなたは思う? どうしたら見つかるかしら?」

「見つける必要があるの?」

「会いたいの」

「それは僕には無理だな」しかし彼は額に皺を寄せ、助けたい意欲をにじませていた。「最後に会ったのは――いつ?」

「あの時よ」彼女は続けた。「あの人たちもお互いに、あれ以来一度も会ってないかもしれない」

「便りはきた? 出した?」

「どうしましょう、いいえ!」彼女は叫んだ。(いい考えだ!)

「『あの時』とは」彼が訊いた。「そもそも――いつ?」

「あの夏よ」彼女は短気を起こしていた。

「ちょっとこれは、はっきりさせておこうよ」彼が頼んできた。「あの夏とは、いつ、どこ?」

「私たちが十一歳だったとき」

「ほ、ほう……」フランクはそう言いつつも、ある程度話がわかると同時に、ある程度うんざりしてきた。「ほんの少女たちだった、あの時は？　そうか。少女たち。子供たち」

「ほとんどわかってないじゃない」

「マイ・ディア・ダイナ、君が二人を見つけるのは無理じゃないか」

「どうして？……どうして私が見つけられないの？」

「君は二人の少女と思っているんでしょう？」

「三人」

これではお手上げだ。「いいかい、彼女たちはもういないんだ！　つまり、彼女たちはもうどこにもいない。いまとなっては。タイム・ゴーズ・バイ、だよ。で、君が考えている二人とは――」

「三人」

「君が呼び戻そうというのは、このまま続けるとして、願わくは、たいへん魅力的なお二人なんだろうが――ええと――間違いなくすっかり成長したご婦人方になってるよ。無礼者みたいに聞こえたら謝るけど、そんなところだ」

「それほど決めつけないで」

「じゃあ、自分で探しなさい」

「**私たちが**」彼女は驚くほどの自信を見せて彼に話した。「どこにもいないなんて、とんでもないわ。どこにもいなかったことなど、一度もないもの。要するに問題は――」

「ダイナ、そう焦らないで！」

ダイナは挑むように頭をつんとそびやかした。

フランクは、いずれにしろ、今夜はもう勘弁してほしかった。安楽さが逃げてしまった、バカでかい椅子の奥に身を沈め、空になったグラスを壊れた気分で揺らした。ときおり彼は天井を調べていた。その後、自分の腕時計と彼女のフランス時計をくらべてみたくなった――それは高い樫材の暖炉の上で小さく見えた。二つのうちの一つが遅れていて、彼はどちらが遅れているのかわかっていた。「フランシスは」、彼が訊いた。「僕は今夜ここで夕食をとると思っている?」

「彼が思っていることなんて、私は一つも知らないの。彼に訊いてみたら」

＊1　賛美歌 'O God, Our Help in Ages Past' の一節。

2

フランシスの目の疾患は実は真性の斜視ではなく、寄り目に当たり、片方の目は横を向いてもきちんとついてくるのに、もう一方の目は自分勝手な方角に泳ぐのだった。だがその配列は、ともあれ、彼にふさわしかった。彼はもっとよく見る人間だったからだ。それに、とりわけここアプルゲイトでは、過剰なまでの虚栄心が風土になっていたので、フランシスの虚栄心は少しも損害を受けなかった。彼は家中に置かれた鏡や姿見で絶えず自分の映像に出会っても、髪の毛一本乱すでもなく、どこから見ても大丈夫だという自信を深めた。しかし、彼の映像（自分が外に見せているかぎりの）と外観（少なくとも彼自身が見るかぎりの）が、その特異性によって価値を損なっていないとしても、彼はそれが彼の将来をせばめていると強く感じていた。才能に見合ったキャリアが開かれている今の時代、彼が自分には最適だと見なし、かつまた熱狂的に憧れた職業は、彼にはその門戸を固く閉ざしていた、彼の万能をよそに、この不運ゆえに。フランシスの心をさいなむのは、秘密情報局で自分がどこまで行けたかという一点だった。彼が秘密情報局に入る意図を放棄したのは、これが理由だった。すなわち彼には変装――すなわち効果的な変装――はできない相談だった。諜報員Xは身元が割れる人物であってはならない。

出身は彼の邪魔にはならなかった。家族の双方から見て血筋的にはマルタ島人で、彼は（一度でもマルタ島に行ったことのある人でアプルゲイトにきた人の言によれば）、どこから見てもマルタ島人だったので、誰も余計な口ははさまなくなった。彼の両親の親戚は一人ならず、あの英雄的な島の爆撃で死亡していた。両親のほうははかなくも、あるバンク・ホリデーの死者が出た海難事故で最期を遂げていた。フランシスは幸運にも、子供の面倒を無理やり押しつけられた両親の友人とともに砂浜に置き去りになっていた――この息子がいつも自分たちの外出を台無しにするので、両親はその子の顔は見るのも厭だったのだ。かくして彼らは海に消えた。この悲劇が、当時は幼児だったフランシスに、その後ずっと消えやらぬ関心を集めた――それ以来、彼が関心を持たれなかったことは絶えてなく、数多くとは言わないが、一つ二つではきかない口があった。彼を養子にしてもいいという伯父や叔母がぞろぞろいたし、同情者たち、伝説を生み出す人々、スポンサーたち、組織を作ろうという人たちなどなど――そうした関係者の一人からダイナは彼のことを聞いた。彼はその時十七歳だった。彼は彼女の家で一、二ヶ月過ごすほうが、もっと悪くなるよりましだという考慮が払われ、その間に彼は自分の将来を考え、偵察していた。田舎の空気、それに食事は、健康にいいだろう。もちろんすぐに、もっとましな暮らしをしたい。ダイナは、しばらくの間だけという条件で、彼を引き受ける栄誉を得た。彼女は「彼はある程度の手伝いをするのはかまわないそうです」という説明を受けた。「あなたのご関心次第です」と。仕方なく、最初から、彼女は関心を示してきた。いまここで関心を捨てるわけにはいかなかった。フランシスは癖になる存在だった。

彼はいまや十九歳になり、まだアプルゲイトにいた。みんなから君は一生を棒に振っていると言われる、と彼はダイナに言った。彼女は熱烈に同意した。しかし、さしあたり誰からも代案が出てこないのは、不可解千万だった。彼を居場所からおびき出す算段も、そこから本気で追い出す工夫も、いままでのところ不首尾に終わっていた。フランシスはどうやら、満たされぬ野心を抱き続けるほうを好んでいるようだった。そして抱き続ければ抱き続けるほど、野心はどんどんふくれ上がった。ベッドに寝転んだまま、せっせと本を読んで野心を育て、運動のために野心を連れ出して一緒に田園地帯を歩き、これを溺愛し、おだてあげ、その頭を撫でてやるのだった。野心が彼の主人でないときは、野心が彼の子分《プロテジェ》だった。

使用人としては、フランシスは変化を好んだ。ここでの役割をパロディーにして見せて、完全無欠のハウス・ボーイに成りすましたことは何度もあった。卑屈なまでの献身をあからさまに示すことで、ダイナをおだてて笑わせたことも何度もあった。誰にもほとんど注意を払わず、ましてほとんど任務を果たさない日が何日も続くことも何度もあった。何かにハッと気づくと、驚嘆や畏敬の叫びを発するが、それはすべて自分がしたことに対する反応に過ぎず、ダイナが黙殺するしかないことも何度もあった。あるいは何か特別な作業に何日も続けて没頭することもあり、亜麻仁油に浸した歯ブラシで彼女の家具の象嵌部分をむやみにこすったりした。しゃべる時期に入ると、しゃべるのがとまらなくなるようだった。雇い主のあとを犬のようについて回り、立ちはだかって、彼女を会話責めにし、彼女がどこにいようが、何をしていようが、いっさい平気だった。彼は不気味なほど物知りに見えた。彼の語彙は、この二年で、ダイナの語彙を増やした――彼女は生来の冒険好きもあって、折にふれて異国の言葉に挑戦してきた。彼は新聞がくるとすぐさまかっぱらっていき

（ダイナはやむなくフランクが購読している『デイリー・エクスプレス』を借りることがよくあった）、そのくせ新聞を無視しているのは明らかだった。新聞がしたことは、彼の饒舌に火をつけて煽るだけ。フランクは、フランシスが政治的に何かと何かを混同していると踏んでいた。

「彼には同年輩の仲間が必要なのよ――そう思わない？」ダイナはいつも彼に訊いた。

「まあ一匹狼、ということかな」フランクは、同情すると、こうコメントし、同情できないときは、辛辣だった。「あいつに何が必要かは、とっくにわかっているがね」

　彼女はきっぱりと言うのだった。「彼に必要なのは、田舎の生活にはない、もっと知的な生活なのよ」

　フランシスは仕事を完全に投げ出すことはなかった。それが何であれ、彼がするべきことをしなくなれば、出て行かなくてはならないだろうが、それは彼の好むところではなかった。とにかく彼は、シークレット・サーヴィスに入ることができない代償を求めた。解読不能な暗号を分厚いノートに書き込み、持ち歩くとかさばって目立つのが厭なので、代わりに台所の流し台の下でとぐろを巻いている配水管の隙間に立てかけていた。これがみんなの知る隠し場所となったのは、彼がこれ見よがしに手帳《カイエ》をそこに戻すからだった。また、アプルゲイトにくる手紙で彼が読まないものはなく、それが厭ならダイナが鍵を掛けるしかなかった――彼女がその種の用心をすることはまずなかった。フランシスはおそらく鍵開けの達人だというのが彼女の印象だった。小切手を切ったあとの小切手帖の残りの部分、請求書、所得税の通知書、それに仲介業者との書簡の類も興味の的。文字に書かれた伝達事項で彼の目を逃れたものは一つもなかった。紙屑籠に彼が遅れを取ることはなかった。その中に何が入っているかについて、彼はすでに精通していた。いまやすべてのものの位置関係が彼の知るところとなったのは、驚くには当たらなかった。

ダイナはすべての書類を居間にある小さな書き物机に保管していた。この日の朝、フランシスはその机の蓋を格別の熱い期待もなく開けた――その日の郵便物は、彼自身が彼女の朝食のテーブルにそろえて置いたものだったが、いつになく薄っぺらで面白くなさそうだった。それに彼は、今日の捜索を秘密裏に迅速に行うスリルを味わいたかったのに、彼女は車で村まで出かけ、ということは、彼女は商店にいくつか立ち寄っておしゃべりしてから、少佐宅を訪問するならわしだったから、つまりは（いつものとおりなら）昼食時まで帰らないことを意味していた。フランシスはしたがっていつもの仕事を手順どおり、何となく投げやりだったが、手馴れた様子で行っていた。だが、そこに突然、ご褒美が待っていた。目の前に（おまけに昨日できたばかりのほやほやだった）くしゃくしゃに丸めた薄い紙が何枚かあり、彼女の筆跡で何かが書かれていた――消した跡、訂正した跡、挿入したもの、丸印、括弧、矢印、余白の書き込みなどなど。そのすべては（一見したところでは）同じことを書いた、あるいは書こうとしたもので、あちらこちらに削除や変更が見られた。彼は心底面食らった――彼女はいったい何を狙っているのか？　材料を机の上からまとめてすくい取ると、彼はそれを窓の近くまで運び、ソファに座って仕分けに取りかかった。紙の皺を伸ばし、互いに一枚一枚くらべてみた。何かの下書きらしい――ははぁ！　書類、だな？

じつはこれに――それが何であれ――彼女は昨夜遅くまで時間をとられ、少佐が去ったあとの時間を全部これに費やしていた。フランシスが階下にこっそり降りてバナナを食べたのが午前一時三十分、応接間のドアの下からまだ明かりが漏れていた。新しい遺書だな、ああ、突然ひらめいたのか？　いや、こうして繰り返し書いているが、金の話はしていない。広告か。彼女はフランシスを広告に出すのか？　そう思い当たると、彼は渋面を造ったが、それは彼女に（一、二度その渋面に出くわしていた）首を刎ねられた中国兵の憤怒の形相を連想させた、敵の手で見せしめに振り回されている血みどろの絵……。だが、違う。より冷静に観察してみると、彼女にはまだ広告を思いつく才覚がないことが彼にわかった。彼は作業に戻った、さっそく分析しよう。彼は、丸めかたがより激しい紙の何枚かは、彼女の試行錯誤の初期の段階と見て、放り出し、彼女が最後にたどりついたものだけを残した。ここにあるのが、たぶん、「清書」したものだろう。全部で五通に絞られ、次のようになっていた。

元クレア・バーキンン-ジョーンズとシーラ・ビーカーはただちに元ダイアナ・ピゴットに連絡をとられたく、当方とともに二人は箱を埋めました。ボスのダイシーはマンボとシーキーと打ち合わせたし。過去は見かけほど埋められていない。私書箱ｘｘｘまでご一報を。

大至急、シーラ（シーキー）・ビーカーとクレア（マンボ）・バーキンン-ジョーンズは、かつてサウストンのセント・アガサ・スクールの通学生にて、既婚と否とにかかわらず、本名もしくは偽名で生きているなら、一刻の猶予もなくダイアナ（ダイシー）・旧姓ピゴットにご連絡されたし。理由は明察のとおり。重大事発生につき。私書箱ｘｘｘまでご一報を。

シーキーとマンボ。どこにいるの？　あなたたちの前の共犯者ダイシーが二人を本気で捜索中、我々にのみ明瞭な事件との関連で。全容が明るみに出てきた模様。手遅れにならぬうちに会うことが不可欠。あなたたち、またはシーラ・旧姓ビーカーとクレア・旧姓バーキンージョーンズ、二人とも一九一四年にサウストンのセント・アガサに在学、の現在の居場所を知る人は、ただちに私書箱ｘｘｘまでご一報を。

クレア・バーキンージョーンズとシーラ・ビーカーは、ダイアナ・ピゴットとともに秘密の儀式に参加した人々にて、ただちに彼女に連絡されたし。予期せぬ展開ゆえに相談の要あり。ダイシーはつねにマンボとシーキーの味方。私書箱ｘｘｘまでご一報を。

シーラ・ビーカーとクレア・バーキンージョーンズはどこに、最後はサウストンにいたと聞いていますが？　二人の消息について少しでも情報がある方は、二人を案じている友人こと、元ダイアナ・ピゴットまで連絡されたし。存命でも身を隠しているなら、ダイシーを不安視することは一切なく、彼女は二人の秘密をつねに変わらず厳守します。もし一筆書く意志があっても、二人の所在を明かすことはありません。過去はどうであれ、彼女は再会を楽しみにしています。私書箱ｘｘｘまでご一報を。

この五通の文章の下書きは、フランシスが見ると、色々なメモや質問がついていた。

『タイムズ』、『テレグラフ』。

？　あの人たちは『タイムズ』を読むだろうか？　夫のほうはたいてい読むはず、夫がいて生きていれば。

サウストンと地方新聞は、どうしたら名前がわかる？？　知事のオフィスに電話？

それにもっとネットを広げないと。イギリスのあとの部分は？――スコットランド、ウェールズ、アイルランドも、ああ、どうしよう！　どこにも地元の新聞があるか？　知事のオフィス全部に電話？

大陸、イギリス連邦、アメリカ合衆国？　干草の山の針か。ここらで何か妙案を、最初に？

どの広告文をどの新聞社に持ち込もうか？

五通を全部すべての新聞に順番に載せてもらう？　**それだ**。この行数で申し込んで――継続掲載で注文する？　前金は現金か？　その後は週払い？――月払い？　メモ・支払いを忘れずに。

銀行がどうなっているか、いざとなったら何か売ろう。いいじゃない？　タイプライターを手に入れて、タイプする人を手に入れて、タイプ用紙、封筒、ペーパー・クリップ、切手が山ほど。

イギリスの地図も。


　ヘラクレスなみの大仕事だ。

　考え、あってのこと。パッキーを確保のこと。あらゆる手綱を知っているし、いつもそうだった――あるいは彼はまだ怒っている？　試すだけなら害はない。

　何があっても絶対に――

　ここで読み手に邪魔が入った。フランシスのつねに油断のない聴覚が、ミセス・ドラクロワの車が小道に入ったことを告げた――まだ遠方だが、こちらに向かっている。困った彼はソファから腰を上げた。彼女ときたら、何という壊し屋だろう、面倒ばかりかける。思慮に欠けている。およそでたらめに帰宅するが、これはもっともタイミングが悪い。フランシスは何枚もの紙を初めに見つけたとおりの乱雑さに戻しにかかり、もとあった場所にしまってから、応接間全体を見回した。ちょっと音楽でも流しておくか？　これは、近くに誰もいないときだけ、彼が自由にしていいことになっていた。彼の音楽に対する関心に関心を寄せることが、フランシスの身元を引き受ける人に課せられた条件だった。彼のためのステレオ装置がありますか？　レコード・プレーヤーならあります。彼はプレーヤーのほうに歩を進め、スイッチをつけ、プレーヤーに半永住しているに等しいレコードに針を落とした。『ラプソディー・イン・ブルー』。この曲が昼はもちろん夜はさらに遠慮がちではあれ全曲通しで、または一部分だけが堰を切ったように、アプルゲイトを満たさない日はほとんどなかったほど、ダイナは何年間もこの曲と一心同体だったが、いまはフランシスがそれに当たり、さらにフランクがその感化を受け、おそらくもっとのぼせていたかもしれない。

しかし今回、ダイナは、どこか反乱の気配を漂わせながら、音が鳴り響く応接間に入ってきた。機嫌が悪く、少なくともこの音響に合う気分ではなかった。彼女は手を叩いて静かにさせた。

「すみませんでした、マダム。お出かけだと思っていましたので」

「だからといって、いま帰ってきた事実は変わらないでしょう。何かすることはないの？」

「シルヴァがないので、銀を磨くわけにもいかず」

「とにかく、出てってくれる？　電話したいの」

彼は彼女を例のよく動くほうの目でちらりと見たが、その目つきの知性のほどは彼女にはどうにも計りがたかった。

3

ナイツブリッジにあるデパートの最上階の喫茶室が、約束の場所だった。時間は午後の三時四十五分、九月に入ってしばらく経った頃だった。室内の装飾《デコール》は顧客の種々の好みを尊重していた。テーブルは低く、椅子は心地よく、絨毯は上等だった。ときどきマヌカンがそぞろ歩いてドレスを見せている。戦争の作戦会議には、もっと変な場所がいくらでもある。

大柄な女が一人、ぴったりした黒のターバンをかぶり、黒っぽいスーツの襟に人目を引くようなブローチを付けて入ってくると、すでにテーブルについていた女性の向かい側に、遠慮会釈なく腰をおろした。すでに座っていたほうの女は、立ち上がろうかどうしようか、心が揺れているようだった。自信なさそうに手を差し出し、すぐ引っ込めて、かすかに口を開いたが、何も言わなかった。ほとんど行き過ぎた当世風《モンデンヌ》の雰囲気といい、ロンドンにはやや気が利き過ぎた外観といい、彼女のいたらなさは、それなりにドラマチックだった。帽子はたくさんのピンクの薔薇でできていた。

最初にどちらも深呼吸をし、気力に招集をかけた。それから何が合図になったのか、二人は互いにまともに相手を見つめ、すぐまたその目をそらした。それが終わると、二人は同時にくすっと笑った。黒のターバンは、椅子に腰を据えようとして、テーブルの足に膝をぶつけてゴツンと言わせ、それを見てピンクの薔薇はくすくすと笑った。「ほら、またやってる！」彼女はさらに言った。「まさかあなたに会うなんて！」

「それは私の言う台詞よ、まさかあなたに会うなんて！」

できるかぎり空気を軽くしようとして、ピンクの薔薇が口をはさんだ。「私のこと、たぶん、わからなかったでしょう？」

相手はにやっと笑っただけで、これには乗らなかった。「私は言ってないわよ、あなたの帽子を言葉で伝えるのは気が進まないなんて」

「これは夫の発案なの」とピンクの薔薇は言い、その口調には個人的な言い分を通したいときは、できるかぎりこの説明を使うことに決めていることがはっきり出ていた。「夫が言うには、今回のことは、双方にとって、あなたと私のことよ、そうとうにきまりが悪いはずだから、お門違いの女性を順に見て回るようなスタートを切らないように、厭な顔をされるだけだからね、と。『だから君がかぶるものを知らせておきなさい』と彼が言ったの、『そして必ずそれをかぶるんだよ』と。それに彼は、お互いにショック受けても驚かないといいが、って。——そうよ、私には見分けがつかなかったと思うわ、逆に、あなたがそのブローチのことを教えてくれなかったら。——私、どうしても訊きたくて。それイタリア製？」

「私のタイプじゃないのよ、普段なら」黒のターバンは感想を述べて、自分の襟元をひょいと見た。「人目に付きすぎるんだ。でも、目的は達してくれたわ」

ピンクの薔薇は目を細めて、ブローチを食い入るように見つめた。「あなたに手紙を書いたすぐあとで」、彼女は続けた。「考えちゃった、どうしてこの帽子にすると言ってしまったのかと。もし雨だったらどうなった？　一日かけてくるわけだから、予測がつかないでしょ。それにこれは夏物みたいな帽子よね、今の時期にしては……」突然ここでテーブルの向こうから観察されている、しかも悠然と中立の立場から観察されていることに気づくと、ピンクの薔薇は不信感で顔を紅潮させ、挑戦的になった。「もしかして、あなたの考えは――？」

「ううん」相手が結論を出した（まだじろじろと見ていたが）。「私は考えてませんよ。ええ、その帽子、あなたにはまだ十分似合ってますわ」

「あら、ありがとう。――中国茶か、それともインド茶にする？」ウェイトレスがたしかに待っていた。注文をすませ、ウェイトレスが話の聞こえないところに去ると、ピンクの薔薇は、慎重に向き直ってから言った。「さて、クレア……」

「ハロー、シーラ」

二人は椅子が動くくらい大袈裟にふんぞり返った。

「ねえ、クレア、何だか不思議ね――いま言ったように、いまのままのあなたでは、私には普通だったらわからなかったわ。つまり、ブローチがなかったら、それに私のほうが探していなかったら。でもいま、この瞬間に、向かい側に座っているあなたは、どう見ても昔のままのあなただわ。あなたがそっくり戻ってきたので、何だか手品のトリックでも使ったみたい。あなたのこと、すっかり忘れてたから」

「忘れて当然？」

「ええ、だって、当たり前でしょ？　少女時代にお互いを知っていたとしても……。だけど、私たちが出会ったあとのほうが、人生の大部分を占めているんだから。私たちはあの頃は少女じゃなかった。私たち二人は、いったい何者だったの？　十一歳。幼い少女たち《リトル・ガールズ》なんて、意味をなさないでしょう」

　クレアは巨体を前に傾けた。「あなたは、反対に、消えるトリックを使うんだ！　私に言わせれば、あなたのしたことは正反対だった。あなたはまだ（多少かな？）十分に昔のままのあなたで、私の目に現に『見えた』わ、昔のあなたのままで、私ははっきりしなかったけど――たとえば――一時間前に、ここへくるまでは。この意味、わかる？」

「いいえ」相手はずばりと、悪びれずに言った。

「あら、そう、でも、あなたのその『いいえ』で、私にはわかるわ、どこにいようと！　いつも『いいえ』だった――『あら』じゃないときは」

「あなたはきっと、いまも頭がいいんだわ」シーラは冷静に言った。彼女は返事は要らないとばかりに、鰐皮のバッグを開けて、かぶせ金仕上げのコンパクトを取り出し、蓋をぱちんと開くと、蓋の裏についた鏡で自分自身を点検し、感想はないのか、たいした興味もなさそうだった。いま彼女の顔はあまり見えなかった。ピンクの薔薇は、いまや額の上のほうにせり上がり、青っぽいブロンドの頭髪の生え際を見せ、両頬を囲むやや大ぶりな花輪のようになっていた。頬紅が薔薇に溶け込んでいる。大きいというよりは切れ長の目は灰色がかった海の色で、いまも斜めを向いていた――前からそうだったことが思い出された。鼻は長く、先が少し上に向いており、その形のよさは大人になっても失われていなかった。鼻の下に反抗的な唇があり、丁寧に輪郭が描かれ、自ら、しぶしぶと断念した様子があり、以前は口にしたようなことはもう口にはしないし、それにおそらく、キスをするのももう終わったという唇だった。顔の皮膚は硬くなり、変化に抵抗することに取り組んだ努力の跡がうかがわれた。彼女は人生の大部分をたいへんな美人で通してきた。いまも悪くなかった。

クレアは、陰気で楽しそうな様子をしていた。額は、ターバンでむき出しになり、いつに変わらぬ数本の皺で横に刻まれ、いつもの癖でコメディアンのような眉を上げると、額も皺ごと吊り上がった。目の下は袋になってたるんでいる。深い小皺が広がった鼻孔の下を走り、口元を取り巻いていた。獅子鼻と長めの上唇（いまもへの字に結んでいる）は、誰にもわかる顔の造作だったが、それも全体像がシーラの目を麻痺させていなければの話。厳密に言えば、彼女はデブではなく、固太りだった。誂えたスーツは体を包むように仕立てられ、肩も胴体も胸部も胸幅も（それを着てテーブルについていると）縮小されてはいなかった。クレアは、おそらく、消去法によって自分に可能なスタイルに到達し、その後はそれに固執してきたような感じがした。スタイルのほうは、彼女が合わせたほど、彼女に合わせていなかった。もしそれが節食したということなら、それだけの価値はあった。どうなるのかしらという昔の期待をよそに、彼女はひとかどの人物に見えたし、自らをそれ以外の人物だと感じさせようという気配は少しもなかった。

「ええ」彼女は通告した。

「何よ？」シーラがコンパクトから我に返って言った。

「あなたが私はいまも頭がいいかって訊いたでしょ」

「あら、訊いてないわよ。そうだと思うと言っただけよ。あなたは頭がいいんだから、これをどうにかして!」

　涼しい顔で自惚れ屋は続けた。「私は何とか生きてきたんだ!」

「それしかなかった、でしょ?」物憂げに、ビーカーの娘で、サウストンのビーカー&アートワース商会のアートワースの妻が振り向いてウェイトレスを探した――探すまでもなかった。お盆が二人の中間にふわりと浮かび、ティー・ポットがホステスに向けて置かれた――シーラの注文によって、食べられるものは超小型のクレソンのサンドイッチにさらにクレソンをぱらぱらと散らした小さな皿に限定されており、クレアはむっつりしてそれを見た。「レモン?――それともミルクを入れる?」シーラがお茶を注ぎながら訊いた。「なるほど」彼女はホステスの勤めをはたしつつ、それらしい表情のまま言葉を続けた。「まだサインはバーキン-ジョーンズなの?」

「それが一番面倒がないから」

「ではあなた、一度も――?」

「あら、ええ、したわよ! ミスタ・お門違いが現れたのよ、ちゃんと。たいへんだった。それに始末をつけたあとで、私の名前に戻ったの」

「あら」

「というか、父の名前にね」

「ええ、お宅は陸軍だったわね? あなたたち陸軍さんの子供たちはいつも移動していたから、そこへさらにきたのが一九一四年だった。きれいに一掃されたわ、セント・アガサは、振り返れば!

　きっと変な感じがしたでしょうね、私は憶えてないけど、夏休みのあとに学校がまた始まった時は。――あなたは急にいなくなって、青空の彼方へ……それに彼女も。そのあと、何の手がかりも、何の便りもなくて、あの日から今日まできたのよ。戦争が始まったとたん、あなたのお父さまは指令が出て海外に？」

「モンスで戦死。一九一四年八月二十三日」

「ああ。でも、いまはもうお父さまのことは、あんまり寂しくないでしょ。ともかく、『おくやみ申し上げます』と言うには遅すぎるみたいね」

「おかまいなく！」

「私に噛みつかないでよ！」と言ってシーラはサンドイッチを小さく噛み、また下に置いた。私はもう何一つ訊くことはない。あとはクレア次第だ——案の定、クレアはこう切り出して、話をどかんと戻してきた。「それであなたは、法律事務所と結婚したのね、お利口なお嬢ちゃんらしく？」

「ミスタ・アートワースの次男とね。ええ。長男は戦死したの」

「もっと遠くまで旅しても、結果はもっと悪かったかもね」

「そうよ。私はトレヴァーと結婚したのよ、結局」

「トレヴァーじゃないでしょうね？」

「いいえ」

「どうして？」妻はこう訊いて、斜めを向いた瞼を不思議そうに吊り上げた。

「私、トレヴァーの口に砂を詰め込んで、彼の眼鏡を踏んづけたんだ」

「そうだったわねえ。彼は憶えてないかもしれない」

「憶えてるに決まってる」

「一度も言わないけど」

「あなただってあの下水溝まで彼を追い詰めたじゃないの」

「いいえ、それはダイシーよ。――とにかく」、妻が言った。「もう過去のことだわ」

「話によると、幼い少年少女は、今日び、みんな可愛い子ちゃん《スウィート・ハート》なんですって。――あなた、いままでずっとどこにいたの、シーキー、サウストン以外では?」

「サウストンよ。みんなが思う以上に色々とあったの」

「そのようね」

「ちょっとそれ、どういう意味なの、クレア?」

「あなたと同じ意味だけど?」

「どうかしら。――シーキーって呼ばないで!」

「別に害はなかったけど」

「ごめんね。だけど、あなたにはわからないのかな――これは恐ろしいことよ。私たちにのしかかっているのよ。本当は怖くて口にしたくない」

「でも私たち、そのためにここにいるんでしょ?」

「本当は素敵なことだったのよ、再会するのは」シーラは不満そうに言った。

「いいじゃないの、もう」クレアはけしかけた。「持って回った言い方はもうたくさん!」

「それなら、あなたがやめなさいよ」

「元気を出して。いいじゃないの。カードは配られた!」

ミセス・アートワースは運命とあきらめて身震いをした。それから、気を取り直して、ハンドバッグの中から茶封筒を一通つまみ出した。手渡す前に一回調べ、用心深く裏と表を調べた(事実、どちら側にも何も書いてなかった)。「これが私の――あなたのは?」ミス・バーキンソン-ジョーンズは、もっと四角くて大きな黒の牛皮のハンドバッグから、かなり分厚い封筒を取り出した。シーラはすぐさま叫んだ。「どこからそんなにたくさん？」

「新聞の切り抜きサービスで」

「じゃあ、イギリス中に出たのね？」

「それほどでも、いまのところは。でも、彼女に時間を与えてやるんだ！」

ミセス・アートワースは両手を顔に当て、頰を強く撫でたので、ついでに薔薇もせり上がった。それがどこかヒステリックな仕種に見えたせいで、女性客たちが一人二人、ほかのテーブルから彼女のほうを見やっている。シーラはしかし、潮時を心得ていた――化粧直しから指先を一本ずつ離し、落ち着き払って指を見つめ、剝げ落ちたものが指についていないかどうか調べた。これに没頭しながら、彼女は低く抑えた声を出した。「どうして彼女は私たちにこんなことをするの？」

「まあ、そうかまえないでよ、シーキー！　要するに冗談なんだから」

「あなたには、そうでしょうよ」相手は言ったが、その苦々しい口調は、多少のやっかみがあったにせよ、軽蔑がおもな目的だった。「あなたはどこにも住んでいないんだから」

クレアは返事の代わりに眉を吊り上げた――これに大いに物を言わせ、もっと言わせようか？　眉が思い切り吊り上がり、その勢いで、ターバンが頭頂部の上まで持ち上がった。それから封筒の封を切ってから振ったので、豊穣の角からこぼれるように新聞の切り抜きが雨あられと降り注ぎ、彼女の皿とその周辺に散らばった。「さあ、これだけよ」彼女は堂々と宣言した。「いまからあなたのと照合しましょう。九割方、同じだろうけど、確かめよう」

「あなたは整然としてるのね」と一方がすねる。

「そこまで到達したから、今日の私があるの」

「ところで、あなたは何者なの？　見当もつかないわ」

「あらまあ、つかない？」クレアは訊いたが、むしろ恐縮していた。

「私にそう気取ることないでしょ。あなた何も言わないんだもの」

「言う必要をあまり感じなかった」

「いいわ、一つ教えてあげる、あなたは、ねえ、クレア、そんなやり方をしているから、名の知れた地元の一族になれないの。だって、あなたはどう見ても、この何週間かがサウストンにおける私にとってどんなに大変だったか、わかってないもの。それに私だけじゃないの。トレヴァーだって眠れなかったんだから。それにダディが、もし生きていたら、どんな気持がしたか、考えるのも厭よ。この程度のことでも会社に響くこともあるんだから。ビーカー＆アートワース商会は、あなたは認めなくても、多かれ少なかれ、あの場所がしかるべき場所になって以来ずっとやってきただけでなく、あの場所を今日の姿にするために会社としてできるかぎりのことをしてきたのよ。サウストンの人間だったら誰だってあなたにそう言うわ」

「それに、そう言うとおりなのね、きっと」

「それに、うちの人間は誰一人、わずかでも評判を落としたことはないし」

「それで、いま誰がわずかでもお宅の評判を落としてるの？」

ミセス・アートワースは目を見開いた。「あなたがよ」と彼女が言った。「――違う？――まったく藪から棒に」光沢仕様のローズ色のマニキュアをした指先で、クレアの皿をいっぱいにした恐るべき山を指して、彼女は問い詰めた。「それ全部読んだのね？　少なくとも私の想像では、あなたのは私のと同じだと思うの。ええ、どうぞ、あなたの言ったとおりになさって。くらべるのよ——ここにあるのが私のよ、あなたの鼻の先にあるじゃない！　さあ、好きなだけ引っかき回すといいわ——ただ、私にもやれとは言わないでね！　第一に、私はみんな暗記したから、第二に、私はそれとはもう金輪際、縁を切りたいの」彼女の声がかすれ、悲鳴のような囁き声とも、囁き声のような悲鳴ともつかなくなった。「それを被害甚大と言わないなら、何が被害なの？」

　クレアはまたもや仏頂面をしたが、今度は横を向いていた。彼女は認めた。「私たち、このおかげで馬鹿みたいに見えるわね。たしかに被害だね、あなたが被害だと感じるからよ、どうぞ感じて。でもそれって、最悪」

「そう思う？」シーラは目を丸くして訊いた。

「それが私の見解」クレアは居丈高に断言した。しかし獅子鼻がかゆいのか、いきなり鼻をこすった。

「それがトレヴァーの見解だったことはないの。というか、誰の見解でもないわ、正気の人なら」

「トレヴァーがちょっと正気じゃないんだ、いまのあなたの話だと」クレアは述べた——しかし上の空だ。彼女は二つの切り抜きの山を左右に忙しく見くらべている。予想外の目の速さと、器用な指で、つまみ上げ、目を通し、仕分けしていった。そしてついに宣言した。「ほら、見て——ダイシーの仕掛け爆弾は全部で五種類に絞れたわ、まあ私の計算では。あなたのほうには異種はなさそうだし、私のほうにないのは僅かよ。五種類もあれば十分だ、それはもう。爆弾も数えてみたら、私たちが出した数字になったのは、彼女がそれを遠く広くばら撒いてくれたおかげよ、しかも、ひたすらノン・ストップで頑固に繰り返してくれたおかげ。『ノー』という返事は受け付けないし、そもそも『ノー』は返事じゃないのよ。彼女はそうだったじゃない、違う？　一つ教えてあげようか――」

「――私があなたに教えてあげる。トレヴァーがいつもの彼じゃなかったのは、無理もないの。夜も昼も電話が鳴りっぱなしだったんだから。サウストンにいるしかるべき人たちがみんなで、私たちがどうするつもりか知りたがって、自分たちがいかに同情しているかと言って、訊いてくるのよ、私たちが、これは笑い事じゃないのをわかってるのかって？　こちらでもう一つ見つけたけど、あなたは見たの、持っていってあげましょうか、それともそちらに送りましょうかって。私、もうへとへと」

「だけど、素晴らしい友だちね」

「それはどうかな」

「誰が一番に気づいたの？」

「トレヴァーの給仕《オフィス・ボーイ》。『サウストン・ヘラルド』の、『雑報欄』で、ウサギの広告に囲まれていたの。事務主任が何かを嗅ぎつけた彼に気づいて、新聞を取り上げて、もちろん読んだわけ。それから彼の判断で、もちろん、この件をトレヴァーにご注進におよんだわけ。言うまでもないけど、私たちはすぐ編集長に電話したわ、私たち二人とも彼のことは一年目から知っていて、彼は、自分にはまったく見当がつかないが、ベストを尽くすと言ってくれたの。でもその翌朝には、三人の人が『タイムズ』に載ったのを送ってきたわ」

「私が出くわしたのがそれよ、真っ先に。たまたま漁ってたのよ、いまも漁ってるんだけど、どこか名家から見た目のいい毛皮のコートが出ないものかなって、下のほうの『個人欄』まで、だいたい毎朝目を通すことにしてるんだ」

「誰か別の女の？――私はそれは、ちょっとできない！」

「なら、できなくていいの」

「彼女、すごい神経してるわね、クレア――あんな大新聞に！」

「彼女、すごいお金持ってるんだ！　いまから、あなたに教えてあげようとしていたことを教えてあげる。居場所がどこであれ、狙いが何であれ、彼女はお金をしこたま持ってるわ」

「どうしてかしら？」シーラは意地の悪い訊き方をした。

「どうしてだか、それは私にも教えられない。でも、彼女は明らかに持ってる。これだけするには」、自力で独立した女は宣言し、切り抜きの山を指差した。「高くつくわ。三桁は行くね、この調子で続けるなら。お金もさることながら、それがどこから出たか。ここまで強行するかなあ、ただのお遊びで――」

「サディストは何千ポンドも使うそうよ、ときには、人間を拷問するし」

「とりわけピゴット家の人々といえば、知ってのとおり、ずっと無一文だったじゃないの」

自分のブレスレットをじっと見ることで防御体制をとってから、シーラが訊いた。「お金持と結婚したとか？」

「二人か三人かいたかな、いままでに。誰にわかる？　彼女が何かする時間はたっぷりあったんだから。一人の金持がもう一人の金持につながるのよ、私はときどき目にするんだ――私の勘では、最後のが死んで、彼女はいま一人なの」

「彼女は寂しいのよ、なんて私に解説しないで！」

「雲雀のように楽しくやってるわ。でも完全に破目を外してる」

シーラが物思わしげに言った。「でも、びっくりだわ」

「私は何事にもびっくりしないけど」

「彼女のことを考えても、びっくりしないの？　思い返せば、彼女はちょっと手ごわい子供だったわ。明るい赤毛のまつげが長くて、すごく丸々してた。——あなたは痩せっぽちだったわね」（シーラはあらためて信じられないという目でクレアの上半身を見たが、その視線があまりにも率直で、腹も立たなかった。）「そして怒鳴って、唸って、造り出すのよ。いまでも声が聞こえるみたい！おまけに、親分ぶって……彼女の親戚に準男爵がいたっけ？」

「知らない」

「違った、あれはオリーヴ・ポコックのほうだった。違った、彼女の家系にいたのは、司教さまだった。それが彼女の性格に役立ったのよ！　ねえ、クレア、最近色々と彼女のことを考えたんだけど——彼女があんなに突然消えたのは戦争だったから、それともそれに乗じて消えたの？　何となく変だなと思って、どうして戦争じゃなくちゃいけなかったの、彼女は父親がいないのよ？　考えてみれば」、シーラはいっそう用心して続けた。「彼女に父親がいたことはなかったでしょう、いつだって？　彼女たちはあそこにいたけど、彼女と母親だけだった、あのコテージ風の家にずっとおさまっていて、何の説明もなかったわ。人は子供の頃に色々なことを見るものだけど、そのときは何でもなかったのに、あとで変だなと思うことがあるのよ。あの人たちの家のあの応接間は温室みたいな匂いがしてたわ、いつも——誰があんなに高価な花を送ってきたのかしら？　彼女たちは花など植えたことはなかったし、お庭なんて考えられない！　それから絵を何枚か持っていて、私なんかきまり悪くてくすくす笑っちゃったけど（いまはその理由がわかるの）、壁に掛けていたでしょう。うちの母だったら、きっと卒倒したでしょうよ。彼女の母親はいつもティー・ドレスを着ていたっけ。お客さまにディナーの合図をする銅鑼はないのに。よく土曜日には、あなたと私であそこへお茶に――」

「ミセス・ピゴットはいつもアッと驚くようなケーキを出したわね。あなたはいつもお代わりをたくさんして、でも黙ってすっと」

「まあね。でも、彼女、未亡人らしく見えたっけ？」

「ピゴット家には後ろめたいところはないよ。私の母の知り合いだったし」

「へえ。――彼らは精神的には大丈夫だったの、ところで？」

「私は聞いたことない、一度も。司教さまがそうだったかもね」

「無神論者じゃないでしょうね、あなたは？――とにかく、そういうことなら、遺伝するわよ！」

「どういうこと？」

「あなたの話では、彼女の母親は道徳的で、彼女の家系は正常なんでしょ。でも、彼女はそれほどまともな利点がありながら、いまの彼女を見てご覧なさいよ！」

「ねえ、私、もう待ちきれない！」クレアは無用心に大声を出した。

ミセス・アートワースは軽く眉をしかめ、まるで耳が聞こえなくて困っているようだった。「ごめん――もう一度言ってくれる？」

「聞こえたくせに。あなたこそ好奇心で気が狂いそうなんでしょ？」

「つまり、彼女に会うから？」

クレアは頰をぷっと膨らませ、また吸い込んで頰をすぼめた。シーラの思いつめた、人魚のようなまなざしに射すくめられて、彼女は職務不履行を決め込んだ。最初はふてくされ、それから逃げ腰に。そしてぶつぶつ何かつぶやいた。

「何とおっしゃいました?」とシーラ。

「『どうしてよ?』と言ったのよ」

「『どうしてよ?』って。だって彼女がそう望むからよ」

　クレアは尻込みしながらも、引き下がる様子はなかった。

「あなたにはたまげるなあ、クレア、それだけは言わせてもらいます。本気で彼女の手に乗ろうと夢見ているの?　またそうして、それで——みすみす彼女の呪文にかかるだけよ!」

「誰かが呪文をかけたなら、私がかけたの」

　ピンクの覆いに包まれた頭をかしげて、シーラはほほ笑んで見せた。そして言った。「あなたがそう考えたんでしょ」紅茶の中に浮かんでいるレモンの輪切りをスプーンでつっ突きながら、彼女はまたほほ笑んだ。「あの人は、でもね、生まれながらの曲馬団長だったわ。ただ一つ、私たちの曲馬団長として成功しなかったのは、彼女には運悪く、その私たちというのがあなたと私だったからよ。その二人というのが私たちのことだから、彼女も手に余ったんだわ。だから私たちはその成り行きがわかるの。彼女の絶叫で終わるの——ああ、いまでも聞こえる!　でも彼女は何一つ学習しなかった。やって、やって、またやるの。この次は、例の昔のゲームに戻るわよ。いまはこう出て、あれをもう一度やるんだわ。——好きなようにやればいいわ、やりたいなら。私はただピンときたからあなたに忠告するけど、もし私があなただったら、私抜きで彼女に近づいたりしないわ」

「じゃあ、一緒にやる?」

「ありがたいけど、私は死んだほうがまし」

「あなたがそう感じるなら――」

「わたしはそう感じるの。反論あり？」

紅茶の葉にまじってレモンの円盤が沈んでいた。しかしスプーンの先端は、さらにレモンを死ぬほど追いつめてカップの底に沈め、無情にもとどめを刺した。ふわふわとレモンの繊維が表面に浮き上がった。「それで？」ミセス・アートワースはレモンが一件落着してから訊いた。

「だけど」、ミス・バーキン-ジョーンズは言葉をはさみ、きらりと目を光らせた。「それはこれを中止させる手段の一つではあるわ。だけど……」

「彼女に会うのが待ちきれないなら、クレア、そこまではっきり言うなら、いったいなぜ待ったりしたの、ぜひとも聞かせて？　彼女の指示は明確だったわ、そうでしょ？　どうしてすぐに返事の一本も書かなかったの？　どうして時間を無駄にしたの、つまり、私に連絡するのに？」

「考えたんだ、まずあなたと私で集まっても害はあるまいって」

「あら。あら、じゃあ何か嗅ぎつけたのね？」

「断言できないけど、でも――」

「嗅ぎつけたの、嗅ぎつけなかったの？　イエス、ノー？」

「私ってセンスいいでしょ、あなたをうまく探し当てたと思わない？　これが脳波というやつよ。ひらめいたんだ、サウストン、ビーカー＆アートワース気付、とすれば、あなたに届かないはずはないと――まだもし生きてれば」

「私が生きてちゃいけない理由なんかないでしょ」シーラは威張って言った。だがそこで思い返した。「だけど考えてみれば、彼女だって同じことをしてもよかったのに。誰だって最初にそれを考えるでしょう、誰だって考えるわ——ごめんね、クレア、でもそれが当たり前でしょう！　ビーカー＆アートワースの広告は、掲示板は言うにおよばず、サウストン全域と周辺一帯に行き渡っているんだから。いつだってあるし、それはこの先も間違いないことよ。あの時もずっとあったし、いまだっていっぱいあるわ。もし彼女が本気だったら、彼女がとる手段は明確だった。でも彼女はとらなかった、ああ、とらなかったのよ！　そうよ、彼女は世界を呼びさましたかった。そうよ、何はさておき、これで見えてきた……」

「彼女は広告なんかまず見ないから。自己中心すぎて。それに記憶力は全然なかったし」

「はっきり言って」、シーラは知りたがった。「じゃあ、彼女はいま何があるの？」

「ある種の攻撃かな、標的は私たち——占領と呼んでもいいか」

シーラはちょっと明るくなった。「彼女がいよいよ殻を破った？……正直、ホッとしたのよ、あなたから便りがあったときは、クレア。あなたがどこに消えたのか、もちろん、何の手がかりもなかったから」

「『命はあれど世を忍ぶ身にて』——ええ？」

「やめて！——トレヴァーが指摘してたけど、頼みの綱はあなたが連絡してくることだって。彼は考えたのね、あなたのことだから、きっと困り果てて、たぶん連絡してくると——そしたらもちろんあなたは連絡してきた。トレヴァーはともかくじっとしているにかぎると、いずれあなたが現れるからと。『時間を少しあげなさい』が彼の忠告だったの。彼は私たちが再会することを重要視していたわ。彼が言うとおり、あなたに会いさえすれば——」

「それで、どうなった？」

「それで、二人でこの話をしてるのよ」

「まさに」、クレアは得意だった。「いま話しているわけか！」

「イエスとノーね」ミセス・アートワースはそれほど得意になれなかった。「大した進展はないもの」

「どこまで進展するつもりだったの？」

「ある程度まで、そうでしょう？」犠牲者は、横目で腕時計を見て、こぼした。「あと二十分で五時よ。一晩中ここに座っていられないのよ、あなた。ここは閉店するから」

クレアは残念そうではなかった。「私のクラブにバーがあるけど」

「それはあるでしょう。でも、私は列車があるから。トレヴァーの希望では、別に彼を責めているんじゃないけど、あなたと私が何をするか、二人で決めたほうがいいと。何をするか聞いたら、彼はまたよく考えてみるって。ああそうだ、彼があなたに話しておきなさいって、彼はもちろん、もう法的な助言を受けているって、どういう決着を見るか、彼が願うほどには、事がはっきり見えていないんだけど。うちの弁護士は、明らかにお茶を濁しただけ。トレヴァーはあなたも自分の弁護士に連絡をとるようにと、ね？　要するに、あなたと私で共同戦線を張らないといけないの」

「へえ、そうなの？」

「あら？」シーラは極端に用心して訊いた。

「誰に対して、何に対して、それに――打ち明けた話――なぜ戦線を張るのかな？」

こうして質問をする一方で、クレアは頭文字入りのケース（シーラは目で金の重さを測った）から煙草を一本取り出し、ライターにちょっとてこずってから火を点けると、二度、三度と一心になり、いかにも物慣れない感じで煙草をふかした。明らかに（これもシーラは見逃さなかった）彼女はこの演技をわざわざ無理してやっていたが、これは実は、重大局面を作り出し、役割をこしらえ上げ、効果を見せつけるための常套手段であって、それをいまちょうど始めたところ。胸を大きく膨らましたのは、息を深く吸い込むため——襟についたブローチが、訳知り顔にウィンクし、きらきらと光った。それから——「ごめん！」と詫びるように叫んで、ケースをシーラのほうに差し出した。「あなたも？」

「どうも、私は吸う気がしなくて。——あなたいま訊いたわよね、『なぜ？』行動に出るのか、そして『何のことで？』って？」

「そうよ。はっきり言って、何がご不満なんですか？」

「あてこすり」、シーラはすぐそう言って、真っ赤になった。「ほのめかし——これが悪意に満ち、陰険で、お節介で、有害なのよ」

「やれやれ、あなたはその部分を取ったんだ！」

「彼女があの言い方でああいうことを言うと、誰だって何か考えてしまうわ。そして、それでも足りなかったら、後ろにもっと悪いことが控えてるかもしれない——トレヴァーの考えでは、あの調子は明らかに脅しだって。まだ脅迫ではないにしろ、いずれそうなるだろうって。ところで、彼女がギャングでないとどうしてわかる？」

「そうだ、どうして？」

「あなたはねえ、クレア、性格がないの、傷つけられると困るような性格が？——あるいは、職業上の権限とか、何かあるでしょ？　もう一度言うわ、あなたから何の連絡もなくて、ものすごく残念だった。何かしてるんでしょ——だったら、あなたは何をしてるの？　それとも、別の言い方のほうがいいなら、あなたはいったい何者？」

突然、クレアの表情が一変した。彼女はだんだん空席になっていくテーブルを見回した、小さな聴衆の集まりを嘆く偉大な講演者のように。やっと友だちに戻した視線は、ひたむきで、とりとめがなかった——見たところ、一つの顔に焦点を合わせているのではなさそうだった。そして、「私は、**『モプシー・パイ』**よ」と名乗り出た。

「モプシー何ですって？」

「聞こえたはずよ」名士は毅然として言った。

シーラは思わず苦笑した。薔薇がゆらゆらと揺れる。「動物、植物、それとも鉱物ですか？」

「**モプシー・パイ**は高級ギフト・ショップのチェーン店で、ロンドン近郊の上流階級とか、ロンドン周辺のホーム・カントリー各州に出店してるの。海岸一帯に進出すれば、いまにあなたもわかるわ。私が始めて、収益全般に携わり、買い付けもして、**モプシー・パイ**を動かしているんだ」

「へえ」

「ええ……」

「そのブローチは」、シーラが目ざとく訊いた。「お店の品ね？」

クレアはうなずいた。「明日は戻すんだ」

「私、あなたのをそのままいただいてもいいわ、現金で。いかほど？」

「だめ《ノープ》だよ、あなた。何時間かけて粘ってもだめ。あなたはやっぱり光りもの好きなカラスね、シーキー、前からそうだった！」

「じゃあ、そうとういいお商売なのね、モプシー・パイとやらは」ミセス・アートワースは譲歩したが、まだ上機嫌というわけにはいかず、さっと開いたばかりの財布をやや悔しそうに閉じた。

「スウェーデン、スペイン、フィンランド、イタリア、プロヴァンス、日本、それにジャワの工芸品とか、その他もろもろ。流木とか、民芸品ね。水晶球、風琴。首飾り、テーブル・マット、人間の格好をした犬のお皿、本立て、サリー、ドアノッカー、山羊皮の敷物――」

「ええ、想像がつくわ。でももういい。ねえ！　何人の人があなたがモプシー・パイと知ってるの？」

「あら、支店にはすべて何度も顔を出すから。いつもそれは重要視してるの。著名人なんだ。オースティン・ミニでウサギみたいに飛び回ってるさ、週に六日。私の膨大な大衆をどうやって数えられる？」

「ほとんどの人は」、シーラは食い下がった。「知ってるのね、じゃあ、モプシー・パイはクレア・バーキン-ジョーンズだと？」

「名の知られた人なら、みんな知ってるわ。それがどうかした？」

「そこがずっと不思議だったの」ミセス・アートワースはゆっくりと、しかももっとも不吉な得意の口調で言った。「それがどうかしたって？　あなたは考えないの、あてこすりが広まったり、脅し文句がきたり、秘密の儀式をやっているとか言われたり、あなたの過去を暴露するぞという脅迫はいうまでもなく、それがとにかくあなたのモプシー・パイの評判を落とすのよ？　もし考えないなら、あなたは楽天主義者よ、はっきり言って。スキャンダルは商売には大歓迎なんて言わないで！　それに、あなたがお商売なんて、私は全然考えなかった。ギフト・ショップのことを話題にする人なんて、いないもの。サウストンだけで七軒あるわ、私が知っているだけでも。私にはみんな少女趣味だけど、世間には立派に通るわ——それに、お客さんもそれはそれはもう少女趣味！　お線香やスウェーデン製の胡椒入れにうっとりするのは、その種の顧客たちは趣味が悪いということではまったくないのよ。じつはその反対なんだから。世間体の立派な人々こそ、愚にもつかない出費をすることが必要なのよ……。ねえ、いいわね、クレア！　近頃は、そうした意外な新事実ばかりなので、みんながぴりぴりしていても、いちいち驚いていられないの。諜報員ルート、麻薬ルート、絵画窃盗ルート、白人奴隷ルート、黒ミサ集会（呼び方は色々あるでしょうが）、それに、もちろん、いつも当然いるのが共産主義者たち。ギフト・ショップは海外貿易が入り込むから、こういった手合いの隠れ蓑になるんだわ、考えてみれば——ギフト・ショップのチェーン店とくれば、それはもう、ますますそうなるじゃない！　人が怖がって寄り付かなくなってもいいの？——でも、それはあなたが心配することね。私はただお知らせしただけ」

「ありがとう」

「考えたことなかった？」シーラはそう訊いて、流し目で見た。

クレアの上唇は苦りきって、思い切りへの字になった。下あごをぐっと引く。返事は出なかった。

「だったら言うけど、ぜひ考えなさいよ」相手は熱心だった。

「つまり、私のほうがあなたより狙われているというわけ？」

「あら、そこまで言わないけど……」

「そんなの私はかまわないもん」クレアはわめいた。「槍でも鉄砲でも持ってくればいい。私を法廷に引っ張り出そうとしても、そうはさせないから。この私が自分からおかしな婆さんの見世物になるなんて——あなただって同じよ、ロージー・ポージーちゃん！　私たちに論拠があるかどうかが法律的な意味で疑わしいという事実は別としても」

「どうして彼女にそれがわかるのよ? 私は事件にしてくれと言ったんじゃないわ、まさか(トレヴァーも同じよ、彼のために言うけど)。つまり、事件にするぞと脅しただけ。彼女にぎゃふんと言わせてやるのよ」

「弁護士の手紙で? もし彼女がいまでも私たちのダイシーだったら、ピストル以下のものでは何の効果もないよ。——それに、ああ悔しい、私ったら、いまでも彼女が友だちみたいな気がする!」

「あら、そう?」とがった舌の先がシーラの唇の回りをゆっくりと舐めた。

「考えさせて!」クレアは命じた。

「私は考えるな、なんて言ってないわよ」

考えが浮かぶ前にクレアがやり始めたのは、またもや煙草を小道具にした演技だった。今度は、しくじった——むせるやら、吐き出すやら、痛くなった目から涙がこぼれ、目の下の袋に溝ができた。男物らしい、なおかつ頭文字のついたハンカチの出番になり(やっとこれが呼び出されて)、損害を食い止めた。ミセス・アートワースはその間、完全無欠な爪を調べていた。しかし、喫煙志望者は、ある意味、この失策で得るところがあった。時間稼ぎができたし、ハンカチでぬぐったことで、考えを外にもらしがちな顔の動きを隠すことができた。やっと態勢を取り戻し、煙草を一回しっかりふかしてから(これで吸えることがわかったはず)、彼女は宣言した。「これは私に任せて——考えがあるの」

「何よ?」

「それも任せて。まあ見てなさい」

「あら……」シーラは言ったが、面白くなく、承服しかねた。椅子の背に大きくのけぞって疲労を誇示しながら、相手の顔を相変わらず熱心に探った。ここで相手にゆだね、手を引くという展開は、ミセス・アートワースにとってありがたいはずだったが、シーラとひねくれ者のシーキーには不服だった。「わからないわ」、彼女は認めた。「どうして私がこの楽しみを見過ごさなくてはならないの、少しでも楽しみがあるなら」

「あら、山ほどあるじゃないの」

これではまだ曖昧だった。「いい考えだといいけど?――すごく汚い考えなの? あのおデブの親分ぶった厭な奴のことを思うと……」

「そんな頃もあったね!」

「じゃあ、彼女を探し出すのね、マンボ!」

大きな女は、美人の女のほうを本物の情愛をこめて優しく見つめて訊いた。「何人かいるの?」

「子供? ううん、いないの――おかしな話だけど」シーラは意気込んで軽く言ったが、後悔というよりはあらためて驚いているような様子だった。そして言い足した。「でもトレヴァーは、彼本人には当たり前だけど、すでに二人いるのよ」

「な、何だって?」

「どういうこと、『な、何だって?』とは?」まったく動じない妻が訊いた。「彼は前に結婚してたの。反論あり? お相手はフィリス・シスン――セント・モニカに通ってた人、セント・アガサじゃなくて。誰かが大声で呼びかけたら、自転車から落ちた人よ。あなたは会ったことがないと思う」

「あなたがトレヴァーを必要とすることがわかってから、彼女を追い出したの?」

「彼女はその前に亡くなったの。風邪で、麻疹にかかったあとの。ともかく、そういうこと。——あなたはどうなの？」

「子孫なし。じつは、ミスタ・お門違いは、私が自分のやり方を見せられるチャンスをほとんどくれなかったんだ」クレアの眉は、小粋に吊り上がってから、大袈裟に下に降りた。それから思案にふけった。「ダイシーは増殖したのかな？」

シーラが肩をすくめる。

またシーラが訊いた。「トレヴァーには何て言おうかしら？」

「まだ馬を出さないでって」

勘定書きを盆に乗せて立っているウェイトレスは、良心の鑑だった。二人は最後の最後の客だった。すべてがかき消すようになくなっていた。しかしもし、出て行く足跡が絨毯の花をかすっていなかったら、ここには誰一人いなかったみたいだった——遠くへ片寄せられたテーブルの海は、パン屑はおろか、しみ一つなかった。広場恐怖症になりそうだ。しかしまだ静まり返ってはいなかった。空中にティー・トレーが積みあがる音、陶器が重なる音、そしてティー・スプーンを数える音が、ますます大きく響いていた。臆するはずもなく、サウストンのレディは、もう一度ゆっくりと勘定書きを読んだ。「カウンターで払うの？」

「いいえ、私に、この場で、マダム。カウンターはもう閉めました」

「まあ？　ずいぶん変わってるのね。——どうしたの、クレア？」

「手袋を落としたの」マンボが口を尖らせたら、もう片方も落ちた。

4

十日後、フランクは祖父になり、ダイナは車を寂しい十字路に停めていた。彼女は煙草に火を点けて、地図をさっと広げた。ここが彼女の言った場所のはず、だがどうだろう？　地図で見る場所と現実の場所は似ても似つかないものだ。空間は時間と同じ不安を引き起こし、人は不安を胸に海に出る。しかし、彼女のちょうど真上に、素晴らしい道標があった——さらにいいことに、そこでわかったことが彼女を激励していた。見たところ、ここで交差している道路は、彼女が望んだとおりの道路だった。もしここがその場所でなくとも、その場所であるべきだ。これ以上することはない。

彼女と車は丘の上にあり、あたりを包む奇跡のように美しい十月初めの空気は光り輝き、田園地帯の無人の空間がきらめいていた。正午だった。樹木は遠くにも近くにもほとんどなかった。ともあれ、あるだけの木々は、それぞれがほのかな孤独な美しさに際立っていて、淡く煙る炎を見るようだった。遥か遠方には、表面に太陽をとらえた道路が川面のようにきらめいていた——道路は道幅が広く、低い石壁だけで仕切られていた。朝がヒルマンを満たし、車の窓は開けてあった――彼女は待つのは嫌いなはずだったのに、うっとりして座り込み、走る車の中で静かにしている人と同じように、車を停止したまま静かにしていた。持ってきたのは、トランジスター・ラジオ、魔法瓶、それに、かつてはスミレ色のスエードで製本されていた『イン・メモリアム』[*1]と『ミドウィッチの郭公鳥』[*2]、しかし、そのどちらにもまったく手が伸びなかった。これが続いていれば、もう何も要らない……しかし通る車の音が、しばし視界の外に遠ざかり、スカイラインの背後で聞こえるだけだったのに、一気に飛び込んできた――バン、トラック、透明屋根《バブルトップ》の車、横柄な大型車が二、三台、トラクター、オートバイなど。彼女は、はてなといぶかり始めた。すぐに左側を走る道路を注視し、探した。そこにタクシーがくるはずだ。なぜこないの？

左を向いて座り、車のシートの背から腕を垂らしたダイナは、これ以外の方向は念頭になかった。しかし、真っ直ぐ前方からミニーマイナーが、転がるようにヒルマンに向かって走ってきた。十字路に近づくと精度を確認し、十字路を越えたところで速度を落とし、のろのろと徐行した。ヒルマンの横をすれすれに通りすぎがてら、車の運転手は反対を向いているダイナの頭をとくと見た。ミニーマイナーはそこで道路のはじに、必要とされる数ヤードの距離を置いて正しく停車した。クレアは、犬歯織りのツイードのスーツに、ワイン・カラーのターバンという出で立ちで降り立つと、きびきびした足取りでヒルマンのほうに引き返してきた。

こうした一連の操作と、いまや隣人がきたという災難に見舞われて、せっかくの見張りに邪魔が入ったダイナは、後ろを向いて何が起きたのか見た。彼女はそれが誰か一目でわかると、カンカンになった。「いったい――？」彼女は窓から身を乗り出して息巻いた。「タ、、、クシーできなさいって言ったでしょう?」

「わかってる、わかってるって!」意気揚々とクレアが近づいてきた。

「列車も教えたのに!」

「列車には乗らないんだ——このどこがいけないの? ちゃんと着いたじゃない」

「あなたはすべてを台無しにしてくれたわ」

「へへえ!」クレアは、年季の入った無関心さで言った。こうして二人は、前に別れた場所に戻っていた——どのくらいになるだろう? 一日も経っていないみたいだ!「あなたが」、クレアが豚皮の手袋の手を車の窓枠に置いて言った。「出てくる、それとも私が入る?」

「あなたの車はどうするの?」

「乗ってあなたの後をつけて行く、どう?」

「でも私たち」、ダイナがうめいた。「それでは話ができないじゃない。わからないかなあ、それが大事な点なのよ——大事な計画がその一点に掛かってるのに?」

「わからないなあ、どうしてここで散歩するの? どうしてあっさり列車を出迎えなかったの?」

「猛烈に楽しかったでしょうよ、あなたが乗っていないんだから! そうね、駅の構内で会うとか?

——やっぱり駄目よ、マンボ!」

「あなたの感覚としては、私が高いタクシーに乗るという気がした?」

「このケチ、巨大ショップのオーナーなのに!」ダイナの口調が変わり、鳩が不服を言っているみたいになった。「そうよ、私たち、今日一日があるし、あれが我が家——ほら、あら、私って、いつも先走るわね。いまに見えるから! で、私がこの企画を立てるのにどれほど気を使ったかわかってくれたら――あなたと私で私の車に乗って、家までずっとドライブしようと。私はそれが楽しみだったのに！　でもこうなったら、さしずめ陰気な行列で行きましょう」

「ははあ、そうか。それもいいかもよ。ともあれ、まずは一休みしない？」

「じゃあ、ちょっとどいて――外に出させて。お日さまに当たりましょう」

　クレアはダイナが長身を蛇みたいにくねらせてヒルマンから出るのを見つめ、感想を述べた。「まったくねえ、あなたが大きくなって、足長おじさんになるなんて！」

　ダイナは自分の体を見おろし、スラックスにこぼれていた煙草の灰を払った。「ええ、そうね！」

　二人は申し合わせたように道標のほうを向き、一、二歩進んで草の畦道をまたぎ、仕切り壁の上に座った。上からも回りからも、それほど優しくなくもない、敵意がなくもない真昼が二人の上に降り注いだ。いままでの口論は、やっと自然に終止符が打たれ、ホッとするような結末が訪れていた。

　ダイナは膝を組むと、上になったほうの膝を抱え、後ろに体を揺らすようにして空を見上げた。それからやるせなく物思いにふけったまま、クレアのほうを見やった――クレアはいきなりぱっと立ち上がって、きちきちに体を包んでいたコートのボタンをはずした。ダイナの視線が新たに発見されたクレアの姿を、監視するというよりは、ただそこに留まっただけにせよ、クレアは反撃に転じ（習慣から？）、相手の品定めを始めていた。「そうね、よくなったじゃないの」彼女は認めたが、文句を言っているような口調だった。

「そうでしょう！　私は誰が見てもゾッとするような子供だったから、よかったわ。素敵に見えるって素敵なことね」

「さぞかし」

「でもあなたは見るからに素晴らしいわ、マンボ！」ダイナは叫び、一瞬でも違った考えを持ったことに驚いていた。壁の上でさらに体を後ろに揺らし、至福に満ちたため息をついた。「あなた、嬉しいでしょ、こうして、ここで散策できて？」と言って彼女は誘いかけた――だが突然やめた。「ねえ、見て、見て、鳥が何百羽もいる！　アフリカに行くのに、飛び立つ決心がつかないんだわ。ああして体制を組んで、ああして無駄にするのよ。何て喧しいの！――違う、上よ、あそこ！」

　移動する鳥の群れは、シルクの布が揺らめいているようだ。クレアもやむなく目を上げた。鳥たちが透明な影で覆った宇宙には、クレアは何の関心もないのか。風景に対する人も知る彼女の反感は歳月によってさらに硬化し、その反感がいかに強固であるかを歳月が彼女に示してきた。彼女はいま、多くのものに抵抗していた。というか、抵抗できないときは、とりわけ涼しい顔をしたり、ふざけたりして、いかにも抵抗しているようなふりをした。辛辣になるのも、一種の隠れ蓑だった。ダイシーが相手のときは、大見得を切っても、それだけの舞台効果は得られまいと彼女は思った。駅頭で会いたかった、だって？　ああ、まさか、とんでもない。戸口も、部屋の中も、たとえバーでも、それは駄目だ。あるいは単純に会うだけでも、人は一点に収斂することになる――しかもいったい何の真ん中で会うのか？　この心痛むような大いなる景色。彼女はこれを何から思いついたのか？　トマス・ハーディ……いや、違う。待てよ――この薪の山には老いた黒ん坊、隠された秘密があったのでは？　「これは」、と発言したクレアの口調は、ミセス・アートワースなら明らかに変な口調と呼ぶはずのものだった。「マクベスの出会いの場でもよかったみたい、でしょ？」

「大鍋がぶくぶく、ぶくぶく、ってね」ダイナは即座に応じた。「ヒースの丘というほどでもないわね、これは、でも空模様だけは、まあまあかな。どうにも場違いなのは、いまいち物足りないのよ。

第一の魔女、あられ。第二の魔女、あられ、第三の魔女と……？　私、彼女が今回どうして私たちを出し抜いたのか、わからないの。考えてみれば、私だって、たいへんな苦労続きだったのよ！」

「自分から招いたくせに」

　ダイナは頓着しないで続けた。「違うわ、シーキーったら、すごく秘密主義なんだから。返事がこないのよ。あなたは会ったんでしょ――どんな様子だった？」

「ぴりぴりしてた」

「そう言ったの？」

「あなたのおかげで地獄だって」

「何を馬鹿な！」

「いいじゃないの、ダイシー！　彼女には彼女の生活があるし、これからも生きていかなくちゃならないし」

「だったら、どうしてあの不動産屋と結婚したのよ？」

「彼女だって似たようなものよ」

「シーキーが？――塵は塵に、ということね、灰は灰に。私のせいじゃありませんからね！――でも、彼女は手紙ではそれほどぴりぴりしてなかったけど。あの書き方、猫をかぶってるんだわ」

「書き方だって？」

「どうしたの？――壁から落ちないでよ！　ええ、彼女はむろん書いてきたわよ、いいじゃない？あなたも書いてきたし。彼女のはあなたの三、四日あとにきたの。出足が遅いと思ったけど、そう言えば、あなただって」

「あなた、いまさっき言ったじゃないの、彼女からは何も言ってこないって！」

「ややこしくしないで。私は、返事がないって言ったのよ。私が彼女に返事をしたのに、それに返事をよこさないの。そうよ、彼女からきた手紙は、それはもう陽気なもの。いわく、私がまだいるなんて、考えただけで楽しくなるって。質問は、いまはどんな名前なの、どこの止まり木に止まっているの——つまりどこに住んでいるの？　それから、彼女のいまの名前を教えてくれて、自分はどこに止まっているか——もう永久に止まっているつもりらしい。何とか言うガーデンにある昔のビーカー邸からほんの二軒目だからって。地理的には彼女、遠くには行かなかったのね？　私には、それは悲しくて、あいにくなことだわ。でも彼女のバレエはどうなったのかしら、すごく気になるけど？　彼女がおもに知りたがったのは、私にあなたから便りがあったかどうか、あなたと私が何か計画を立てたかどうか、もしそうなら、どんな計画で、何日にやるのか。当然、教えたわよ」

「シーキーめ！　彼女のまたの名はズルと言う」

「どうして？」ダイナは不思議だった。「当然じゃない？　まず三人だったんだから、三人でなくちゃ——と私は思うわ。ともあれ、そうよ、私は喜んで彼女に教えましたよ。日にち（今日よ）と、列車と、どこで降りるか。車中であなたを探すこと、あなたはもっと秘密の情報を持っているかもしれないから——何もかももう一度書く元気はないけどって。私、期待してたのよ、あなたが彼女をタクシーに放り込んでくれるものと……。でも私、彼女にはくるのかこないのか、はっきりしてくれと、とくに頼んだの。理由は、何切れお肉が要るか、だけじゃないわよ。いわばあるものを思い描きたかったからなの。私って、前もって思い描かないと気がすまなくて。物事を思い描くことで人は生きている、としか思えないの。ということを」、ダイナは続けた——責めるというよりは探るような目をクレアに向けた（あえて責めるとしたら、どこまで危険を冒して責めるべきか？）——「私はやっぱり期待しているんだわ。だって、誰かほかの人のために人が思い描いた何かが、結局のところ実現しなくても、人は少なくとも一つは、大きな楽しみを持てたんだから」

「そうか、なるほどね」

「あら、でも、何だかずいぶん深刻ね！——とにかく、あなたに初めから話したように、彼女からは梨のつぶて、あの日から今日のこの日まで。またもや潜伏よ、これまで一度も隠れたことがないと言わんばかり。それで私、彼女は秘密主義だと言ったのよ。あなたはどうなの？」

「私はそうは言わないな。私には、彼女の動機はガラスみたいに透明だもの」

「マンボ、私にはわからないのよ、どうして彼女がこないのか。どうしてこられないのよ。それに、最低でも、くるだけはこなくてはいけないのに」

　クレアは鼻を鳴らした。「私だってわからなかったな、最初はね。（ちょっと聴いて、ダイシー、いいから！）私は逆に思ったんだ、これ以上愉快なことはないぞと。もしあなたが聞きたいなら言うけど、私は彼女に一番に提案したのよ、彼女と一緒にとったあのとても美味しいお茶のときに。『あなたもくるのよ』と私は言ったわ。『こない法はないでしょ？』と。彼女は乗らなかったけど」

「乗り気じゃなかったのね？」

「あなたが訊くから言うのよ、彼女は死んだほうがましだと言ってた」

「へえ！」受けた傷の大きさに、叫んだ人間は行き場を失った。クレアに瞬きしてから向こうを見やり、それからあらぬ方向を見て、そこでまたあてもなく瞬きをした。「だったら彼女、どうして私に書いてこないのよ？」ダイナは悲惨な声を出した。「彼女はいったいどうなってるの？」

「再考してるのよ」

「さっぱりわからない――理解できない！」

「考え直したのよ。それははっきりしてるじゃない？」

「してないわよ。彼女は何が狙いなのかな？」

「サボってるのよ。今度は誰がややこしくしてる？」

いずれにしろ、我慢の限界だった。ダイナは悲鳴をあげた。「ああ、もう、大嫌いよ、あなたたち二人ときたら！　カーカー鳴き合って――厭な人たち！」

「へへえ、へへえーんだ。――もし誰が何を狙ってるのと訊くつもりなら」クレアは人を食ったようにくっくと喉を鳴らして続けた。「いくらでも訊くことはあるんだ、あなたには」

「ねえ、マンボ、うちに帰ってランチにしましょう！」ダイナはひらりと身をかわして、壁から降りた。そして口笛を吹きながら先に立って車に戻り、一列に並んだ車で家まで帰る予想図は、先はどよりはずっと趣味のいいものに見えたようだった。もたついたのはクレアだった。クレアは飛ぶように引きかえして、さっき落とした上等の手袋を拾った。

ダイナはそれを待ちながら、ミニのドアを開けた。「早く。私、先に行って曲がるから」

「じゃあ、ランチのときに？」

「フランシス抜きで」

「フランシスって？」

「すぐわかるわ。――いないのは」、ダイナはもう歩き出していた。「フランクのほう」

「誰がいないって？」クレアがミニの窓から大きな声を出した。

「今日はいないの。彼はロンドンに行ってる」ダイナはそう返答し、ヒルマンに乗り込んだ。車に乗るといきなり方向を変え、それからクレア（ギアを入れていた）のそばを速度を上げて走り抜けた。二人は出発した。クレアは一心に集中して運転していた。その怖い顔がヒルマンのバック・ミラーに映らないときはあまりなく、横道もカーブもたくさんある素晴らしい道路が続いた。クレアは先行車についていくというよりは、獲物を追っているようだった。アプルゲイトまでの道はクロス・カントリーとなり、走行距離は約十五マイルだった。

＊

ダイナが自宅の外門を入ると、ポーチを額縁にしてフランシスが白い上着姿でいるのが見えた。彼は出迎えに出てきた――どこから見ても情報ありという人間の顔をしている。「お肉がまだなのね?」彼女はそう訊きながら車から出た。

「お待ちかねのレディがお着きになっています、マダム」

「私はレディなんて、お待ちしていませんよ。いま一人お連れしたけど」（クレアは、小路に帰ってきた牛の群れと合流してしまい、さかんに車の警笛を鳴らしているのが聞こえた。）「だから、どなたであれ、お引き取りいただかないと。誰だと名乗ったの?」

「いかにもご自分のご用がありそうだったので、私はことさら……」

「まあいいわ。どこに通したの?」

「居間にお通して、少佐とご一緒に」

「さてはあなた、いまや幻影が見えるんじゃないの、フランシス。彼はロンドンでしょう！　早い列車で行ったじゃない」

「はばかりながら」、フランシスは無理に苦しげな声を出した。「今朝がた少佐が歩いて入ってきたんです、マダムが出たあとすぐに、気持が変わったと言いながら。今日は快晴でロンドンに出るにはもったいない日だからと。どこを探してもマダムがいないので、どこに行ったかと少佐が訊きました。彼に伝える情報は何もないので、マダムはランチョンにお客をお連れになる予定とだけ。少佐は不満そうにむっとしていましたが、家庭農園《ポタジェ》の様子を見に出かけました。また入ってきて、呼び鈴で飲み物を命じられたところに、このレディの車が到着しまして。私はお盆をお持ちしただけで、あとはご挨拶などを少佐にお任せしたわけです」

「みんな頭が狂ってるわ」

「それに、ヴェルモットのノイリー・プラットがちょうど終わりになりました」

ミニが外門から颯爽と入り、ヒルマンのすぐ後ろにすんなりと駐車させた。クレアは牛の群れのことで何か言いながら車を出た。身体を振って身なりを整えてから周囲を眺めた――芝生と屋敷と銅葉ブナの木に目を留めた。「これは」、彼女は好意的に述べた。「素敵じゃないの？」

「ときにはね。今日は地獄だったわ。マンボ、あなたどう思う？　フランクはロンドンを取りやめて、フランシスが言うには、女性と居間にいるんですって！」

「やれ、やれ。――ねえ。私、手を洗いたい」

「あら、入ってよ、入って！」ダイナはお客を駆り立ててゴシック様式のアーチをくぐり、ネオ・ジャコビアン様式の玄関ホールに案内した。「そうだ、いらっしゃいませ、とか何とか全部言うわ、マンボ、ダーリン！　私、ここはいまでも我が家だと思うんだけど、ときどきそれが怪しくなるの。——真っ直ぐ行って、一つ目を右に。いいえ、ごめん、二つ目だった！——私って頭がどうかしてるわ。私の知るかぎりでは、ロンドンの算段をしていたのに。それが違うなんて——ウナギみたいにぬるぬると身をかわすんだから！……あなた、何でも見つけて使ってね」ダイナはくたびれたように、階段を上がっていくクレアの後ろから叫んだ。「私はいまから、そうだ、そのでしゃばり女をつまみ出しに行ってこないと」

彼女はすぐさま応接間のドアとの格闘に馳せ参じた。

大きな窓のある応接間は、この時間、戸外の田園地帯よりもずっとまぶしかった。太陽は通り抜けた板ガラス（彼女が開けておいた窓がいまは閉じられていた）によって拡大され、豪華な丸鉢とスープの容器《チュリーン》に活けられた早咲きの菊と遅咲きのダリアと名残の薔薇の花々に豪華に降り注ぎながら、太陽みたいな意地悪さで、家具のサテン地の表面を覆っている薄い埃の膜を照らしていた。いくつかある肘掛け椅子とソファが露出しすぎで、ひしめき合っているように見えた。暖炉の火の中で輝くと、太陽はただその火をかき消すという手品を演じた。白熱に燃え尽きて灰になった薪は、空気をツンとさせ、心なし青くしていた。フランクのパイプもそうとう時間が経っていた。その他の点では以前と変わらぬ応接間だった——折りたためるタイプのシックな帽子が、ダイナの机の反対側にある色褪せたゴブラン織りのスツールにしっくりと合い、どうやら帽子はそこを目がけて気軽に放り投げられたらしく、あとは、アプルゲイトに入り慣れた誰よりもぴかぴかと華やかで訳知り顔の雑誌が一冊、何かからひらりと滑降してきて、床に平らにのびていた。しかし団欒の中心は暖炉の敷物の周囲にあり、そこに立ってフランクはシーラをもてなしていた、ほっそりしたニット・

スーツのシーラ。彼はラガービールの入ったグラスのバランスを取り、彼女はもっぱらジン・トニックで。

部屋に入り、ドアからさして離れていないところでダイナの足が止まった——自信なさそうに、と人は思ったかもしれない。思いあぐね、悔やんでいるような表情をしていたが、サングラスがないのを悔やんでいるのか。それからゆっくりと片方の足を上げ、自分で立っていい床はどこまでか、よくわからないみたいだった。「で、いったい君はどこにいたんです？」わざと叱責するような口調でフランクが訊いた。間髪を容れずにシーラがすっくと立ち上がり、暖炉の上のグラスに手を触れ、恐れを知らぬ声で一声笑い、さっと身を翻して、手を差しのべた。「まあ、ダイアナ」歌うような声だった。「楽しくやってるわ！」

「まさか、あなたじゃないわね？」

「あら、何よ、私って、そんなにショック？　もう何年になる、ねえ？」

フランクは、わざと目を回して言った。「ミセス・アートワースは険しい山道を越えて旅してこられたんだ、君も話を聞いたらお気の毒だと思いますよ」

「そうじゃないの、それはどでもないわ」旅人は快活に言った。「だけど、何だかショックで倒れそう——何年ぶりかで、ダイアナが歩いて入ってくるんだもの！　それに目を見張るようよ、ダイアナ、すべてを考えても。正直、あなたただなんて、まずわからなかったわね」

「私、もう『ダイアナ』じゃないの」

「あら？　すごくきれいな名前なのに、私の記憶では母はそう思ってたわ」

「私の母はそうは思わなかった。喧嘩好きな狩りの女神のダイアナが嫌いだったのに。従兄のローランドがそれにしろと、母をそそのかしたのよ」

「あなたのお父さまじゃなく?」

「ええ、違うの」

「僕らは『ダイナ』で、いまはね」フランクがシーラに言った。

「あなたはそう呼んでらしたわ、ええ。私は愛称だとばかり思ってました。――さて、これでそろったわね。私はショックで倒れそう!」

「あなたはきっと」、ダイナは理想的に、しかもやんわりと言葉を濁して尋問した。「もちろん、私はここだと思っていたんでしょう、まあ、どっちみち?」

「じゃあ、あなたは」、相手はすかさず訊いてきた。「私がくると思ってたの?」

「それが、思ってなかったの。残念ながら、あなたは仲間に入れなかったから。だけど、人生は」、――ダイナはいま視線をフランクに向け、その瞳は純粋な怒りに燃えるエーテルのようになっていた。「驚異に満ちているのよ。とくに今日は。で、あなたはロンドンという気分じゃなかったとか、フランシスの話では?」

「いざとなると、ねえ、君、ダメだった。ダメだったんだ。今朝はちょっとその気になれなくてね。チビにお目見えするような気分にはとても」

「まあ、まあ、ほんとに可哀想な、望まれない赤ちゃんだこと!」

シーラはこの合戦中に、自分のグラスを引っつかむと、中味をぐっと空けた。そして、気配りのお手本らしく、自分の美しい鼻を見おろすと、その先端がピンク色に染まっていた。気配りは報われず、誰も気づかなかった。そこで彼女は気配りをやめ、雄鶏みたいに鳴いてみた。「誰が赤ちゃんを持ったの、教えていただけません？」

「いえね」、ダイナが慰めに入った。「彼の一人娘なのよ」

「ウィルキンス少佐の？　へえ」

「あなたここにいるんだから、フランク、可哀想なシーキーのグラスを見て差し上げて。すっかり空じゃないの。何マイルも運転してきたあとですもの、私だったら、そう……。まあ、シーキー、あなたの言うとおりね、あなたがいると楽しいわ、だから過ぎたことは過ぎたことにしましょうよ。でもあなたは、まあ、少しばかり秘密主義だった、でしょう？」

「恐ろしかった、私って？」ミセス・アートワースはいぶかしく思った。「私、ほんとに最後までわからなかったのよ、果たして抜け出せるものかどうか。人にはしがらみがあるでしょ。これがなくてもあれがある。今朝の今朝まで実は自信がなかったの。あなたに電話するか電報を打つつもりになっていたのに、いざとなると話がぐるぐる渦巻いてしまい、それにわかっていたのよ、あなたは必ずここだ、マンボがいるからと。――ところで、一番に訊くつもりだったんだけど、彼女、今度はどこに消えたの？　列車では影も形もなかったわ。私、前から後ろへ、後ろから前へ往復して、探しに探したのよ。検札係にそうとう怪しまれたんだから。おまけに、鶏が鳴くと同時に家を出なくちゃならなかったのよ。サウストンからここまで、同じ日の朝に着くには！」

「君たちらしいゲームですな」彼女にグラスを持ってきたフランクが言った。

「もういただけないけど？　どうしたらいいかしら」シーラの疑いは自然に晴れた。「運がよかったの」、とミセス・アートワースが続けた。「あなたの住所を偶然持っていたのよ！　ほら、あなたが言ってたでしょ、マンボがすべて面倒を見るって。それで私は出かけて、駅に着いたら――」

「人っ子一人いなかった」とダイナに酒を持ってきたフランクがあとを受け、肩越しに被害者のほうにうなずいた。「僕だったら、いつだってお出迎えできたのに、そういうことなら。――でもその間、君はどこをうろついてたんですか？　よその駅で？」

「風すさぶヒースの丘に」

「で、私、最後はタクシーにしたの」シーラが思い切って言った。「悪いけど、お宅はどこからも何マイルも離れてるのよ、でしょう？　でもね、何が心配だったかというと、いまも心配よ。あの哀れなマンボにいったい全体何があったの？　彼女の所在については、何の手がかりもなしよ。声を大にして言うけど、我らのさまよえる少女はいずこに？」

「手を洗ってるわ」

「あら」シーラは反射的に言った。しかし、ほどなく知性が濾過されて彼女に届き――ほんのりと赤らんできた顔をダイナからそらした。「あなた、まさか、ここでと言うんじゃないわね？」

「ええ、そう言ってるの。ここで。おかしい？」

「彼女、どうやってここにきたの？」

「自動車で」

「いつ？」

「いまさっき。私と一緒に」

「あなた、彼女は列車だろうと言ったじゃない！」

「そのことであなたは何も言わなかったじゃない」

「あら、よしてよ、ダイシー！　屁理屈言わないで。――彼女、知ってるの、私がきたこと？」

「知ってるかって？　ううん。私たち、二人とも悲しいけどあなたを仲間に入れなかったから」

「あら」シーラはそう言い、その間、人魚のような目は夢見るようになり、やがて一瞬きらりと光った。彼女は微笑した。「じゃあ、そうなると、私はほんとに大ショックだわ」

「どうして？　あなたは自分で思い込んでいるらしいけど、それほど難破してないわよ。ともあれ、彼女は先日、あなたに会ったじゃない」

「おかげさまで。でも、私がたまたま言うつもりだったことは、そうじゃないの――今回は。つまりね、彼女はもう少しで馬鹿を見るところだったのよ。露見したの。口にするのも気の毒だけど、あの人には後ろめたいところがあるのよ」

「マンボに？」

「ええ、そうよ、私はわかってるわ、彼女は軍人の娘よ。――でも、それはいまは置いておきましょう」シーラはきっぱりと宣言し、グラスを持っていないほうの手で、青みがかったブロンドにした髪の毛のウェーブにそっとさわった。「最後まで悲しいだけのお話なんて、ウィルキンス少佐には面白くないわね。――あなたを退屈させるなんて、いけませんよね？」彼女は彼に訊いた。

「その逆ですよ」とフランクは返したものの、いままであった元気がなかった。女性たちがみな椅子に座ってくれたら、両足に掛けた全体重を外してやれるという希望に疲れたいま、彼は窓の辺りでお茶を濁した。「まったくその逆ですよ、これ以上のことはない！　そうだな、僕には大事なことに思えますね、話を聞かせてもらうことが。原則として、僕は暗闇の中がいいんです、いま起きていることに関しては。いや、起きているらしく見えることには――でもこれは、僕が馬鹿だからかな？」（話すにつれて義憤がまたバッテリーに充電されてきた。）「まさに真っ暗闇の中ですよ、今日の計画についてはーー実は全然知らなかった、何かが計画中だったなんて。いま理解したところでは、僕はパーティにーーいやもっと悪いなーー再会の場に踏み込んでしまったんだ。一言言わせてもらえば、誰も何一つ教えてくれなかったんです。僕に邪魔をさせないよう色々な努力があったようだし、僕がそうと見抜いてもよかったのに。目が見えなくて、まるで蝙蝠でした。もう少し好かれていたはずだけどなーーええ？ーーここではダメか」彼が見事な口ひげの下で、ダイナに向かって歯軋りをしたーーダイナは、この談話の初期の段階で、自分の大型の肘掛け椅子にどっかりと座り、両足を体の下に畳んだら、シーラもつられて辺りを見回して自分の止まり木を探したら、もう一脚あった、本来はフランク用らしい、大きな椅子のアームの上に、ウェスト・エンドの優雅さをたたえて、腰掛けていた。「ロンドンの話は出ていたんです」と彼は続けた。「調子のほどはともかく（今朝はどうにも気分がそこまで行きませんで、理由はちょっとね）、ロンドンしかなかったんだ。どうしてロンドンなのか、僕はどうして何も聞かされなかったのか、変だなと思ってもよかったのに。しかし、変だなと思うのも、クソいまいましいからーー面倒だし……」彼はここで一瞬静寂に座を譲り、またシーラのほうを向いた。「すみません」彼は言った。「ひどい話です。しかし、僕はすまないとは思ってないんですよ、そう、いかにもすまないと思うべきなのは確かなのですが。少なくともあなたを小一時間ほど退屈させて楽しんでいますからね、それがもう嬉しくて！　もうお会いできないかもしれないので、いまのうちにお礼を、どうもありがとうございました。ではもう家に帰りまして、ランチでも見つくろうとしましょうか」

「あら悲しい」

「何が家にあるか、となると」フランクは思案した。「食べるもの、ということですが、見当がつかないな。何かがある、ということにしよう」

「そうしましょう」ダイナが涼しい顔で言った。「あなたはこれから何を食べるか、シーキー、それは訊きっこなしよ。お肉が三枚あるの」

「じゃあそれでぴったりなんだね?」

「いいえ。マンボが二枚なの」

「そうか、まいった!」フランクは出て行く途中で、ダイナの椅子に上からかぶさるようにした。「二枚は『マンボ』ね、いやはや。『マンボ』よ、永遠なれ! マンボとは何者で、どなたなのか、――一つお聞きしていいでしょうか?」

「いいえ、あなた」彼女は懇願し、愛しげに彼を見上げた。「何事であれ、もうおしまい。いまは駄目」


フランクが大股で通った玄関ホールは、おもに階段の窓から光が入っていたが、冬場より夏場のほうが暗かった。窓の外に銅葉ブナの木があり、葉が茂るとカーテンになった。まだ葉は鬱蒼としていて、赤銅色は黒ずんでいた。しかし何かが遠くで、いままではいなかった異質のものが、枝で暗くなった光をさえぎっていた――階段を半分上がった踊り場で、人か物が立って外を見ていた。高い所にあるせいか浮いているように見えたが、見るからにどっしりしている。このお化け(そういう感じがした)は、フランクを怖がらせないまでも、神経に障るものがあった。もし幽霊を見ても、いつも言っていたように、彼はかつがれるつもりはなかった。しかし、何かにかつがれるまでもなかった。鈍重なこの幽霊でないものは、彼の前に現れながら、振り向こうともしなかった。後ろ姿のままの、どっしりとした、圧倒的な不動の姿勢は、時代など一切無視しているだけでなく、この地所一帯を占有しているという雰囲気を漂わせていた。屋敷をぶらりと……「マンボージャンボだ！」彼は心の中で、ひそかに激しく叫んだ。彼の予定ではいまからフランシスを探し当てて、卵を二個ねだるつもりだったが、それもやめた――彼はポーチを急いで抜け出し、太陽の中に出た。いったん外に出て明るい場所に立つと、両肩を一回ゆすり、やっと額をぬぐった。

　樹木そのものはクレアを窓に長く引きつけることはなかったが、銅葉ブナは、黒ずんでくる頃が一番美しい木だ。彼女が下を見て眺めていたのはブランコだった――動いているブランコを眺めるように見つめていたが、誰も乗っていないブランコだった。その下に小さな剝げた地面があり、芝生の中まで蹴られていた。しかし、どんな角度から、どんなに力を出して地面を蹴ろうが、斜めに吊られたブランコはぐるぐる回るだけだ。高くこげばこぐほど歪んで、曲がって、傾いていく。歪んだブランコを乗りこなすのは偉業なのだ。真っ直ぐこぐよりずっと偉い。乗りこなした人間は三人いた。シーキーは真昼の花火。ダイシーは膝を掛けて逆さまにぶら下がり、下にきた地面を蹴る代わりに手で叩く。マンボはうつむいてブランコに腹ばいに乗り、手と足を四本同時にぱっと開く。空中が純粋に嬉しくて、お祈りにあるように、もし御國《みくに》がきたら、誰でも飛んで行けそうだった。しかし彼らは飛んで行かなかった。

　あれは恋愛以前の日々。いまはその後の日々。何一つ無駄にはならなかった、ただその間の日々をのぞけば。クレアはいまになって誰かがいた気配がしたのを思い出した、男が一人、急いで屋敷を出て行った音がした――ついさっき、だったか？　もし違うなら、いつだった？

「やっとときたわ！　まるまるお風呂に入ってたの？」ダイシーは階段の下から、まるで井戸の底から見るように上を見上げた。そしてマンボを下に招き、耳打ちをした。「さあ、いまからヒントを三つ出すから……」

「一つでいい。シーキーでしょ?」

「そう、そのとおり」

「ははん」

「私だって」、ダイシーは打ち明けた。「全然驚かなかったわ。ともかく、いらっしゃいよ。彼女、飲み始めたところ」

「それで彼女、どうなってる?」

「いまのところは猫かぶってる。——でも、どうやら、あなたにはぴりぴりしそうよ」


卵が八個のポルトガル風オムレツつまりポルチュゲーズが、キッチンでわざわざ考案されたのは、それで必ずや食欲を失神させてから、お肉(カツレツの大きさしかない)を出陣させるという算段があったからだ。これがフランシスの発案だったので、その勢いで彼自らがオムレツを一同に供して回った。

「あなたの執事は英語を話すの?」シーラは、フランシスがしぶしぶ退場したのを見澄ましてから訊いた。

「ええ、そうよ。彼はほとんど何でもできるわ」

「ほかに手伝いは?」

「未亡人たちが入れ替わりに。お掃除をしてもらうの。でも今日ここにいる人は、幸運にも、お料理ができて――少なくとも私はそう思うけど、あなたはどう？」ダイナはそう言って、フォークでオムレツを自分の分だけ取り分けた。「さもなければ、料理は私が。でもお料理とおしゃべりの両方はできないから、今日は料理はやめておこうと思ったの」

「サウストンの現状は、そうとう悲惨だわね。さいわい、我々にはトレヴァーの献身的な看護婦がいるけど」

「誰を看護するのよ？」

「彼女は料理をして、ぶらぶらするの。でも現実を覚悟しないと、いまに彼女、年寄りになるわ。そしたら、どうなる？」

「年金をつけてお払い箱にすれば。――ねえ、シーキー、子供は何人いるの？」

「私は、事実上、一人も」

「『事実上』って、どういうこと？」ダイナが追及した。

「シーキーには『連れ子《ステップ》』が二人いるの」クレアが言ったが、退屈のあまり不機嫌そうに、自分の皿から鼻づらを上げた。そしてナプキンで口の回りをぐいとぬぐった。「何にもないよりはましよ。あとは、そのステップに子供がいるか訊いたら、話は終わりね」

「あら、終わりじゃないわ！」とダイナ。「私は孫が五人いるのよ」

「初めは何がいたの？」

「あら、息子が二人」

「あら、お利口さんね、あなたは」ミセス・アートワースが言った。

「ワインがあったらよかったのに」ダイナはまた入ってきたフランシスに言った。執事になりすました今日の彼は、いつもならテーブルに置かれていて、らくに手が届くものを、遥か遠方のサイドボードに追放していた。あるものといえば塩と胡椒、それに、ライオンの頭のスタンプを押したバターが人数分あっただけ。テーブルで給仕に当たることは、フランシスはつとに気づいていたが、完璧な支配体制を実現する一形式だった。彼に仕えさせながら、レディたちは彼の意志に仕えていた。目を離したすきに、彼女たちは謀反に立ち上がるか？　彼はそうはさせなかった。それに、会話が——流れるほどではなくとも進行していた——彼らをその場につなぎ止めていた。彼は前もってこの日のために、大きなレースのランチョン・マットを探し出しておいた。彼が興味をもって見ていたのが、正式な光輝が彼の演技によって一段と輝くことで、客の一人に影を投げ、もう一人の客をチクリと刺すことだった——いまブロンドの女性ははっきりと気づいた、この輝きはほかならぬ自分のため、しかも自分を喜ばせるというよりも、苦しめて疲れさせるためなのだと。これがもしミセス・ドラクロワの意図だったら、彼はそれを正当と見なし、彼女をもっと高く評価したことだろう。だが事実は、ミセス・ドラクロワは花を活けたあと車で出て行き、彼にわけを話すのを省き、ただ正式なランチ《ランチョン》に女性が一人くることと、肉を三枚としか言わなかった。彼は自分の才覚で動くしかなかった。フランシスは、このランチョンの心理的な背景について、彼一人で、しかもほぼ完璧に、要点をつかんでいた。ミセス・アートワースの渋面の造り（思えば、それで彼は彼女こそレディなりと見た）が、彼を刺激してレースのマットを持ち出すきっかけを与え、自分の「給仕ぶり」を、キッチンにあるテーブルを使って、突然の出来事に仰天している代役、つまり今日の手伝いにきていた未亡人とともに練習した。フランシスにあっては、才覚と悪意は区別がつかなかった。

ドアを蹴って給仕盆を運び入れた彼は、レディたちが子供の誕生について交わしていた話題を中止したのがわかった。

「どうやら、これで全部ね、さしあたり」ダイナは言い、肉はそれぞれに皿を見つけ、野菜の皿が添えられて、この剣呑なコースが出そろった。「もう下がって、休んでいいわ」フランシスは怒り狂って出て行った。シーラは、ドアが本当に閉じたかどうか疑いながら言った。「みんな言うけど、東洋人は全身これ耳ですってよ」

「いまの私は、全身これ耳よ」クレアは自分の肉にナイフをさっと入れ、それから、不吉にも、ナイフとフォークを置いた。そしてテーブルを見回した。「全身これ耳にして、ダイナの言うことを拝聴しましょう。——で、あなたはどうなの、聞きたくない？」彼女がつついたら、シーラはまだ完全に把握できていなかったが、宣言した。「もちろん！」

「何か自分のために弁解することがあるはずですよ、お嬢ちゃん《マイ・ガール》？」被告人ダイナは、客観的な態度をまねたつもりの態度で訊かれた。「あなたは危なく深刻な面倒を起こしそうでした。いったい何をするつもりだったのか、お訊きしたい」

「何らかの説明が要ると、正直、思いますが」シーラも尋問を補足し、レースのランチョン・マットから目を上げるのは拒否し続けた。「つまり、私たちはたいへんな迷惑をこうむりました」

「さあ？」クレアがどら声を出した。「早くしてよ、ダイシー。待ってるんだから」

「マンボ、そんなに威張らないでよ！」今日の招待主が叫んだ。「そして、それはそれとして、いったいどうしたの——藪から棒に？　これほど暗闇の中にいたことはないわ、フランクの言い方を借りれば。これはどういう立場なの、二人で何かひねり出したようだけど？——私は許しませんよ」、

彼女は続けたが、見事なくらい落ち着いていた。「私のお肉を食べながら一幕演じるなんて断じて
「お肉なんか食べてません！」
「じゃあ、冷めるわよ」ダイナはもう一人のお客のほうを向いた。「あなたは食べたのね、嬉しいわ、いいお肉だと思うの。――シーキー、あなた、知ってるんでしょうね、私、聞いたわよ、私があなたの人生を地獄にしたと言ったそうじゃない？」

　シーラは嚙むのをやめ、気まずさに頰が赤くなった。「絶対に言ってません――」彼女がクレアを短剣で刺すようにぐっと睨むと、クレアはダイナに大声を浴びせた。「そのことを、いまから話そうとしてるの！」

「じゃあ、シーラに話させましょうよ」

「シーキーが打ち明けたことある？」クレアが話を変えた。「そんなことあったっけ？」

「それはね」、シーラがやり返した。「言わせてもらうけど、あなたが勝手に言い出したことよ。躍起になって私を言いくるめたのはどこのどなた？　どなたですか、『心配しないで』と言って、一枚うわてを行った――と思ってるのは？　いいえ、回りくどいのは、どうしても苦手なんだ！　あなたは頭がいいことに誰も異論はないでしょうが――」

「よかった」とクレア。

「あら、私が喧嘩の種をまきましたか？」二人の囚人となったダイナが訊いた。「いいえ、だってはら、いつものことだったじゃない！　あなたたち二人は、いったんそうなると、必ず喧嘩になるの。それではほら、いつものとおりに終わるんだから！」彼女はまだ心もとなかった、一瞬にもならない間ではあったが。それでもやっと――どのくらいやっとだった？――疑念を一蹴した。「それとも、

これで終わりになるんじゃない？　さもなければ、続けるわよ」彼女のたたずまいが変わった。その美しさは、いままではこの部屋にあった格段の意味もない置物にすぎなかったのに、侮りがたいものになって前面に出てきた。このときから彼女は聞き手を無視して話し、彼女らを見ないだけでなく、見ないことであなたたちなどいなくてもいいと匂わせていた。「だんだん見えてきたわ、あなたたち二人がどんな状態にいるか。というか、見えたのよ、それほどわかりにくいわけじゃないし。つまり、私が揺さぶりをかけるのに使った手段のことでしょ？　そうね？……私がほかに何をするつもりだったかって？——そう、もっとあるのよ、ほかのどんな方法でするべきだったか？　あれは**私たち**のためだったのよ。それを二人で気に病むなんて——二人でそんな？　そうね、だったら、再会しても意味ないわ——二人であっさり降りちゃって！」

「かもね」クレアが同意し——戦意を喪失して黙り込んだ。

シーラはこうなると強いほうの立場になって言った。「そうよ、はっきり言うわ。あなたはたままサウストンの有名な住人でもないし、かなり有名なお店をやっているわけでもないのよ」

「チェーン店よ」クレアは無気力の奈落から訂正した。そして自分の前に突き出た重量級の体を見おろした。「こうなると、マイ・ラヴ、私たちは似たりよったりね。こうなると、シーキーと私は吹っ飛ばされた感じ」

ダイナはあきれて目を丸くした。「マンボ、そんな言い方って……」

クレアはそう言われて、おそろしく満足そうに自分の体を抱きしめた。しかし、ミセス・アートワースが割って入り、自分の持分を取り戻そうとした。「私の言い方だと思うわ、最初は」彼女はダイナにきっぱりと言った。「何か反論は？」

「あなたのじゃないでしょ」ダイナはマットの上の皿をわきにやり、そこに腕を組んで身を乗り出し、ひそかに二人を観察した。『ふうっと吹いて、また吹いて、おまえの家など吹き倒してやる』――だっけ？――私はそんなこと考えたこともないわ。一度も」

ダイナはいきなりクレアのほうを向いた。その白い顔に涙が一筋、戸惑ったようにこぼれている。人は忘れがちになるが、どんな涙も初めて流す涙なのだ。「私はどうしたらいい？」

「考える努力をしてみたら。習慣にさからって警告するけど、一度はそう努力してみて」クレアは頭が朦朧としていた。内心、震えがとまらなかった。電撃的に訪れた幸福感が彼女を変身させていた。皿の肉をあらためて見つめ、襲いかかった――ダイナにやさしく見守られながら。人が何かを引用するたびにシーラが不信感を抱くのは、風景にたいするクレアの反感によく似ていたが、シーラはこの引用にむっとして、考え込んでいた――とくに、これと特定できない主義があって、ダイナが選んだ引用箇所が不愉快だった。さて。『マクベス』だと思うけど？」と彼女はおそるおそる訊いた。どこからも返事がない。得意の表情を前に後ろに傾けて、彼女は考えた。「誰が誰の呪文にかかっているのかしら？」そして油断なく沈黙して一分間待ってから、今度はもっと声を張り上げた。「ねえ、じゃあ、これで一件落着ということね？」

下品なクレアが、食べ物を頬張ったまま言った。「シーキー、あなたって、何てまともなんだろう！」

「以後お見知りおきを。ただちょっと陸地が見えなかったの。だって、私の勘違いかしら、あなただったでしょう、クレア、この一件を明るみに出そうと主張したのは、おまけに、ここダイナの食卓までやってきて、でも、いまのダイナの言い方からすると、ダイナはむしろ感じていたの？――どうなの、ダイナ？　私に言わせれば、私はこの一件なんかさっさと――」

「――地獄行きよね、この一件なんか、どうせ！――ちょっと思い出してくれない、それが、あの日のお茶のときに、私が取った本来の立場だったのよ。『この一件』も何もなかったんだから。いずれにしろ、これにて休廷」

「トレヴァーには何て言うの？」

「ああ、トレヴァーね」ダイナは思案した。「よろしくと伝えるのよ」みなが期待したように、彼女は目に見えて機嫌がよくなっていた。「あなたたち、聞いたらきっと喜ぶわね、この頑固者のラバどもめ」と彼女。「おかげで百ポンドほどかかったんだから」

「何よ、腐るほどお金があるくせに」

「危うく破産するところだったのよ。『百ポンド以上は一ペンスも出せない』って、パッキーに言ったの。『そこまでやって向こうがうんともすんとも言ってこなかったら、そこで中止する――向こうの勝ち』と。私は狂ってなかったんだわ、やっぱり」

「共犯者がいたわけね？」

「そう思った？　ええ。古い友だちがまた私の人生に復帰を果たしてきて、あらゆる手綱のある人なの。ジョニー・パッカートン-カーシュウ。たくさん手がけるので有名だし、とても信頼できる人、ほとんどの人が駄馬《パック・ホース》と呼ぶけど。私はパッキーと」

　シーラは、物憂げに背をそらし、髪の毛に触れながら（今度は両手で）、言った。「つまり、彼はあなたのためなら何でもするということ？」

「いいえ、残念ながら、彼は、理性の範囲内でなら、相手が誰でも、何でもするの。だからお義理じゃないの」

「彼はこれが理性の範囲内だと判断したのね？」

「彼にはいまや捜索魂が乗り移ってね、もうすごいの。だから、当然ながら、あなたたち二人に会うのが待ちきれなくて。その算段をしないとね。それはそれで、パッキーに乾杯しましょう、心から感謝をこめて！――厭だわフランシスったら、またワインをくすねたんだ！　どこへ行ったんだろう、いつまでもほっつき歩いて？　いつもなら、糖蜜のタルトが出るはずなのに。私たち、こうしていつまでもここに座ってるけど、本当は洞窟がお目当てなのよ」

「洞窟？」

「洞窟、って言った？」

「そう、洞窟」ホステスが言い、辛抱しきれずに煙草を吸い始めた。お客は憮然として顔を見合わせる。

　クレアが言った。「ダイシー、私たち、あなたから何も聞いてないと思うけど」

「でもそんな、信じられない！　そもそもこれから始まったのよ。違った。そもそも**私たち**から始まったのよ、だけど洞窟がいわば――急転直下の役割をしたのよ。でもね、同じ日に、もちろんブランコも急転直下したの」

「誰かがブランコから急転直下したのね？」シーラがまぜっかえす。

「いいえ。私たちほど急転直下した人は一人もいないの。ほんとに馬鹿なんだから、シーキーは」

　クレアが述べた。「私けブランコをちゃんと見たよ」

　フランシスが入ってきた、糖蜜のタルトと一緒だった。前もって切り分けてあったので、彼はすぐ手渡して回った――ブロンドの女性は、彼がもし実物を見たことがあるとすれば、悪魔のような流し目をしただけで、一瞥すらしようとしなかった。その間彼は、自分の雇い主がガイド・ツアーの前にする得意の口上を語り始めたのを聴いていた――それは彼の耳には、いつもの独特の節回しなしに進行していた。しばらく語らなかったりすると、彼女はむろん心なし声がかすれることもあった。それに人は、いま彼女がこうむっているハンデを認めてやらねばならなかった、彼女を長く知っていて、しかもおそらく知りすぎている人たちが聴衆だったのだから。彼女のこの演技だって、以前は間違いなくもっとうまくいっていた。以前はあった陶酔感が欠けているように見えた――もしかしたら洞窟がその治世を終えようとしているのか？　となると、残る望みは哀れ少佐が彼女をふたたびポタジェに連れ戻すのに成功することだけだ。ダイナは果敢に続けていたが、少しの未練もなく中断して言った。「フランシス、コーヒーをこちらに――急いでね！」

「こちらにお持ちするつもりで」彼が保証できるのはこれが限界だった。

「ほら、わかったわね？」ダイナはそう結論して、楽天的にクレアからシーラに目を向けた。「これでもう考えが把握できたわね？　それを把握しなければ、洞窟のことは理解できないのよ。でも、私、あなたたちがさらに把握するものと期待したわけよ、いったん洞窟を見てもらえば」ダイナの煙草が、幕切れの動作の仕上げとばかりに、彼女が取り分けたタルトの上に灰を落とした。

「期待しています」、クレアが礼儀正しく言った。「そうなるように」

「満杯になったと言ったわね、あなたの洞窟はもう？」シーラが訊いた。

「ええ、あふれそうよ。もう誰も入れないくらい」

「へええ……。すると、あなたはずいぶん友だちがいるのね？」

「もう何百人も。誰だってそうよ――でしょ？」

ミセス・アートワースはふと曖昧な顔をした。返事はなかった。

蛇のように曲がった散歩道に沿ってミセス・コラルにしっとりした香しい息を吹きかけたストックは、もうなくなっていた。散歩道の芝生は今日は乾いていて、足の下で弾んでいる。花壇の境栽《ボーダー》の後部を囲んでいる秋咲きのアスター《ミクルマス・デイジー》は、紫色のすべての色を走り終え、いまは暗褐色のルビーの色になっていた。どの夜にか霜でやられる宿命にあるダリアは、傲然と燃えながら一日一日を過ごしていた——数こそ減らしていたが、まだ見事にとどまっている薔薇は、死すべき運命をやや免れているかに見えた。遅れ始めた太陽は花々を照らすだけでなく、昔の果樹園に数本残ったねじ曲がった林檎の木々を照らし、その果実は芝生に落ちて傷つきながら、まだ腐らないで、この午後にサイダーのような風味を添えている。時刻はもう三時を過ぎて四時に近づいていた。

　ダイナを羊飼いにして洞窟へ降りる階段に向かうにあたり、アプルゲイトを初めて訪れた二人の未知の客は、もたもたするのも、させられるのも当然だと思った。彼らはダイナの華やかな秋の花々を調べた——きっと二人には見慣れないものだったのでは？　花々の上と木々の間に、穏やかな詩的でないスカイラインがちらちらと見えた。シーラが訊いた。「私たち、サマセット州にいるんでしょう？」

「まあね」

「でもあれが西部、でしょ？　私、西部は山ばかりだと思ってた……。そう、ずいぶん遠くに見えるのねえ」

「何が？」

「これがよ。あなたにはそう見えない、全然?」クレアのほうに向き直ってシーラが言い足した。「あなたにはそう見えないの?」

散歩道は終わりに近づいていた。もう洞窟がそこまできていた。「左に曲がるの」とガイドが命じた。「ねえ、私が先に行くわ」ガイドが先に行った。

ところがそこでクレアがぴたりととまった。「ねえ、ダイシー、私たちをひどい奴らだと思わないでね、だけど、私はあそこへ降りるのはご免だね。それに、シーキーだって絶対そうよ!」

「私もあまり行きたくないな」もう一人が同意する。

「そう?」ガイドはそう言って、かかとでゆっくりと回り、両手をポケットに入れた。そして二人をとくと眺めた。「そうか……だけどすごく面白いのよ——すごく人間臭くて面白いのに」

「ええ、でもシーキーと私は、あなたの面白い友だちのことは知らないから」

「考古学者たちだって未来永劫に知ることはないでしょ」ダイナは指摘することを託されたような気がした。「もしこれが彼らを面白がらせるなら、あなたたちだって当然じゃない?」そしてさらに、もっと重々しく補足した。「あらゆることを考慮して……」

クレアが一歩わきにそれて、林檎を一つ拾った。そして手の中で何気なく林檎を弾ませながら、口笛を吹いた。それから言った。「どういうこと?」

「あなたはとっくにわかってるのよ、どういうことか——二人とも」

花びら一枚落ちても聞こえただろう、ああ。クレアが活を入れようとした。「ははん、そうか。あれね。いいわ——それでどうする?」

シーラは面食らったような顔をした。

「『どうする?』じゃないでしょ」ダイナが言った。そして二人のほうへ歩み寄った。「簡単よ、私たち、いつあそこに行く? いつ掘り返す? すぐやる?」

「掘り返す?」とシーラ。

「埋めたのを出すの」

「私たちはあれは後世のためにあそこに置いたのよ」クレアが疑った言い方をした。

「私たちがもう後世なの」悔いなき者が言った。「で、いつの夜にする? どの夜でもいい――すぐやる? このところ月夜じゃないから、でもあの時も月は出てなかったわ。また懐中電灯が要るわね。セント・アガサで会ったほうがよかったかな? 賛成?」

シーラが言った。「もうあそこにはないわよ」

すぐにはその意味がわからなかった。

「知らなかった?」と彼女。「どうやら知らないのね」

スカーフが彼女のスーツの一部になっていた。彼女はそれを結び、最初はゆるく、それからゆっくりときつくして顎の下に巻いた。

「さあ、続けてよ」二人が言った。

「どうやって始めようかしら?……あなたたちがご存じかどうか、私たちはサウストンで爆撃されたの」一種のスノッブらしさが、何の嫌味もなく、彼女の生まれ持った表情にあふれていた。誰だって爆弾でやられるのだ。「奴らが私たちに襲いかかってきたのよ、一九四〇年からこっち。毎日とは言わないけど。断続的に」あるそんな日に、セント・アガサがやられたの」

「シーキー……女学生がみんなじゃないでしょ?」

「ありがたいことに、みんなじゃなかった。女学生たちでしょ？――とっくにいなくなっていたわ。例のあの場所は、もう何年も学校じゃなかった。爆撃されたときは無人だったし、板で打ち付けられて」

クレアが言った。「『はかなく消えた』か」

＊1 アルフレッド・テニスン Alfred Tennyson（一八〇九―一八九二）イギリスの詩人。*In Memoriam A.H.H.*（1950）

＊2 ジョン・ウィンダム John Wyndham（一九〇三―一九六九）イギリスの小説家、SF作家。*The Midwich Cuckoos*（1957）（邦訳『呪われた村』林克巳訳、早川書房、一九七八）。異星人が地球の受胎可能な女性に子供を宿らせ、その子供たちが成長してやがて地球を征服するホラーSF。

第二部

1

濃いクリーム色に光るブラインドが、ほとんど下まで降ろされていた。海辺の太陽をさえぎることができないまま、開いた窓にそれがだらしなくぶつかって音を立てる中、暑い六月の微風は吐息のようになって庭につきまとっていた。セント・アガサ・スクールはかつては一軒の屋敷で、四年A組の教室はおそらく朝の間だった。ブラインドはレースの縁がついていた。花輪模様の壁紙は、その上にまるで剝げ頭の司教のような時計で、停車場の時計より一回りか二回り小さめの時計がでんと掛かっていたおかげで秩序が保たれ、緑色のラシャ張りの掲示板を埋め尽くしている表や警告、それに勇気を鼓舞するようなセピア色の複製画が何枚か、その中に「希望」という名の絵があり、オークの額縁に入っていた。机もオーク材で、背もたれの高い椅子が押し付けてあった。プラスティシン粘土の芳香が暖炉に並べた粘土細工から漂い、窓辺の植物見本の鉢からは、腐りかけた緑色植物で濁った水の微香が風に乗って入り込んでいた——その見本の世話をする少女がいつもの夏風邪を引いて欠席していた。黒板の隣にある白墨と、机に付いている陶器のインク壺の中で濃くなったインクだけが、その他の教育的な匂いだった。
十二、三人ほどの少女たちが、年齢はほとんどが十一歳、十歳と十二歳が何人かずつ、全員机に着席していた。みな夏の制服の肉屋の青《ブッチャーブルー》のワンピース《チュニック》を着ている。頭を左に回せば、縞になったお庭が焼けてぼやけているのが、せわしく揺れるレースとじっと動かない白い窓枠の間に見てとることができた。しかしほとんどの顔は行儀よく先生のほうを向いていた。これがキンメイト先生のためにできること、それ以外にできることは何もなかった。午前中の休憩時間にミルクとビスケットが出たあとの最初の授業だった――このささやかな宴会で四年A組は大食い競争を演じたところ。しかしこの授業がまた火曜日の詩の時間にあたり、ミス・キンメイトはそこに希望をつないでいた。少女はそれぞれが（予定としては）、自分で短い詩か長い詩の一節を選び、暗記して朗誦することになっていた。
　いままたもう一人が教壇に上がっていた。

「かつてありし時には牧場、森、そして流れ、
大地と――[*1]」

「ストップ！」ミス・キンメイトが叫んだ。「始める前に、表現しすぎないように。ワーズワースは、そこまで後悔していませんよ」
「後悔してると思いました。老人で太った人はよく言うんです、『ありし日には、私は十フィートの壁を飛び越せた』と」

「そんな馬鹿な」

「あら、これは馬鹿な詩なんです、ある意味」

「あなたの言う老人で太った人とやらは真実を語っているんじゃありません。十フィートの壁って、どのくらい高いかわかりますか?」

「はい」

「さて、どうかしら。だって、ギリシャ人の運動選手だって飛び越せないはずよ」(後ろの座席から手がさっと上がった。)「はい、オリーヴ?」

「どのくらい高くギリシャ人の運動選手はだいたい飛べるんですか?」

「場合によるわね」

クレアという子は、この中断の間、石のように突っ立ったまま聴衆を眺めていた——両手を後ろに回し、背中は黒板につけ、両足を開き、舌は下の臼歯にできた空洞を探っている。ミス・キンメイトから出た不機嫌な合図で、少女はその先を続けた。

「——見慣れた景色のすべて、
それが私の目に見える、
天上の光をまとっているのが、
その栄光と新しき夢よ。
いまは遥けき昔日とは異なり、
私は誰に出会おうとも、

夜も昼も、
それはつまり――」

「ストップ！　ああ、もう、どうしましょう？」

「私、思ったんですけど――」

「いえ、思わないで――努力して！　さもなければ、もうお席に戻って。あの美しい詩が台無しです！」

「はい、ミス・キンメイト」

「で、ほかの人たちを睨まないこと。この次は、あなたに意味がわかる詩を選びなさい」

「もう一つ知ってますけど。言いましょうか？」

ミス・キンメイトは教室の時計を見た。クラスの全員もまた（ただしシーラ・ビーカーは人から迷惑をこうむったことがなく、ミュリエル・ボースウィックは腕にできたすごく大きなかさぶたをつついたら、血が出てきたので、インクの吸い取り紙を使ってそれを吸い取っていた）同じく時計を見て、畏怖の念に満ちた考え深い様子をしていた。「いいでしょう」ミス・キンメイトが結論を出した。「続けて、クレア――でも、いいですか、まだほかの人たちが続きますから」

その子は体の倍はあるため息をつくと、情熱をこめて二番目に選んだ詩に取りかかった。

「昨夜、不良仲間に交じって、
彼はおどけ、痛飲し、悪態をついた。

東ケント連隊、ザ・バフの酔いどれ二等兵、
一度も前を向いたことがない。
今日は、上等兵の渋面に睨まれ、
エルギンの持ち場に立つ、
イギリス王室のかの大使、
その国民の典型なるエルギンの。

哀れな、無謀な、無礼な、低い生まれの、教育知らず、
面食らって、たった一人、
心はイギリス魂に燃えさかり、
彼はそれを我が物と呼ぶ。
おお！　体を八つ裂きにするがいい、
綱ひも、斧、いや炎も何のその。
彼はただ知る、彼にあっては、
イギリスは屈辱に甘んじることなしと。

麗しきケントのホップの野原が彼を囲み、
夢のごとく、行き交うなり。
晴れやかに咲き誇る桜花——[*2]」

「ストップ！　もう時間です、残念だけど。惜しかったわ、ずっとよくなったから」ミス・キンメイトの目がきょろきょろと動いた。「ダイアナ、口を開いたまま座ってないで——さあ起きて！　クレアが朗誦した詩の題名は何ですか？」

「『ザ・バフの酔いどれ二等兵』です」

「ちょっと違いますね。——では、次は誰が誰の詩を？　ミュリエル！　あなたよ！」

「私、すごく血が出ているみたいで」

「何ですって、どこか切ったの？」

「ちょっと違います」

「寮監にすぐ見せたほうがいいわ」

血だらけのミュリエルが出て行った。ミス・キンメイトはもう一度順番をやり直さなくてはならなかった。「では、シーラ。シーラ、あなたのを聞きましょう」

サウストンの奇跡、バレエ発表会の花形は、銀色に輝く金髪のお下げを後ろにさっと投げて立ち上がり、物慣れた足取りで前に進み、スポットライトの中に立った。特別に飾り立てた本の指定された頁を開き、金ぴかの優勝トロフィー（受賞したのは彼女ではなかった）みたいに見える本がミス・キンメイトに手渡され、一輪の花がかすかに頭を垂れただけの、一礼ともつかない一礼が添えられた。それから半身になって制服のチュニックを少し揺らすと、フットライトをまともに浴びながら横に三歩滑り、クレアが立ち去ったあとの運命の位置についた。ここで現実が天才のみぞおちを直撃した。机から立ち上がったときから自分の演技に幻惑されていたので、彼女は一秒か二秒、自分が登場した本来の忌まわしい目的を見失っていた。いま呼び出されたのは、ジャンプするためではなく言葉を発するためであった。文学にたいする積年の恨みが顔の造作全部に出ていた。なるほど詩の朗読は始めたものの、その声には、見事に中和されてはいたが、長い間溜め込んできたのも当然というわだかまりがこもっていた。

「風そよぐ山にも、
ほとばしる峡谷にも、
我らはあえて狩りに行かない、
小さい人々がいるといけないから、
小人族の、いい人たちが、
列になってやってくる。
グリーンのジャケットに、赤い帽子、
そして白いふくろうの羽！

岩場の浜に
何人かは家を立てた。
食べるのはカリカリに焼いたパンケーキ、
黄色の泡沫でそれを作る。
何人かの家は葦の茂みの中、

黒い山の湖のほとり、
蛙どもを自分たちの番犬にして
一晩中眠らぬように。

丘の遥か頂上に、
老いた王が座っている。
彼は高齢ゆえに髪は灰色、
はや失ったか……？
……白い機知の橋を？
……白い機知の霧を？
……彼の橋？
……彼の霧……？[*3]」

シーラは速度を落とし、モーターがとまり、疲れ果ててしまい、ミス・キンメイトに向けた表情は、こう言っているようだった。「さあ、終わりました。先生はほかに何をしろと？」

「まあいいでしょう」ミス・キンメイトはあわてて言った。「だいたいうまくいったわ。でも少し悲しすぎたわね——妖精は楽しい人たちでしょ？」

シーラは何も知らなかった。

「それから二行目の言葉が一つ違ってましたよ。あれは『生い茂る《ラッシー》』でしょう、『ほとばしる《ラッシング》』じゃなくて。どうして峡谷がほとばしるの?」

「峡谷はみんなほとばしっているという意味だと思ったんです」シーラ・ビーカーの悩みはいっそう深まった。

「ともあれシーラは明るい詩を選びました」ミス・キンメイトはクラスに向かって告げた——誰が選んだか、クラスの少女たちは最後の一人まで知っていた、ミセス・ビーカーだ。

セント・アガサの少女たちは、ほとんどが通学生だった。学校は、建物が密集している高台をあざ笑うかのように、町を西に出た下り斜面にあった。軍の駐屯地とその周囲の軍用の官舎の子供たちには都合がよかった。サウストン分遣隊は(もっと手近に教育できたのに、子供たちは一貫して送り込まれてきた)、負担が増えた。その日のうちに学校と自宅を行き来するのは、疲れるとあって、それを廃止するためにサウストンの子供たちは学校で昼食をとり、サウストン以外の子供たちも食事をとるようになったからだ——それは、創立者で学校長であるミス・アーディンフェイが言うように、少女たちが互いによく知り合うのに役立った。学校がある日は、当然長い一日だったが、色々な懸念は杞憂だった。団体ゲームのほかに、思い思いに散歩する時間がいくらでもあった。少女たちは六時を過ぎた好き勝手な時間に、宿題をかかえて帰宅した。夕食をとり、眠り、朝食を丸呑みにすると、セント・アガサに急いで戻った。土曜日の正午からセント・アガサの祈禱の鐘が月曜日の朝に彼女たちをふたたび招集するまでは、少女たちは野放しだった。

学校は海のすぐそばにあり、下の庭園にはタマリスクが群生していたが、海水面に位置してはいなかった。校門を通る長いタール舗装の道路の先が急な高い断崖になって、海岸に落ちていた。その道路沿いに走る手すり壁《パラペット》は腰掛けていい場所ではなかった。セント・アガサは海岸よりだいぶ上にあったから、一般的な予想では、嵐がきても押し流されることはなさそうだった。もちろんまだ何事もなかったが、あれば興奮してさぞかし愉快だっただろう。

校庭はほぼ全体が背後の丘に続いていた。南向きの側面には具合よく小さな古い温室が並び、いくつかは中が空っぽだった。いくつかのベンチと東屋が景色のほうを向いていて、景色とは英仏海峡だった。クローケー用の芝生は、もうだいぶ剝げていたが、いつの頃からか前方に段丘《テラス》ができていた。伸びすぎた茂みがあり、外から見ると実物以上に侵入するのが難しそうだった――その隙間に「散歩道」が蛇のようにくねくねと続いていた。もっと急で滑りやすい犬の通り道があり、気の短い少女たちに踏みならされていた。高く登れば登るほど、眺望が開けた。校庭の一番高い所（丘のてっぺんではなかった）にまた段丘があった。ここに頑丈な木枠からブランコが一台、夏の数ヶ月間下がっていた。ミス・アーディンフェイは、設置したわけでもなく（前からあった）、取り外すこともしなかった。ただブランコがある場所が、やはり少し心配だった。毎年春には庭師にロープが確実に安全かどうか確かめさせていた。曲がっているのを見分ける目がなく、自分で漕ぐこともなかったので、ミス・アーディンフェイはずっと知らずにいたが、ブランコはあるべき姿で平行にぶら下がってはいなかった。

今日は、暑さにもかかわらず（じつは暑さゆえに）、ミス・アーディンフェイはランチのあとふらりと外へ出た。みな庭に出た少女たちがちゃんと休憩を取っていて、走り回ったりしていないか確かめたかった。外はすべてがかすかに揺らめいていた。熱気がもやになって英仏海峡に垂れ込めている。フランスは今日は見えなかった。少女たちは走り回っていなかった。いたるところに制服のブッチャーブルーが点々と見えたが、どれもじっとして動かなかった。日射病のことは頭に叩き込んでおいたので、みな日陰にいたが、日陰と言えたかどうか。寝転がっている者、土手や樹木や友だちにもたれている者、後ろに両手をついている者、しゃがんでいる者。二、三名が本を読んでいる。残りはとくに何もしていなかった。彼女たちがずっとしゃべっていたことは、あちこちに垂れ込めた静寂が物語っていた。校長は、大きなイグサ編みの帽子に、フィレンツェ風彫金細工のベルトのついたグリーンのドレスを着ている姿を、生徒たちにとくと観察されていた。先生はそれなりに内気そうに、宮廷に仕える修道女のように歩いてきた。

「働きづめなんだわ」シーラが心から賞賛するようにダイアナに感想を漏らしたが、彼女はダイアナと一緒にエスカロニア種の木々の低い生垣が作るほんの三インチほどの日陰を分け合っていた。

「仕方ないと思わない？」

「うん、仕方ないのよ。でもお顔が真っ赤になってる」

それでも二人はミス・アーディンフェイの自由な歩きぶりが羨ましかった。もしこれがこのまま続いていたら彼女たちは殺されていた、何もしないことに。鋭い清潔な親指の爪で、シーラは草の葉を裂いた――そして起き直った。ダイアナは仰向きに寝ていて、ときどき靴のかかとで拍子を取っていた。シーラがしかめ面のままうつむいて草をむしると、三つ編みのお下げに分けた頭の、一点のしみもない貝殻のようなピンク色の地肌が見えた。分け目はいかにも真っ直ぐについていた――おでこの真ん中から頭頂部を通って下へ下り、そこでそれぞれの位置に分かれ、一筋の乱れもなく編まれたお下げ髪――頭が心なし二つに割れているように見えた。もし割れたら、完全に等しい半球になって転がるだろう……。じっとしていられず、とり憑かれてしまった二人の子供は動くことを考えた――いつまた動き出せるか、どうしたら一番動けるか？　明確なイメージはシーラにあった。最後の草の葉を投げ捨てると、彼女は訊いた。「お茶のあとで、リンクに行こうか?」(リンクとは野外のローラースケート・リンクのこと、サウストンのもっと繁華な場所のはじにあった。)

「うん、行く!」

「『うん、行く』と言うのはいいけど、あなた、お金持ってる? どうなるかあなた、知ってるわね」

「あら、いいえ。お金なんか持ってない」

「ほらね、そうなのよ。どうしていつも持ってないの? それともどうしてあなたはシーズン・チケットを持ってないの?」

「知らない。ああ、リンクに行きたい!」

「あら、あなた、行けないんでしょ? もうちょっと頑張らなくちゃ、上手にならないわよ」

「あなたはリンクで見せびらかすんでしょ」

「あなただって見せびらかすわよ、もし上手なら。——会って訊いてみる、マンボがお金持ってるかどうか?」

「ううん」

「会うだけならいいじゃない?」

「暑すぎるもの」ダイアナはそう言って、気取って見せた。

「じゃあ、いいわ」シーラはさりげなく言って(が、そうでもなかった、一人でリンクに行くわけにはいかなかったからだ)、お下げを後ろへ投げた。「あなた、絶対に上手にならないわよ——いまからどうする? おうちに帰るだけ?」

「もしも」、ダイアナは望み薄でため息をついた。「あなたにお金がないなら？」

「私はお金なんか要らないもの」

それは本当だったが、公平なことではなかった。シーラは自転車を許されていて、それに乗ってその辺を我が物顔で走り回っていた。どこのシーズン・チケットがなかろうと、彼女は入るにしろ乗るにしろツケが利き、桟橋《ピア》ですらそうだった。前に一度、三人そろってピアにただで入り、できるところを見せた——ああ悲しい、それが二度と駄目なんて！ つまりビーカー家は重要な一家だった。国会議員と面識があり、知事とも懇意な間柄だった。それにくわえて、彼らの娘は賞賛の的だった。拒否されてダイアナがごろりと腹ばいになったら、おなかが悔しそうにぐうと鳴った。シーラはその音を真似て下品な音を出したが、どこか上の空——彼女はどこかよそにいた。彼女は宣言した。「私は『冬の精』を踊るつもり」

「あら——どうして『夏の精』が踊れないの？」

「だって私は『冬の精』を踊るからよ、このバカ。どんな間抜けでも『夏の精』は踊れるんだから。私、霜を着けるの」

「どこで？」

「メトロポール・ダンス・ホール」

「いつ？」

「ギャラ・コンサート、動物と子供と何かの虐待防止の会で——何だっていいんだ。私は知らないけど」

「でもいつなの、すぐ、それとも休暇のあと？」

「休暇のあと。十月」

ダイアナは考えた。そして言った。「十月は冬じゃない」

「私が冬にするの。ステージを銀色で飾ってもらって」

「シーキー、あなた、考えたことある、あなたでいることって異常なことだと?」

「いいえ」相手は即座に何の後悔もなく言った。そして視線を中ほどに置いた。「ほら、見てよ、マンボが頭をかいてる。しらみの幼虫でも飼ってるのって訊いてみよう」

ダイアナも見てみた。そして説明した。「考えているのよ」

「彼女が考えているのは知ってるわ。私はそれにちゃんと知ってるわ、彼女が何について考えているのか、あなただってわかってるでしょ。訊いてみましょうよ、もしかしてマンボは——」

「——幼虫って何?」

「ええと、あのね。すごい人が頭に飼ってるもの」

「あら、いやだ。あなたが訊いてらっしゃいよ」ダイアナは大地の胸に寝そべり、片方の頬をすりつけ、横目でシーラを見た。そのお返しに、最高に美人で最高にカッコいい可愛いシーラが、最高に超自然的な得意の流し目で決めてきた。「あなたにたのみたいの」

これで運命が決まったダイアナは、お尻から先に起き上がった。いままでいた芝生の部位をぶらぶらと離れ、小道を横切って登っていくと、その反対側にクレアが一人で平然と座っていた。クレアは、ロビンソン・クルーソーの元祖のアレクサンダー・セルカークみたいに、あるかなきかの小さな芝生の小山を占領していた。クレアは——ミス・アーディンフェイはもう気づいてはいたが、まだそのときではないとの判断から決闘を延期し、この子は早晩異国の気候に浸るものと思われる理由もあって、放っておいた――太陽をいっぱいに浴びていた。背中を小道に向けていたので、ダイアナはやむなく小道を回っていった。あえて一、二歩斜面を登ってみた。クレアは考えに浸っていたのではなく、もはや考えでいっぱいになってウシガエルみたいにふくれ上がっていた。短めの硬い濃い髪がなぜか跳ねている。彼女がダイアナを睨みつけたまなざしは、出鼻をくじくものがあった。

「ねえ、マンボ、あなた、持ってるかな――」

「――ううん、持ってない。だからあっちに行って」

「私が何をした?」ダイアナがむっとして訊いた。「それにあなた、ランチのときに何だって私にあんなすごい顔したの?」

「『顔』って? 私はあなたがいるなんて知らなかった」

「あなたは知ってました」ダイアナは反論し、斜面なのに片足立ちになってバランスを取って威勢をつけた。「あなた、知ってるの、あなたの脳みその中にしらみの幼虫がいて、もそもそと這い回っているわよ」それからもっと改まった口調になって補足した。「お茶のあと、シーキーはリンクに行くって。あなたは?」

「リンクに?」クレアはこのバカ者を頭の先から足の先まで観察した。「行かない」

「できたら私は行きたいの。ちっとも早く滑れないの、全然行かないと」

「滑って転んで、注目を集めたいんでしょ」

「ううん、違うわ。痛いもの。それに私、ほかの人にぶつかって倒したりしないもん。あなたはがんがんぶつかって倒しているけど。あのリンクにはもう戻してくれないわよ、乱暴ばかりやってると」

「誰がそう言うの?」クレアはからかうように知りたがった。

ダイアナは急いでまた気取って見せた。「ああ、もう、暑いなあ。これって、インドと同じ?」

「ふん、そうね、こんなもんじゃないな!」

「シーキーと私は知ってるのよ、あなたが何を考えているのか。私たちのいる所から、あなたが頭をかいているのが見えるの」

「だったら、自分がいると思う所に戻れば。――私はそうしますわ」、クレアは不気味な言い方をした。「私がもしあなただったら」

それでダイアナはうっとりしてしまった。丘に向かってさらに前進しないではいられなかった。またバランスを取って、もう一方の足で片足立ちをした。「へえ、あなたがもし私だったら、あっちに行く? もしあなたが私だったら、あなたはあなたが考えていることがわかる――というわけ?」

「ああ――もう――いいから――あっちに――行って」

「ああ――いいわよ――じゃあ――そうする。だけど、あなたは私の言うことにまるで答えないのね」

「あなたがしゃべってばかりいるからよ。誰に返事ができる? あなたが勝手にしゃべってるだけじゃない」

「私は」、相手が言った。「美しい詩を台無しになんかしませんから」

クレアは黒い、やや飛び出した、いまは怒りに燃えた目を、さっと閉じた。「メエメエうるさい羊め!」彼女は叫んだ。

一本決まり！　たちまちダイアナは嬉しくなり、鋭い攻撃的な節回しで叫んだ。「だあいなし、あの美しい詩いが。だいなあし、あのうーつくしい詩いが。だいなし、ああのう美しい詩が。だーいなし、あの――」

　クレアは足を狙い、下から掬い上げた。どさっとダイアナが倒れ、悲鳴も上げなかった。自分がもう死んで天国にいることを疑わず、そこに倒れたまま、彼女は大きな目を静かに平然と見開いていた。クレアのほうは、ここで立ち上がった。そして、逆さまになった明るい青のチュニックとブルーマー、といっても、その上に狙いをつけて一発跳び蹴りをしてから、立ち去った。ダイアナは起き上がり、開いた口がふさがらなかった。

　開いた窓の中は涼しくて暗く、フランス語の先生のマドモアゼルとミス・ブレイス（地理の先生）と寮監が、コーヒー・カップを持ったまま、これを見ていた。前にも同じ事が起きたのを見たことがあった。被害者は小太りで、芝生は、踏み固まっていたが、アスファルトほど固くはなく、同じ子が先日その固いアスファルトで転んでいた。にもかかわらず先生たちは窓辺から溶けて消えた。寮監は、自分の午後の平和が脅かされたとばかり、一番に消えた。何も目撃しないでいよう。

　シーラはエスカロニアの生垣の下から、この一幕を楽しく見物し、その観衆に気づいていた。振り向いて後ろの生垣から葉っぱを一枚選び、裂きにかかった。しかし艶のある分厚い葉っぱは回りがぎざぎざの鋸状になっていて、草の葉よりも大仕事になった。親指の爪の透き間があっという間に緑色になった。

＊1　ウィリアム・ワーズワース　William Wordsworth（一七七〇—一八五〇）イギリス・ロマン派の詩人。'Ode : Intimations of Immortality from Recollections of Early Childhood'（1802）の一節。

＊2　フランシス・H・ドイル　Francis Hastings Doyle（一八一〇—一八八八）イギリスの詩人。'The Private of the Buffs'（1860）の一節。

＊3　ウィリアム・アリンガム　William Allingham（一八二四—一八八九）アイルランドの詩人。アイルランドの民謡や神話をテーマにした音楽的な詩が特徴。'The Fairies'（1850）の一節。

2

フェヴェラル・コテージの応接間は――ミセス・ピゴットが、推理ゲームかもっと静かなトランプ・ゲームのほかはしないで欲しいと自ら言っていた――陶磁器でいっぱいだった。値段がつけられないか、つけられなかった品ばかりとの評判だった。貴重なものに相違なかった――さもなければ、あれほど細心に修理するはずがないのでは？　金属のこまかい縫い目が皿や受け皿の下を走り、蓋を繫ぎとめていた。ごく小さな合金の爪が取っ手をカップにしっかりと固定していた。セメントで埋めたひび割れが網の目のように広がって見事な丸鉢《ボウル》の揺りかごになり、羊飼いの娘の帽子をかぶった巻き毛の頭とか、宮廷の女官たちのブレスレットをした腕が修理されて喉もとや肘にもう一度届いているなど、完治した傷跡が見て取れた。その他色々……。これらの精巧な細工は子供たちにとって、品物自体の値打ち以上の値打ちがあった。いまなお「完璧な」の品々にも傷があるように見えた――が、そういう物品は、ピゴット・コレクションにはほとんどなかった。

専用のキャビネットがなかったので、陶器はマントルピースからあふれてテーブルを二つ半と三段の棚を占領し、それでまだ満足できずに、低い本箱の上にはびこり、おかげで本箱のドアは陶器がぶつかり合うといけないので、開けないことにしてあった。ピアノだけは当面免除されていた。わがままな陶器は子供たちに我慢を強い、子供たちには、金よりもぴかぴかの金箔や、この世のものならぬ色彩が、その時々の気分に合うこともあった。また、陶器のうちのある物は、少なくとも子供たちの一人にとって秘密の先取特権があった。風景の模様がとくにクレアに何かを語りかけていたのだ。細密画で描かれた広い全景が、彼女にぴったり合う大きさだった。永遠とも思える情景が一分もしないうちに感得された。彼女はその中に住んだことがあった。彼女は景色の一つ一つを知っていて、それが彼女には宇宙であり、宇宙が描かれているカップやボウルや皿の壊れやすさに繋がり、愛のもろさを増し加えた。人がここに見たものは、陶器がどうやって壊れるかだった。さらに人は予知していた、いつの日にか、それは必ずや壊れて修理もおよばなくなると。

　陶器がすべてでもなかった。陸軍の子供にとって、この所有物にあふれた世界はどこか秘教的なものがあった。バーキン‐ジョーンズ家は、簡素で整然とした移動体制で駐屯地から駐屯地へ移動し、ほとんど何も所持しなかった——真鍮のボウル、額に入った写真、トロフィー、移動の途中で購入した東洋の敷物など、そのほかに、一、二枚のテーブル掛け《スカーフ》があったのは、また支給されたソファを飾ったり、また賃借したピアノに掛けたりするため。そのような暮らしの周囲には、手に触れられないものだけが集積する。そういうものが集積していた。ミセス・ピゴットとダイシーは、対照的に、一貫して編んできた、手に触れられる蜘蛛の巣を張りめぐらし、何枚も重なった透き通った巣の向こうに人が見るのは、固定した、おそらく何かにとり憑かれた別の次元だった。フェヴェラル・コテージは、知るかぎりの由来によれば、彼らの住居としてはまだ長くなかった。しかし、ここ以外のどこにいる彼女たちを誰が想像できただろう？　ここの応接間の張り出し窓はモスリンのカーテンがもつれたように掛けられ、というのもこのカーテンはもっと大きな屋敷からきたもので、長すぎたし、分量もとにかく多すぎた。引き寄せてまとめてあるサッシュからてんでに垂れていたが、何ヤードか余ったモスリンは勝手な場所を見つけて流れ出していた。だから張り出し窓の内側とそのそばの床の上に溜まって丸まっていた。しかしモスリンは張り出し窓全体を覆っていたわけではなく、そこにテーブルがちゃっかりとおさまっていて、両はじに空いたスペースには刺繡仕事用のペアのスツールが一台ずつ置かれていた。部屋のさらに奥には、木の葉模様の布をゆったりとかぶった椅子があり、誰が座ろうが座るまいが、森の中にいるような好き勝手な感じで並んでいた。壁はグレーがかった真珠色の壁紙で、やや光沢があった。壁の一つが部屋の一隅近くで切り取られ、ピゴット家が「馬鹿な窓」という烙印を押した窓になっていた。窓枠はおセンチな菱型だった。これは、侮られているわりには、役立っていた。ソファの上部に太陽が射し込み、そこで小説が読めた。

クレアはその午後遅くに、一人でやってきた。モスリンの窓の洞窟を静かに回って入り、テーブルの引き出しをそっと開けてパズルを出し、それを抱えて座り込んだ。ミセス・ピゴットは、いったん小説を読み始めたら最後、その邪魔をすることはまず無理だった。にもかかわらずこの子は、最初の数分間ほどは、多少の用心をしながら、かちゃかちゃとうるさいパズルで遊んだ。いくつかあるうちのお気に入り、「支那の象牙」だった。青蠅が一匹ぶんぶんと飛び回り、ときどき分裂して二匹いるように見え、部屋の空気を攪乱している。定期的にめくるページの音さえしなければ、ミセス・ピゴットはソファに斜めに寝ている蠟人形そっくりだった。クレアはパズルを中断して、カーテン越しに夫人を思慮深く見つめた。深紅の表紙の真新しい小説がかかげられ、それに完全にのめりこんでいる読み手の顔を隠していた。名目上はソファに「横たわっている」のに、ミセス・ピゴットの上半身は積み上げたクッションのおかげでほとんど垂直になっていた――驚いて注目しているような姿勢は、恍惚としているのか、見方によっては、義務に服しているようでもあった。体の残る部分はもっとゆるやかに流れて水平になっていた。足は足首のところで重ねられ、爪先は上を向いていた。自分という人間をすべて忘れ、自身のことすら忘れていた。周囲には、何もなかった。フェヴェラル・コテージ、ソファ、一日の時間は、ミセス・ピゴットにとって存在していないのではなく、そもそも存在しなかった。これがクレアに、たんにその一部になったような、無視されたという感情を与えた。少女はこれをおびき寄せる力を持つ何かが、焼けるように羨ましかった。ああ、作り話みたいに破壊的になりたい!……。クレアは組んだままのパズルを空中に投げ上げ、受け止めそこない、落ちる音が聞こえた。

その音で、反抗する気配がミセス・ピゴットのたたずまいにくっきりと現れた。億劫な気持と戦っているのが伝わってくる。ああ厭だ、彼女は必死になって知ろうとしている、何か言うか、何かしなければならないことを。深紅の本を下に降ろすことも、ねばりつくページから目を引き剝がすこともなく、彼女は諦めたように言った。「あら、ダイシー?」

「クレアです、ミセス・ピゴット」

「あら、クレアね!――こんばんは」ダイシーの母親はまるで友だちのように言い、明らかな猶予を見せて、なおさら友だちらしくした。また読書に少し戻ってみたが、あまり幸せそうではない。一分たった――本を、今度は、腕の届くところまで押しやり、誘惑を禁じたのか――彼女はふたたび口を開いた。「ダイシーがどこにいるか、知ってる?」

「いいえ、知りません」

「だったらどうしようもないわね」

「彼女にいてほしいんですね?」そう言うクレアは、母親に負けないような丁寧な気遣いを示した。

「そのうちいつか」ミセス・ピゴットはため息を押さえることができず、それは明らかに心中にある複雑な源泉から出ていた。「いい一日だった?」

クレアは思い出そうとして顔をしかめた。「今日は火曜日でした」

ミセス・ピゴットは、子供との関係を円滑にするために倦怠に常識を混ぜて、また火曜日よと指摘するのはよした。ある決定を下すことに心を奪われていた。小説とはいったん決別しなければ——それもきれいさっぱりと。彼女は何事も中途半端にはしなかった。封筒をしおりの代わりにはさむと、小説を閉じた。それから手を伸ばして本をしまった、早咲きの奇跡のような大輪のスウィート・ピーを活けた、水漏れしないファミーユ・ローズの花鉢が乗っている小テーブルの上に。それからクレアのほうを向き、読書に払ったのと同じような全神経を傾けてきた。「ダイシーはビーカー家に行ってないでしょうね、あなたはどう思う?」

「彼女はシーキーの自転車には乗ってませんでした。ほかにどうやってビーカー家まで行くのか、私は知りませんけど」

「ここ一日か二日ほどは、そんなところかなと思って。——違う?」

クレアはパズルを調べた。落ちたときに傷がついたかな? 彼女は訊かれてもいないことを言った。「彼女はリンクには行ってません」

「それはよかった！　あそこから戻ると、青や黒の痣だらけなのよ。——クレア、あなたのお母さまはミセス・ビーカーからお手紙を受け取った？」

「わかりません、ミセス・ピゴット。母はそんな話はしませんでした」

「ああ、しないほうがいいの！——でも、郵便がこなかった、あなたが学校に出るときに？　うちではまだだったの、ダイシーが出たときは」

「わかりません。私、注意なんかしないから」

「もしかしたら、お母さまは注意なさるかもよ。それにきっとあなたも理由を知りたいでしょ。——その隠れ家から出てこられないの、あなたは？　ここからでは、あなたがほとんど見えないわ」

クレアは、自分がいる所からミセス・ピゴットが完全に見えたが、これは命令だと思った。そこでカーテンから出て、外の絨毯に進み出た。「またトラブルですか？」彼女は率直にずばりと訊いた。

「そう……ジェリグナイト爆弾だけど？」

「すべては火曜日に起きますね？」

「いいえ、あれは先週の土曜日だったわ、あなたはずいぶん頑張って、ビーカー家をぶっ飛ばそうとしたとか」

「あそこの自転車小屋だけです。——私の言う意味は、騒ぎはすべて火曜日に起きると」

「あら、まあ、まあ、あなた、神さまのおかげだわ——ね？——今日はまだ何も起きてないのは。でもね、あなたが置いていった箱に、昨日の午後までみんな近づかなかったのよ。その間に起きてもおかしくなかったことを考えたら！」

「ジェリグナイト爆弾はすぐ爆発したりしませんから。導火線とヒューズが要るんです」

「じゃあ、よかった、そういうのを持ってなかったのね、土曜日には？」

「あら、持ってました。でも肝心の小屋がお庭の何マイルも下にあったので」

「そんなに冷静ぶるものじゃないわ！　それはもう恐ろしい爆発だったかもしれないでしょ？　可哀相なシーラ、どうしたでしょうね、住む所がなくなったら！」

「あれは彼女のアイデアだったんです。――私は」、クレアは憤慨して言い足した。「言い逃れなんかしませんから」

「シーラは変な子ね……。でもあなたとダイシーにしては、何てことを――そうでしょう？　ほんとに心ないことよ――わかるわね？――そんなことしようと考えるだけでも。それにお行儀が悪すぎます。それに、そうね、みっともないわ。ビーカー家がご親切にお茶に呼んで下さったのに」

「呼んだわけじゃないと思います。あそこにいたらお茶になったんです」

「いまにミセス・ビーカーはおっしゃるわよ、もしこんなことが続くなら、シーラがあなたとダイシーと遊ぶのをやめさせないと、って」

「お母さんがそう言ってるとシーキーが言ってます、ほとんどいつも言ってます」

「だからといって何も――大笑いしてすむことじゃないわ」

またため息をつき、ミセス・ピゴットはクッションを直した、彼女の背中の肩甲骨からなぜか逃げ出したクッションだった。直しながら彼女は肩越しに時計を見た。フランス製で、小さな振り子をせわしなく動かしながら、マントルピースの上で、することもない陶器に囲まれている。クレアは立ったまま、百面相を二つほどした。「そうね」、ダイシーの母親が告白した。「私があなたにお説教することないわね？　その必要もないし、そんなつもりもなかったのよ――わかるわね、あなたがここにいることすら知らなかったんだから、そうよね？　ダイシーが帰ってきたら、お説教しないと、ええ。シーラのアイデアであろうとなかろうと。今度はビーカー家に礼儀正しくして行かないと、手袋をして、一日か二日後にでも、そしてたいへん申し訳なく思っているとあちらに言うのよ、そうしてくれると思うわ、自分でいったん物事を考えたら。――ああ、もう、どうしてあなたたち三人は、そこまで乱暴なのかしら？」

「私たち、あれが爆発するなんて、ほんとは思ってませんでした」

「ええ、思ったなんて、こちらもちっとも思ってないわ。でもあなた方のうち誰か一人でも、そんなことすることなかったのよ、そうでしょ？」

「ちょっとおかしいなと思い始めたところです」クレアは気の抜けたげんなりした声で認めた。「あれはジェリグナイト爆弾だったのかなって、結局」

「箱に大きく書いてあったんでしょ、ミセス・ビーカーがおっしゃってたわ」

「ああ、あれは私たちが書いたの！」

「まったくもう、あなたたちはほかにすることを見つけたらいいのに――私ならそう思うけど？　あなたは、せめて――頭がいいんだから――きっとできるわね？　で、あなたが何か見つけたら、ほかの子たちも喜ぶわ。考えるだけでも恐ろしい、あなたたちが何もしないなんて、あなたたち三人のことよ、でも何をするかなの。ネズミみたいに大人しくして欲しいんじゃないの、私が厭なのは、そうね、あなたたちが弱虫なのは――でも、いいわね、無分別なことはしないように！」

クレアは、夫人の黒いズック靴《サンドシューズ》をまじまじと見ながら、誓いを立てた。「私、きっときっと努力します、ミセス・ピゴット」

「そうよ、ぜひ頑張ってね！　あなたたちはただ、もう、とても疲れるのよ、三人そろってると。だから、あなたたちに何が降りかかるのか、誰もわからないらしいの。まさか——どうなの？——あなたたちは仲が悪いの？」

「わかりません」クレアは上品に、しかし平気で言った。

「そんなことないように、いつも願ってますよ。——ダイシーは」、ミセス・ピゴットは愛情に震える声で言った。「馬鹿だから。ときどきひどく馬鹿なのよ。——クレア、あの子はいっそう目をぱちぱちするでしょう、ときどきよく、あなたたち二人と外にいるときは。どうぞ意地悪しないでやって、あなたは、そうなの、あの子に意地悪しないでやって、もしできれば、お願いできる？」

「ええ」

「でも、どうしたのかしら」ミセス・ピゴットは叫んだ。「あの子はどこにいるのかしら？」

落ち着きをなくした夫人が腕を動かすと、夏らしいドレスの袖がまくれ上がり、あとは結んだ手でうなじをぎゅっと押した。疲れたのかな？「もう行きます」クレアは説明を始めた。「でも——」でもミセス・ピゴットは、いまや目を閉じていて、もう言葉は要らないと言っていた。クレアはそれでほっとした。考える種ができた。

いま明らかになったのは、ジェリグナイト爆弾関係では、ミセス・ピゴットがよかれと思った以上の展開はなさそうだということだった。生来機敏な子供ではなかったが、この一風変わった知的な子供は、あらゆることが、自分も含めて、どうやって処理されるのかを理解した。ミセス・ピゴットはさして先のほうまで行く用意はないのだ——ある程度先まで行っても、それは他人が先まで行くのを阻止するためだ。何かを知ろうという意欲はなく、ただ目の前の形勢を知りたいだけ。いったん知りたいと思ったら、彼女はじつに巧妙に探り出す。あとは、質問をしないですます方法を完璧にマスターしている——たとえば、ジェリグナイト爆弾、またはそれらしきものが、どうやって手に入ったのか、そんなことを知るくらいなら、彼女はさっさと墓に入っただろう。残る難問はバーキンシ-ジョーンズ一家だ。彼らの態度はどうなるか、この一件が彼らに知られたら、あるいは知られるのを阻止できなかったら、どうなるかは、悲しいかな、あまりにも明白に予知できた。あの一家の節を曲げない正しさは、つとに知れわたっている。この一件がまだバーキンシ-ジョーンズ家の、とりわけミセス・バーキンシ-ジョーンズの耳に入っていなければ、ダイシーの母親は何がなんでも耳に入れないようにするだろう——とはいえそれは、見たところ、クレアのためではない……。ただ一つ考えられるのは、ミセス・ビーカーは軍隊に対する配慮では有名だから、それが彼女を引き止めて（これまで引き止めてきたように）ミセス・バーキンシ-ジョーンズを困らせることはしないかもしれない。より曖昧で孤独なミセス・ピゴットがひょっとしたら、手始めに、ただ一人のターゲットに選ばれたのかもしれない。ミセス・ピゴットは、困り果てたら、頼りにできる——間違いなく？——バーキンシ-ジョーンズ家にご注進におよぶだろう、ともに罪を犯した大事な子羊の親として。バーキンシ-ジョーンズ家はこうして困ることになり（それがつまり目的だった）、一方、ミセス・ビーカーは、彼らに配慮して、忍耐と尊厳という体面を保つ。それがビーカー家の政策ではないか？　ぜひともそうであって欲しい。

ビーカー家は、バーキンシ-ジョーンズ家とくらべると、ミセス・ピゴットには何の問題もないように見えた、手袋と魅力に依存して穏やかにしていればよかったから。夫人がビーカー家のことを話すのは、彼らが親切だと言うときにかぎられていた。それにしても、ミセス・ピゴットは彼らのことはめったに口にしなかった。

褒めることしかないときがある。

とはいうものの、いまは——気を付けないと！

クレアはわざと褒めなかった。褒めるのは公平ではないと感じた。代わりに彼女は慎重な足取りで一つまた一つ、そのまた次と、絨毯からほとんど消えかかっている薔薇を踏みつけていった。この子はいつも（つねに頃合いを見て立ち去ることができないために）成人した人々にとって愉快でない存在だった、大人たちはすぐ「圧倒」される——それも暑さ、船酔い、眩暈、舞台負け、あるいは悪い知らせなどによって。クレアは彼らの度量のほどが稚拙に見えた。同情に近い気持で、閲兵式で兵士が一人また一人と卒倒するのを見守っていた。読書から彼女は学んでいた、人間は圧倒されるのだ、喜び、嫉妬、怒り、好奇心、貪欲、哀しみ、その他の、これと特定できない「情緒」と言われているものも含めた強烈な感情、それに、何だか知らないが、肉欲によって。何がミセス・ピゴットを圧倒したのか？——なぜなら、ああ、それがいま間違いなく進行しているものだったから。圧倒されるということは、困難に打ち負かされるということだ。

ミセス・ピゴットを圧倒し、彼女を打ち負かしたのは、心痛だった。心痛はその餌食を無能という感覚で痛めつける。それがまた彼女の問題だった。彼女は多くを与えられていたが、この瞬間に一つ欠けているものがあり、手も足も出なかった——彼女は千里眼ではなかった。水晶玉を持っていても、役に立たなかっただろう——いくら「凝視」しても無駄なのに、果てしない空白から、しゃにむに映像を強奪しようとした。「見える」はずだ——それが見えないなんて？　どうしてミセス・ピゴットに見えないのだ、ダイシーのことにかぎって？　それが彼女には辛かった。うなじに当てていた手は放していた。いまその手はドレスの辺りにあり、手のひらは懇願するように上を向いていた。「あなたは知らないのね」彼女はクレアに思わず訊いていた。「もしかしたらダイシーは、お菓子屋さんに行ったのでは？　行かないわね。あの子はお金を持ってないはずだけど？」

「あそこはツケにしてくれます」

「あら、なんてさもしいことを！——もしお金がなかったら、バスにだって乗れっこないわ、そうでしょ？」

「バスもツケがきくんです——セント・アガサの帽子をかぶっていれば誰だって」

「そんなことを」、ミセス・ピゴットは声を荒げた、尋常でない怒りがこみ上げてきた。「するものじゃありません、俗物そのものよ！」

「じゃあみんな歩かないと。いえ、私たちのうちの何人かですけど」

「それをいまあの子はきっとやっているんだわ、あれこれ理由をつけてね？　道草を食って……クレア、一つお願いがあるの。私の代わりに時計を見てくれる？」

「何時なのか私に教えて欲しいいんですね？」

「早く……」

「あと五分で七時です」

ミセス・ピゴットは聞いた。だが、何も言わない。

「あのう、ミセス・ピゴット？」

返事なし。

「あのう、ミセス・ピゴット、そろそろ父がここにくると言っていた時間ですが！」

ミセス・ピゴットは、いまは何気ないドレス姿で、ソファの上を動いた。「わからないわ。お父さまがどうかしたの？」

「ここへくるんです」

「ああ」

「だから私はここにいるんです。つまり、だから帰らなかったんです。父が言ってました、もしよろしければ、ここでまた私を拾うからって、この前父があそこのお屋敷でテニスをしたときと同じように。ここからすぐのお屋敷です、ええ。だから父を待っているんです。——かまいませんか？」

「そうね、いいですよ」そう言うミセス・ピゴットは、ほほ笑むような、からかうような、いつものようで、いつもの声ではなかった。

「父はちょっとだけ中にと言ってました、もしよろしければ」

クレアは初めて不安そうな兆候を見せた。このことはもっと前にきちんと告げておくべきだった。一度やってみたのに、途中で省略してしまったのだ。「でももしお疲れだったら」、クレアは自分から申し出た。「お庭の下のほうで父を待ってもいいし、ご門の外にしましょうか、そうすれば父は中に入らなくても私を拾えますから。そうしましょうか？」

「それは馬鹿げた考えのようよ。いいえ、お父さまには中に入っていただかないと。お目にかかれたら嬉しいし」

　夫人はほとんど間をおかずに嬉しくなっていた。小さな庭の遠方と呼べる辺りで、門が——厳密に言うと、壁に取り付けた鉄の扉が——開くのが聞こえ、きちんと閉じられた……。突然クレアは、顔色は青くしない代わりに（それはできなかった）、青くなるのに相当する動作をした、両手を拳骨にして自分の体を手当たりしだい乱暴に叩いた。「でも父が誰かと話してる!」
　それほど気にしないでミセス・ピゴットはソファから立ち上がった。いままで自分が座っていたお尻の下にあった手紙を取り出すのがおもな目的だった。彼女は手紙を自分の小さな机にしまった。これですべて準備は終わり——あとはお茶にくる人たちにケーキを準備するだけ、誰が訪問者であれ、夫人が自分で迎えに出ることはなかった。彼女とフェヴェラル・コテージはあるがままに受け止められることになっていた。姿見を一目見ることも、クッションを振って形を直すことも、カーテンを真っ直ぐにすることも、絨毯に落ちた花びらを拾うこともなかった。しかし彼女は、外から人が入ってくる寸前に、いつもすることをした——瞑想するような、半ば気遣うようなまなざしを、目の前にある膨大な収集品に、わけても陶器類に投げかけ、未知の人がこれらの品々にどんな影響を与えるかといぶかった。この場合、クレアの父親がここにくるのは初めてでもなく、二度目でもなく、三度目ですらなかった。しかし訪問者は変わる、訪問するたびにもう一度訪問が増えるにつれて。

　クレアははたと困った、この様子では、窓へ突進したものかどうか——ましてや(人は本来そうするだろう)ドアへ。彼女はじっとしたまま、いつもと違うミセス・ピゴットを観察し、やっと訊いた。「あのぅ——父に会わないんですか?」そしてクレアのほうが一歩踏み出し、ゆるやかな歩調ではあったが、少なくとも監視地点となる場所に向かった。カーテンの中でまたもやテントを張ると、彼女はその場に立ちつくし、鳥肌を立てて、十まで数えられるくらいの間、身じろぎもしなかった。それから彼女は苦しげな大声を出した。「ねえ、ミセス・ピゴット、いいからちょっと見て——ここへきて!」

ミセス・ピゴットはやってきたが、途中までだった。クレアの後ろに立ち、モスリンの向こうを見た。

バーキンンージョーンズ少佐は庭を進んでくるところで、庭は多少傾斜していた――白い服装で、長身を真っ直ぐに伸ばし、頭は無帽だった。ラケットをさりげなく抱え、パナマ帽は手に持っている。早い夕闇が降りた庭にいるせいで、日光を一身に浴びたこの男の高貴な美しさが際立っていた。あらゆる場所が息をひそめ、重たげなライラックの木々は、いっそうひっそりと静まり返っている。夕暮れのたたずまいは、鬱蒼とした木々が上から覗いている高い壁のせいで、早めに暮れていた。木々の先端は、日の名残で明るい網状になっていた。この海岸は、横に進もうが上に登ろうが、身を隠すことも景色を眺めることもできなかった――だがいま、ノェヴェラル・コテージは眺める景色があった。それはバーキンンージョーンズ少佐。放置された芝生の芝は伸びてもう種子を持ち、少佐の足元を淡い色で囲んでいた。色彩を放つものは見当たらず、ただ貧弱なデルフィニウムが羊歯植物の中へ倒れこんでいたり、開きすぎたセイヨウバラがパープル・ピンクに焼けているくらい。この庭は、どこにもない庭になっていた――あるいはいつもそうだったのか？　だが少なくとも、この瞬間は二度となかった。あるいは、あったか――誰が知ろう？　この庭は幸せにもこうして黄泉の国から亡霊が帰ってくる、仮に彼が死んでしまおうと。だが誰がそこで見るというのか、もしみんな行ってしまったら？……屋敷に近づくと、バーキンンージョーンズ少佐は屋敷にほほ笑み、さらに片手を上げる仕種をして、かすかに敬礼した――かすかだったのは、目下のところ、彼には人が一人も見えなかったから。

音が自ら宣告していたように、彼は一人ではなかった。そのすぐ後ろではしゃいでいたのはダイシーだった、人形芝居のパンチのように上機嫌で。

3

水曜日は火曜日よりうまく行った、いつものように――もし水曜日に欠陥が一つあるとすれば、それは何も事件がなさそうな傾向という欠陥だった。今日は熱気は、ややおさまっていたが、昨日の騒動の火種となったという意味では、まだおさまっていなかった。天候は晴天続きのもよう。火曜日のやや神経にさわる熱風というか微風は、日没とともに死に絶えたのに、水曜日の風はとても暖かく極端に穏やかだった。おまけに昨日の太陽は、すべてを無視し、誰の怒りにも襲い掛かることなく沈んでしまった――バーキンージョーンズ家はビーカー家からジェリグナイト爆弾について、何の連絡も受けなかった。ミセス・ピゴットは（バーキンージョーンズ少佐の曇りのなさから、そうだろうと推測しながら）、娘のダイシーにたいした叱責も与えなかった。だから二人の娘は、クレアの父親がダイアナの母親に別れの挨拶をすませるのを、フェヴェラル・コテージの庭をうろつきながら待つ間に、お互いに矛《ほこ》をおさめて和睦し、夕刻が過ぎる前に、いままでたびたび味わってきた仲間らしい間柄のまま、別れたのだった。シーキーがスケート・リンクからも、起こりそうな騒動からも方向転換していたのは、たまたま彼女が自転車で走っていたら、シスン家の連中（セント・アガサではない友だち）がアートワース家の長男と一緒にいるのを見かけ、そこで彼らと一緒に海水浴に行ったからであった。

シーキーは、自分でみんなにあれこれと話したように、あいだでお風呂に入ったのに、昨日の夕方の海水が皮膚に付いていている感じがして、水曜の朝にまた海に入ったそうだ。

彼女は学校の海水浴大会のときにも海に入り、その大会には夏風邪を引いている人以外のセント・アガサの全校生徒が集まっていたが、いかにも不思議なことに、大柄なほうの生徒が何人か、何らかの神秘的な理由で、除外されていた。自分たちだけが排除されることに耐えている決然としたお上品ぶりゆえに、そうした少女たちは下級生の目にはバカみたいに映り、すでに丸みを帯びた彼女たちの体も、同じようにバカみたいに見えた。残りの者たちは道路の手すり壁の透き間からにじり出て、コンクリートの階段をジグザグにこぼれ落ちた先には、オレンジ色の浜辺と鏡のような海が待っていた。浜辺は学校専用だったので、海も専用のように見えた。水着は学校で何とか体をよじって身に着けてきたが、道路を渡るときのために羽織らなければならないケープが水着の上ではためいた。体を拭くためのタオルは学校の更衣室で留守番をしていた。生徒たちはズック靴を履いたまま海辺まで行き、大粒の浜砂利の危険を避けた。フリルのついた水泳帽をかぶった子も、かぶっていない子もいた。最初に入った者は歓声を上げ、海を叩き、ぷかぷかと浮いた。ミス・ブレイスとミス・キンメイトはぬかりなく監視しながら、行きつ戻りつ、海面下にある大砂利の岩棚は、この浜辺の数少ない危険の一つだった——沖合いを流れる油断できない海流の危険は、ここにはなかった。泳がない少女が一人、一歩多く進みすぎて、はっと気づいて、深みから退いた。だから、ミス・

ブレイスとミス・キンメイトは二人とも、制止するべく警笛で武装していた。ミス・ブレイスは人命救助隊員という役割に恐れをなし、ミス・キンメイトは、本人が本日は不調ということで、海の中に入るつもりは毛頭なかった。

ダイシーは、むしろ意外なことに、ぷかぷかやる人間ではなかった。泳ぎは彼女にできる数少ないことの一つだった――従兄のローランドは、ほとんど人魚男、彼女が五、六歳の時に泳ぎを教えてくれた。彼女はシーキーよりも速く泳ぎ、マンボよりも遠くまで泳ぐことができた。彼女がフランスの方角に消えていくと、警笛がご機嫌を伺うようにピッピッと鳴った。この瞬間は、しかし、ダイシーはひたすら浮いていたかった――少し沖へ出て、髪の毛を海藻のように洗わせながら。

「ミュリエルがクラゲに刺されたって」彼女は歌うように、夢見るように、オリーヴに告げると、平泳ぎで遠泳していたオリーヴが波をかきわけて近づいてきた。

「大騒ぎしてた？――アイタタ！」オリーヴは海水をがぶりと飲んだ。

「クラゲだ！」クレアは離れたところで叫んだ。

「知ってるもん！」

セント・アガサは裸身をさらして海を睨みつけていた。死んだみたいに動かないタマリスクの茂み、クリーム・チーズ色の切り妻屋根、その背後の成型庭園が異質に見えた。シーキーは豪快な素早い見事なかき手を見せて、まるで浮上した鮫のように泳いで学校のほうを見やり、小さなフランス窓の中に残り組の二人がいるのを馬鹿にして見た。彼女は真紅の水泳帽をかぶっていた。向きを変え、またもぐり、浮き上がってみたらダイシーから遠くない所だった。――「競争する、このなまけ者？」こうして気分がいいことを示したのは、シーキーはすぐ気分を損ねるからだった。あと一分ほど浮いたままでいたダイシーは、無関心でうねろうともしない、自分と同じく目的もない海と戯れていたわけではなく、体が沈まないのは自分に力があるからだと感じていた。それから二人は競争を始めた。ゴールがなかったので——ブイも、救命いかだも、ボートも、岩も、何一つ見えなかった——スピード競争になった。

　喝采が海を渡ってくる。

「『イーンゲーランドを離れていくと、フランスがどんどん近くなる——だけど青ざめないで、愛する可愛いカタツムリ——』[*1]」ぷかぷかやってる一人が歌い、もう一人が爪先で深さを測ってから手で四回かいて泳ぐのを見つめた。ミス・キンメイトは半分警笛を吹いてから、また時計を見やり、自分の勘違いに気づいた、まだ五分残っている、警笛は紐から垂れて揺れるままになった。すると、「これ、きっと赤めのうだ！」海岸にいた少女の一人が、小さな石を目元に持ち上げて叫んだ。「赤い光が透き通って見えるもん——見える！」ぞろぞろと海からあがってきた子供たちはビーチサンダルを捜し、そこにはからからに干からびたヒトデや、海藻の束や、尖ったマテガイがころがっていた。ひなびた砂浜の清潔な磯の香が、香りのない海から上がってきた者たちを出迎えた。サンダルが置かれていた場所よりずっと上にあり、それが潮の満ち干がやはりあるのだという目印だった——もう引き始めていた。

　少女たちの約半分がすでにコンクリートの階段を上がるか上がりかけていて、ケープは海水で濡れた体に張り付き、ミス・キンメイトは今度こそ警笛を吹いた。ミス・ブレイスも遅れてはならじと、自分のを吹いた。

その水曜日に、学校で起きた唯一の出来事は、一人の叔母さんの訪問だった。通学制の学校だったおかげで（一人だけ学校で食事をとる生徒がいた）、セント・アガサは親類と称する疫病から逃れていた――少女たちは、でき得れば、家庭で視察されることが望まれていた。だがこの叔母さんは、見たところ、「一日田舎まで」出てきたらしく、自分の姪を一目見るまでは断じてロンドンに帰りませんからと毒づいていた。学校も一目見たいとも言っていた。ミス・アーディンフェイは電話で警告されていた、何が何でもエルフリーダを逃がしてはならぬと――今日の午後は各種のゲームの時間だったので、彼女なら逃げ出しかねないところだった。機嫌を損ねたエルフリーダ（野球ゲーム《ラウンダーズ》が好きで得意だった）は、見張られていた。

叔母さんがきたとき、体操が得意なほうの少女たちはほとんどもういなかった。毎週午後の三回、セント・アガサ校は、一つ隣にある、ゾッとするような少年たちであふれているプレップ・スクール、セント・スウィジン校の運動場を使っていた――幼い少年たちはそういうときは、さいわい、一人も姿が見えなかった。運動場はクリケットとラウンダーズをするのに十分な広さがあり、夏には二つを同時に行い、互いに他方の邪魔をしないことが条件だった。ほかにまだテニス・コートを二面置くことができた。だが、原因不明で残った少女たちを数から除外しても、セント・アガサには全部で六十八名がいた。ミス・アーディンフェイは、全員が必ず何かする、か、してみるべきだという意見を持っていたので、いつも同じ少女たちがゲームの午後から抜け出してばかりいないように色々と努力していた。めったに抜け出さないのは熱心な生徒（つまり、やればできる連中）だった。

セント・アガサの敷地内に残った生徒たちは、それぞれに諦めて運命を受け入れていた。クロケー用の古い芝生で三角ベースみたいなパット・ボールをしたり、なくなったボールを探したり、芝生にはネットがないので紛失ボールはやたらにあり、探すのがもうたいへん、年月がボールをみな濃い緑色にしていた。死んだみたいなボールでも、打たれるとものすごい速度で転がっていった。いくつかは、おそらく、海に落ちて最期を遂げたことだろう。そのほか、上の方に打たれたやつは、茂みに引っかかってそのままになった。紛失ボールを探すのが目的だった少女が、残りの午後から消えてしまうこともあった。ボールが全部なくなり、少女もほとんどいなくなると、パット・ボールは終わりだった。

　緑色のボールがゲームの午後ごとに追加されたことで噂が流れた、ミス・アーディンフェイは中古の中古品《サードハンド》を一トンいくらで購入しているらしい。

　ダイシーはいらいらに悩みながら、クロケー用の芝生を無駄にならすために置いてあるガーデン・ローラーの上に座っていた。いまからテニス・ボールでも探そうかと思っていたら、エルフリーダが叔母さんを近くのベンチに座らせて、何か囁き、すぐ立ち去った。ダイシーは理由がわかった。叔母さんの熱心さと緊張の様子をけしかけるように、鼻眼鏡が意味ありげにきらりと光った。さらに悪いことに、その婦人は、どこにあるのかわからない首まで衣服にくるまれていて、頭には黒の大ぶりなストロー・ハット、それがまた、見た目だけでなく、においまでもがベタッとしていて、本来は毒薬である帽子染めで最近塗り直した代物、その上に乗っかっているのは、どこから見てもカササギの翼だった。その効果のほどは、貧困でも豪華でもなく、ずばり、帽子とそのかぶり手が化学的に合成した効果であり、それが彼女本人に作用して、納骨堂の生垣にとまっているドロボウ・カササギみたいだった。なぜならカササギの翼はスポーティーな帽子飾りではなく、死んだ鳥そのものだったから——ガーデン・ローラーの上にいる子供には、それが圧倒的な恐怖の的だった。だって、たとえ生きていても、カササギは不吉な予兆なんだもん。

　上り坂を慌てて登ったところだったので、叔母さんは息切れがしているはずだった。だが違った。痩せていて、行動的な人らしい。辺りを見回し、餌食に目をつけた。「で、あなたの名前は?」彼女はキイキイ声で訊いた。

「ダイアナです。でもすみませんが、私、テニスのボールを探さないと」

「あら、ダメよ、ナンセンス——ほかにいっぱいあるじゃないの」(ボールが、少女が?)「ここへきて、この私に話してくれない?」帽子女は椅子の空いた所を軽く叩いた。はた目には(はた目だけ)には、ダイアナはおびえた犬みたいに近寄っていった。「このゲームは」、捕獲者はパット・ボールを見くびって続けた。「明らかにのろまな連中だけがするゲームね?」彼女はエルフリーダの計画を見破っていた、叔母さんをどこかに預けておいて——どのくらいの間?——何か見物させるという計画だった。子供は睫毛をしばたたいて、何も言わなかった。「だけど、ここではみんなすごくハッピーで、エルフリーダが言ってたわ、あなた方のこの学校では、それぞれいろんなやり方があるそうね? 自由がいっぱいなんでしょう?」

「エルフリーダはどこに行ったんですか?」

「ああ、エルフリーダはこの叔母さんのところへ戻ってくるわよ! それまでの間、もっと教えてくれることがあるでしょ。たとえば、この近くにローマ人が上陸したんでしょ?」

「わかりません。誰かがそう言ったんだと思います」

「あらでもすごくエキサイティングだわ、ええ!」

ダイシーは、帽子に辟易としていたが、その下にいる話し手を覗き込んで考えた。この叔母さんより本当に鋭い人だったら、ダイシーの胸に何かがあるのに気づいていただろう。しかしいまはまだ彼女は何も言わなかった。叔母さんは途方にくれて、戦略を変更した。「あなたはどうなの、あなたがバレエをするお嬢さんね？」

「いいえ」ダイシーは残念そうに言った。「でも、その子は私の友だちです」

「有名なバレリーナになるのかしら、大人になったら？」

「わかりません。いまでもすごく有名です」

「で、あなたは何になるつもり、大人になったら？」

「わかりません」

気のない否定語が重くのしかかり、哀れな叔母さんは頭をぐっとそびやかすことで元気を出そうと思った。その成果はカササギがぶるっとしただけだった。ダイシーは目を閉じ、気分が悪くなり、後ろに身を引いた。帽子がぐっと持ち上がり、毒薬が霧になって立ち昇ったのだ――叔母さんが放つ後光から出たものだった。「でも、そろそろ、それも考えておかないといけないわね？　どうかしらねえ……。あなたは何に興味があるの？」

「何に興味が？」

「何に興味があるの、あなたは。ええ」

「オタマジャクシにあったけど、私のやつに何かが起きて。いまは子猫がいます」

「まあ！　子猫の世話をするのが好きなのね？」

「いいえ、うちのコックが世話しています」

「じゃあ、あなたは何をしたいの？」

「テニスがしたいけど、みんながコートを占領しちゃうから――あの、ちゃんとしたコートはみんな」ダイシーは悲しそうにクロケー用の芝生を睨んだ。「私は物を探すのが好きなんです」さらに補足した。「または隠すのが好きで、誰が発見するかなと思って。それとも自分にできることをするのが好きです、人の神経を逆なでするとか、泳ぐとか」

「へえ……？」叔母さんが言った。彼女はもっと確実な足場に戻った。「エルフリーダは医者になるのよ」

ダイシーは黙りこくって、一瞬たりともそう思ったことはないと伝えた、何はともあれ、そのどこがいい計画なのか。「あなたが訊いたんですか」彼女は訊いた。「それとも彼女がそう言ったんですか？」

「この叔母さんが訊いたら、嬉しいじゃないの、そう言われたの！　彼女の父親が私の兄で、彼が医者なのよ、あなたもご存じでしょうが。キャリアって、一家の中に流れているものなんだわ。――あなたのお父さまは何を？」

「父は死にました」

叔母さんはまたもや途方にくれた。

子供は用心深く横目で帽子を盗み見た。カササギはとにかく鳴りをひそめている。思い切ってまた帽子のつばの下を覗いてみた。今度は前よりもずっと腹をすえて。「ローマ人はその辺に何か置いていったのかな――何かあとに残したんですか？　いまでもあるのかしら、もし誰かが探し回ったら？」

「興味深い素晴らしいローマ時代のものなら博物館にありますよ。ここの博物館にもたくさんあるはず。どういうことなの」、叔母さんはそう言って、斜面の下で昏睡状態にあるセント・アガサの後ろ姿に、さげすむような視線をちらっと投げた。「あなたたち女学生がちゃんと見せてもらってないなんて！」

「あら、私たち、もう見せてもらいました。でもあれはみんなもう発見されたものでしょ。まだ何かあるのかしら、どこかに？」

「スコップを持っていつでも見に行ったらいいわ！」

子供は笑い声を聞いて、顔をしかめ、挑むように頭をつんとそらした。

「それはわからないいんじゃない、ええ――予測なんかできるもんですか！」女は続けた。

「ローマ人は地下に住んでましたか？」

「いいえ、あなた――あきれたわ、ここではいったい何を教えているのかしら？　でもローマ人は、申し訳ないけど、とっくにいなくなり、時がたつにつれて、物は勝手に埋もれていくのよ」

「あら。誰も埋めないのに？」

叔母さんは胸にピンで留めた時計があり、七宝のリボンから下がっていた。彼女は口ばしをとがらせて時計をつついた。「私は知らないけど」彼女はやむなく告白したが、悔しそうだった。「エルフリーダって子は、どうなってしまったのかしら！　そうね、ダイアナ、私はちょっと下までぶらぶら行ってみるから。――少女たちが大勢、ほら、ゲームから戻ってきてるのね？」

そのとおり、少女たちがゲームから戻ってきていた。くたびれた足を引きずり、白いリネンの帽子をあみだにかぶり、セント・スウィジンから続く曲りくねった海岸道路を進み、それからその道を折れてセント・アガサの門に入った。お茶の時間だ。ダイシーは立ち上がった叔母さんにしつこく食い下がった。「あなたはご自分で何か見つけたことは、いままでに?」彼女はいまでは知りたくてたまらなかった。しかし底意地の悪い叔母さんが何をしたか、ダイシーを見捨てた。「歴史の先生がローマ人のことは教えてくれるでしょう」彼女は帽子をかぶり直し、恐ろしく大きな息を吐いた。叔母さんを追いかけてスキップで坂を下りながら、子供は嘆いた。「あの先生はギリシャ人の話をなさるんです」

「あら、それは素敵」叔母さんは下にいるエルフリーダに向かって喜びのあまり奴隷みたいに手を振ったのに、エルフリーダは下の小道から彼らのほうをじっと見上げていた。

「違います。ギリシャ人はここへはこなかったんです」

「そこにいたのね」エルフリーダが厳しい声で言った。「お茶のことを決めておいたわ、ミス・アーディンフェイの応接間で――だいじょうぶ――先生はお出かけだから」無視されたダイシーは、家族の集まりを通り越して裏門まで一気に行ってみたら、都合よく裏門が開いていた。前もって、かろうじて前もって深々と息を吸ってから、彼女はお茶のテーブルについた――よくある長い長い架台がテーブルだった――ちゃっかりと、トマトみたいに赤い友だちと、キュウリみたいに青い友だちの間に座れた。そして弾む息で言った。「エルフリーダの叔母さまにお会いしちゃって」

「あら、あの女性参政権者《サフラジェット》と?」

「へええ?」

「そうよ」、クレアが言った。「エルフリーダがそう言ってるもん」

シーキーは紅茶のカップの上を軽く吹いた。そして「ええ、そうよ」と言った。「彼女は抵抗して、鉄の柵《レイリング》に鎖で体を縛りつけたんだから、ミセス・パンクハーストみたいに」

＊1　ルイス・キャロル　Lewis Carroll（一八三二―一八九八）イギリスの数学者、作家。*Alice in Wonderland*（1865）第十章の一節。

4

箱をどうするかについては――もっともそれはセント・アガサで構想され、学校の敷地を使うことが前提だった――秘密厳守ということで、違った場所で、学校の授業時間以外に何度か集まって討議された。一度、早い段階で、集まろう、できたらフェヴェラル・コテージで。

ある日曜日だった。ミセス・ピゴットは応接間でドビュッシーを弾いていた。屋敷のその他の部分は従兄のローランドのための準備で散らかっていた。三人の少女のうちの二人は、我慢もこれまでという様子で、階段の下のほうに座り、ダイシーが降りてくるのを待っていた。降りてきたダイシーは、もごもごと動いている子猫を腕いっぱいに抱えていた。子猫たちがみな孤児で、すごく可哀相なことは、三人の結束をむしろ増進した。子猫たちは客間のベッドからダイシーが急いでかき集めてきたもの、そのベッドには孔雀色のベッドカバーが雪のごとき純白の毛布とおろしたてのリネンの上に、従兄のローランドのために掛けられていたのに、その上で子猫たちはみんなで眠り、何匹かは大暴れ。ダイシーは心配そうに上から友だちを眺めわたし、階段を下りてダイニング・ルームのドアまで行き、子猫がいるのに、ドアをうまくぱっと開けた。それから彼女は子猫を一匹ずつ、老いたコックともう一人いるすごく変わり者の女中にぽいぽいと投げた、コックと女中は真鍮と銀器を磨いているところだった。(なぜそこで、なぜこんな時間に?)

従兄のローランドの訪問に先立つ波風はもともとコックの中で起きたもの、彼女はそれを彼一人のせいではなく自分のせいでもあると見ていた。ミセス・ピゴットは波風を辛抱するが、ただし、彼がしかるべく到着する前に決着をつける——決着をつけて波紋一つ残さないこと——という条件をつけた。従兄のローランドは静寂のみを好むことで知られていた。騒動は種類と時間を問わず大嫌いで、これが彼の沈黙の裏にある性格の一つだった。彼はフェヴェラル・コテージに「着く」というよりは、戻ってきた。そのたびに彼は生活を再開し、いそいそと深みに戻っていき、さらに深みを極めるのだった。

ダイシーは友だちにやむなく打ち明けた、というわけなので、妨害が入らないはずの場所は浴室になりそうだと。庭園は少女たちも見てのとおり、臨時雇いの庭師がむやみやたらに掘り返していたが、コックに尻を叩かれたのだろう。ダイシーの部屋は母親の部屋に通じていた。ミセス・ピゴットを知る人なら、誰が確信できただろう、夫人がピアノの蓋を閉めないままで二階へ上がり、冬の毛皮類の様子を見ることもないし、ベッドの裾に置くベッド・ソファに腰を落ち着けて、そこに置いておいた本の続きに取りかかることもないなどと? 浴室のほうがまだ安全だった。鍵を掛けて三人で閉じこもり、バスタブのふちに一列に並んで、正式に座に着いた。子猫のボスを勤めたばかりのダイシーは、旗色を明らかにした。

「ニワトリの骨は駄目よ」彼女は主張した。

「誰がニワトリの骨なんて言った?」

「あなたが言ったのよ、もし人間の骨を手に入れたら監獄行きだって、マンボ」

「あたし、知ってるわ」地元の少女が提案した。「中に死んだ羊がいる森のある場所を。男の子が教えてくれたの」

「何も言わなかったじゃない」

「うん、いままでとっておいたんだ。でもあの羊はまだ頭蓋骨になってないの。私たち、待たないとね」

「駄目よ、待てないわ。ああ!――例の『未知の言語』はどうする?」

「あなたたちのどっちかが発明しかけているんでしょ?」

「あなた、言ったじゃない、作り方を知ってるって。言ったわよ、マンボ!」

「作れるって、お茶の子さいさいなんだから。でも、あなたたち二人が首を突っ込んでくると駄目なんだ――この前のときは、二人でそうするつもりだって言ったでしょ」

「彼女の好きにさせましょうよ、ダイシー! かまうことないでしょ?」

「頭は三つより一つがいいの、いつだって」頭の持ち主が言った。

「オーケー、マンボ――どんどんやって。でも、発明しないでよ、私たちにわからないようなのは。あなた、誓って約束する? 私たちが言ってきたことが何なのか、私たちは知る必要があると」

「それを書いていると長くかかるから、羊を待ったほうがいいかもしれない、という気がしてきたわ。――金《かね》めの宝石はどうする?」

「それにピストルが一丁。どうやってそういうのを手に入れる? あなたのお母さまか誰か持ってないの、シーキー？」

「ピストルは持ってないわ」娘は思案して言った。

「私たち、泥棒はできないし」バーキンージョーンズ家の子供が断言して、言い足した。「あなたが言うのは、拳銃のことね」

「私はピストルのつもり。それに私は」、リーダーは念を押した。「まさか泥棒するなんて！　ただね、どうして物が手に入らないのかしら？――でも、ねえ、金めの宝石なんかやめて、もう考えないにしましょうよ。金めの宝石があればと、私たちで言っただけよ。ピストルは、私、手に入ると思う」

「見たの、どこかで？　でも」、専門家が意地悪く追求した。「あなたが見たのは、本当は拳銃だったんじゃない？」

「あら、私――シーキー、どこに行くの？」

「もう帰る」愛らしいバレエ・ダンサーはバスタブを離れ、ドアまで行って鍵を開けていた。「こんなの」、と彼女は宣言し、三つ編みのお下げを後ろに投げた。「馬鹿みたい！　もうこんなお遊びはしたくなくなっちゃった。まるで赤ん坊だもん。赤ん坊よ、ニワトリの骨だけがあって、宝石がないなんて。二人が『言い出しっぺ』なのに、いざとなると怖くなったのね！　私はもうおうちに帰る」彼女は思い返した。「あたし、おうちにも帰らない。『どこか別の場所』に行くことにする」そして鍵に親指をかけ、一瞬立ち止まり、その瞬間が深く沈んだ――するとドアの向こうで何かが、彼女のさげすむような注意を引いて捕えた。彼女はバスタブのふちにいる二人を振り向き、最後通告を出した。「ほら、これだもの。――ねえ、あなた、これだもの、やっぱりね、ダイシー。あなたのお母さまのお出ましよ！」

いや、たしかにミセス・ピゴットが、「ダイシー？」と呼びながら、名案でも浮かんだように階段を半分上がってきた。これにはあわてた。ダイシーはドアを支配下に置き、「なあに、お母さま？」と答え、一インチだけドアを開けた。しかし、彼女がドアのハンドルを放したとたん、ドアはフェヴェラル・コテージではおなじみのやり方で、彼女を尻目に思い切りよくぱっと開いた。「こんなところで、可哀相に！」ミセス・ピゴットはすまなそうに叫んだ。「ほかにどこかなかったの？（こんにちは、クレア。こんにちは、シーラ！）だけど」、彼女は続けた。「あなたたちがここにいるのが嬉しくないなどと思わないでほしいけど、みんなで外に出てみたらどうかしらと思って？――そうしてみたら？　サウストンまで行って、みんなでお茶にしたらいいわ――アイスクリームもぜひ、どうかしら？――ゲイシャ・カフェでいかが？」

三人は互いに顔を見合わせた。

「五シリング上げるから……？」

お祈りの効果のほどに少女三人はもう一度顔を見合わせ、ぐっと真面目な顔になった。

「それとも、もうゲイシャには飽きたの？」

「いまはブルー・バードに行くんです。そのほうがいいから」

「可愛い名前じゃないの。なぜって」、ミセス・ピゴットは、いつもの手を使って、少女たちを味方に引き入れていた。「従兄のローランドはきっと、長旅のあとだから、静かなお茶がいいと思うの。だからほら、あなたたち、行きたいでしょ？　でも、ちょっと待ってね」彼女は姿を消し、次の五分間を使って五シリングを探しまわり、上がったり降りたりした。

お金が使えるとなると、想像図が一変した。シーキーがまた加入してきた。三人でまた提携することになり、決定が次々に下されていった。お茶はなしにして、軽く食事をしよう。宝石問題は棚上げにして、すぐ足かせに取りかかろう……。セント・アガサの帽子はかぶらないほうが、どちらにも役立つ。つまりバス代は払わなくてはならないが、いったん町に入れば自由が利く。混み合ったサウストンに入ったところでバスを降り、少女たちは肩で風を切ってオールド・ハイ・ストリートに向かった。途中にファグの金魚店があった。この店は犬全般の飼育と販売のほか、あらゆる種類のペットを手がけていた。太陽が入らないという以上に、ファグの店内は暗くて地下室のようだった。かたかた、ごそごそ、ぱたぱたといった音が無数の籠から発しては不潔な天井にぶつかり、小さな窓枠で仕切られた窓をふさぎ、ぞっとするような臭気が漂う暗がりに動きを与えていたが、この暗がりの中、囚われの身となった何百組の目が見つめていることか？　少女たちが中に入ったとき、生命体のうちでただ一つ見えないのが、ミスタ・ファグだった。しかし生命体らしく、ウサギの穴みたいなアーチから出てくると、フクロウの親爺のようにカウンターの後ろに陣取った。「さて、レディーズ、何か御用ですか？」

「鎖が一本、大きなブラッドハウンド用なんですが」ダイシーがまくし立て、またしても先陣を切っていた。ミスタ・ファグは疑っている。「というかグレートデンとか――マスチフ犬とか」マンボが割って入り、相手を小ばかにしたような、それでいて男同士みたいな言い方をした。シーキーは一点に絞って言った。「ふつうの鎖じゃ駄目なんです」

「じゃあ、犬はまだいないんですね？」ミスタ・ファグが訊いた。「そんなサイズの犬には手も触れませんがね、私だったら。そのお年では。筋肉がなくて、引っ張れませんよ。みなさんにいいのは、可愛いテリアだな。可愛いテリアなら生まれたばかりのがいますよ、たまたまね」

「犬が欲しいんじゃありません。鎖が欲しいんです」

「犬がいない人生は空しいよ」

「大きな鎖なの。いくつかそこに下がっているのが見えますけど」

ミスタ・ファグは、自分の店をいちおう振り返って見てから、いぼを一つほじくっただけで、腹立たしい思いを反芻していた。いぼをほじくるだけで彼が何もしないのがよかった、なぜならここでマンボが口笛を吹いてするどく警告した。たんに誰かが入ってきたのではなく、入ってきたその誰かとは、セント・アガサの上級生、ハーマイオニ・ボレットだった。少なくとも十五歳を一日は過ぎているハーマイオニは、カウンターへと歩を進めた。彼女の付き添いはすごく幼い弟で、この子は角を曲がるとハツカネズミを拷問にかけた。見たところハーマイオニは土曜日の午後の実習を自ら行っているようだった。髪の毛は後ろにまとめて幅広の黒の蝶リボンを付けていたが、何かの拍子で横にずれており、美しいピンク色のドレスのベルトをぎゅっと締めたことで、彼女の痩せた体が上下半分ずつに区切られていた。彼女は（かぶるとおそらくリボンがさらにダメになるからか？）乙女らしい薔薇のつぼみを花輪のようにあしらった麦藁帽を手に持っていた。一インチのすきもないレディ――そして目下のところ、この少女の仕上げのためにさらに多くのインチが費やされ、ハーマイオニはかぎりなくレディだった。

セント・アガサの学外におけるエチケットでは、どんな方々に出会っても、これ以上ないくらい短い一瞥しか交わしてはならないのだった。下級生たちはカウンターに沿ってじりじりと後退し、一番はじの隅まで行って一団となり、目と耳を凝らした。「私たちのことはおかまいなく！」ダイシーが最高の優雅さを発揮してミスタ・ファグに告げた――彼はおかまいするつもりは毛頭なかった。「で、あなたの御用は、お嬢さん？」と彼はハーマイオニに訊いたが、すでに楽天的な口調は消えていた。

「蟻の卵がいくつか欲しかったの。でも、ミスタ・ファグ――」「では、何が問題で？　ここにありますよ」「私の金魚が一匹、死んだので」「いや、我々はみな死ぬほかないんだ」「でももう一匹にシミが出てきて。ほんとうに大丈夫なんですか、お宅の蟻の卵は？」「お宅の魚ですが、ずっと健康だったんですか？」「ものすごく健康よ、いつだって。うちの魚は」、ハーマイオニはそう言い、社会的な自意識に燃えて頬を染めた。「ハロッズからきたのよ」「うちがそこに出荷したことは一度もないなあ！　でもね、そういう風に魚が迷惑をかけるようだったら、お嬢さん、私ならいったん全部捨てて、一からやり直しますがね」「でも、私、みんなすごく大好きなの、ミスタ・ファグ」ほとんど母親になりきっている。

「言わせてもらえば」、彼が言った。「魚はどれも同じだよ」そして蟻の卵を二箱出して、ポンと置いた。「ご希望の品です。要るんでしょう？　あなたが決めるんだね――もう私の出る幕じゃない。さて、犬たちは違った性格を見せるものでね。たまたま、いい子犬がいて……」

「いいえ、犬はうちにいますから、ありがとう」ハーマイオニは唇を噛んでから、とうとう白いコットンの手袋を片方脱いだ、そのほうがお財布の中がよく探せる。ミスタ・ファグは箱を二ついやいやながら紙袋に入れた。ハーマイオニがこの巣窟から無事に出ようとしたとき、クレアが吠えた。「ほら、弟さんを忘れてます！」ハツカネズミから弟を引き剥がすのに時間がかかった。

「彼女にはむかつきますな」ミスタ・ファグはそう言って、ハーマイオニのお金をカウンターから取って金銭登録機に入れた。「ああやって泣きを入れてくるんだ」

「魚ってみんな同じなんですか?」可愛いダイシーが訊いた。

「そういうことだね、彼女が知っているかぎりは。私にとっては、違いますよ。違うんだ、そっくり同じ魚はいない――どうしてそんなことがありますか? 何を探していると言ってたかな?」ミスタ・ファグはいままでよりも好意的な口の訊き方をした。「大型犬の鎖だっけ?」彼は足かせをフックから外した。

その値段はショックだった。「それに、あれ、錆びてますね!」シーキーがいち早く指摘した。錆びてない。みんなが欲しいものだった。「あんたは抜け目のないおチビさんだ、それにしても」ミスタ・ファグは観念し、功を称えて三ペンスおまけしてくれた。「こいつは紙袋に入れたのでは長旅はできませんよ、いいかい?」彼は実演として鎖を袋に落としてから、袋ごと強く振ると、たちまち破れて、鎖が下に落ちた。「ほら、ご覧……」

「何か丈夫な紐はありませんか、それに、丈夫な紙とか?」

「いや、ないんです」

「私たち、足かせなんて、絶対、絶対、絶対に運べないわ」ダイシーが息まいた。「昼日中になんか!」

「ああ、犬がいないと見た目がどうにも滑稽だなあ」ミスタ・ノアグはそう言って、さっさとまた自分のいぼに戻っていた。

緊急事態だ。彼女たちは互いに腕を取り合い、ネズミのいる一角まで行って相談した。シーキーはいつになく興奮して宣言した。「わかったわ――誰かがこれを身にまとうの!」「首の回りに?」「バカね、この昼日中に? おなかの回りに巻くの、着ている物の下に。私、しかいないかな――ダイシーは太りすぎだし、あなたはおなかのところが開いてるから」（クレアはワンピース《フロック》を着ない子で、小さなブラウスはどれも、きちきちのスカートからはみ出しているので有名だった。）「お願いがあるの」、言い出しっぺが要望を述べた。「まず、ちゃんと埃を払ってよ、早く！」……鎖はシーキーのおなかの回りに巻きつけられた、ウサギ小屋の先の中庭を出たところにあるファグ商店の野外トイレの薄暗がりで、ごく事務的に行われた。ミスタ・ファグは彼女たちがそんな所まで行くのがひどく気になった。「あんたたちには想像もつかないものが見つかっても、知りませんよ。しかし、誰かさんが何か待ちきれないことがあるなら、どうぞ」鎖はゆうに一回りして、二回りには足りないまま、バレエダンサーの平均的な細いウェストを取り巻いた。そして鎖が垂れた部分にシーキーが土曜日に着るフリル付きのニッカー・ショーツから外したブルーの細いリボンを飾り付けた。シーキーが体を揺すって姿勢を正し、パリッと糊の利いたフロックと刺繍入りのペティコートを元の位置に戻すと、なるほど何も見えなくなった。おもての店では晴れてミスタ・ファグが、いまこそ子犬で誰かの関心を引いていた。少女たちは二シリングを置いて残りはツケにしますのでと言い、「どうもありがとうございました、ミスタ・ファグ」と言って出ていった。彼が怒鳴ったときは、彼女たちは耳の届かない場所にいて、万事休す。

まだある資金で、お次は金庫だ……壊れているほうが、都合がいい。難破船か、岩の割れ目にないかな？　屑物屋を試してみようか、この下の港の近くの。みんなでいざ行進というときになって、ダイシーが抜けた。「今度は何が？」と彼女は問われた。

「私、太りすぎじゃないもん。私のおなかに回してもよかったのよ」

彼女の機嫌が直るように、レモン・シャーベット・パウダーを六オンス（一人二つずつ）買う羽目になった。これは舌の上でおいしく溶けてジワッとしただけでなく、唇のところですぐ吹くと黄色い派手なあぶくが出た。シーキーは、はたと困った、ビーカー家の令嬢としては、天下の公道で口からあぶくを吹いていいものだろうか、そこで彼女はお菓子屋の内部に留まってあぶくを吹くことにした。何の制限もないほかの二人は先を行き、見知らぬ修道士の前でわざとあぶくを吹いて見せ、悪魔にとり憑かれた子供たちだと彼が思ってくれたらいいと思った。シーキーが追いついてくる前に、二人は急いで絵画店の窓に向かい、近道を通ってファグ商店側の道を下に降りた。これこそオールド・ハイ・ストリートの窓で、見逃してはならないものだった。ほかでは得られない感動が保証されていた——自分がいる場所の絵を見る感動だった。窓の背後そのものが泰西の名画で造られていて、その中にある「希望」[*1]という絵画では女性がひたすらハープにすがりつき、窓の表側にはオールド・ハイ・ストリートを描いた水彩画と銅版画が出ていた——ストリートとしては、思いのほか奇妙だった。建物の最上の部分が突出し、大きすぎる切妻屋根がかぶさり、黒い梁がドアと窓とアーチを押して形をゆがめている。高いものは一つもなく、曲がった煙突がいくつかあるだけ。玩具店の正面は、くすんだ看板でしかめ面になり、当の看板の下から今にも前に落ちそうだ……。これはすべて、二重ガラス越しに——絵画店の窓と金箔または黒檀の額縁に囲まれたガラス越しに——覗かなければならなかった。だがさらなる驚異は、これらの絵の外側に、オールド・ハイ・ストリートが本当にあることだった。くるりと一回転するだけでその真実が証明できた。そこに、本当にそれがあるのだ——拡大された絵になって。そうやって見て、人はそれを初めて目にする……。さらに、オールド・ハイ・ストリートの一部（絵画店からくる道のちょうど反対側）が店の窓にも、窓そのものにも無数に映っていた。映像そのものが一枚の絵画のように見えた。切妻屋根、その他もろもろが、二倍あった。

「わかりました、ええ、私はピクチャレスクですとも！」とこの大通りは言ったに違いない。そしてすぐ無念に思ったことだろう。遊歩者たち、気取り屋たち、凝視する人たちに踏み荒らされてしまったからだ。みんなで邪魔をした――もっと邪魔をするだろうが、希望もなくはない、なぜなら彼らの残りの日々はもう数えるほどだから。車に轢かれるか、耳が聞こえなくなるか、発狂するか。オールド・ハイ・ストリートは急な坂道で恐ろしいくらいに玉砂利がでこぼこした通りだが、サウストンのほとんどの交通網から見放されつつも、独自の交通手段があり、好き勝手なときに運行していた。低い切妻屋根の間に鳴りわたる騒音は、じつに堂々としていた。あまつさえ駆け下りる自転車が玉砂利のせいで跳んだり弾んだりするので、自転車のハンドルについたベルは、鳴らそうが鳴らすまいが、リンリン鳴った。またこの大通りには深く馴染んだ独特なにおいがあり、それはまぎれもなく不衛生のせいだと確認できた人は絶えてなく、住民たちもそれに終止符を打つべき理由が見つからなかった。このにおいはさらに、オールド・ハーバーの魚市場から上がってくるにおい、古エンジンの油のにおい、そして泡立つ水溜りのにおいと入り混じっていた。サウストンでもっとも（いや、じつは、唯一の）ピクチャレスクなこの一角は、同じ訪問客が二度と訪れない場所だった。「二度はどうしても見ておかないと！」とよく言われたが、その熱意もやや控えめだった。そこの記念品は、水彩画と銅版画を含めて、みなだいたい家に持ち帰った。それにまさる地元のアート・グループの手になる絵画は、丘陵地帯にあるほとんどの応接間の壁を飾っていた。

クレアは下の奥歯の虫歯の穴に詰まった最後のシャーベット・パウダーを吸いながら、自分が立っている場所の複製画をじっと見ていた――いつもするように――徹底して黙りこくって。ダイシーはまた不思議に思い、また声に出して、アーティストでいるとどんな感じがするのかしらと言った。そこに映った三人目の映像を警戒して、二人は窓からひょいと飛びのき、シーキーがエビみたいに両手ではさんでくるのを寸前でやめさせることができた——友だちをびっくりさせる手段として彼女が好む方法だった。「あなたたちがいそうな場所なんか、お見通しよ！」彼女は馬鹿にしたように言った。彼女は絵のことは一切考えたことはなく、おそらくそれでよかったのだ。彼女たちはまた出発し、坂道をトップスピードで駆け下りた。

「どこへ行くのかよく見なさいよ！」誰かが叫び、あわてて少女たちを避けた。

「見てます！」そのとおりだった。レース・ドライバーになりきって、スピードを競う。天翔る鳥たちも、これほどの自信はなかっただろう。最後にきて猛スピードのまま曲がるのが、彼女たちの十八番だった——誰かにぶつかるのは、ぶつかったほうの名がすたるのだった。だから文句を言う人はいなかった。（彼女たちは押しのけることはあったが、それはまた別問題。）

　通りの突き当たりにある時計が、次いで通りの下にある時計が打ち始めた、一つ、二つ、三つ、四つ、五つ。「ほらご覧。実質的にはもう夜よ！」

「あなたが何年もぶくぶくやったから」

「私は宝石を見てたの。偽物よ、でもきらきらして——ルビーの指輪が六ペンスだって！」

「へえ、あのおもちゃ屋で？」

「私たち言ったでしょ、次は金庫だって！」

「今すぐ金庫が買えるわけじゃないから、考えることないの！　どうして箱じゃ駄目なの？——金庫って何なの？」

「ああもう、教えてやって、マンボ！」

「もう教えました——それにやめてよ、怒鳴ってばかり！　これは秘密なの、それとも違うの？　どうぞ、怒鳴ったらいいわ、ハイ・ストリート中に知らせなさい、二人そろって馬鹿なカモシカ《アンテロープ》なんだから！」

　彼女の言うとおりだった——スパイだらけだ！　彼女たちは獰猛な目で坂の上を、背後を、そして先方の坂の下を見た。

「またハーマイオニがいる、ほらあそこ！」

「へへん、ちょっと見てよ！　しゃなり、しゃなり、しゃなり。ほんとに馬鹿みたい！　まっすぐ歩けないのよ。——彼女、弟はどうしちゃったんだろう？」

「奴隷に売ったのよ」

「紙袋が三つになってる、ほら」

「頭がついにイカレたんだ。彼女、ハロッズにいるつもりよ！」

　ピンクのリネン、いやハーマイオニがドア口に消え、それは（急いで駆けつけたら）「骨董屋《キュリオス》」のドアだった。「骨董屋」はおもに中古品を対象にしていた。「骨董屋」にある物で何がおもに興味深《キュアリアス》いかというと、誰かがずっと手に入れたかった物、またいつかは手に入れたいと思っている物だった。

「競売に出た物だわ」とビーカー＆アートワースの子が鑑別した。ハーマイオニがしていることを明確にするために、三人は代わり番こに窓から横目で覗いてみると、フィッシュ・ナイフとフォークが乗った棚の下にはナプキン・リングが半ダースずつ、塩と胡椒入れのセットなど、いまはもう黒ずんでしまったのが、色褪せたビロードの中に納まっていた。数あるトレーの上には、装飾用の種々のティー・スプーンを腐りかけのリボンで束にして結んだのが乗っていて、あとは絡み合ったサンゴ、名誉を失ったメダル、漆器やその他の汚れた名刺受けなどが置かれていた。その間を縫って垂直に立っているのは彫像たち、丸屋根付きまたは裸のままの時計、カット・グラスに埃がたまったデカンター、大型の緊急時用のオイル・ランプ、それに人食い鬼しか使わない薬味入れなどなど。「誕生日のプレゼントの安いのを探しているんだ、自分の母親に上げるんじゃないの、それとも叔母さんか何かに」ダイシーが意見を述べた。「ほら」、とさらに報告する。「泣きを入れ始めてる――全部が高すぎるのかな？」

　マンボがまた肘で押しのけて二回目に覗く番になった。今回はもっと長く、もっと近くで見た。その背骨が緊張し、握りこぶしがスカートを叩いた。彼女は怒鳴る分量の呼吸をぐっと抑えた小声にして囁いた。「この店に金庫がある」

　鼻が三つ、ガラス窓にへばりついた。だがシーキーは、一分ほどで後ろに下がった。「もしあの金庫でいいなら、うちに二個ある！」

「一度も言わないんだから！」

「あら、一度も訊かないんだもん。そう、うちにあるんだ――何の役にも立ってないわ、どっちも。もう誰も使わないし、欲しい人もいない。そんなこと知ってる人もいないわ、私の知るかぎりでは……」シーキーはここまできて、意味ありげに一息ついた。「なくなっても困る人はいないし」彼女はダイシーを流し目で見て、それから冷たく視線をそらした。

「だけど、シーキー……」

　だがダンサーはもうよそにいた。「骨董屋」の窓に置かれた銅像か妖精が、たちまち彼女の空想をとらえていた。ほんとに空想だっただろうか?――それ以上のものが働いていた。インスピレーションが作動した。シーキーは、ものなれた冷静な様子で、あらゆる角度からその小像のポーズを観察した。緑色のアラバスターの台座の上に爪先で立っている妖精は、くるりと回転しながら手の指を先端まですっと思い切り伸ばした腕を頭上に高くかざしている。店の外の歩道に一点スポットを定め、シーキーその人がポーズをとった。そしてそのままじっとしていた。

　何も気づかないマンボは親指を齧った。「私は知らないけど」そう認めたが、決めかねて焦っていた。「とにかくここで訊いたって悪いことはないでしょ?――もしあのハデなダチョウがさっさと消えれば?」

「彼女はいまティー・スプーンを見てるわ、お母さんも可哀相に」ダイシーがそう見当をつけて窓を見つめていると、骨董屋さんの手が一束取り上げた。「ここにあるあの金庫は、私たちが言ったとおりのものだわ」

「もし何か悪いところがあったら、底が抜けてたりしてたら、いくらかまけて下さいって頼めるはずよね?」

「私たちにも大して役に立たないな、もし底が抜けてたら」

「私はくず屋に行くのに一票投じる!」

「ここにある金庫が私たちが言ったとおりの――」

「そうよ!――だけど、くず屋では何も試着はできないのよ」

「もし行ったら、骨がいくつか手に入るかな?」

シーキーは爪先を移し、反対のポーズ(もう一方の腕を上げて)をとろうとしていた。これが、何はともあれ、いっそう素敵だった。彼女は口もきいた――磐石ではないにしろ、声の調子を遥かな高みにうまく保って言った。「お好きなように」

「そうするところ。ただ、お好きなように何をするかが、わからないの、まだ」

「大事なお金を無駄にしたいなら、そうすれば！　うちには金庫が二つあるって、私は言っただけだから」

クレアが目をむいて睨んだのは、上ではなくもっと下方の空中だった。「へえ、そうか！　あなたの物なのね、それって、ちょっと訊くけど？」

「一家の物よ」上方から鶴の一声。「それに、ダディが私に一つくれるわ、ちゃんと」

「で、お父さまはどうして欲しいのか知りたがるわね？――ほら、ダメじゃない！　おまけにお母さままで出てきちゃったら、質問責めになるわ」

「お好きなように」と「どこ吹く風」が言った。「もう、ご勝手に！」

袋小路、我慢の限界。ダイシーが金切り声を上げた。「じれったいなあ、もううんざり！　ああ言えばこう言う――もう、うるさい！」

「そのとおり」クレアが伝えた。「そのまま続けて、人だかりさせたらいい！」

シーキーはすでにそうしていた――取り澄ましてはいたが、いわば、ごく何気なく。じろじろ見る人が回りに増えても、芸術家の無関心を見せていた――一人か二人の人が小銭をチャラチャラと鳴らした。きれいな可愛い生きた蠟人形がハイ・ストリートの突き当たりかどこかでエキシビションをしているというニュースは、たちまち燎原の野火のように広がった。「骨董屋」がある場所の前はオールド・ハイ・ストリートの坂が平らになるだけでなく幅も広がるところで、オールド・ハーバーに至る地点だった。ご機嫌のいい土曜日族が、格別何をするでもなく、ここで立ったり立ち止まったりするのを習慣にしていた。太陽はすでに彼らを見放していたが、まだ見捨ててはいなかった――太陽はいまいる位置から、ハイ・ストリートに居並ぶ屋根の丘の背後に隠れながらも、こんがり焼けたトースト色に日影を温め、内に秘めた色彩は日没前よりも色合いを増し、より鮮やかに見え、もっとも鮮やかになると、幼児が舐めるペパーミント・キャンデーのピンクになった。

いや、銅貨が自分の周囲の歩道にぱらぱらと音を立て始めるまで、シーキーは髪の毛一本乱さなかった。妖精が住みそうな野原に独りぼっちでいるみたいだった。「頑張れよ、お嬢さん！」という掛け声が出た。それをのぞけば、一、二分ほど（何事も一、二分しか続かなかった）シーンとなった。そのさ中にしゃしゃり出たのがハーマイオニ、「骨董屋」からお出ましになった。もう帽子をかぶっている。唇を噛み、右も左も見なかった。地元民はハーマイオニの前で二つに分かれ、彼女の姿は次の月曜日の朝まで視界から失われた。

シーキーはポーズを崩し、三人で先を急いだ。一分間だけ割いて、ペニー銅貨を拾いにまた戻ろうとするダイシーを引き止めなくてはならなかった。彼女は嘆いた。「四個あったのよ。私、数えたんだから。四個あれば買えるものが――」

「あれはシーキーのよ。シーキーが要らないんだから」

「私はいただきたかったな」

「骨を探しに行くんでしょう？」シーキーが寛大な声で訊いた。ハイ・ストリートは右に折れて、途絶えていた。その先にV字型の海があった。画家が一人、スケッチをしているのが見えた。「だいたいあそこにあるのは、穴の空いた古やかんくらいのものよ――」彼女は突然言葉を切った。「ハロー、トレヴァーじゃないの——オーブリーはどこに？」

トレヴァーは、一分前はいなかったのに、もう少女たちと並んで歩いていた。「クリケットしてる彼が答えた。

「だと思った！」ミス・ビーカーは間髪を容れず切り返し、頭をぐいとそびやかした。

おチビの少年は学校の制帽の丸い帽子をかぶり、眼鏡の隅から横目で三人の少女たちを、感慨深げに見た。「君たちは何をしているの？」彼はそこでこう尋ねた。

「あなたは何をしているの？」

「港まで行ってきた。眺めてたんだ」彼は言い添えた——全体図を何とか埋めなくてはと思って——「船を、さ」

少女たちは、不吉に感じて、訊いた。「いまからどこへ行くの？」

「港に戻るのさ」

「だったら、いったいどうして港にずっといなかったの？」（悲しいかな、トレヴァーが人をカッとさせるには一分の半分で十分だった。）

少年は驚いた、なぜこんな質問をされなくてはならないのか。「お茶の時間だったんだ。お茶を飲みたかったから」

「おうちまでわざわざ戻ったということ？」シーキーは大声を出し、怒りがむくむくとこみ上げてきた。

「ちょっと遠すぎるかなと思ってさ」、彼が説明した。「また戻ってくるなんて。だから、ブルー・バードに行こうと思って』

「ああ、そう、そうだったの！――ブルー・バードに行ったのね？」

トレヴァーは我慢の限界にきていた（目に見える我慢は、このようなときはとくに、彼のたたずまいに迫力を与えた）。僕はいま自分の行動を完璧に披露したじゃないか？「素敵なところだったよ、あそこは」彼はそれだけ言えば十分と思い、素知らぬ顔をした。

それを見たダイシーは歩みをとめ、左右に体をくねらせ始めた。「トレヴァー、あなたって残酷ねえ！ どうしてあなたが？ そこまで言うなんて、私たちがへとへとになって、気絶寸前で、おなかがペコペコなのに！ お昼からずっと、何一つ口にしてないのよ、食べるものも、飲むものも――」

「やめて！」という忠告が入った。だが遅すぎた。このすったもんだがさらなる群衆を集め、みな面白がって立ち止まり、その中にトレヴァーが頭をひねっているのが見て取れた。眼鏡をダイシーから一瞬たりともそらすことなく、くねるコブラから逃げるように後退しつつ、彼女の不平に注目していた。考え抜く人間であるトレヴァーは、のろくても確実だった。二と二を足して、やっと見当がついた。「君たちは、じゃあ、誰もお茶をしてないんだ」そしてこう結んだ。「どうして？」

クレアは石になり、ダイシーは相変わらずの芸なし。シーラは、人をバカにするときのためにとってある澄んだ鈴のような声を響かせた。「理由なんかお聞きにならないで！」

それは、と少年は考慮した。「いや」彼がやっと言った。「ただどうしてかなと思っただけだよ」

そして彼は、好意的な、憧れるような、献身するような知的な視線を少女たちからそらし、港と波止場とその活動のほうに向けた。いくら見てもまだ足りなかった。しかし、三人がまた行進すると、彼もそれに歩調を合わせてきた。少女たちは、どうやら、彼の運命となり、土曜日の午後の残り時間は彼女たち次第になった。「僕らはどこに行くんだい？」彼は広い心で訊いた。「どこか特別の場所なの、君たちの行く所って？　僕は別に気にしないよ、七時までにうちに帰れるなら」

ぶち壊しだ……。彼女たちは互いに目配せもしなかった。意気消沈し、よろけたり、つまずいたりしながら、さかんに体をぶつけ合った──むろん他人にもぶつかった。それがとまったのは、トレヴァーが彼女たちを誘導して手すり壁に向かったからだ。その上に彼女たちは──トレヴァーの思慮深い招きに応じて──手すり壁の上にぴょんと飛び乗って腰を下ろし、無言のまま一列に並んだ。けっこう高かった。「ここからならよく見えるんだ」トレヴァーが解説した。「いや、あのさ、まあね」その彼は港のほう向いて座り、満足げに両足をぶらぶらさせたその下には、気持が悪くなるような海面があり、何かがぷかぷか浮いていた。彼の仲間はみなもう真っ平と書いた背中を向けて座っていた。トレヴァーはポケットからおもむろに小さなオペラ・グラス（真珠貝製だった。どうしてこれを？）を引っ張り出すと、遠方に見えるトロール船に焦点を当てた。雷鳴のように静寂を破ったのはマンボだった。「ねえ、トレヴァー、あなたの友だちのジェリグナイト・ダイナマイトだけど、お粗末もいいとこだった。ぜんぜん爆発しなかったわよ」

トレヴァーはオペラ・グラスをちょっと調整して、そのまま見ている。「爆発しなかったのは聞いてるよ」

「誰があなたに通報したの、ねえ？」シーキーから声が漏れた。

「それはつまりね」、少年は言った。「もし爆発してたら、僕の耳に入ったはずだからさ。君があれに何か良くないことをしたんじゃないか、怪しいよ。──君がお母さんから取り返したら」、彼はシーキーに言った。「僕が見てみるよ」

「そうしたいなら見たらいいわ。私たちはもう飽きちゃったから」

また沈黙が垂れ込めた。いまやトレヴァーはオペラ・グラスを水平線に向けていた――そこへ（幸運にも）煙突が二本、細い煙を上げて動いているのが見えてきた。不定期貨物船が英仏海峡を西へ渡っているところだろうか、そうとう遠い所にいる。これにトレヴァーは釘付けになった。彼の捕虜たちはこの機会を捉えて手すり壁の上でお尻の位置を移動させ、やや離れた場所で内緒話を始めた。ビーカー家に向けて出立することが決議された、道の途上で一番遠くない住まいだからということだった。ビーカー家で隠し場所を見つけないと、シーキーはもう鎖を外したくてたまらなかった――こすれて痛くなりかけていたし、滑り落ちているのではないかと思う理由もあった。そこにいる間に、ビーカー家の金庫を一目見ても別段害はないだろうし……。そして、困り果てたダイシーはちょっとお下劣な危機を打ち明けた。でっかいノミに噛まれたの――たぶんファグの店じゃないかな？　いつもノミどもがやるように、そいつは新しい環境に移動したあとの休憩をしばし取っていたが、いまや彼女のあらゆる場所で活動を開始していた。「そこらじゅう」、彼女たちが言った。「噛まれるわよ、ダイシー」

「お母さまが言うの、私はきっと美味しいんでしょうって」哀れな子が悲しげに言った。ビーカー家に着いて早く洋服を脱ぎたくてたまらなかった、本気で見つけないと。「このノミと一緒にうちには帰れないいな」彼女はこぼした。「もしこれが従兄のローランドに飛び移ったらどうしよう？」

「私たちのところにノミを残されても困るんだけど」

「もしみんなで探せたら、石鹸で殺せるわ。――あなた、前にノミを一匹、石鹸で殺したでしょ、マンボ、私にそう言ったわよ」

シーラに厳しい質問が飛んだ。「あなたのお母さまはどこに？」

「外出中」

「それ確かなの？　どこへいらしたの？」

「今日は一日アイリーンのところに、ハーン・ベイの」（ビーカー夫妻の側の「あと知恵の産物」――霊感がもたらしたもの――だったシーラは、その他の利点に加えて、結婚した姉が二人いて、そのうちの一人がハーン・ベイでは名が知れていた。）「戻ってこないわ」、娘が保証した。「九時の列車までは」

　どうやってビーカー家まで行くべきか？　シーキーの自転車は、無理すれば二人まで乗ることができたのに、（ハンドルのバーと後部の泥除けに乗る）、フェヴェラル・コテージにそうとは知らず乗り捨ててきていた。バスがある、そうだ、しかし何でもお金がかかる、お金、お金なんだから！三つの頭が一つになって、トレヴァーの横顔を睨みつけた。経済学は明快だった。トレヴァーのお金をツケにしよう。こちらの資金に手をつけたら、どうやって埋め合わせる？

「私たち、いまから家に帰るわ、トレヴァー！」とシーキーが告げた。

　彼は耳を疑い、オペラ・グラスを外しただけでなく下にさげた。シーキーは欄干から体をずらすと、見事な前方飛びで大地に降り立った。その動作が描いた放物線、さらには着地時のバランスのよさは、ある明白な音を伴っていた――少女たちは聞いた、だけ。トレヴァーはもっとしっかり傾聴した。「シーキー」と彼。「音がしたよ。どうして君は音がするの？」

　ポーズをとったまま、彼女は瞬時、非常な戸惑いを見せた――それも彼に代わって。困り果て、さらにはもっと、もっと、もっと憤慨して、トレヴァーからそらした視線を自分の鼻の先をたどって下へ向けた。そして痛いほど静まり返ったあとに、静まり返った口調で言った。「トレヴァー、あなたが訊くべきことだったかしら」

トレヴァーはピンク色になった。

「もう、トレヴァーったら……」恐しさにゾッとしてダイシーが咄嗟にため息をついた。

彼は真っ赤になった。

クレアは、得意の単純化するやり方で、彼に自分を取り戻すチャンスを提供した。「トレヴァー、あなた、お金持ってるわね」

「いくらかは」彼は認めた。「どうして?」

「やっぱり私たち」、彼女はそう言って、彼をちょっとわきへ連れて行った。「シーキーをおうちに帰さないと」

馬車が短い列を作り、扉を開け、中には天蓋付きもあり、オールド・ハーバーの近くで一日中、最善を願って待機していた。タクシーの流行に押されて台地から締め出され、馬が引く馬車——最盛時には「ヴィクトリア」として名を馳せていた——は、足を棒にしてまでピクチャレスクを求める人々を首尾よく拾うこともできず、彼らをさらに誘導して緑なす、海に囲まれたロウワー・ロードに沿って深呼吸させながら、遊歩道《プロムナード》に至る坂道の下を行くこともめったになかった。そうした馬車がアパー・サウストンに乗り付けていて、それも彼らにしかわからない道路の斜面で待機していた。トレヴァーはオペラ・グラスをまたポケットにねじ込むと、肩を怒らせて歩き出し、ハイヤーを頼む意気込みだった。行列の先で運転手に声をかけている彼が目撃された。交渉が成立前夜まできたそのとき、シーキーが小さく叫んだ。「天蓋が付いたのがいい!」そこで三番目の馬車が動き出した。馬はまだ夢の続き、のろのろと這うように歩いてきた。

広い座席が天蓋の下にあり、少女たちはそれぞれ上品に一列になって座った。ダイシーは、ノミがいたところをしっかりとつかんだまま、少年に優雅に迫った。「ああ、可哀相なトレヴァー、あなたはこないの?」彼はお返しに、バカみたいな無表情で彼女を見た。ここに半クラウン硬貨が一枚あって、彼の手のひらで汗をかいている……あそこには港が……。馬車が動き出すと彼は飛び乗ってきて、馬に背を向けて座った。馬車屋は鞭を入れた。馬は目を覚ますと同時に早足で駆け出した。ヴィクトリアの秀逸なバネが彼らを乗せて玉砂利道を心地よく走り、ことことと進むと、みんなが見とれた。ダイシーはノミを手放して、手を振った。

＊1　ジョージ・F・ウォッツ　George Frederick Watts（一八一七―一九〇四）イギリスの画家、彫刻家。『希望』'Hope'（1885）は白い布で目隠しをした女性がハープをかき抱いた絵画。ロンドン、テート・ギャラリー蔵。

5

レイヴンズウッド・ガーデンズ九番地の正面ドアは、一日中掛け金がおりていた。ドアノブを一度回して一度押すと、中に入れた。見知らぬ人だけがベルを鳴らした。これはビーカー家には不似合いなことに見えたかもしれないが、さにあらず、ビーカー・ルールで定められた法秩序に注意してもらうのに役立っていたのだ。疑わしい人物がうろうろするのは、レイヴンズウッド・ガーデンズでは起こりえないことだった。泥棒沙汰は、ゴート族による略奪がもうあり得ないように、考えもつかないことだった。「行商人お断り」という貼り紙も不要なら、辻音楽師たちもこの場所——十五軒の屋敷からなり、鉄柵で囲われた湿地に面していた——に足を踏み入れようとはしなかった。ここは森《ウッド》ではなく、大鴉《レイヴン》もいなかった。もっと小さな鳥たちの普通のさえずりが聞こえ、春になると狂って歌う鳥もいた。季節遅れの啼き声が一種類か二種類聞こえるほかは、六月らしい静寂に包まれたレイヴンズウッド・ガーデンズに馬車が近づいていた。

シーキーは馬車を停めたほうがいいと考えた——トレヴァーが二区画前に自宅の荘園屋敷でおり

たので、かすかに軽くなっていた――九番地ではなく十一番地の前で。父がまた在宅しているかもしれない。やはりいた、半分開いたダイニング・ルームのドアから洩れて玄関ホールを満たしている葉巻の香りがそう告げていた。ビーカー家はおもにこの贅沢なダイニング・ルームで暮らし、応接間は接待用だった。分厚いドアマットの上に寄り集まって少女たちは階段を見やった。突進できるだろうか？　駄目だ。ゴホンというものすごい音が腹の底から出たが、その出所はミスタ・ビーカーその人のほかには考えられなかった。控えめではあったが、期待しているフシが感じられる。父親の目に入れても痛くない可愛い娘は、なすべきことを知っていた。「すぐだから！」という仕種を友だちにさっと見せてから、シーキーはダイニング・ルームのドアに身を翻して入り、父に対面した。「ハロー、ダディ！」

「ハロー、マイ・ダッキー！」

残る二人はドアの蝶番の隙間から覗いていた。ミスタ・ビーカーが座っていて、硬皮動物みたいに見えた。彼が身を乗り出して座っている肘掛け椅子は硬い皮製だった。葉巻はここからは見えなかったので、彼が煙を吐いているみたいに見え、緩やかに煙を叺く円錐形の香炉のよう、ただし放つ香りは違っていた。やむなく配偶者の不在を了承したばかりに意気消沈していた父親は、可愛い娘を見るなりあふれてきた愛情で、案の定、気分が悪くなった。姿を見るんじゃなかった。しかし溺愛の情に変わりはなく、彼は娘を見た。「君が入ってくる音がしたと思ったが」、彼は言った。「出かけてたのかね？」

「ええ。私たち、お二階へ上がります」

「好きなところに行ったらいい、マ・ダッキー。君の好きなところに――ああ、そうだ！」ある思い出に気が弱くなり、ミスタ・ビーカーは襟元に首をすくめた。肘掛け椅子の肘をつかみ、何かにとり憑かれたのか、その巨体に弾みを付けて窓のほうを向いた。「ちょっと前に、馬車の音がしたように思ったが。馬車はなかったかね？」

「馬車はあったわ。でももう帰りました」

「帰った？」彼はまたゴホンと言った。そして静かになった――冷静な、よくわきまえた子供らしい手が額に置かれたかのように。やがて何が問題だったかが明らかになった。「お客かと思ったんだ」

「ダディー！」

「わからないよ、それは！」彼はつまり深い水の中にずっといたのだ。

「ブー、ダディー、私たちが知ってる人なら、自動車でくるでしょ――いまはみんな？」

「君の言うとおりだ」彼は娘をじっと見て、そのままでいる。いまだ。

「じゃあ、お二階へ上がるわね！」

「好きなところに行きなさい、マイ・ダッキー。――キスしてくれるね？」

彼女はキスした。

ミスタ・ビーカーは一分そこそこ時間がかかった。

ビーカー家の金庫の一つは、玄関ホールの帽子掛けの下に押し込まれていて、さげすむように垂れ下がった外套類がテントになって、その隣には一面に窪みを打った大きな青銅の銅鑼があった。その金庫の中に色が消えたビリヤードの珠二個と、呼び笛が一つ入っていた。もう一個の金庫は階段の踊り場にあり、たっぷりとしたシュニール織りのクロスが掛かり、羊歯植物が入った東洋の鉢がいくつも乗ったテーブルの下に置かれていた。こちらは空っぽだった。どちらの金庫もほとんどお誂え向きの品と言えた。真理の探究者たちはさり気なく偵察した。みんなで階段の踊り場の上で小躍りした。

シーキーの部屋は間違いなくサウストンで最も美しい部屋だったか？――もしかしてイギリス中で、あるいはきっと世界中で？　帯状装飾《フリーズ》にはツバメが飛び交い、その口ばしにはピンクの花が咲いた小枝をくわえていた。小ぶりなテーブルは、ボクシング・グローヴのトロフィーを支えている小ぶりな鏡台が上にあり、見事に洗濯のきいたひだ飾りで覆われていた。光沢仕上げの家具類が象牙色に光っている。洋服ダンスの中からは、薄紙に包まれたバレエの衣裳（アコーディオン・プリーツの）、爪先を固めるトウ・シューズ（あらゆる色のサテン製の）、それに虹色のバレエ用のスカーフなどが存在を感じさせていた。舞台衣装だ。これらがセント・アガサの冬用の厚地のダブルのジャケット《リーファー》、サージのキルトスカート、ゲーム用のブーツ、ホッケーの脛当て――どの少女も持っている物――と共存しなくてはならないことが、その部屋をひとえに小さな神殿らしくしていた。とはいえそれは、もしかしたらやや奇妙な神殿だったかもしれない。カスタネットがリボンを付けられて小さなベッドの柱の握り玉の一つに引っ掛けてある。枕の上にはテディ・ベアがいて、おそろいの蝶リボンを結んでいる。タンバリンはあちらこちらに置き場所が変わる物らしい、いかにも落ち着かない様子があった。暖炉の上には署名入りの――どうやって手に入れたのか？――ポーリーン・チェイス[*1]が空飛ぶピーター・パンになって窓から入ってきた写真があり、もう一枚ある署名のないのは、さらに熱狂的なテニス界の天才少女スザンヌ・ランラン[*2]の写真だった。シーキーのが三枚あり、一枚は翼をつけ、一枚はバッコス神の巫女、一枚はスペインのマンティーヤをまとっている。

彼女はまた無料サンプルの収集家で、メーカーがくれるものはみな取り寄せていた。オオヤマネコみたいな目つきで何一つ見逃さなかった。特許食品のミニ・パック、小さくても香りの強い小さな石鹸、一シリング硬貨の大きさの容器に入ったクリーム、軟膏や歯磨き粉やその他のものはベビー・チューブから絞り出せるし、香辛料やローションなどが入ったビンは飲み込めるくらい小さくて……。収集品は小さな机の上やそのはじっこに展示されて暮らしてきたので、彼女がその机の上で何か書いたことはなかった。ずたずたになった雑誌類は、クーポン券を切り取られ、フリルのついたクッションが並んだウィンドウ・シートに積み上げられていた。

ここに少女たちを招き入れたいま、シーキーの彼女たちに対する態度は批判的になっていた。「どうしてあなたはブラウスをスカートの中に入れないの?」彼女はマンボに訊いた。マンボは雑誌のほうに行って、目を丸くしたりページをめくって口笛を吹いたりしていたが、この言葉を聞いて、衣服の一部をたくし込んだものの、投げやりで上の空、どっちでもいいじゃないの。そしてさらに眉をしかめて辺りを見回し、シーキーのツバメに目を留めた。「今日は低空飛行してる。嵐がくるみたい」

「ありがとう」

クレアはしかめ面をツバメからシーキーのおなかに移した。ここが思案すべき理由だった。「それをどこに置くかよね、次は——それを外したあとは?」

「先に外してよ、もう!——私、へとへとなんだから!」

調査開始。鋏が必要だった。「私のお裁縫籠にあるから!」鎖につながれたアンドロメダがかんかんになって火を噴いた。「あなたはお裁縫籠なんて持ってないじゃない!」「いいえ、持ってます!」

彼女はちゃんと持っていた――籐の籠はべたべた、中身はぱんぱん、裏地は真紅のサテンだった。指貫用のループ、その他もろもろ。指貫や、その他もろもろがそれぞれのループにざっしり。ああ大変だ……。「あなたは何も言わないんだもん」ダイシーはそう言って裁縫籠を調べた。ノミがもう体についていないことを確かめ――どこかでどこかに行ったらしい――彼女は計画図に復帰していた。むしろその先頭にいた。ノミはおそらくヴィクトリアに乗ったままサウストンに戻っていることだろう。ダイシーは、ひどく食い荒らされたわりには、感心するほどノミを恨んでいなかった。何となくその辺りをかきむしりながら、宣言した。「あの素敵な金庫に入れましょう」

「どっちの?」

「踊り場にあるやつよ。釘がいっぱい打ってあると思ったけど

鋏が頑固なリボンの結び目に入った。鎖ががらがらと音を立ててシーキーから絨毯に落ちた。それは――それら(足かせ)は――階段を一階半だけ下に運ばれ、この移動によってまさに金庫そのものと認定された物体に納められた。クレアですら無言だった。屋敷は、死んだ人が階下の底にいるだけで、共謀者のように静まり返っていた。「いいのかしら」、ダイシーがみんなでまた二階へ戻ったときに言った。「あなたのお父さまは、あれを下さるのね、お願いしなくても?」

「そう言ったでしょ」

「ええ。もう一度キスして差し上げるといいわ」

レイヴンズウッド・ガーデンズにいた一時間は、宿命的だったことがわかった。物事が第一段階でシーキーのやり方で進んだので、彼女は第二段階を強行した。二人の友が家を出てバスまで歩い

て行く（このほかに方法がなかった）までに、最初のプロジェクトへの追加措置が了承されていた。少女はそれぞれ、金庫を埋める前に、一個ずつ中味を申告しないで何か品物を中に入れること、それが何物であるかは本人だけが知っていればいい。

「彼女は何が頭にあったのかしら、バカに熱心に入れたがっていたけど？」ダイシーはバス停の角で待っているときに訊いた。

　クレアは例によってあれこれ考えている顔をした。返事は拒否した。

「もし私の子猫が一匹死んだら、それを入れてもいい――かな？　でも死んで欲しくないな、やっぱり」

「ねえ、バラさないで！　私に言わないで！」

「じゃあ、この特別な秘密がいいと思ってるのね、マンボ？」

「アイデアではあるわね……」

「私はいいアイデアだと思う。でも、結果は見てみないと」

「ううん、私たち、結果は見られないの」クレアは背を向けて、遠くを見やりバスを見つけるふりをした。何もこない。

　彼女たちが待っている場所に生垣があり、角地の庭を守っていた。イボタノキが、ちょうど花を開いたばかりのところを、今日刈り取られていた――ちょっと残酷過ぎない？　刃物が入ったばかりの新鮮な、だが傷ついたにおいを放っていた。そしてここにも真っ赤な円柱ポストが立っていた。ダイシーはそれにもたれて、訊いた。「どうして見られないの？」

「だってそれがアイデアだもん。私たちにはわからないのが」

その後の日々は、目立ったことは何もなされなかった。ダイシーは夕方のすべてを従兄のローランドに捧げていた。マンボは「未知の言語」に没頭し、誰にも会わなかった。シーキーはせっせとスケート・リンクに行き、回転ばかりしていた。誰かが三人は仲間割れしたと思っても不思議はなかった。夏のイヴニング・コンサートが桟橋《ピア》・パヴィリオンで始まり、まるで明かりの灯ったオルゴールのような音楽堂は、濃い紫色に暮れていく海面の鏡に映る自分の姿に見とれていた――頭上には一連の鎖に照明が取りつけられて遊歩道沿いに並び、大きなホテルから出てきたイヴニング・ドレス姿の散策者や、ぼうっと浮かび上がる鮮やかなピンクのジェラニウムの籠、その籠を吊るしたライトアップされたバルコニーなどをこの世のものでないように照らし出して……。何が重要だったかといえば、セント・アガサがこの丘のふもとにあって、このような時刻には完全に見えなくなるということだった。ダイシーにはそれが確信となって胸に落ちた――母と従兄のお供をして、いつもの日没後の散策に出かけたのは、従兄の最後の晩のことだった。一台のタクシーが、お祝いの一部として、フェヴェフル・コテージの一行を上流階級の世界へ連れて行った――「まるで船の甲板みたいだ」と従兄のローランドは言って、左右を見渡した。彼の友人が『タイタニック号』に乗船して沈没していた。彼らが欄干まで行って見渡したら、遊歩道の照明は、はや漆黒の闇に変容していた。下にはもう桟橋があるだけ。どよめきが聞こえてくる――コンサートの音か？ 仲間が欲しくなり、ダイシーは母親のタッサーシルクのダスト・コートのポケットに手を入れた。彼らは行列に加わってみたが、夜のしじまに隠された笑いには加わらなかった。笑いを耳にしながら彼らは遊歩道の一番はじにたどり着き、そこからまた引き返した。グランド・ホテルの大理石の階段を数段上がり、椰子の木のラウンジに入って椅子に座った。頭上には大きなシャンデリアがあった。「君は愛らしく見えるけど、みすぼらしい」従兄のローランドが伯父さんみたいなまなざしでミセス・ピゴットを見て言うと、彼女が答えた。「ええ、そうなの」二人はそれぞれ白ぶどう酒を一杯飲み、細いビンは曇っていて残りの酒は見えなかった――冷えたレモネードに長いストローを二本挿したのがダイシーに持ってこられた。話題はとりとめなく、遅い夏の計画へと移った。子供は、ストローで吸い上げてグラスが空になると、席を離れた。そして大理石の階段を降り、外へ出た。この壮大な聳え立つグランド・ホテルは、遊歩道のセント・アガサ側の突き当たりにあった――ダイシーは水平に走る鉄柵の横棒に登ると、腹ばいになって鉄柵の上を乗り越え、湾内を見回し、学校があるはずの場所を探した。しかしあるのは湾ばかり……。

　翌朝、報告。

　クレアはたんにこう言った。「みんな舞踏会に行ったわ」

「ミス・ブレイス――それからミス・キンメイト、それからマドモアゼル、それから寮長、それからミス・クーツ-レイ、それにコックに、あとは――？」

冗談を言い出した人が打ち切りにした。「どういうことかと言うと、昨日の晩はまたとないチャンスだった、かもよ？」

「私もそう思った」

「ミス・アーディンフェイは」、シーキーがばらした。「秘密の夫がいるのよ。先生は彼を愛してるの」あとはくすくす笑いに消えた。

「あなたも自分で見てみたら、いつか晩に、マンボ」

「私がわざわざ行ってスパイするの、あの古くさい遊歩道で？　それに、いつやる？　私の母はグランド・ホテルに座り込んだりしないもん。ダメよ、確実と言える晩なんて、ないわ。運に任せるしかない」

金曜日には、セント・アガサの庭園を半ば上がったところにある、今までは空っぽだった温室に金庫が納まった。雑誌のページを破った紙にくるまれ、縄跳びの縄で縛られ、お茶の時間の真っ最中に、オーブリー・アートワースにくっついて居候をしているカス・バーンズによって運ばれ、彼はそれがイタチを入れる籠だと思った——しかし、重い籠だ。内緒でイタチを飼うことに加えてさらに女学校とくると、カス・バーンズは不思議なほど深く興奮してしまった。彼はやっと見つかった代理人だった。その他の点では高い評価は無理だったにしろ、彼はオートバイを持っていた。公認会計士を目指しているのに、生まれつき何かに似ていると言われ続けてきたものに似ていた。それは裏口に何かを配達する人だった。匿名のまま、不平を言わず、とくに誰からも怪しまれないで、彼は荷物をセント・アガサの裏口に運び上げ、指示された場所にどかんと蹴り込んだ。温室は数あるうちの一つで、ドアのノブにシーキーのピンクの水玉のハンカチが結んであり、ピンク色のSの字がその一角にまたがっていた。カス・バーンズはそのハンカチをポケットに入れた——騎士らしい愛情からか、呪物崇拝《フェティシズム》からか、脅迫するつもりでもあるのか、誰にわかる？　まさか彼が。彼は何と、屋敷を離れる前に、自分への褒美として、横目でダイニング・ルームの窓をちらっと覗いた。長い列に並んでむしゃむしゃ食べたり、頬張ったまま互いに悪口を言い合ったり、セント・アガサの少女たちは、この時刻、エロティックな想いをかき立てることはできなかった。彼はバイクをごとりと引き出して、早々に退散した。「あれは、そうだわ、きっと配管工だったのよ」ミス・キンメイトが言った。教員用の浴室には気のもめる支障があったのだ。

クレアはこの措置についてはずっと暗闇の中に置かれていた。どうせあとでわかるから。よく考えた上のことだった。ともあれ彼女はコミュニケーション不能者だもの。六時を過ぎて人並みに急げるだけ急いでクレアは家に帰った——そして、いまのところ彼女の家族が借りている屋敷の庭園の先のチリ松の木の下で、統語論について粘り強く勉強した。内陸に入り込んでいる渓谷に深く抱かれ、軍が駐留キャンプを張っている丘に見下ろされているヴァジニア・ロッジは、永遠を思わせるように古びて見えた。屋敷の名前になったヴァジニア蔦がベランダを覆い、ベランダにはフランス窓が付いていた——今宵は全部開いている。上方は切妻屋根がいくつか、這う蔦もまばらになり、それぞれが濃いグリーンに尖っていた。キャンプが設営されてからというもの、この住居はたった一つの機能を持つだけになった——つまり、既婚者の将校たちに家具付きで貸し出すという機能だった。子供たちには快適で、客をもてなすのに便利という点で、ここはいつしか、自然に楽しい思い出や、おぼろげな思い出として、次々と交替する連隊の記憶に刻まれていった。それはまたバーキンージョーンズ家には少々広すぎたが、例外は彼らの息子が学校の休暇で帰省するとき、ほとんどいつも友だちを一人か二人連れてきたからだ——原則として男子生徒ばかり、彼らの家族は海外任務についていた。息子は一家の長子で、今は一人息子になってしまった。不幸なことに、哀れにも、彼は目が悪かった。陸軍へ進む希望は絶たれた。もう一人の息子は、頭脳明晰、欠けるものなき将来がありながら、両親がインドにいる間に、イギリスで髄膜炎で死んだ。

渓谷の谷底に敷いた絨毯のように平らな庭園は、魅惑的ではなくとも（屋内のどの部屋もそうだった）、正当な造りだった。装飾的な植樹、種々の灌木、そしてパンパスの群生が芝生に点在していた。

クレアが二冊のノート（赤いのが文法の、黄色いのが語彙《グロッサリー》のだった）を持って、ともあれ敷地内の、隠れていると感じられる場所に落ち着いたのは、その辺りにいるという証拠を見せた人は一人もいなかったからだ。しかし、ミセス・バーキン-ジョーンズは、もともと造園家になる要素がいくつかあって、今年は一年草を花壇に植え込んでいた。今宵はその手入れをする夕べの一つに当たっていた。娘と同じ黒いサンダルで、しかるべき大きさのサイズのを履き、如雨露を手に日的を持って歩き出した。その夕方は暖かで静かだったが曇っていて、去年の夏のものだったが真っ白なピケのスカートを妙に明るく浮かび上がらせ、それがクレアの視線のすみを出たり入ったりした。チリ松の木の反対側にある花壇にくるまで、母親は娘がすぐそばにいることに気づかなかった。おそらく夫人は、こうなることを望まなかったのではあるまいか？　彼女には孤独が沈思黙考する機会だったのだ。だがしかし……。「予習してるの？」彼女は明るく呼びかけた。「たくさん宿題が出るのね！」

　クレアは鉛筆を齧った。名誉がかかっていた。「ゴニョゴニョ」と言うだけにした。

「顔を上げて、お返事なさい」母が忠告した。

　子供は顔を上げて、憎らしい顔をした。

「このキンレンカだけど、あまりよくないわ」如雨露は警告を発しながら、軽くなったと思ったら、いきなり空っぽになった。どの角度に傾けてみても、水はほとんど出てこなかった。ミセス・バーキン-ジョーンズは最後の数滴を、公平な気持から、期待に背いた花たちに振りまいてやった――そんな資格はないのよ！　そして如雨露を下に置いて屋敷のほうを振り返って待った。まるで時計で計ったように、使用人役の兵士が同じ大きさの如雨露にほどよく水を入れたのを持って現れた。交換作業が完了した。「ここは日陰ばかりなのかしら？」彼女はしきりに思案していた。「わからないな。もっとうまく育つはずなのに」

「私はキンレンカは嫌いなんだ」

「お花を『嫌う』ことはできないの。花を『嫌い』な人はいないわ」とはいえ、如雨露を持って動く前に、ミセス・バーキン-ジョーンズはふと気づいた。クレアはもしかしたら頭脳作業をやりすぎているのではないか？　ふと見てみた。「書いているものの上にかがみこみすぎないでね。テーブルで書いたほうがいいんじゃないの？――あなたの目だけど」、彼女は訊いたが、どうしても冷たい口調になった。「心配にならないの、クレア？」

「ならない」

「何が『ならない』の？」

「ならないの、お母さま。――どうもありがとう」

「それで思い出したけど、あなた、歯医者さんに行かないと」ミセス・バーキン-ジョーンズはさらに花壇の奥へ進み、クロタネソウ《ラヴ・イン・ナ・ミスト》の群生の勢いがいいのを見て嬉しくなった。思う存分水をやった。何と美しいブルーだろう！　あらゆるものがこの夏は早いのに、キンレンカだけは……。「明日はどなたかお茶に呼ぶの？」

「どうして？」

「明日は土曜日だから」色々な確実さのうちでも、この種のものが、移りゆく情景の中にあるクレアの母親を支えてきた。そう言いながら、クロタネソウの綿毛の中にサワギクの若枝が出ているのを見つけた――如雨露をわきに置き、スカートを左手でつかむと、右足を花壇に踏み入れ、身をかがめて侵入者を引き抜いた。それが終わるとまた背中を伸ばし、話を続けた。「だって、たしかもうあなたの番じゃないの、こちらにお呼びするのは？」

「順番なんてないけど」クレアはほとんど上の空で返事をした。視線はわきに向けられ、ひそかに庭のほうを見やり、パンパスや灌木をちらちら眺めている。そして一瞬の半分ほどの間、視線はベランダで止まった。それからさっと元に戻った。「いままでずっとよ」、彼女が言い足した。「お母さま」

「順番にするべきだと思うけど。私はあなたからお誘いしたらいいと思う——この土曜でも次にでも。不公平でしょ、いつもフェヴェラル・コテージにお邪魔するのは。あるいは、そのことなら、ビーカー夫妻のところとか、どこにお住まいなのかしら」

「あの人たちは呼びたくないの。私、忙しいから」

　誰も聞いていないようだった。

「それに、あの人たちにはもう飽きちゃった」

　ミセス・バーキン-ジョーンズは格別長身ではないのに、すらりとしていた。ある意味で、彼女は「人物」を具現していた。灰青色の瞳は正直そのものの色。格段の明るさと、底なしの透明さが目立つのは、目の回りから顔全体が年月によって赤らんでいるからだった。額は恐れを知らぬものがあった。このすべてによりを掛けて彼女は振り向き、クレアに注目した。振り向く前に一呼吸入れて。また一呼吸ついた。そして言った。「お友だちのことで、そんな言い方をするなんて……」

　クレアは唖然とした。

「みんなそれほど頭のいい人たちじゃないかもしれないけど、ダイアナはマナーがとてもいいし（ときどきは、もっといいのよ、あなたのマナーがもっとよければ）、ピゴット家はみなさんいいわ。それにシーラはとてもエネルギッシュに見える。でもそれを言いたいんじゃないの。そんな話をしているんじゃないのよ。二人ともあなたのお友だちでしょ。あんな言い方を二度としてはいけません、いいわね。わかった？」

クレアは鉛筆の先を下に向けて、そばの地面に押し込むのに夢中だった。

「鉛筆に何てことするの？」

「何も」クレアは言って、やめた。

「道理で書くものがいつもないはずだわ」ミセス・バーキンｰジョーンズはコメントした——コメントしただけだった。することはした、これで終わり。熱意が彼女の声にこもったことは絶えてなく、その声がやんだら、あとはすべて消えうせるだけ。声はやむときを知っていた——彼女が愛するものを焼き尽くすのは、頑固だからではなかった。彼女はまた如雨露を取り上げ、長さいっぱいに腕を伸ばして公平に水をまいた。「ほんとに厄介でね」、彼女は女同士の口調になって娘に言った。「ハサミムシがまた蔦につき始めたの。それにデッキ・チェアの上にも何匹か歩き回ってるの。多くの人があれは嫌いだけど」

「へえ」鈍感な少女が言った。

「お父さまはもうお戻りになったのかしら？」

「でしょう。私、見たから」

「いま？　どこで？」

「応接間の窓のところで」

「入ってくるところ、出て行くところ？」

「立っているところ」

バーキンージョーンズ少佐はよくただ立っていることがあり、それが妻には不思議だったが、娘は一度も不思議に思わなかった。彼がそうするのは、目的が決まらないからではなく、彼がふとしたときに、自分が立っていることに気づくからだった。クレアは本をかき集め、組んでいた足をほどいた。母親が訊いた。「入るの?」

子供は歩き出し、それから走った。ヴァジニア・ロッジには直接ベランダから入らないで、厨房棟のポーチを回っていった。長い給仕廊下はタイル張りで、よく磨かれ、すでに始まった料理作りで温かく、突き当たりは緑色のラシャ《ベーズ》の自在ドアになっていた。

クレアは自在ドアに体当たりして、ひたすら父親にぶつかろうとした——父はまたもやじっと立っていて、今度は玄関ホールにいた。(向こうにはドアを通して応接間にあるテーブルが見え、その上に八人分の晩餐のためのアスパラガスが用意してあった。)「こんばんは」父が言った。「忙しいの?」

「うん!」彼女は乱暴に言った。

「君は私よりもずっと立派な男性だ、『ガンガ・ディン』[*3]じゃないが。——女の子たちはどうしてる?」

「大丈夫」

ぴかぴかの表紙の赤色と黄色のノートがクレアの肘の下で互いに滑りそうになる。クレアはよいしょと抱え上げた。父がそれに目を走らせた。「予習かい?」

「ううん」父親の姿をあらためて見ただけでなく初めて見たように彼女は言った。「未知の言語なの」

「それで私に手紙を書いてくれるの?」

「理解できないと思う」

「それはどうかな」

クレアはまたも、今度はさらに乱暴に、未知の言語の中に閉じこもるべく、尖った部分の下方に当たる切妻屋根の中にある楔形をした納戸に入り込んだ。屋根にはめ込まれたガラス窓から光が入っていた。窓を通って入ってくるのが夜だけになると、クレアはやむなく中止した。階下に行けば、蠟燭くらいはあっただろうが。しかし階下はパーティーでやかましく、笑い声もして、最悪だった。

＊1　ポーリーン・チェイス　Pauline Chase（一八八五―一九六二）アメリカの女優。ピーター・パン役で有名。

＊2　スザンヌ・ランラン　Suzanne Lenglen（一八九九―一九三八）フランスのテニス選手。初のプロテニス選手の一人として活躍した。

＊3　ラドヤード・キプリング　Rudyard Kipling（一八六五―一九三六）イギリスの小説家、詩人。'Gunga Din'（1892）の最後の一節。

6

「何で書いたの？」

「血で」

「よし」

「我々全員の血じゃないといけなかったのよ。そのほうがもっと普通なんだけどね」

「あなたがいなかったから」

集会はセント・アガサの茂みが密生した中にぽっかり空いた暗闇で行われていた。懐中電灯は下に向けられ、その火口の先は地面すれすれ――ときおり光線が一匹のカブト虫になって走った。用意はできた。掘り返された穴から白亜質の土が土臭いにおいを放つ――懐中電灯を持つ手に水ぶくれができていた。穴のはじには金庫が口を開けているはずだった。少女たちは金庫も見なければ、互いの顔も見なかった。言葉は夜の音がしていた。

「じゃあ、読んで！」

外界は、少女たちが立ち去ったあとは、もう暗いというよりは、すでに終息していた。岩棚の丘から、これを最後にと見下ろすと、灰の雨が降ったようだった。スチールのような海はまだ空と一体になっていない。少女たちがこれを最後にとドアを閉め、振り返ったら、いまも鈍い光が空っぽの温室の窓板ガラスをうろついていた。重い荷物を運ぶ道中が終わるまで、ずっと見えていた可能性はあったかもしれない。茂みの中に入る秘密の入り口は、入ったあとで小枝をいっぱいからませて隠してきた。ここまでくれば、辺りは真っ暗闇だった。

「さあ」

巻物がほどける音が聞こえたみたいだ。

「さあ」

「懐中電灯！」命令が飛ぶ。

懐中電灯が二つ持ち上がり、書かれた文字の上にかざされた。

サウストンでは、さる名手がチェロを弾いていた。すべての人がその場所にいて、聴いていた。セント・アガサ女学校は人影もなく、そう見えるだけではなかった。そしてフェヴェラル・コテージと、ヴァジニア・ロッジと、レイヴンズウッド・ガーデンズ九番地もまた、監督者不在だった。出かけるときに、コンサートに行く人たちは、これ以外の質問はなかった。「いい子でいるわね？」誰も答えを聞くまで待たなかった。つかねばならぬ嘘もなかった。

「いい？」

読み手の仮面は、修道士のごとく、照らし出された巻物の上で反射して光っていた。唇が開いた。一語一語、単調に、未知の音節が繰り出された。返るこだまはなかった。重苦しく響いた。誰かが身震いをし、短い木が揺れた。テニスのボールが一つ落ちた。読み手は読むのをやめた。ボールは慌てふためき、逃げるように斜面を転がっていく。誰もピクリとも動かず、懐中電灯も同じだった。下のほうでボールがクロケーの芝生に到着し、ポンと言ってとまった。

　読み手が訊いた。「続けるの?」

「あなたがこれをこしらえたの?」

「こしらえたの」

「でも、自分の血が読めるの?」

　身震いした人は、身震いをこらえて、訊いた。「どうしてわかるのかな、これが私たちが言ったことだと?」

「これを『未知』にしたいの、したくないの?」

「したくない」

「わかった。懐中電灯を消して」

　懐中電灯が消えた。姿が消えてから彼女が言った。

「『我々は死んだ、我々の父も母も。これを見出したあなたは、用心せよ。これらは我々の貴重な宝物であり、我々の足かせである。これらは我々を殺さなかったが、あなたを殺すこともある。ここには骨もある。我々の骨だと想像する必要はないが、油断なきよう。あなたが戸惑うのも無理はない。真にあなたのものなる、この箱を埋めた者たちより。』」

　沈黙が流れ、声が上がり、感嘆していた。「それって、私たちが言ったことね?」

「そうよ」

「『あなたのものなる』か。私たちって、真に彼らのものなの?」

「笑ってからかってるだけ」

また一度そっと震えて見せた木は、もうテニス・ボールを抱えてはおらず、落ちてくるボールはなかった。代わりに、「みんなもっと面食らうわよ」、という言葉が出た。「全体が未知の言葉じゃないほうが。きっと誰もわからないわよ」

「でしょうね。でも私たちが言ったんだから」

「うん……。でも、だったら、同じことじゃない? 彼らには言葉なんかもうないかもしれない」

「いつこの箱に物を入れるの?」

「いまよ。さあ」

「いつ自分の秘密の物を入れる?」

「最初に」

「いま? だったら、真っ暗にしないと。聞いたりするのすらいけないの。耳をとめて!」

最後の三個目になってても耳はとめられず、調子外れの、わざとらしいため息が聞こえた。めいめいの口から洩れ出たような、それがみんなの気持だった。不満、に近かったかもしれない。目のほうは、真っ暗な中で無駄に固く閉じられ、その間に暗闇で行為が三度なされたあとで、大きく見開かれた。光がまぶしく生き返り、三つの懐中電灯が金庫に集中した——へりのところに穴からこぼれた火打石の破片が入り込み、足かせの輪が光り、道具箱の留め金が光り、泥まみれの移植ごてが一つ、散らかっているのは大型の哺乳類か何かの椎骨か……。懐中電灯が一つ、先へそれて、穴の回りと中を照らした。「ねえ、私たち」、その保持者が言った。「あの金庫をいま中に入れたほうがよくない？　中身がいっぱいになったら、重たくなるわよ」

「駄目よ。いったん中に入ったら、手が届かなくなるでしょ」

「あとは何をするかといえば、物を投げ入れるだけ」

「あとは……？」

「ああ、ええ？」

「封印しなくちゃならないわよ」

「封印する？」

「みんなでそう言ったでしょ」

「そう？」もっとも冷静な声が尋ねたが、気乗り薄だった。「そうだっけ？　誰が封印するの？——何で？」

「封蠟で。——赤の」

「で、封印は？」

「封印？　親指を使うの」

「どうして親指なの？」

「指紋を残すの」

「痛いわよ」と言う声は、現に穴の中からした（彼女は下へ降りて穴の中にいた。穴は金庫より三インチほど深かった）。「封印は痛いんだから」

「痛くないもん、指を舐めておけば」

「私のは使いませんからね」

「自分がさせられると思ってるのね、ダイシー？」

「私のは使いませんから」

7

セント・アガサ女学校の学年が終わり、夏休みに入った次の日に、ポコック家のピクニック・パーティーがオリーヴの誕生日を祝って開かれた。場所はウォンチャーチ、その有名な砂浜は広大で遥か海岸線に沿って続いたあと、上が草地になった海岸の岸壁にいたり、その岸壁は沼沢地のマーシュを守っていた。ポコック家は、この場所を選定したことで、招かれた子供たちからすごく偉いと思われていた。いまや長い夏も半ばに入り、子供たちはみな砂利だらけの海岸に飽き飽きしていた。ウォンチャーチまでくると、お化けが出そうなその名もゆかしく、ピンクのハマカンザシが咲き、黄色いハマヒナゲシまで咲いていた。おまけにそこは貸し切りだった。サウストンの西から遥かに遠く、距離にして十二マイル、ここまで出れば立派な遠出であった。思慮深いポコック家は、数名のお客にとっての大問題を、小ぶりな大型遊覧バスをハイヤーすることで克服してくれた――屋根はオープンにし、雨が降ったら組み立てるべくキャンバス・シートまで携行していた。七月の天候を危ぶむ人もいたが、それほど危惧することもなさそうだった。ともあれ安全にしくはないと、子供たちはマッキントッシュを持参するように言われ、そうしておけば、それを使うことがますます減るだろうという了解にもなった。それに、自分のお尻の下に敷いてもいいし。その他あらゆる点で、ポコック家に抜かりはなかった。

「ポコックのピクニック」「ポコックのピクニック」と言うと、頭韻を踏んでいるのが呪文になった。あるいはおまじないになり、四年A組のクラス中で何回も何回も唱えられているうちに学期も終わり、天気は猫とねずみの鬼ごっこをしていた。四年A組のクラスの少女たちは、むろん、全員招かれていた。

お客のすべてが観光用の小型バスできたわけではなかった。マーシュからきた二、三の家族は付き合いの広いポコック家の知り合いで、自転車か小型の馬車でやってきた。ポコック家は、オリーヴ（学友たちに囲まれて女王のように登場した）をのぞいて、自家用の大型車で到着し、蓋付きの大型の詰め籠、ナプキンをかけたバスケット、ケーキの箱、はち切れそうなメッシュの袋がいくつか、などなど多数が運び込まれた。オーブリー・アートワースはカス・バーンズのオートバイを借りて、シーキーを送り届けてきた――それだけで、あとは忽然とどこかに消えた。ミセス・ピゴットは、招待された二、三人の母親の一人で、喜んで観光用小型バスの乗客になった。ピクニックを始末の付きそうな大きさに押さえるために、親の数をできるだけ少なくすることは決定済みだった。今日ここにいる母親たちは、ポコック一家の古い友人たちばかり――ミセス・ピゴットはそうではないが、彼女が招かれたのは、悲しそうな顔をしているとミセス・ポコックがよく思うからであった。「私はよく思うの」、ミセス・ポコックはよく言っていた。「みなさんもっとあの人のことを知ったらいいのにと」これがその機会だった。

人気のある父親が三、四人に、叔父は一人だけ、彼を叔父に持つ少女が面白いからと保証した人物だった。全員が軍人ではない一般市民だった。クレア・バーキン＝ジョーンズの父親がパーティーに参加することは、悲しいかな、ありえないことと見なされていた。「あまり期待できないんです、本当のところは私もわからなくて」、ミセス・ポコック」少佐の陰気な子供が言った。少年たちは、多数を占めてはいなかった。ほとんどが少女たちの兄弟だった。セント・スウィジン校からは、少数の、あまり見栄えのしない代表団がきていた。トレヴァー・アートワースは、シーラと一緒にいたときにオリーヴに出会い、騎士道精神を発揮してオリーヴの招きに応じてきていた。カスのオートバイを兄にさらわれ、バイクをバスだと思ってるんじゃあるまいなとまで兄に言われ、観光用小型バス目がけて走る羽目になり、発車寸前に何とかもぐりこむことができた。

モーター関係の輸送手段は、午後いっぱい待機する必要から、海岸の堤防の内陸側の上のほうに停車していた。観光用小型バスが港に到着すると、ポコック夫妻は、人間になった高貴な蟻みたいに、大型の詰め籠に足をとられてよろよろと歩いた。子供たちは観光用小型バスから出ると雪崩を打って堤防を駆け下り、大声を上げてある地点まで行った――しかし堤防のふもとに着くと、いっせいに静かになり、周囲を見回し、計測するように、広大な空間を見つめた。ミセス・ピゴットは、タッサーシルクのダスト・コートに、帽子は飛ばないように自動車用のシフォンのヴェールで結び、堤防の内陸のほうを子供たちに囲まれて何とか歩き、娘に遅れまいとしていた。頂上に着くと、風が透明なモーヴ色のヴェールのはじを捕らえ、もろともに空へ舞い上がった――淡い灰色の空は、それ自体が広がる明るさを包むヴェールのようだった。彼女は一瞬たたずみ、砂浜を見下ろし、これから始まる大いなる楽しみを思ってほほ笑んでいた。お天気が変わるわ。彼女は風が出たことを最初に察知したが、風はまだ遊んでいる。

フレンチ・クリケットが始まっていて、それは例の叔父さんが熱心なプレーヤーだったおかげだった。砂がゆるくて、まとまらず、粉のようで、堤防の下まで吹き寄せられて畝になっていたが、ほかの場所ではアザラシのように滑らかで、足の下でしっかりと踏みごたえがあった。ずっと幼い人たちは、シャベルやバケツを喧しく鳴らしながらやってくると、無我夢中になって掘り始めていた。裸足になった脱走者たちは、ダイシーもその一人だったが、浅瀬を歩いて海の中へ進み、少女たちは糊のきいたワンピースをそれと同じ生地でできたブルーマーの中にたくし込んでいた――しかし、浅瀬を何マイル歩こうが、海はまだ膝にも届かなかった。平らな砂の上をうっすらと流れる海水は、足に触れると六月のように温かく、今日の気温よりも温かった。

ところで、やかんは沸いてくれるの？　砂の小山の間に張られた宿営地では、すでにラグが何枚も敷かれ、その上に何十個というカップが危なっかしく置かれていて、それを案じる大人たちの笑い声が明るく響いていた。小さなストーヴで燃えているメチルアルコールの青い炎が斜めに踊り、ちらちらしては消えそうになった。どっしりと鎮座したやかんはどれも、炎がそこにあることなどは素知らぬふり――やはり流木で焚き火をしたほうがよかったのでは？　父親たちはラクダのようにうずくまり、いかにも男らしくコートの前をはだけ、炎たちと吹いてくる風の間に形だけ介入していた。母親たちはスコーンと瓶詰めのお肉で作ったミート・サンドイッチを包みから取り出し、ジンジャーブレッドを注意深く手際よく切り分け、何事もなかったかのように、いやむしろ、何事もないはずはないというように振舞っていた。ミセス・ポコックは、懇願するようなオリーヴに監視されながら、バースデー・ケーキを銀の皿に無事に着地させた。「砂が飛んできてくっついたりしない?」とオリーヴは尋ねたが誰にも聞こえなかった。今日は結ばないで流してきた長いつやつやした髪の毛を手で押さえ、ケーキの上に屈みこんで、自分の名前を読んだ。

やかんたちの谷ではハミングが始まっていた。頭がいっせいにそちらに向き、目配せが交わされた――だがあえて口をきく人はいなかった。最初のやかんが心霊体を発散する霊媒のように、シューッと走る湯気を噴いた。

いまや本能が子供たちをテントのほうに引き寄せていた。ゲームは中断。浅瀬遊歩者は海水を見捨てて、引き返してきた。幼い砂掘人たちは、お城の回りにスコップで叩いて造った砦を踏み付けてやってきた。砂にではなくお行儀に気を付けてラグの上に集まってきた子供たちは、同じ方向に動いた。ケーキの回りに続々と集まって輪を作る――最初にきた子たちは譲り合って、ほかの人も見えるようにした。みんな黙ってうつむき、書かれた文字を見ていた。白い砂糖の糖衣がかかった表面に丸い文字がピンク色で手書きされていた。数名の者は上下さかさまに解読しなければならなかった。

勝利の花輪のようなものが言葉を取り巻いていた――サクランボのグラッセとアンジェリカの緑色の砂糖漬けが、白い糖衣にはめ込まれた宝石みたいだった。十二本の蠟燭が色つき砂糖でできた木立から立ち上がっている。

「オリーヴ」最初に口を開いた子が訊いた。「これって、あなたのケーキ?」

「ええ」

「いつ蠟燭に火を点けるの?」

「もうすぐ」オリーヴは言い、不安そうな顔をした。

「十二本ある……」もう一人が蠟燭をもう一度数えてから言い、蠟燭の向こうにいるオリーヴを見つめたが、まだ敵意はなく、超えられない深い溝をはさんでいただけ。

「そうよ」オリーヴが言った。「これってすごいじゃない?」そして指先を舐めて、風にかざした。

　お茶だから座りなさいという声に応えて向きを変え、子供たちはその気になって、ちゃんと座れそうなラグの場所目指して移動した。従僕役の大人たちはいっせいに行動を開始した。ティー・クロスが探索の結果うまく見つかり、金属製のティー・ポットの熱くなった白い取っ手をそれでつかみ、なみなみと注いだカップ、あるいは幼い人たちにはミルクのマグが、間もなくみなの手に行きわたった。この祝宴の許可項目の一つは、ジャムで始めてもいいということだった。ミセス・ピゴットは、ミセス・ポコックからジャムの瓶を依託されており、多くの希望者が目の前に差し出してきた二つに割ったバターつきスコーンの上にジャムをぽとりと落としていき、その行為は公平かつ優美だった。例の叔父さんがマンドリンを手品のように取り出して、ぽろぽろと爪弾いたが、しばらくたっても誰も褒めてくれなかった。彼はハミングに切り替え、あとで歌ってもいいという様子を見せた——よくわからない音楽に包まれ、上に掛けた何枚ものコートでほぼ完璧なテントが出来上がり、オリーヴとケーキを取り巻いていた。いかにも儀式ぶってマッチ箱を手渡されたオリーヴは、高貴なるびくともしない手を前に伸ばした。十二本全部に点灯できたばかりか、風が吹き消す前に全部自分で吹き消すことができた。黒い燃え殻になった蠟燭の芯が一本、薄い煙を吐いている。

蠟燭が消滅（すると見えた）した瞬間に何かがゆるみ、無秩序とまではいかないが、パーティーにありがちな乱闘めいた要素が解き放たれた。遠くまで広げたラグの上に追放されていたセント・スウィジン校の少年たちは、用心しながらも互いに小突き合いを始め、いつまでもやめなかった。マーシュからきた少女の一人は、いきなり足を一本突き出して、目の前に座っていたミュリエルのおなかを蹴った。ダイアナ・ピゴットは、砂ノミに好かれてしまい、カップをぱっと下に置くと、かき始めた――カップは転がっていき、火傷しそうになったトレヴァーは、四つん這いになってラグを這い、もっと安全な場所に移った。例の叔父さんはクレア・バーキンｰジョーンズの軽蔑を招いていた――陽気なコーラスを何度か口ずさんだが、無駄だった。一声も上がらなかった。「バカ」子供は鼻息で言った。

「誰かをバカと言う人は、地獄に行くのよ、言っておくけど」シーラ・ビーカーが肩越しにビシッと言った。

「そんな情報をどこで拾った？」

「日曜学校で」

「あなた、行ったこともないくせに……」

「あら、私、行ったもん。トウ・シューズでバレエのレッスンを受けるまでは」

バースデー・ケーキはみんなに回されて、みんな食べた。ピンク色の文字が潰れたまま、一切れになったケーキの上の糖衣にくっついていた。これはチェリー・ケーキで、フルーツがたくさん入っていた。――「オリーヴ」と父親の一人がいわく、自分でケーキのお相伴をした。「今日は僕らが長く憶えている一日になるね」

「ご親切なお言葉を」オリーヴはいつもの立派なお行儀で答えた。静寂が、一瞬、大人たち（義務から解かれ、一団にまとまって座っていた）の上に落ち、活人画の中の群像のようなたたずまいを見せた――ふたたび動き出すと、さっきのたたずまいは二度と戻らなかった。ミセス・ピゴットはジャムの瓶の奥底に沈んだスプーンを救出するのに必死だった。出てきたスプーンはベタベタだった。自分の娘にそっくりの抜け目ない素早さでこっそりと指を舐め、それからハンカチで指を拭いた。「私たち、ほとんどの人がいなくなるのね」、彼女が述べた。「いまにもう」これは多くの人にとって本当だった。八月は離散の季節だった。ポコック一家はスイスに行くことになっていた、事情が許せば《デオ・ヴォレンティ》。ミセス・ピゴットとダイシーは（明日にでも）カンバーランドへ発つ予定で、そこに従兄のローランドが古くて楽しい牧師館を、この休暇の間、彼自身と彼女たちのために借り受けていた。シーキーは間もなく出発、ダディが彼女の身を姉のアイリーンに貸し与えている間はずっとケントの海岸の町ハーン・ベイに滞在し、町に花を添えるはずだった。西部ハイランド地方はある一家の領地で、ローナ・ドゥーン[*1]で有名なデヴォン湿原はまた別の一家の領地だった。ミュリエルはワイト島にいる祖母がいた。などなど。バーキン-ジョーンズ一家だけは何の計画も口にしなかった。

ミスタ・ポコックはハーフハンター型の懐中時計を取り出した。「二人三脚だね、この次は?」と彼は妻に言った。

「まあ、モーティマー、そうなの?――お茶がすんだばかりなのに?」

「それで喧嘩になるのよ」一人の母親が言った。「勝てないとお互いに喧嘩なんですから。フレディーが何かスポーツをして帰ってきましたが、耳を嚙まれてましてね。大したことはなかったんですよ、むろん」

「誰に？」と訊いたミセス・ピゴットは、帽子のへりとモーヴ色のヴェールが作る三角形から外を見ていた。

「お話したとおり、彼のお相手よ――どなたかお嬢さんでしょう。『いつまでも赤ちゃんはもうダメよ、この次は』と言っておきましたから、彼ももう大丈夫でしょう」

「スプーンレースでも」、ともう一人の母親。「相手を打ち負かすまでやるのよ」

「スプーンに乗せる卵を持ってきたかしら」とミセス・ポコック。「持ってきましたっけ、モーティマー？」

「持って行かないと決めたじゃないか」

「囚人ごっこでもする？　フランス人とイギリス人？　この指とまれ？」

「それはどれも大掛かりになりすぎるんじゃないかしら」

「今日持ってきたのは」、ミスタ・ポコックが断固として言った。「綱引き用としては、これ以上のものはないロープでして」彼は大型の詰め籠のほうに行き、探し始めた。

遅すぎた。子供たちは歌っていた。狼みたいに恐ろしい唸り声を上げ、その中にぼんやりとお化けみたいなメロディーが聞こえた。何人かは頭をそらし、もっぱら空に怒鳴っていた。正しい声がいったん何とかリードしても、すぐまたかき消されてしまう。歌詞を一行か二行ほど迷ってしまった歌い手たちは、コーラス部分になるとドッとばかりに戻ってきて、いっそう声を張り上げた。この歌は好かれていて、だいたい知られているようだった。自分がきっかけを作ったものに圧倒されて、例の叔父さんは子供たちの背後で声を出し、伴奏していた。ときどき音符がいくつか鼻声になり、調子を外して、空気に流れた。

はあーるかなるスワニー河、
とおーく、彼方に、
そおーこに、わーが心はいつもありて、
そおーこにいます、わが故郷の人々。
天地創造のすーべてを、尋ね求め、
かあーなしみつつ、さまよい歩き、
いまも懐かしむは、古き大農場と、
わあーが故郷の人々。

ぜえーん世界は、**かあーなしく**、また、わびしーく、
いーずこにさまようとも、
ああ、黒きダーキーたちよ、いかにわが**こーころ**は**いーたむ**や、
とおーく故郷の人々を離れていると！

くーまなく小農場を巡り歩きしは、
わあーが若かりし頃、
そして幸せな日ーびを過ごし、

おおーくの歌を私は歌った。
私は遊んだ、わあーが兄弟と、
たーのしかりし、私は。
おおー、私を連れて行ってよ、優しき、**なあーつかしき**母のもとへ、
そおーこで生き、そして死なせて！

ぜえーんせえーかあーいは、悲しく、**まーた**、わびしく、
いずこに**さまよう**とも、
ああ、黒きダーキーたちよ、**いかに**わが心はいたあーむや、
故郷の**人々を**とおーく離れていると！

ちいーさき小屋が林のなあーかに、
我が愛する人が一人、
さあーれど悲しげに、わがおもーい出に迫りくる、
いーずこにさまようとも、
ミツバチのささやき、いつの日にか見ん、
巣のまあーわりに群がるミツバチを？
いつの日にか聞かーん、バーン**ジョー**の爪弾きを
なあーつかしきわーが家に帰りて？

ぜえーんせえーかあーいは悲しく、また、**わびしーく、**
いーずこに……[*2]

「ほら、みんな楽しそう」ミセス・ピゴットは誰にともなく言った。大人たちの一団は小さくなり、というのも父親が二人、群れを離れて歩き出し、難しい顔をして対話しながら、煙草をふかしていた。フレディーの母は、柔らかな砂を手にすくい、指の間から束になってさらさらと落ちる砂をぼんやり眺めた。砂時計を落ちる砂のようだった。あとの二人は緊張した早口で囁き合っていた――目撃されると、二人はさっと離れた。残った父親が一人、帽子を前にぐっと傾けた。その下の口ひげは無表情だった。「楽しい歌じゃないわね」、ミセス・ポコックが笑った。「お誕生日には、ねえ！」

「だけど戦争が始まるんじゃないでしょうね？」ミセス・ピゴットが言った。

ミセス・ポコックは立ち上がった。夫に合図を送り、縄跳びのロープの巻いたのを持って戻ってきていた彼に叫んだ。「競争するほうがきっといいわ――あなたが言ったとおりだわ！　みんな走ったほうがいいのよ」

誰もがテントを離れ、もっと足場のいい砂場のほうに移動し始め、その砂場も前より大きく広がっていた。防波堤が二つ三つ、これがなければ壊れたはずの櫛に残った歯のように、互いに離れて突き出し、海の手前で高く乾いたまま途切れていたが、そこここにへばりついている死んだ蔦のような海草は、かつては防波堤が孤独どころではなかったことを示す印の一つだった。それにまた、彼らの宿営地の遥か西方（この近辺でピクニックをしたい人間はいなかった）には巨大な鉄製の排水管があり、赤錆に覆われ、堤防の土台から突き出していた。マーシュの灌水路からの流水以外の有毒物質はおそらく運んでいなかったにしろ、見た目は下水道のようだった。排水管はその下唇に当たる部分が絶えず落ちてくる水滴で汚れ、その水滴は、海に向かう道すがら、砂地に吸い込まれる前にかろうじて小さな谷川をうがち流れていた。運動場に行くにはこれを越さねばならず、越えたところに父親や叔父たちがマークを付けておいた運動場が待っていた。

これから先は距離の問題だった——距離ってどこからの距離のこと？　子供たちはこれから組織的に、走ったり、よろよろしたり、飛び跳ねたり、這い回ったりすることになり（というのも、競争種目が切れ目なく始まり、まるで時計で計ったように、リレー、二人三脚、けんけん跳び、二人一組でやる手押し車、と続いた）、見物する人たちはまぶしくてよく見えないまま、厚みを増した雲と雲の切れ目から真横に射してくる鋭い日光を浴びていた。砂も空も叫び声や笑い声に反響しなかった。競技全体が悪魔的な静寂に支配され、ときおり響く呼び笛や掛け声や指令だけが、静寂を分断した。全体像としては、静止状態は一瞬たりともなかった——運動競技のどれもが逆光の中の乱闘のように行われ、参加しないでいい見物人はほとんどいなかった。いま何が行われているのか、正確に見分けるのは難しかった。

母親たちはテントの中でカップを積み重ねてから、テントを出る最後の人たちだった。そしてさっきの流れを横切り、運動場へと向かう途中で、ジグザグを描きながら近づいてきたトレヴァーが彼女たちを通り過ぎて、排水管のほうに向かっていった。追いかけてきたのがダイシーで、ミュリエルが囃し立てていた。砂がトレヴァーの膝だけでなく口の回りにもべったりとくっついていた。眼鏡は見たところ、どこかになくなっている。目も見えずに走っていたのだ。追跡者は、『ストゥルウェルピーター』[*3]の驚くべき「残虐フレデリック」か、「偉大なる赤い足長のハサミ男」か、または「ハリエットとマッチ」か、そのものになりきっていた――ダイシーがマッチ箱（オリーヴのか？）を振りかざしたら、中身がばらばらと散った。

「ダイシー！」彼女の母親が呼びかけた。

「ちょっと興奮しすぎのようね」その日のホステスが言った。

二人とも振り返った。トレヴァーは首をすくめ、取って返し、排水管の上に姿を消し、ダイシーはそのあとをテリアのように追いかけた。ミュリエルは頭を突き出したが、考えを変えた。「くさい」と彼女は言い、大人たちに向かってしかめ面をした。ダイシーが排水パイプのわきから、後ろ向きで出てきた。彼女の母親は話がよく聞こえるように一歩戻ってから訊いた。「何をしてるの？」

「遊んでるの」子供はそう説明して、髪の毛を後ろにさっと払った。

「あそこでチフスにかかったらどうするの、可哀相なあの坊やが？」

「ひえーっ！」ダイシーは大声を出し、ミュリエルに向かって腕をぐるぐる振り回した――ミュリエルは代わりにさっと逃げ出した。だが追っ手がついた。ミセス・ポコックは、この機会をとらえ、友人の可愛い娘を褒めようとして口を開いたが、じつは驚きのほうが大きかったことが心ならずも声に出ていた。「彼女はきっと美人になるわ、ええ、大人になったら！」

「ええ、そうだといいと思って」ミセス・ピゴットが囁くように言った。

「身のこなしもいいし」

ミセス・ピゴットは排水管の先まで行き、かがみこんで、明るく言った。「トレヴァー？」

トレヴァーの声が、上方からこもったように反響し、答えた――声がよそよそしいのは無理もなかった。「何ですか、ミセス・ピゴット？」

「出てきたら？」

「中のほうがいいんです、どうもありがとう」

それでみんな歩き続けた。ミスタ・ポコックは、一行を出迎えに出てきて、言った。「そろそろ綱引きで終わりにするかなと思って。僕はどこにロープを置いたかな？」

「ラグのそばですよ」ミセス・ポコックは夫と一緒にテントまで戻り、選手たちのためにレモネードを作り、さらにサンドイッチをもっと、今度はハムで作ろうと、それで今日のピクニックはお開きになるのだった。ミセス・ピゴットは、一人になり、ダイシーは綱引きに参加しないほうがいいと決めた――あの子も少し冷静になったほうがいい。それからまた別の考えが浮かび（ほかの母親たちは少し前方にいた）、一人で混戦《メレー》状態のほうに向かい、娘を探しに行った。

子供たちは防波堤沿いにすでに集まっていた――ある者は寄りかかり、ある者は鉄の支柱によじ登り、ある者は防波堤の上に座っていた。その中にクレアがいた。ズックのサンダルを片方を脱ぎ、黒くて薄い靴底からトレヴァーの踏まれた眼鏡のガラスのかけらをつまみ出していた。わき目も振らずにやっている。針金のような髪の毛を前に垂らし、暗がりの中に閉ざされていた――目も上げなければ、ものも言わない。ダイシーが防波堤を踏み鳴らしながら、そばまでやってきた。「あれで」、ダイシーはクレアの作業に鼻の先をツンと向け、満足そうに考えた。「彼も納得するでしょう、今度はあまり威張らないようにしようって。――それに、ほら！」彼女は命令するように言い、錆びで赤くなった自分の手をクレアの目の前に突き出した。ほとんど注目されなかった。「もう、つまみ出すのなんかやめなさいよ、そんなボロ靴！」

「ガラスが下から出てきて、足を切られたら厭だもん」

ダイシーは両手を引っ込め、その両手をほれぼれと見た。「これはあの排水管の中でついた錆びなのよ。私が何をしたと思う？　彼目がけてマッチをすっちゃった」

「マッチなんか、この風の中じゃ無理よ」

「うん、でもね、彼はその音も嫌いなの！　だから、やっぱりさっさと逃げ出すわ……。だから私、のしたことが彼に教えるはずよ、今後はあまり威張らないようにって、ね？」

黒いゴム底に光るものは、もう一つもなかった。クレアはまた靴を履き、紐をしっかりと締め上げて、ぎゅっと結んだ。「どうでもいいや、今度は誰が威張っても」

「あなたが何を言っているのか、わからないな。あなたは競技で二つも勝ったじゃない」

「三つよ。――それで？」

ダイシーは諦めたようにくるりと回り、防波堤に腹を押し当てて、うつむいた。そしていにしえの海草をちょっとつついた。「貝殻がだいぶ」、彼女は報告した。「からみついてるけど、どれも駄目だわ。――ねえ、マンボ？」

「何よ？」

「誰がオーストラリアの公爵を殺したんだっけ？」

そう言った瞬間が運のつき、このバカな子は一分あまりの間うろたえてしまい、きまりの悪さに恥じ入った。それから体勢を立て直し、防波堤を降りた。天が落ちてしまったか？　子供たちは一人残らずダイシーのいる方角を見つめていた。――いや、しかし、彼女ではなく、マンボの向こうにいるシーキーを見つめていた、シーキーは綱渡りの演技の二歩目を踏み出したところだった。演技は防波堤の向こうまで続き、防波堤は構造的に壁に沿って高くなっていた。前に後ろに、戻っては進み、骨のように乾いた木部を進み、乾いて滑りやすい最上部の板のはじを足場にして、踊り子は空気のように軽々と遊んでいた――離れては引き返し、一つ仕種をするたびに軽やかに爪先で回転した。自分の音楽を踊っている。

　シーキーの髪には、オリーヴのお祝いのために、リボンが四つ付いていた。両方の耳の後ろに一つずつ、お下げ髪の先に一つずつ。おまけに彼女はアメリカ風のニュースタイルの少女のドレスを着ていた。ギンガムチェックのドレスだった。砂浜用のサンダルは、彼女が爪先で着地しなかったので、一粒の砂もついておらず、雪のように真っ白だった。清潔な美しいピンク色の分割線が頭蓋骨を二つに分け、彼女が背中を向けるたびに目に留まり、その背中にはアメリカ製の大きな黒いボタンがずらりと並んでいた。どこから見ても紙人形だった。

　風が突風になって、彼女は身をかがめた。一回だけぐらっとなった――一回でもう十分！　彼女は防波堤からさっとばかりに、自分で決めて飛び降りた。そして大股で歩み去った。

　クレアは重々しく頭をそらして、ダンスのほうを見ていた。見たっていいじゃない！　しかし、ダンスが終わっても、頭はそのままだった。「何をまだ見てるの？」とダイシーが知りたがり、不安げだった。「それとも何か？」

　クレアは放っておいたほうがよかった。彼女は呪われたようにまた横顔を向いた。「オーストリアの」、と彼女は明言した。『大公殿下でしょ。それくらい頭に入れておきなさいよ」

「ああ、わかったわ、マンボ」学習者がいそいそと言った。

「わかったわ、じゃないでしょ！」

ミセス・ピゴットの幼い娘は、この一撃に尻尾を巻いた。「私が悪いんじゃないもん……」

クレアが言った。「誰も悪いなんて言ってません」

「ほら、見て――あそこに母が！」

ミセス・ピゴットとダイシーは、二人きりになり、海の水際を踏んで黙って歩いた。しかし海は、引いては寄せ、またこそこそと引いていった。だから二人は立ち止まり、並んで見つめた。冷気が出ていた。ミセス・ピゴットはダイシーのセーターを持参していたので、わが子に頭からかぶせてやった。そして両方の腕が袖の角度におさまると、ぐっと下に引いた。それから自分のダスト・コートのボタンをかけたが、コートは今夕にしてはやや薄手に過ぎることがわかった。主人面をした風が彼女の結んだヴェールをほどこうとして何度も何度もアタックしてきたので、彼女は音を上げ、顎の下にまとめたシフォンのヴェールを右手で押さえた。子供の髪の毛は風に吹かれ、塩水でからいネズミの尻尾になった。

二人は見ていた。引き潮の海は、返すたびに洗う砂浜を減らしていた。引き潮のせいで陸地が満ち潮になるように見え、濡れて硬く締まった砂のひだは、死んだ泡の塊だけが汚点だった。何マイルにもわたって収縮する水辺を越えて、最後を告げるため息がもれた――風の音とは違う、ため息そのものの音だった。

あるいは、ただ漫然と、母と娘はあちらこちらに歩を進めては貝殻を拾い、濡れた貝殻は実物以上に珍しいものに見えた。ダイシーはしきりに振り返り、いまきた長い道の向こうの、遥か遠くなったピクニックの一団を見やった――一団は見えたが、細密画を見るようで、聞こえてくるのは突風や騒音ばかりだった。

「みんなでレモネードなんだわ、もう。そして、何か食べてる」

「レモネードはきっと少しは残しておいてくれるわ、ダーリン」

「別にいいの。でも、サンドイッチはいただきたいわ——ハムのサンドイッチだったらだけど？ハムのときもあるでしょ」

「サンドイッチなら何百もあるわ。私、見ましたよ」

ついで子供がたまたま見たら、何やら騒動が起きていた——いや、誰が見てもそれは破滅的な種類の騒動ではなく、スズメバチ騒動などではなかった。そうではなく、いま起きていることはある種の驚き、完璧な驚きのように見え、大人たちにはとくに嬉しい驚き、ただし、子供たちにも反発するような兆候は見られなかった。そう、何かが到着しようとしていた——すでに到着していたが（予定外の人がもういたから）、ある意味ではこれから到着するところで、まだ何事もけりが付いていなかった。予定外の人がきわ立っていたのは、立っていたからではなく（立っている人はほかにもいたから）、ここから見ても、間違いようがなかったからだ。金髪で、背丈があり、あの頭のかかげ方から見て、それはほかならぬバーキンージョーンズ少佐その人だった——平服姿で、いつもの素気ない様子をしている。

子供は何も言わず、ふと戻っていって熱心に貝殻を集めだした。ミセス・ピゴットは考え事から我に返って訊いた。「みんなまだ片付けてないでしょう？」

「うん。誰かがきたみたいだけど」

「クレアも可哀相ね、彼女のお父さまだといいのに」

「そうみたい」

ミセス・ピゴットは、新たに濡れた砂浜ができたのを指差しながら、言った。「ほらまたもっと、あそこに」（二人は貝殻の箱を作るつもりだった。カンバーランドで雨が降っても、することがこれでできた。）

砂は、近づくまで足音を消す。ミセス・ピゴットは、ダイシーが手を振るのを見るまでは、驚きもせず、バーキン-ジョーンズ少佐を見ることもなかった。夫人はヴェールから手を離し、握手した。彼が言った。「明日お発ちになると、クレアが言うのですが？」

「ええ。私たちは――」

子供は急いでやってきて、美しい男性に言った。「今日が私たちの最後の日なんです！」

「いくぶん風が出て」、ミセス・ピゴットはほほ笑んで、ヴェールの動きを抑えようとしたが、彼はヴェールが彼女の回りでひらひらとひるがえるのをじっと見ていた。「でも、楽しいピクニックでした、いえ、楽しいピクニックだわ！」

「マンボが言ったのよ、あなたはきっとこられないって！」

「当てにされないなんて、ひどいね？――そう」彼は自分の娘に公平を期して言った。「今朝はちょっと見通しが立たなくて。それからどうにかなることがわかり、ほんの数分だけですが。それでも、こないよりはいいと思って。それで――」

子供はなぜか真面目に訊いた。「このピクニックにとってもきたかったんでしょう？」

「君もだろう？」と彼は受け流した。

「ええ、そうよ。でも楽しんだかどうかは、わからない。長すぎるから」

「残念だなあ、立場を交換できなくて——時間のことだよ。私の場合は短かすぎる」

「どうして時間を無駄になさったんですか、お洋服を変えたから？」

「さあ、どうしてかな。習慣、じゃないかな？」

「勲章を着けていらっしゃればよかったのに」

「そんなものあったかな」

「いまにもらうんでしょう」

「私としては」、彼は娘を見限って母親に向かって言った。「幸せにとオリーヴに言いたかったし、あなた方がどんな具合かなと思い、それがすんだらクレアをつれて帰るとか、などなどあって——カンバーランドにお発ちになるんですね、明日ですか？」

「あちらには八月の末までいるつもりです」

「八月の末ですね。あちらは素晴らしい所とか、かねてからそう聞いています」

「ええ、あちらの景色が一番美しいのではないかしら」

「お好きなんですね、きっと」彼はそう言いながら、その景色を見るはずのまなざしを見ていた。「楽しくお過ごし下さい。そちらにおいでになることを知って、まずはよかった。そこにいるあなたを思うわけだ。あなたは——」彼は言葉を切った。

「お母さま、向こうには洞窟がある？」

「どうかしら、ダーリン」彼女は問いかけるように彼のほうを向いた。こうして二人は互いに向き合った。「どうなんでしょう」彼女は繰り返した。「私は知りませんが。あなたは？」

「いいえ。お手上げです。まったくのお手上げだ。いつもそうでしょう、私が生きているかぎり」

彼女は両腕を組み、軽いコートの上からその腕を体に押し付けた。

「寒いんですね！」彼が叫んだ。

子供が目を上げる。

「いいえ」とミセス・ピゴット。「でも、ダイシーと一緒にまた歩きませんと。それにあなたもみなさんのところに、ピクニックにお戻りにならないと。もう何分も残っていないのでは？」

「ええ」

「では、これで」、彼女は手を差し出した。「さようなら」

「さようなら」その手は氷のように冷たかった。

「さようなら、バーキン－ジョーンズ少佐！」

「さようなら、ダイシー」

だが子供は迷子のような目で彼を見つめた、何の意味もなさそうに。「いい子でいなさい」彼は何か言いたくてそう言い――今度はちゃんとほほ笑んだ。

ミセス・ピゴットは西の方を見やり、広大な港湾のインクを流したような明確な線に沿って、マーテロ・タワーを一つまた一つと眺め、完全なのや、半分壊れた塔を見つめた。娘がやってきて肘にぶら下がったが、さっきは近づいてくるのを聞いた大股の足音が、遠ざかっていくのを聞こうとした。聞こえなかった――子供は頭をねじり、肩越しに見てみた。「お母さま、彼がいるわ、まだ！」

程遠からぬところで彼は立ち止まり、こちらに振り返って立っていた。二人は彼を見た。彼は二人を、しっかりと、きわめて明確に見た。――もっと何か望んでいるのか、何かほかにあるのだろうか？ ミセス・ピゴットが、彼と同じく微動だにせず、言葉にならない問いかけを発したのかもしれない。彼が言った。「さようならだけ」彼の瞳はよく似た二つの顔に注がれていた。「あなた方《ゴッド・》に神のお恵みを《ブレス・ユー》」彼は一人に言った――そして向きを変え、今度こそ行ってしまった。

「お母さま?」

「はい?」

「どうして彼はあんなこと言ったの?　彼が言ったのは――」

「わかってるわ、ダーリン」

「どうして言う気になったのかな?　彼は――」

「わからないわ、ダーリン」

「彼は一度も――」

「ああ、ダイシー――ダイシー!」

それで子供は黙り込み、ときに母のコートの袖のタッサーシルクにゆっくりと頰を寄せて深々とため息をつき、ときにそこに顔を埋めて小さくくんくんという愛らしい音を立てた。吐息の暖かさが染みとおり、コートの生地に湿った跡が残った。ミセス・ピゴットが訊いた。「クレアにはさようならを言ったの?」

「マンボにさようならするの?」

「まだなのね?――さようならを言わないつもり?　楽しい休暇をと言ってあげたらいいのに」

「どこかに行くわけじゃないもの」

「でも会えないのよ、そうでしょ、しばらくの間は。長い間に思えるけど」

「もう遠くに行っちゃったかな?」

「見に行ってらっしゃい。行ってみたらいいわ――走って、ダーリン!」

ダイシーは走っていった。一人になると彼女の母はまた歩き出した。前に積み上げておいた貝殻の山は、さっき見た場所にはもうなかった。少佐が去ったあともなお、陸地はさらに拡大していた。

クレアは立ち去るところだった（彼女の父は、娘はもう立ち去ったものと思い、車のそばで待っていた）、もしここで呼びとめられなかったら。ピクニックのあとの整理が終わり、セント・アガサの決まりでクレアと名札の付いたマッキントッシュと、消去法によってバーキン-ジョーンズ家のラグと見なされた物だけが残されていた。ほかの物はすでに持主が引き取っていた。こうして自動車まで二度目にたどりつくのに、クレアは倒れたテントを引きずるように私物を引きずって歩いていた。ブラウスは、スカートからすっかりはみ出していて、風に吹かれて風船のようにふくらみ、それに比べると少女は痩せて見えた。髪の毛は束になって、風との独自の戦いに臨んでいた。海の護岸壁の下のゆるんだ砂を踏みしめてとぼとぼと歩き、護岸壁の上に登れる最初の地点まで行った。

ダイシーが走るコースは、海の水際を斜めに上がり、そのまま別のコースを横切るのがいいのか? ダイシーはスタートが遅かった。

走者は半分泣きながら、途方にくれて、叫ぶことができなかった。風が強すぎて、呼吸が弱すぎた。立ち止まっては何秒も無駄にしながら、少女は両腕を結んで高く掲げて合図を繰り返した――テントから誰か見てくれないかな? 誰かがマンボを見て彼女に声をかけてくれないかな? 誰かが見て、叫んでくれた――しかしマンボに聞こえたか? 彼女は聞かなかった。それに何も見ていなかった。クレアは意地になってがむしゃらに進んだ。そして壁の上に登れる地点に近づいた。

「マ・ア・ア・ム・ボ・オー!」

彼女はいま夢中だった。やっと上に登ってきて、引きずってきたテント状の物に八つ当たりした。それから二本足で立ち、不運な物たちを護岸壁の上の草地に引き上げ、前に放り出した（地獄に行けとばかりに）。それで？

誰もいない砂地の真ん中で、ダイシーがわめいた。

「マ・ム・ボ・オ・オ・オー！」

荒れた子供は、冷淡な空を背景にして、荒れた草地の上に立ち、砂原とその向こうを見た。そして片方の手を上げ、相手かまわず荒々しく振った。それから護岸壁の陸地がわに飛び降りた。それっきり見えなくなった。

＊1　R・D・ブラックモア　R. D. Blackmore（一八二五—一九〇〇）イギリスの小説家。*Lorna Doone*（1869）は児童読み物として、イングランド、デヴォン州のエクスムア高原に繰り広げられる冒険とロマンスを描いた作品。

＊2　‘Old Folks at Home (Swanee River)’ (1851)「故郷の人々（スワニー河）」。スティーヴン・フォスター　Stephen Collins Foster（一八二六—一八六四）作詞・作曲。

＊3　ハインリッヒ・ホフマン　Heinrich Hoffmann（一八〇九—一八九四）ドイツの精神科医。愛息のために書いた絵本 *Struwwelpeter*（1845）（邦訳『もじゃもじゃペーター』生野幸吉訳、集英社、一九八〇ほか）が評判となり、各国語に翻訳された。

第三部

1

「ミス・バーキン-ジョーンズはこちらでしょうか?」ダイナはこう言いながら、モノシー・パイ・ショップの中に入った。

ダイナは二人いた女性のうちの若い方にこう問いかけた。二人は同じような茄子紺のセーターを着て、それぞれにカジュアルなアクセサリーを展示するように身に着けており、お客さまのあらゆるご要望に応じますという感じで立っていた。店はカウンターのようなよそよそしいものは置いてなかった。もっとセンスを働かせ、空間そのものが活用されていた——広い棚は、その上に幅の狭い棚がもう一段あり、これが壁の両側に渡してあった。あとは幅の狭いテーブルがいくつか、多すぎない数で中央に置いてあるだけだった。奥行きの深さと前景に開けた明るさのせいで、道路に面した狭い入り口(スタイリッシュな造りにしてあったが)からは予想もしない、入ると誰もが驚く店になっていた。おそらく裏庭を削って増築したのだろう。それはともかく、拡張部分のほとんどがガラスの屋根になっていた——そのガラスを通して、今朝は十月の霧がかかった日光が迷い込み、出迎えたランプは、点灯しているのに思わせぶりなシェードをかぶり、棚とテーブルの上にある品々に淡い光を投げかけている。新参者は目を丸くしたが、無理もなかった。品物はいくつかのグループに分けられたり、ばらばらに置かれたり、それがすべて計算して配置してあった。ある物はぶら下げられて、目の少し上の高さにあった――そしてときおりドアから入る空気の流れを受けて、くるりと回った。無駄なものは一つもなかった。ダイナがここに入ったときは、五人か六人の人が目を奪われて歩き回っており、その恍惚状態はやがて買うことで落ち着くのが見てとれた。

店の一番奥は仕切りで区切られ、丸いアーチの奥にある内部はカーテンで半ば隠されていた。「それとも、お忙しいの?」背の高いお客は声を落として言い添えた。

「ええ、いま荷物の受け取りをしていまして。でもお待ちしていた方でしょうか? ミセス・ドラクロワですね?」

「ミセス・ドラクロワです。ええ」

クレアがアーチから姿を見せ、カーテンをわきへ寄せた。アーチ口をいっぱいにふさいでいる。上半身は明るい色の木綿の上着(丈が半分の上っ張り)を羽織り、ボタンは外してあった。その下はいつに変わらぬ黒っぽいものに体を詰め込んでいた。彼女がかもし出す存在の総量は、巨体だからというのではなく、一目置かずにはいられないものがあった。――先日の彼女は、高地の上のまぶしさに溶け出して、いくぶん小柄に見えたのでは? ここに、自分の持場にいると、所有者は自分の店には釣り合わない大きさだった。この中では、あらゆるものが彼女のサイズから外れていた。

「ハロー」彼女が言った。「早かったわね」

「そう?」

「いいわよ。入って」

彼女は一歩下がってダイナを通した。

アーチを入った内側に棚がたくさんあった。ガラスの屋根が続いている。この裏部屋は倉庫であり事務所だった。多くの商品が包装を解かれ、あらゆる空間が占領されているようだった。頑丈そうなテーブルの上には梱包用の箱らしい大きさのカートンが置かれ、口が開いていた。まだこれからというのが、もう一つ下にあった。これまでの仕事の成果は、すみに積まれた空っぽの箱の数で推測できた。下の棚からは四隅を金属片で補強した本式の梱包ケースが突き出していて、手付かずのままじっと待機していた。こうした棚はもっとあり、もっと乱雑で、アーチを出たショールーム側の棚とは比較にならなかった。到着した荷物が山になり、はたきを掛けねばならず、その間に点々とできた小島の中に、陰気な顔をした電話器と箱があり、箱の蓋は大工道具を乗せるトレーに使われていた。厚く積もった紙屑が床をほとんど見えなくしていた。

「で、ここまでたどり着いたわけね」

「ええ」ダイナは認めた。「私に会えて嬉しいでしょ?」彼女は期待してそう言った――が、返事を待たずに、髪の毛をさっと払い、おかまいなしに打ち明けた。「でも、あああ、たいへんだったわ、やっとのことで!」

「でしょうね。いったい何時に出たの?」

「知らない。まだ暗かったわ」

「それで猛然と飛ばしてきたのね。朝食は、とったの?」

「ええ、それは。フランシスがバッチリ起きてくれて」

「どこか途中で停まってコーヒーでも？」

「停まるのは嫌いなの」

「コーヒーは嫌いだっけ？」

「言ったでしょ、停まるのが嫌いなの！」

「それは見てわかるよ。目が飛び出しているもの」

　ダイナは引用するような口調で即座に言った。「『あら、ねえ、私を見てショックなのね？　それほどの年月だったわけよ、ほんとに！』（いいえ、あなたはこれは聞き逃したわね。もう一つのをやってみるわ。）『何か反論でも？』――ところが彼女はうんでもすんでもないのよ、あれからこっち。あなたは何か聞いてる？　なーんにも？」

　クレアは短く言った。「コーヒーにしたほうがよさそうね、だったら」そしてアーチの入り口のほうに振り向いて怒鳴った。「フィリダ！」若いほうの、熱心なほうの紺サージが姿を見せた。「一分あいているようだったら、いい子になってくれる、ね、ちょっとラ・プペまで飛んでってくれる？　コーヒーを二つね」

「わかりました！」

「お金が要るかな、それともツケが利いたっけ、あそこは？」

「あそこはツケで。ミス・バーキン＝ジョーンズ」

「よかった。――ああ、それからフィリダ、菓子パン《バン》もね！」

「マンボ、私、バンなんか欲しくない！」

「あら、私は欲しいの、いや、欲しくなるんだ」若い妖精はもう消えていて、クレアは重たげな目を重たい瞼の中でくるりと回した。「いったいあなたは」、彼女は詰問した。「どういう状態にいるわけ？」

「私は状態なんかにいないわ——あなたこそ何なの！　私はただバンなんか欲しくないだけ。もちろん別に異常じゃないでしょう？」

　見せびらかすように、ダイナは煙草に火を点けて、深々と吸って見せ、異常なほど冷やかだった。それから振り向いてアーナの中を覗き込んだ——彼女が立っている場所から見ると、反対方向から店を見ることになった。反対方向から見ると、店はいっそう彼女を困惑させた。離れてはいても、できるかぎり詳細にあらゆる物を調べ（空中に浮かんでいるものは二度も）、無知ゆえの驚きと、畏敬の念と、冷かしではない多少の疑念が混じり合った感想を抱いた。クレアはこの機をとらえて、開けたカートンの荷解きを終えていた。中に何があるにしろ、箱が底まできたのか、クレアは両腕を肩まで突っ込んでいる。かんな屑が不要となってかさかさと鳴り、包まれた品物が一つずつ寝かされていた深みから掘り出され、テーブルの上に移されていった——すべてが終わるとクレアはテーブルからカートンを下ろした。「さて？」彼女はこう言って、両方の手をぽんぽんと叩いた。

「さーてと……。わが魔女の姉妹よ、ここにはキッチンがあるんだ！　真面目な話、ちゃんとあるじゃないの？　もっと魔女みたいな姉妹には、これが交渉条件になるといいわね？　何か私向きのものはないの、今朝は？　ウォムバットの子宮《ウーム》か何か——当然粉末のだけど？」

「チッチッ！」

　軽薄な人は、棚のいくつかにもたれて立ち、上機嫌だった。誰が可笑しかったのか、本人は自分自身が可笑しかったのだと思った。ともあれ、気分は一新した。陽気な気分をじっとこらえているのが、いまのダイナ。クレアの反応は、愚痴のようなコメントだった。「初めて見たわ、あなたがまともな服装をしているのを」これは今日のスーツと、帽子なしの頭髪のつやと、しなやかでも行儀のよい長い細い靴に向けられた言葉だった。イタリア製、と見て間違いあるまい。クレアがいつまでも靴を見ているので、彼女は履いているほうの片方の足を持ち上げると、自分で見てみた——そして靴を前にそっとつき出しても害はないと思ったが、非難したい気持を抑えている気持が口調に出た。「これがたったの二度目よ、あなたが私に会ったのは——あのギャップ以来」ダイナは母親の声で続けた。「でもごめんね、先日の私がだらしない格好だったとしたら。とにかく急いでヒースの荒野に行ったもんで。それにまさか一張羅で集まるとは思わなかった。あなたとシーキーとフランシスのことよ。フランクはネクタイまでして、まるでロンドン紳士だったけど。——あなた、フランクには会ったことないわね」

「うん、会ったことない」

「彼は半分だけあなたに会ってるのよ」

「全然会わないよりましかな」クレアは愛想よく言った——が、関心はもうその場を離れていた。算段するようなしかめた顔で最後の（あるいは生涯の）敵、すなわち、難攻不落を誇るかのような段ボール箱を睨みつけた。そして横目で兵器庫と、のみ類、ハンマーなどなどを見やり、心の中では指先がうずうずしているようだった。そんな自分を抑え（いましばらくは）、段ボール箱に接近し、その上に手を置いて軽く押したり引いたり、持ち上がるかどうか見るだけにした。どのくらい重い？トン級だ。びくともしない。「彼がどうしたって？」彼女は訊いた。

「フランク？　隣人よ」

「そう。いい隣人ばかりなんだ、あなたのご近所は？」

「ええ、そうなの！」ダイナは言ったが、熱意がやや空回りしていた。彼女は訊いた。「あなた、お元気だった？」

「いつからのこと？」

「先週からよ、私の言う意味は」

「ほとんど同じね。あなたは？」

「ああ、マンボ――お話にならないわ！」

そこへフィリダが入ってきて、ラ・プペのコーヒー・トレーを手にしている。これぞプロフェッショナル、補佐役に徹した笑顔で、テーブルのはじに乗っていたがらくたを一掃した。「椅子が要りますね」そう言葉を継いで、目で探している。二脚見つかり、はたきの一振りで埃を払うと、向かい合わせに置いた。

「どうもありがとう！」

「どういたしまして、ミセス・ドラクロワ。（ロック・ケーキが今朝はいいかなと思いまして、ミス・バーキン-ジョーンズ！）」

これらのカップの周囲には、いやすべての陶器の周囲では、人形たちが輪になって踊っていた。みんな派手な身なりだった――その中に混じってテディ・ベアが踊っている。「こういうのはもうおしまいじゃなかった？」ダイナは目を見張り、すぐにしげしげと見つめた。蝶ネクタイをしている熊はいない。ダイナは手をかざして上からくる光をさえぎった。

「いまではそれが伝統的なのね？」クレアはコーヒーをついだ。「あなたの孫も持ってるでしょ？」

「どうかしら」相手はそう認め、興味が失せたようだった。

「明るすぎる？」

「ええ、まあ……」

店主は立ち上がり、椅子をやや乱暴に押しやると、コードをゆるめた。ローラーが回り、上からほの暗いグリーンのブラインドが一枚降りてきた。テーブルの一角が薄暗い東屋みたいになった。クレアがコメントした。「あなたはあの大空を気にも留めなかったのに」

「どこで――いつ？」

「ほらあの丘の上のとき」

「そう。――ああ、あなたときたらひどいんだから、走って行っちゃって」

「いつの話？」

「この前よ。あの日の終わりのこと！　いきなり、消えたんだから。パッと、あっという間に。何の警告もなく、さようならもろくに言わず。走って車にさっと乗り込み、ドアをばたん、エンジンがかかって、ビューッと――アプルゲイトの門から出て行ったきり！」不平家は一休みして、コーヒーをごくりと飲んだ。それからテーブルの向こうのクレアをまともに見つめた。「あなたったら、あと一分だけ待てなかったの？」

クレアは鼻を空中に向けた。横顔になった。モプシー・パイが宣言した。「消えるほかなかったんだ。道路に出るのが遅れちゃって。けっこう忙しいのよ、うん。時は金なり」

「ああ、なるほど。……でも彼女と私、取り残されちゃったでしょ。見知らぬ女が二人。完全に音信不通よ、あの瞬間から。おまけに、可哀相にシーキーはほとんど立っていられなくて。げんなりして、まるで――」

「ナンセンス。馬みたいに丈夫よ」

「とにかく、あの人の鼻がだんだん青くなって。考えてみれば、彼女にはたいへんな一日だったのよ。がっくりしたとまで言わないけれど、私は彼女を責められない。それから私たち、何をしたか？そうそう、お茶を淹れてあげたんだわ」

「たいした出費じゃなかったわね。レモン一個？」

「とんでもない、彼女はバターつきトーストを山ほど持参してさてさ、見ただけで嬉しかった。あなたがまだうろついていると、食べたくないのかもしれない、よくそういう動物がいるじゃない、捕獲者の前では食べないというのが」

クレアはいまこそ爆発した。「そんな、よくもいけしゃあしゃあと言うわね！――まるでシーキーみたい」

「どういたしまして。私はただ餌をばら撒いただけ、あなたが彼女を招集したんじゃないの。そうよ、あなただってやったのよ、マンボ！　一方的に、何やかやと、ハロッズのティールームで」

「ハロッズじゃないの。ただし。続けて」

「さっきから私をじっと見てるわね？」ダイナが話をやめて訊いた。

「あなたにやる気が出てきたからよ」

「精神的に？　それならあなたはこの前にも気づいたはず、私はそう思ったけど」

「色々な印象が争ってたから」クレアはずけずけと言った。

「で、トーストがなくなると、考えがひらめいたの。彼女を車に乗せて、フランクのところに行ったのよ。『これから彼と一緒に飲みましょう』と、行く途中で私は彼女に、ゆっくり、はっきり言ったの。『そして、彼が喜んでしたいことは——あなたがやはり去るのは悲しいけれど——あなたを車に乗せて駅まで送ることだ』と」

「それで彼女、元気になった？」

「片方の目がかすかに開いたわ。とにかく、彼女はそこに残してきたの。——どうしてもわからないのは、自分がどうやって家に帰ったか、よ。あんなに近いのに、マンボ、あんなに近いのに。（いいえ、お酒じゃない。それは誰でも認めてくれます。）家に帰って寝室を見て、考えたわ、『すぐ寝よう』と——横になり、睡眠がどういう感じがするものかと思って、もう起きなかった。私ったら、眠って、眠って、眠って、眠って、眠った。斧で殴り倒されちゃった」

クレアが口をはさんだ。「私もそう」

「あなたも眠って、眠って、眠ったの？——まさか」、ダイナは言わずにいられなかった。「時は金なり、なのに？」

「たとえそうでも」

「どこまで話したっけ？」

クレアが言った。「コーヒー、もっと？」

訪問者は、カップをまた受け取り、その受け皿の上で煙草をもみ消し、もう一本に火を点けた。「そのマッチ、勝手に捨てないでくれる！」クレアが鋭く言った。喫煙者は鑑識眼を働かせて床を見た——床にはまだ最後のカートンから出した品々があり、いかにも燃えやすい詰め物であるかんな屑が散乱し、炎に飢えた紙のように、薄くまくれ上がったり、ほどけたりしていた。「そうよ、私たちは、燃やそうと思えばいつだって燃やせるんだわ！　とはいうものの、私を何だと思ってるの？」

ダイナは立ち上がり、棚の一つのほうに向かい、マッチを皿の中でもみ消した。それでも足りなくて、彼女はいま火を点けた煙草も犠牲にふし、同じ皿にこすり付けて消した。それからまた戻っていき、さっきの受け皿の中を覗き込んだ。「『ポール』って誰なの？」

クレアは、ダーク・グリーンのブラインドを見上げながら訊いた。「誰って？」

「お皿の底に書いてあるじゃない」

「ああ、犬だ、それは。そうなの、そういうのもやってるんだ」

ダイナは、ゆっくりと歩き、親指と中指をパチンと鳴らして叫んだ。「ポール！　ポール！　ポール！――音としては合格ね」彼女はやっと納得した。「でも犬が気取ってお説教をするんじゃないの、そんな名前をもらうと？」

「お宅の田舎の屋敷では犬を見なかったけど？」

「フランシスがそんな気になったことは一度もないと言うのよ。で、あの犬はどうなったの、私がいなくなったあと？」

「あなたはよくいなくなるの？」

「ときどきよ。あちらこちらと。フランクはラブラドールを一頭飼っているんだけど、嚙む癖があるもんだから、たいてい小屋のほうに置いてるのよ……。マンボ！　シーキーからうんともすんとも言ってこないのは我慢するとして。でも……？」

「ごめん、ごめん。忙しくて」

「ええ、そうね。そうでした」

「失礼だと思った？　決まり文句でも手紙を書くべきだった？」

「それだって」、悲しむ人が言った。「何もないよりましよ。あなたが電話したのかどうか、怪しいなあ」

「うん、しなかった」

「やっぱり。――昨夜、私が電話したら、あなたはすごく機嫌が悪くて」

「ドキッとしたんだ、ああやって突然くると」

「最悪の電話だったわ。あなた、何してたの？」

「ええと、フラットにいた」

「それはそうでしょう、でなかったら電話に出られないでしょう。何をしてたのよ？」

「あなたのことを考えてました」クレアは不機嫌に言った。

「それはそうよね？――どんなフラットなの？」

「ええと、ただのフラット」

「お邪魔してもいいかしら？」

「そうしたいなら。私がいればね」

「まあ、あなたって優しいのね！」

　クレアはコーヒー・ポットを覗き込んだ。もう一滴も残っていない。ダイナが飲むのを忘れているカップのコーヒーが恨めしかった。カップを回収し、それを派手なトレーに乗っているほかのラ・プペの食器に重ねると、歩いて行ってトレーをアーチの向こうに差し出した。「フィリダ！　これ片付けてくれる？」

「ミス・バーキン-ジョーンズ、どなたもロック・ケーキを召し上がっていませんよ！」

「あら？　そっちへ持っていって、食べたら。好きにしていいのよ」

「今朝は猛烈にお疲れですか、ミス・バーキン-ジョーンズ？」

「いいえ」

「カーテンを下ろしますか？」

「お好きなように」

この対話の間、ダイナは中間に身を置き、口をぽかんと開けていた。戻ってきたクレアは、戸惑いと諦めのような表情が美しい顔に浮かんでいるのを目にした。「ごめんね」彼女は言った――それでも仕事机の一方のはじまで行き、カートンの荷解きを始めた。木目入りの乳白色のガラスのシリアル・ボウル、緑色がかった皿はカットしたアラバスターのような重みがあり、これらに類似した品々が一つずつ外に出てきた。ダイナが近づいてきて言った。「手伝ってもいい？　どこかに置いてもいいかしら？」

「う、うーん、ありがたいけど。置き場所があるから」

「教えてくれてもいいのに。きれいだわ――とっても？　でも、何に使うもの？」

「何に使うって！」

「何も答えないんだもの。ときどき思うけど、あなたは私の話は聞こえないのね」

「あら、ちゃんと聞いてるわよ、聞きたいときは。いまは聞こえたから。ねえ、いい、ダイナ――」

「私をダイナって呼ばないで！」

「あなたはダイナよ。人は名前にふさわしくなる――あなたはふさわしくなった。だから、いいわね、ダイナ、しっかり分別を持たないと！　私たちが音信不通になったのは悲しかったけど、でも、あなたと私は完璧に仲良くしてきたわ、お互いに相手がいなくても、五十年間ずっと続けて――」

「あら、ウソ！」

「『ずっと続けて』って言ったのよ」

「私はそんなこと言ってない。私たち、仲良くしてきたかしら、って言ってるの」

「じゃあ、自分を見たら。私を見たら」

「シーキーを見たら」

　クレアは声を上げた。「『人生の大部分は』、これがシーキーの言い方」

「ええ、そうね、ハロッズで、でしょ。『大部分』と言うけど、どういう意味？」

「議論しないで。ちゃんと聴いて！　再会したのはとてもよかった。でも二日ごとに行ったり来たりはできないの。私たちには生きなければならない人生があるんだから」

「それもシーキーみたいに聞こえる。――これで一週間だけど」

「だから？」クレアはそう訊いて、断固として睨みつけた。

「もしまた出て行くつもりだったなら、どうして戻ってきたの？」

「あきれた、あなたがそう訊くなんて！　それで強迫するわけ？」

「そう感じるなんて、ますますシーキーみたいだと思うところよ」

「たしかに。それ、引っ込めるわ。私はほんとに嬉しかったんだから」

　人差し指でアラバスターもどきのボウルのへりをなぞりながら、ダイナが言った。「あら、私も愉しく過ごしたわ――まったく同感。私の人生は、という意味で。つまり、色々あるのよ。でも、人って、何がないから寂しいのか、それを知らなくても寂しいのよ。寂しい——でしょう？——何がないから寂しいのか知らなくても？」

「さっぱりわからない」

「あなたを怒らせたくないの。私は自分が邪魔者になるなんて、予想もしなかった。つまり、あなたは私のために割く時間はないというのね——いまは？　または」、彼女はかぎられた混み合った空間を見回して、さらに言った。「その余裕がない、ということね？　フィリダは思っているんだわ」、彼女は声を下げ、アーチのほうをちらりと見た。「見ればわかる、私があなたの時間を無駄にしてるって。マンボ、そうなんでしょ？」

「いいえ」

「じゃあ、私は何をしちゃいけないの？」

「船を揺さぶること。私を動転させること」と彼女。クレアは次々とボウルを重ねながら、声も掛けずに、それをダイナに放ってよこした。「ほら」、と彼女。「これをあそこの棚の上に置いて（はじっこの棚、上から二段目）、ほかのも乗ってるでしょ、いい？」

「ああ、はい。ほかのってこれね——でも、黄色いやつだけど？」

「黄色ね、いいの。残りもお願い。全部積み上がったら、数を数えて」

ダイナが得意なことだった。彼女はその他の棚にも回ってみた。「このへんに、はたきを掛けてもよかったら……」彼女はせがむように言った。「でも、無駄ね、床をお掃除するまでは。私がやっても——？」

「いいの。まだ荷物があるから」

「箒が見える――ほんのちょっとだけ、どう？　火事の心配も少し減るけど」

「才能はご家庭で使って」

「あなた、たいして見てくれなかったじゃない。アプルゲイトのこと。浴室と、つまらないダイニング・ルームだけだった。それに、あなたが帰るまで洞窟にはおかまいなし、ぶらぶらしただけ」

「私は歩いてお宅に戻ったのよ、そうでしょ、一人で」

「それは知ってる。私はシーキーに家庭菜園《ポタジェ》を見せていたから」ダイナはクレアの回りでキラキラしている。「ああ、よかった！――応接間だけど、あなた、中に入った？」

「あなたのお母さまの時計があるところ？　入ったよ」クレアは息をついた。「陶器は全部なかったみたいね？」

「そうなの。私の部屋にあるの」

「あの刺繍用のスツールは？」

「私のベッドのそば。いまは本を乗せてる」

「お母さまは亡くなったのね、ダイシー？」

「ええ。――そう、私たちは二度とフェヴェラル・コテージには戻らなかったのよ」

「まさかそんな？　私たちも移ったけど。――それから、どこに行ったの？」

「ずっと向こうにいたの。そう、カンバーランドに――従兄のローランドがそうしろと。彼は私たちを行かせることに二の足を踏んでいて、戦争が始まって、雲行きが怪しくなりそうだったから。ドイツ軍の近くにはやりたくないと。彼は言ったの、『それで何かいいことがあるのかい、銃撃の音を聞いて？』と。いや、カンバーランドのほうがましだ、と。――少なくとも私は彼がそう言ったと思うの、そうだったんでしょう？　とにかく、私たちはそこ留まり、家を見つけて。――あなたたちはどこへ行ったの？」

「母と私のこと？　祖母のところ」

「まあ、マンボ」

「ええ、そう。――じゃあ、お宅の私物は全部カンバーランドに？」

「いいえ。あそこは家具付きの家だったんだ。だから倉庫に」

「あれがないお母さまなんて、考えられない」

「二、三年我慢すればすむことだったわ」

「で、カンバーランドのあとは？」

「カンバーランドのあとはないの。私はずっといたわよ、もちろん。従兄のローランドがいたけど」

「ああ」クレアが重く言った。

「悲しまないで」ダイナは言って、また棚に戻った。そして続けた。「わからないなあ、こういう新しい品物はいったいどこへ行くの？　お店はいまでも見るからにいっぱいだし、――入りきらないんじゃない？」

「いま出ている半分は出荷するの」

「へえ――どこへ？」

「あら、もう一つある支店のほうに。それが基本なの。品物を回しているわけ」

「そんなことまで、どうして知ってるの？――どうしてそれがわかったの？　どうやるわけ？」ダイナは真顔になって言った。「クレア、あなたって有能なのねえ！　そうでしょう？――色々な物があなたはすごく好きだったけど、手も触れないか、落っことすか、どっちかだったのに。いまはそれで生計を立てているわけ?」

「それで生計を立てているわけ。そうなの、あなたが言うとおり。私にはすぐれた才能があるんだ。何をやってもできたと思う。ええ、本気で言ってるのよ——何だか不思議だけど」クレアはダイナを例の禁欲的な目でじっと見つめ、きちんと話した。「冗談で言ってるんじゃないわよ」

「でもあなたは頭がよかったから。もしかしてその勉強か何かしたの?」

「いまとなっては、どうでもいいじゃない。誰が気にしますか!」

「私が気にするの」

「蒸し返さないで!」

「蒸し返すつもりなんかない。——誰が謎めいているか、教えてあげる、シーキーよ。いろんな意味で、あなたよりも彼女のほうが魅惑的になってきた」

「あら、そう?」

「ええ。フジツボみたいに色々なものがびっしりとくっついてて。そうとうたくさんくっついてるわね、あなたとか私よりも。そう思わない? 彼女はたしかに、何らかの沈殿物で分厚く覆われてるわ。そのせいで、彼女はとてつもない『大物』になって——かつてないほどよ、わかるでしょ? とりあえずはあのシックなサウストンという背景におさまっているように見えるでしょ? それにもちろん『時間』が作用をおよぼすわけね——いまのところまだあなたと私にカバーを掛けてはいないけれど。こう言ってもいいかしら、シーラはもっとそうなんじゃないの(もちろんあなたと私だってきっと同じよ)、でも、それだけかなという気がしてならないんだけど? あなたはどうなの、彼女がちょっと構えていると思わない？　そう、いつも構えてたけど――でもいまのほうが前よりもっとよ、もっと理由が出てきたのかしら？　だって、やっとわかってきたのよ、どうして彼女は魅惑的なのかということ。そんなこんなで、シーキーは、何でもござれ、なのよ」

「私たち、三人ともそうよ」クレアはやや曖昧に言った。「違う？」

「いいえ、そうじゃないと思う。何でもござれといっても、シーキーのとは別よ。彼女はいつもそうだった、と言いたいの？　そうかもしれないけど――私が指摘したいのは、時間がすることのつは、できる人をさらにできる人にする、ということ。私の感じでは、色々なミステリーがシーキーを取り巻いてる。あのバレエのことだけど、彼女のバレエはどうなっちゃったの？　それに子供もいない。彼女、それでいいの、どうなの？　もう一つ、彼女がやったことを教えてあげる。彼女はトレヴァーを発明したのよ――何か理由があったからよ、間違いないわ。私たちみんなトレヴァーを知ってるわ。『トレヴァーがこう』とか『トレヴァーがああ』とか、彼女がしょっちゅう引き合いに出すトレヴァーは、トレヴァーじゃないの」

「あなたはトレヴァーには親切じゃなかったね、この前の朝に」、クレアが指摘した。「岸壁の上に座ってたときよ。『どうしてあんな不動産屋と結婚したのよ？』ってあなたは金切り声を上げたじゃない」

「どこのどなたが、あれがトレヴァーのことだと？　彼女の手紙には、いまはアートワースだと書いてあっただけよ」

「何がいけないの？　彼があとを継いだんでしょ」

「彼が継いだ？――まあいいわ、続けましょう。シーキーはたしかに大胆不敵ね。賭けてもいいわ、彼女はひたすらサウストンを守ったのよ、一九四〇年前後のあの名だたる時期に――いまでも彼女が見えるな、あの崖の上に陣取って、ほら、ドイツに向かって手当たりしだいにぶつけていたじゃないの。やつらが怖がって上陸しなかったのも無理ないわ。ああ、ライオンみたいに勇敢だった――でもあの頃は私たちみんながそうだった。そのほかシーキーの目ざましい点と言えば、不言実行性よね。卓越した看護婦か、それとも卓越した殺人者になれた人よ。同感？」

「そうね、そう訊かれてもねえ」

「そうね、私が訊きたいのは――どうしてシーキーは結婚もあんなに遅かったのかな？　まず何があったのかしら？　彼女は、どう考えても、ずっと『麗しき氷の乙女』のままだったなんて、すごく怪しい。それに、私が出した広告に、どうしてああまで取り乱したの？　まるで気が違ったみたいだったと、あなたが教えてくれたのよ」

「教えてません」

「あらまあ、そんな印象を受けたけど」

クレアは、このやり取りの間に、しゃれたブリーフケースのファスナーを開けて書類を取り出し(送り状、チェック・リスト、などで、船荷証券は検査済み仕入れ品のほとんどにすでに添付されていた)、ついで腕時計を見た――これ見よがしのその動作は、前にした同じ動作が無駄に終わった人の動作だった。彼女はおもむろに眼鏡を掛けた。「ごめん、でももう行かないと――」

「会議なの？」

「びっくりしたなあ、そのとおりよ」

「だって、あなた、そんな感じだったもん。――どなたと？　でも、あと五分だけ、だめ？」

「もう十分に話したじゃない」

「私が話すのは、何か言うことがあるときだけよ」ダイナは自信たっぷりにそう言うと、煙草に火を点けた。

「ご立派なルールだこと。――でもごめん、ちょっとしなきゃならないことがあって」

「ということは、フィリダがまたくるわけ？」

「いいえ。今度は別のが。別のがここのボスなの、いわば。もっとセンスがあるんだ」

「あら、そうなの？――お名前は？」

「ミセス・ストークス」

「どうしてミセス・ストークスなの？　もう一人がフィリダなのに？」

「未亡人なの」

「あら、私も未亡人だけど、何の敬意も払っていただいてないわ。私がここを出るまで待てない？」

「いつここを出るのよ？」

「あと二、三分かな、予定はしなかったけど？」ダイナは自分のハンドバッグの奥底まで手探りした――最後に中身を調べられてから、バッグはずっと口を開いたまま腕にぶら下がっていた。「ほら、あった――あると思ったんだ！　例によって青色文書に彫刻文字よ」彼女は次の動きを決然と行ったが、急がなかった。

「ダイシー――あなた、私の電話に何をしてるの？」

言われた相手は、信仰復興伝道集会そっくりの段取りを開始していた――椅子を元の位置からあるべき位置に戻し、その上に座り、犬の「ポール」の皿がちゃんとあるのを確かめてから、手を伸ばして電話を棚から受話器ごと下ろして自分の膝に置くと、受話器は大事にされて喜んでいるような様子を見せた。そうして位置につくと、彼女はクレアの方角に向きなおった——クレアに面と向かい、はっきりさせた、私は居残るつもりできたのよと。その決心のほどには、見とれるものがあった。「一声でいいから」、と彼女。「ほんの一声でいいからシーキーから引き出すのよ、それができたらこっちの勝ちよね？　火星からのメッセージ。さあ、さあ、やるわよ——シーキーを仲間はずれにするつもり？」

「いま二人で彼女への賛歌を歌ったばかりじゃない」

「あら、それとこれは違うと思う！　どうやって長距離電話を掛けるの、この電話？」

ダイナは言われなくても自分で見つけた。サウストンがつながり、それも超自然的な速さでつながった。

「ああ、ハロー！　どなたですか？——どなたでもよろしいけれど、ミセス・アートワースと話せますか？……恐れ入ります。緊急だとお伝え下さいな。（これがいったい誰だかわかる？　トレヴァーの献身的な看護婦よ。ボタンみたいにピカピカ。シーキーはおられると存じますって」ダイアナはそう言って、畏れ入ったという顔をした。「こんなものよ、長年たった挙句」）……あら、シーキー、ハロー！……ええそうなの、むろん私よ！（声でわかったって）……いまマンボに話したところ、あなたには私が声でわかったって。……ええ、むろん彼女、ここにいるわよ。というか、私のほうがお邪魔しているの……モプシー・パイのお店に。……歓楽の庭みたいよ。（どんなお店か知りたいって。）……マンボに説明してたの、お店がどんなか、あなたが知りたがってるって。……彼女はとても元気。（あなた、元気よね？）……私はとても元気。でも大事なのは、あなたはお元気なの？　私たちそれが知りたくて。本当に元気なのね？……ああ、なるほど。（足をくじいたって。）……それ以外は元気なの？……それは大仕事ね？（何でも大がかりなバザーで白い象みたいな巨大ながらくた市をまかされたんだって。）……へえ、あなたが？　まあ、それだけ運がよかったんだわ、おかげであなたがつかまったんだし。でも、お引き止めしちゃいけないわね。（家を飛び出す寸前だったんだって、その白い象に出かけようとしたら、看護婦が呼び止めたって。）……いまマンボに白い象の解説をしていたの。ああ、ちゃんと帰れたんでしょうね、あの夜は？……よかった。それが知りたくて……。あら、まあ。（彼女、帰れたんだけど、もうへとへとだったって。）でも、あなたがいることがわかってよかった。ここにいてくれたらもっといいのに……。そうよ、そんなの簡単なことよ、考えてみれば。（また私たちに会えるか、知りたがってるけど。）……もういつだっていいわよ。夕刻ならマンボも都合がつくって。まあ、やるだけやってみましょうよ……。信じられないわ、セント・アガサのお庭がもうないなんて……。ええ、でもあの辺全体を掘り返したわけじゃないかもしれないし……。あら、だったらいいのよ、シーキー……わかるんだけど、ちょっと探ってみてもいいのではと……。ええそう、でもこれは犬じゃないんだから。（眠っている犬は起こすなって彼女が言うのよ。もう時間が遅いからじゃないかな？）……。よくわかるわ。どうしてそんな、あなたは有名人なのに？……ああ、もし面倒なことになったら、面倒なことになるわね……。ええ、でも、誰にわかる、あなたが私たちの知り合いだなんて？　私たちは絶対にバラしませんから。もし万事うまくいったら、私たち、仲直りできる……。あら、それは素敵ね、シーキー（飲みましょうよって。）……。いいわ。じゃあ連絡するから。――ああ、最後にもう一つだけ。あなた、誰か殺したことあるの？……何ですって？……なるほど……どうかなと思っただけ……。いいえ、マンボもそんなこと思ってませんよ。（たいていそんなところだろうと思ったでしょ、あなたは?）……はいはい、わかった、言いすぎました。ほんとよ。でも、あなた、ここにいなきゃだめだったのに……。そうよ絶対にいなくちゃ、さもないとあなたの白い象さんが暴れ象になるわよ。また会いましょう、じゃあ。……（マンボ、シーキーが心からよろしくって。）……シーキー、マンボもあなたに心からよろしく……。じゃあ、またね！」

ダイナは受話器をゆっくりと置いてから、いとしげにそれを見つめた。そしてクレアに伝えた。「シーキーがしたことで私の母が唯一させなかったのは――あなたのお母さまも同じじゃなかった?――『じゃあ、またね！』と言うことだったわ。そうよ、あのコウモリ婆さんのミセス・ビーカーもかたなしよ、シーキーはつねに前衛《アヴァン・ギャルド》だったから」電話は、しばし愉しい時間を過ごしたあと、仕方なく棚の上に戻っていた。「電話してよかった。シーキーは喜んでたと思うわ。よかった。――彼女の人生はやっぱり人間らしかったのよ、ええ」

クレアはむくれることにした。「何てことを電話で聞くのよ！」

「どうして? 盗聴されてなんかいないでしょ?――それともあなたの電話は盗聴されてるとでも? だって、ほら、あなたは会議が気になってるんだから、取り掛かったほうがいいし、私ももう行かなくちゃ。これでおあいこ。あと五分だけお願い。ロンドンまでどのくらいかかる?」

「シーキーは何て言ってた?」

「知らなくてもいいんじゃない、どうせ認めないなら。こう言ってたわ、『というわけでもない』って――一瞬考えてからね。冷静に受け止めてたわ、大筋では。全体としては、訊かれて嬉しかったみたい。人はみな興味を持ってもらうのが好きなのよ。仲間であろうが、なかろうが、シーキーにはあまり友だちがいないと思う」

「もう一つあるわね、ダイナ。この企画は何なの？」

「あら、いつかの午後に、さんざん計画したでしょう！　ほら、アプルゲイトの果樹園で、シーキーに不意打ちを食らったじゃないの。ああ、あれは効いたわ（あまりのことに、何とか思い出すまいと苦心しているところ）。でもね、ええ、よく考えてみれば、私たちの計画にとっては必ずしも不意打ちではなかったわね。いまシーキーが言ったけど――もっとも、私たちには想像がついたんじゃないかな、彼女が言わなくても――至る所に新しい住宅が建つし。でも、新しい住宅は、場所によっては見晴らしがいいし、美しい小庭園があるし、そうでしょ？　美しい小庭園にするには、前からあった庭園のおこぼれを利用するわけ。私はそういう例を知ってるわ、少なくとも。あなたは？」

「死んだほうがましだな、そんな所に行くくらいなら」クレアが言った。

「私は死んだほうがましじゃないけど、きっとそうとう驚くでしょうね、もし私たちが行かないなら」ダイナはもう腕時計を見ていた。そして繰り返した。「ロンドンまでどのくらいある？」

「ロンドンのどこ？」

「ランチができるところ。ああ、あなたに言わなくちゃね、誰とランチをするか。パッキーよ！　そうだ、ぜひ、ぜひとも段取りしよう――つまり、彼はその資格があるんだもの！　最低でも、彼にはその資格があるんだから」ダイナはきっぱりと言った。「それから、私がちょっと早めに出てきたのは、ウィリアムのところへ立ち寄って、一泊してもいいかと思って。そこに行ったら、きっと夜更かしすると思う」

「ウィリアムって？」

「息子よ」ハンドバッグが二度目に捜索された――車のキーか？

「息子さんは二人だったと思ったけど？」

「ええ、もちろんそうよ！　ローランドはカンタベリーの近くに住んでいるわ。だけど、ウィリアムとアニーはロンドンのラトランド・ゲイトにいるのよ。――マンボ、いいのよ、送ってくれなくても。忙しいんでしょ。もう、いまさら急に礼儀正しくしないで――いいわね？　私だってこれから何マイルも歩かないと。まったくどこにも、どこにも車を置けなかったから。ミニはどこに？ミニはどこに停めたの？　そこらじゅう探したけど、なかった。ここはとてもにぎやかな町ね。この辺りどこも似ているのね、あなたのお店のある辺りも？　自分のいる場所をどうやって憶えるの？――つまり、お店のことだけど？　今日はもう一箇所に行くわけ？」

「ええ、午後に」

「一目見たときに、前にきたことがあると思って、そんなはずはないのに。でも、もう二度とこないと思う。この次にあなたに会うのは、どこかほかの場所よね？　私は――」

アーチの戸口に、遠慮がちではあったが、ミセス・ストークスが立っていた。年かさのほうの茄子紺がルースリーフのメモ帳と、金色のバンドのついたペン（亡き夫のプレゼントか？）を持ってきた。「失礼します」彼女が言った。

「いいのよ、入って」

「あとでまた参りますが、ミス・バーキン-ジョーンズ」

「いいの。ミセス・ドラクロワはもうお帰りになるところだから」

2

ラトランド・ゲイト
夕刻

親愛なるマンボ、

今朝あなたのお店にいたとき、すごく欲しい品物を見てしまいました。バター・ナイフなんだけど、うちの朝食用のトレーにぴったりなの。刃はとても短くて二インチか二インチ半と見たけど、柄のほうはひどく大ぶりで（まったくのアンバランス）、ごつごつしていて黒っぽく、中央に指当てがあって。考えれば考えるほど、欲しくなってしまいました。

不幸なことにこのバター・ナイフはお店（あなたの店のこと）の場違いなところにありました。さもなければ、ことはもっと簡単にすんだはず。シーキーの話では、あの秘密のお茶会のときにあなたが着けていたブローチを買おうとして、根負けしたとか。もし買うのがいけないなら、私にくれない？　誰かにナイフを上げるのは、友情を絶つことと見なされているけれど、もらった人がお返しに、くれた人に六ペンスでも一ペンスでも払えば、大丈夫よね。私に危険な物を与えるのでは、という心配は無用です。あのナイフは（試してみました）バターしか切れないし、いい切れ味だったわ。あれが何かのシンボルになるのかどうかもご心配なく、だってあらゆるものがシンボルですもの、いまの私たちには。お宅の魔女のキッチンにある物はすべてシンボルだし、それもお客さんはみな承知の上なんでしょう？

　すまないけれど（ご迷惑かしら？）ミセス・ストークスかフィリダに電話して下さらない、たぶん前者のほうに？　私のたってのお願いにあなたから返答がないのは、あのバター・ナイフがお宅の重役会の所有になっているからでしょう。ビジネスがいかに複雑なものか、よくわかっています。でもどうしても欲しいの。毎朝、一番に、あのナイフを眺められるようになったら、あなたに理由を打ち明けましょう。それにあれだけ大きい柄が付いていれば、絶対に紛失しないわ。

　ザ・グランド（サウストンの）が待ち合わせには一番いい場所でしょうね、というのも、私たちが出かける先はどこもかしこも変わってしまい、お互いに見失うかもしれないでしょう。少しは日のあるうちに着いたほうが相手が見つかりやすいし、でなければ車の中で暗くなるまで待つとか。ということでザ・グランドに五時に、というかできるだけ早くきて下さい。必要なものは全部車に積んでいきます。来週の終わりが一番いいのに、私はその前が忙しくて、むろんあなたも同じでしょう。では、この木曜日に。あなたが金曜日のほうがいいと言ってこないかぎり、ザ・グランドで木曜日にお待ちしています。私はザ・グランドにいるわ、何があろうと。

　この午後は結局眠れなくて、アニーが整骨医に行っている間、子供たちを連れ出してボートに乗せてやり、だから今夜寝るのが楽しみ、いいえ、もう寝るわ。あのカートンをあれからどうしたかなと思って。私だったら、あっという間に空けてあげたのに。

心からあなたのものなる、

D.

3

「まだすごく豪華《グランド》じゃないの」ザ・グランドのかつての常連《アビチュエ》がしみじみと言った。彼女は友人とともに絨毯が敷かれた地下通路を出て入り口をいくつか通り、バーを二つ三つ、カクテル・ラウンジを一つ通り過ぎたが、どれも一様に薄暗く、こだまも返らなかった。どこも開店前だった。「最適な時間じゃなかったね」クレアにはこう述べる理由があった。だがもう一人は、いま下っているゆるやかな白い階段を靴のヒールで一段ずつ踏み鳴らしながら叫んだ。「大理石ね！」そして補足した。「車の中に容器《フラスク》があるから」

プロムナードにはほとんど人影がなかった。まだ早い夕方の海岸は晴朗にして太陽はなく、海はもう秋だった。「建物って蒸発するのね？」とダイナは言って、空しく四方を見渡した。「哀れな無害な物ばかり」

「これが私に語ったことなんか一つもないな、ほとんどいつも」クレアは言ったが、プロムナードを見つめる目には好奇心があった。ザ・グランドを回って駐車場に向かったが、満車ではなかった。

「さて」、ダイナが訊いた。「あなたのミニはどうする？　ここまで戻ってきて、あとで拾うことにして、シーキーのところに行く？」

二人でヒルマンに乗り込むと、車は台地をするすると抜け、丘陵を一気に降りた。乗客のほうは、伝統の身なりで、ピッグスキンの手袋の片方をはめてから、もう一方をはめた。「はっきりさせようか」、そして口を開いた。「どうして私がここにいるか――」

「あら、ダメよ、何かを分析するのはやめましょう！」

「あなたを刑務所から遠ざけてあげる最後のチャンスなのに」

車は丘をほとんど直角に曲がった。後部のトランクからきりきりとこすれるような音がした。「シャベルが滑ってるな」運転手が言った。「ずっとああいう音がして、ときどき止んだりしながら、アプルゲイトからきたのよ。フランシスがしっかり固定させなかったんだわ。――早く、どこで左だっけ？　左がたくさんあるう！」

変化といえば、発作的に起きることはめったにない。あるものはあり続ける。ないものには多少の作り話が入り込む。まず一目見て、セント・アガサ女学校の敷地だった場所、庭園と建物は位置を決められないでいるように見えた――海岸通りの形がどこか変わったのか？　道路と海辺の落差がゆるやかになっていたが。まだ手すり壁に守られていた。白いコンクリートとガラス製のパヴィリオンは、人気《ひとけ》がなく、冬の間は半分休館のまま、手すり壁がそうとう長い区間で中断していた。反対側にしばし続く丘のふもとには、石を積んだ頑丈な堤防が築かれていた。その堤防が自然に曲がりきる地点まで上に登る道はなかった。そこから急な上り坂が始まっていた。整備されていたが、道路はもはや新道には見えなかった。控えめでプライベートな印象があり、それが道端に出ている掲示板で確認された。「通行止め」

丘の上を見るには、車の外に出なくてはならなかった。帰還した人たちは後ろに下がり、背中を手すり壁に付けた——上のほうに十軒かそこらの快適そうな家があり、丘の斜面に点々と広がって、いとも他意なくイギリス海峡を見つめている。ガレージがドアをパステル・カラーに塗られて岩棚に並び、造園された庭園がその周囲を取り巻いていた。セント・アガサが所有を主張できる以上の多くの土地が明らかに人手に渡っていた。（考えてみれば、いったいどこへセント・スウィジン校は行ったのか？）全体的に見ると、庭園はみな黄色と赤銅色と青銅色がうっすらと曇ったような、秋も半ばの紫色に覆われていた。しかし道路の左手のほうに、もっと黒ずんだもっと光沢のない茂みが点在しているのが見てとれた。もっと以前に植林された名残が枯れかかったまま、その後の計画で植えられた茂みがもっとはっきりとした透明度を見せて、一体となっていた。いったん位置がわかると、二つの元低木林は、もう見間違うことはなかった。一つがもう一つの上に重なり、木立だったものが細い区画になり、黒髭が二つ共謀して並んでいるように目に付いた。

ダイナはすぐに言った。「低いほうだわ」

「そう、あなたの言うとおりだと思う」

「それはそうよ。あの下には何もなくて、クロケット場の芝生があるだけ。その下が土手になっていて、座席とか何かがあったのよ。——さあ、あそこまで走って登らないと、明るいうちに、そしてあの辺りの家のどの庭にあれが埋まっているか見ましょうよ」

「それで全部なの？」

「ちょっと待って」、車の持主がヒルマンの鍵を掛けた。「お酒に他人の手が触れるのは厭だから——

また戻ってきたときに飲みましょうよ、暗くなるまで待つあいだ。サンドイッチも持ってきたわ」

刈り込んだユキノシタの生垣が私道の両側の仕切り壁の上に茂っていた。各戸についた門はそれぞれがさまざまな長さをした車道に通じていて、その一つ一つが中の屋敷に付けられた名を名乗り、そばの柱にはカンテラが下がり、点灯するにはまだ間があった。春には間違いなく花の咲く木々が、生垣にかぶさるようにあちらこちらに枝を垂れ、その間に一箇所、ビーカー&アートワースの「売り出し中」なる看板が突き出していた。「トレヴァーはあれをいつまでも手元に置いておきたくないのよ。目玉物件、とでもいうのかしら?」ユキノシタは、伸びすぎで上から覗くことも、茂りすぎで中を垣間見ることもままならず、下見にきた人たちは、左側に門がくるたびに、中に入らなくてはならなかった。「あったわ、ねえ?――ね?――下のほう!」ダイナがついに叫んだ。出てくるときに彼女はその門を記憶に留めた。「『青の洞窟』って書いてある……青の洞窟と」

「彼らはそこで新婚旅行をしたのかな?」

「そんなところに入ったはずはないわ。それはローマ皇帝のティベリウスの別荘でしょ」

「あなたが気づいたかどうか知らないけど」、道路の突き当たりに近づいた頃にクレアが言った。「青の洞窟の大部分はガラスなのよ」

「じゃあ石を投げるわけにいかないわね。それにしてもあの人たち、自分たちを何さまだと思ってるのかしら?」

「私たちは自分を何さまだと?」

「カーカー言わないで」ダイナは車のドアを開けながら訊いた。「あなたは知らないわね、私たちが呪いを掛けていたかどうか? 私は自信がない」

「私が豚みたいに血を流して、書き上げたのよ」

「そうだと思う——でもこれはとっても大事なこと！　私たちだったら、暴風でも受けて立てる」

「あなたにその心配はさせませんから」

「あら、そのほうが心配だな」

「じゃあ中止にする——のはできないでしょ？　さあもうよく見たんだから。あとはもういいでしょう。おせっかいはやめて、さんざん言われたはずよ！　シーキーでもあなたの二倍は分別があるわ」

「ええ、そうね」二人はヒルマンに乗り込み、じっとして前方を見た。「あなたの四倍はあるわね」

夕闇が長くゆっくりと降りてきた。ダイナは車の後部に置いた荷物を取り上げて前の座席に運び込んだ。「フラスクがあるとか言ってたわね。いまからこれをバーと呼ぼう」とクレア。

「私は好物《チョイス》と呼ぼうかな」ホストが言った。「一つわからないんだけど、あなたの本当に好きなものが」

　二人はコートの襟を立てて酒を飲み、海側の窓を一つ開けた。色のないガラスのような夕闇は、針の止まった時計にかぶせたガラス・ドームみたいだった。海は行動をやめていた。海岸道路には無灯火の車が亡霊を乗客にしてひっきりなしに走っていた——だが、物見高い亡霊たちがいて、こちらを振り返った。「私たちが何を企んでいるのか知りたいのよ」

「私たちは何を企んでるの？」クレアが知りたがり、耐熱ガラス《パースペックス》のグラスにまた酒をついだ。ヒルマンの後ろでドアがばたんと言い（管理人が出てきたのか？）、無人のパヴィリオンにこだまを響かせたに違いない。「サンドイッチがあるとか言った？」

「ええ、ほら！……バター・ナイフのことで何かニュースは？」

「交渉中」

「マンボ、あの『未知の言語』はどうなったの?」

「消えちゃった」

「あなたの頭の中に戻ったの?」

「そういうことなら、屋根裏に。それに鍵がなくなって」

「畏れ多いわ」ダイナはまだ畏怖の念に打たれていた。「誰も二度と未知の言語を聞くことはなかったの?」

「そう。私はそれで手紙を一通書いたけど」

「わからないな――相手の誰かにはわかったのね? 返事はあった?」

「届くのが遅すぎたのよ。――あなた、何か食べてる?」

「いまに食べるから」ダイナは車の両方の窓から外を見た、もう少しいいニュースを持ってきて欲しいのに。何もなかった。一筋の暗闇もない! 「じっと見ているとお鍋は煮えないと言うけど、そうかしら」ダイナはこぼした。「いったいどうしたの? 間違って日の出にここにきたわけじゃないでしょ、ねえ?」

「ここにいるうちにだんだん暗くなってきたんだね」クレアが言った。「あなたがもうほとんど見えないもの」

「あなたもほとんど見えないわ。でも、このどこがいいの? 外だから、じゃないわね。ちょっと違うわね。待つということが呪いのようなもの、でしょう? こっちの道路の突き当たりでは先が見えないし、あっちの道路の突き当たりでは、恐ろしくて見ることすらできない。これが夢の宿命よ」

「じゃあ先へ進もうか」

「どこへ向かって?」

「じゃあ歩こう」

「ここで?」

「だったらうるさく言わないで!」

「私に当たり散らすんだから、いつもそうだった」

「なぜだかわかる?」

「わからない。でもあなたは私に当たり散らしてばっかり」

「いま必要なのは」、クレアが言った。「トランプのカード。または音楽。——あなた、今度は何を探し回ってるの?」

「ああ、トランジスター・ラジオがどこかなと思って……。あったわ。『軽い《ライト》』ほうで何をやってるかしら?」

　ダイナはコンサートを探し当てた。その曲が続き、その次のバラエティー編成の曲が流れる間、聴き手は腕組みをし、目を閉じて座っていた。やっと目を開けると、すっかり暗くなっていた——その暗さは崩れ落ちた壁のように徹底していた。ダイナが急いで停車灯を点けた。それからクレアのほうを見た。「さあ時間よ——いざ、後世の子孫よ!」車のグローヴ・ボックスから懐中電灯を二つ取り出し、車から出ると、車の後ろに回り、その他必要なものをトランクから取り出した。「私、このつるはしを持ってきたのよ——今度は、手にマメができないように。あなた、持っててくれる?」

クレアは、ロボット然と、つるはしを受け取った。彼女が何も言わなかったので、二人は出発した。

丘の上では、電気のランタン燈の作る影が入海と交差し、暗い道の路面が陰になった岸壁の黒に溶け込んでいた。目に見える見えないにかかわらず、群生したユキノシタがじとっとしたニスのような匂いを放っていた。街燈と街燈の間に挟まれた木々は、その下に洞窟のような窪みを作り、その一つから現れた人影は、まるで蜘蛛の巣のような、いま出てきたばかりの物陰にまだ巣を掛けていた。そしてじっと待ち、近づいてくるのを待ち受けている。そして言った。「では、二人いるわね？」

「シーキー！」

「大声を出して台無しにしないで。我を忘れたの？――ハロー、マンボ」

「はあ」

「どうやってここまできたのよ、シーキー、それにしても？　車を追い越した？」

「上から降りてきたのよ」

「書いてあったでしょ、『通行止め』って」

「私の目に通行止めはないの」と地元の娘が言った。ミセス・アートワースとして、自分を目立たせることと、少なくとも気持の上では人目に付かないことを、二つながら実行していた。黒のマッキントッシュに身を包み、頭から首は黒いシフォンでしっかりと包み、それに黒い手袋――しかしマスクもしないと、だってメーキャップが燐光を放っているわよ。クレアが言った。「お勇ましいお姿で、ミセス・ドラキュラ」

「もし箱があるなら立ち会いたいと思って。何だと思ったの？　あなたたち二人だけで地底を根こそぎ探させるとでも？」

「墓の秘密は……」

「それがそもそも目的だったでしょ、クレア」

「私たちは間違ったことをしてるのよ」クレアは言って、ダイナのほうを向いた。

「これは私たちが言ったことじゃないわ」シーキーが口をはさんだ。「そうじゃないでしょ、私たちが言ったのは」

「そこにはないだろうということよ」

「どうしてわかる?」

「どうしてここにあるはずがある?」


そこにあった。

空っぽだった。

発見されていた。

つるはしが、柔らかな土を貫いて、金庫の蓋らしき音がするものにぶつかった瞬間は、黙示録的な感じがした。このときを待って、青の洞窟のラウンジがパッと光った。切れ目なく並んだドアの窓が下のテラスをいっせいに照らす。土着種ではない楓の木が上から下へ燃えていた。日本産のもろい葉の樹木と鬱蒼とした低木林がテクニカラーの大画面に、一枚の葉の葉脈から木の実一個の色合いにいたるまで、くまなく映し出されていた。庭園は下り斜面にあり、森の神パーンだかフォーンだかよくわからない石像、白い渦巻き模様の十九世紀の摂政時代の庭椅子、それに貝殻の形をした鳥の水浴び場が、照らし出された暗闇に次々と浮かび上がった。暗闇を下に進むにつれてまぶしさが減り、茂みの中に入った。空っぽの金庫が底まで見えた。

クレアが膝をつき、持ち上げた蓋のへりを指でたどると、赤い封蠟のふやけた破片が剝がれ落ちた。ダイナがつるはしをトろして木に立てかけたら、木はきいと鳴って、ぶるっと一回揺れた。だがシーラは夜の野獣のように斜面をじっと見上げ、次々と通るヘッドライトで催眠にかかったようだった。「こんなの、苦労の中には入らないわよ、言っておくけど」

そのとおり、窓のところに男が一人立っていた。窓ガラスのはうを向き、彼もじっと見つめている。彼が主として見ていたのは、自分のガラスに映ったラウンジと自分自身だっただろう。「ユーゴスラヴィア人みたいに見える」とダイナが言った。ガラスに映った映像だけでは明らかに物足りなくなった彼は、窓から横に踏み出し、外に出てきた。テラスを横切り、階段を降りてくる——階段の上に立ってのっそりと、しかもどこか芝居じみた休息をとり周囲を見た——それからどんどん庭を降りてきた。

クレアは膝をついた姿勢をやっと戻して、言った。「ええと……」ミセス・アートワースが、覚悟の恐怖に満足した口調で言った。「ああ、天にましますわが神」

「**その長いヴェール《ヤーシュマーク》に隠れてなさい、このロクデナシ！**」

シーキーは、見事な反射神経で、シフォンを鼻柱の上へ引き上げ、アッという間にぎゅっと締めた。その両眼は、初めて曇り、東洋特有の抹消性に輝くヤーシュマークの上から覗いているようだったが、ダイナのほうは茂みを出てくると、その男性に向かって言った。「いい夕方ですね」

「いや、それはどうなんでしょう」

それでも彼の足は止まっていた。

「申し訳ありません、私たちのことを常識はずれとお思いでしょう。子供の頃に隠したものを探していたんです。ここがお宅さまのお庭とは、まったく存じませんで」

「それがそうなんです」彼はそう言うと、振り向いて庭を見上げ、その持主の自分に最高点を付けた。

「どうやって私たちが下にいるとわかりました?」

「いや」と彼は言った。

「私たちの懐中電灯、ですか?」

「さあどうでしょう」

「何に出くわすか、ご存じなかったんですね。ここにいるのは私たち、三人だけです」ダイナが彼の注意を茂みのほうに向けると、中に二人の友だちがおかしな格好で突っ立っていて、搬送途中の不ぞろいな二体の女人像柱みたいだった。「あちらが」、と彼女はシーラを指して言った。「サマセット出身で、私の昔の友人――私はサマセットに住んでいます。不運にも彼女は今夜、歯が痛くて。そしてあちらがミス・ジョーンズ、ロンドンで働いています。彼女と私は学校が同じで、この下の――」彼女は海を指さした。「何かを壊したりしてはいないと思います」

「わかりました」彼が言った。

「あなたがあの家をお建てになったの?」

「ええ、と、いいえ」と彼は言ったが、ものすごく用心している。

「合図を送るにはいいところですね、もしそうしたければ」

「わかりませんな」と彼。

「私たち考えたんです、どなたがお名前を選んだのかと?」

「それは私の妻です。私の前の妻が、と言わないといけない」

「あなたの奥さまが私たちの箱を見つけたんじゃないでしょう?」

「私の知るかぎりでは、ないですね」彼は最大の無関心さで言った。

「突風がお宅の珍しい植物には毒なのでは?」

「私が気づいたかぎりでは、それはないですね」

「では」、と彼女は言った。「もう失礼しないといけませんので」ダイナは茂みの中に戻り、つるはしを取り上げクレアに渡した。彼が見ている。「ここの地面はちょっと固めですね、ご存じでした?」

「いいえ」彼が言った。

彼女はシャベルと三叉と移植ごてをかき集め、穴の中を覗き込み、シーラに言った。「箱はあのままでもいいと思うけど、どう?――それともあなたのお父さまが反対なさるかしら?」シーラは一、二度シフォンを嚙み、改めて考えてみて、頭を一方にかしげることに絞ったほうがいいと思った。ダイナが男性に言った。「これは金庫ですが、多くの人が玄関ホールに置きたがるような品で。あなたもそうなさいます?」

「私の知るかぎりでは、しないです」彼が言った。

「さあ、行きましょう」彼女はあとの二人に言った。三人は一列になって、降りたときと同じように、庭を一段ずつ上がっていった。男はあとについていきて、門に着くまで一行を見張っていた。三人はその場を去った。シーキーは、自分の車が先頭にあったので、いまから行って氷を出しておくからと言った。「十一番地よ、憶えてね、九番地じゃないから!」というのが去っていく彼女の言葉だった。自分の家の門のランタンの下にたたずんだ男性が、サマセット出身の友人のあとをぼんやりと見送っていた。

「気をつけて！」とダイナは言って、またもやクレアをよけてさっと身をかわした、坂を下りながらクレアがつるはしを盛大に振り回していたからだ。その後のこと。「車がまだあった」彼女は驚いた口調で言った。二人で中に乗り込むと、クレアは言った。「彼の奥さんが出て行ったのも無理ないね」

「彼が妻をヤッたんだとあなたが思ったのかと、私は思うところだったけど」

「あら、それはないわ。見張りに忙しかっただけでしょ」

その後のこと。「あなた、運転があまりうまくないね、言ってよければ」運転が何分かたったあとでクレアが言った。

「可笑しくて死にそうなの」

「聞こえないけど」

「あら、じゃあ私、たぶん死んでいないんだわ。――ほら、もうザ・グランドよ。私たち、考えておかないと。ねえ――私たち知らないの、まさかね？――レイヴンズウッド・ガーデンズに行く道を知らないの？……あなた、行き当たりばったりで行きましょうよ、もしよかったら」ダイナが駐車場に車を停めながら言い添えると、クレアが車から下りた。「私はついて行くわ」

ミニがレイヴンズウッド・ガーデンズに入ると、もうヒルマンが後ろについてきていた。前方の、十一番地の向かい側にはクリーム色の乗用車《クーペ》のトライアンフが路肩に駐車してあった。クレアはその後方に車を入れ、肩越しに振り返り、エンジンを切った。一分後に、ガーデンズの少し離れたところで、ヒルマンのエンジン音が聞こえなくなった。死んだような、うんともすんとも言わない静寂が流れた。鳥たちも寝ていた。シーラが十一番地のドアロに姿を見せて、言った。「さあ、入って」いつもより見下すような感じが減っていた。嬉しくないでもなく、クレアはミニから転がり出た。

「だけど、ダイナはどこ？」

「その辺のどこかに……起きなさい！」クレアは後ろのヒルマンに怒鳴った。「着きましたよ。何をしているの？」

「彼女は何をしているの？」シーラが階段の上から不平を言った。

クレアは肩をすくめた。そしてさっさと上がってきて解説した。「その気になれば、くるわよ」

「あら。私はドアを閉めたいの」

「鍵なんか掛け金に乗せておけば？」

「何を言うの？――こんなご時勢に？」

「やってみたら」

「私、家に独りきりなのよ」

「おや、まあ。トレヴァーなし？」

「ハーン・ベイに出てるの」

「ああ。そうか。お元気なの、あの、あの、あの――」

「アイリーン？　もういないのよ。だから彼はハーン・ベイに行ったの。彼はアイリーンの遺言執行人だから」

「それは残念ね、シーキー。ほんとにお気の毒さま！」

「みんな、遅かれ早かれ、そこにくるのよ、ええ。彼女がいなくて寂しくないというんじゃないの――そんなふりはできない」ナイル・グリーンのホールに入り、客がコートを脱ぐと、コートは作り付けの衣裳戸棚のハンガーにさらわれていった。ビーカー家のもう一つ別の金庫がぴかぴかに磨かれていて、目に付いた。「上へ」とホステスが命じ、階段に向かってうなずく。

大きなラウンジに入ると、クレアは待ちかねたように、電気の薪の火が燃えている反対側に置かれたストライプ模様の長椅子に身を投げた。そしてハアハアと荒く呼吸し、緊張したあとは当然そうする資格があると言わんばかり――それから振り向いてそばのテーブルに目を留めたが、その上には雑誌が重なるように置かれていた。一番上のを手に取ると、さっさと目を通していった。シーラはいぶかしく思った。「彼女、気が変になったの？」

最初、雑誌マニアはふふんと鼻を鳴らしただけだった。そのあと。「なぜ？」とやっと訊いたが、目は上げなかった。

「知るもんですか！　だって、とんだお笑いぐさだったのよ、結局！」

「ううむ……」

「それ何のこと？」

「一杯飲む？　私は異論ないけど」

下のほうで、掛け金のドアがカチッと鳴って閉じた。足音が絨毯を敷いた階段を踏破し始めた。

クレアは雑誌を取り変えながら述べた。「ほら、彼女だわ」シーラが振り向いて、指令を下した。「上へ！」と彼女は叫んだ。

部屋は、色の加減でベージュ色の濃淡に包まれ、間接照明ながら明るく照らされていた。遅れてきた人は、すでに中に入り、夢遊病者のような尊大さで、中央の空間を目指して歩いていた。到着すると、回りを睨んだ。一つの物体が目に入り、彼女の目を覚ましたようだった。「シーキー」彼女が叫んだ。「何てきれいな真っ赤な電話！　私たちがすごく幸せだった頃にあったやつね？」

シーラは、目を丸くして、言った。「あなた、シーツみたいに真っ白よ」

「そう、ゲームは終わったわ」

「ねえ、どこかに腰を落ち着けたいところね、私だったら……。私たち、それほどみっともないことはしなかったわ、すべてを考えたら。あなたがさかんに嘘ついてくれて。乾杯しましょう！」

「そんなつもりは――」

「あら。じゃあどういうつもりだったの？」

ダイナは目をしばたたいた。またラウンジを見回し、一分くらいそうしていた。それから。「何て素敵な水彩画なのあれは、オールド・ハイ・ストリートだわ！

「何が、あれ？　ええ、結婚のプレゼントだったの」

「知事からの？」

「いいえ、知事はもう少しいいものを。だけど、あの絵は歴史的な意味を持つようになるそうよ、トレヴァーがしょっちゅう言うの」

「なぜ？」

「なぜだと思う？　卵を割らないとオムレツは作れない、でしょう？」

「作れないでしょうね」ダイナは言って、手で顔を覆った。

「残っていた建物が安全でないことがわかってね。だけど、その代わりにできた道路は、とてもピクチャレスクに見えるわ。ギフト・ショップが集まるにはもってこいの場所じゃないの。――お仕事はどうなの、マンボ？」

「ぼちぼち《コム・シ、コム・サ》ね」長椅子に陣取った人が言った。

長椅子の持主がさらりと言った。「居心地はいかが？」

「これ以上ないくらい、ありがとう。すごく安らぐ」

三人目の人物が、くるりと振り向いて、大声で言った。「あら、そこにいたの、マンボ？」

「さっきからずっと。なぜ？」

「さっきからずっと……」

「すぐにみんなもっと気分がよくなるわ」とホステスが保証して、酒瓶が入っているキャビネットのほうに行った。キャビネットは、前面とサイドが開いて台になるもので、すでに客のために開いていた。「スコッチね、みんな？――それとも、そうじゃない人は？」

ダイナは注がれたグラスを引ったくると、すぐに言った。「これを飲んだら、ああ悲しい、もうおいとましないと」

シーラは、次なるご接待に移る前に一息ついて、灰褐色《トープ》のクレープデシンのドレスの腰の辺りを撫でた。ぴったりしている。心配無用――おそらく何の心配もなかったのだろう。（このドレスをマッキントッシュの下に着ていたのか、あの発掘の最中ずっと？）彼女はスカートを揺らして半回転し、ダイナにそっと話しかけた。「あなたはいったい何の話をしているの？」それにクレアが、スプリングがすごく利いた長椅子の上でひと跳ねして、補足した。「どうしちゃったの、あなたはいま着いたばかりでしょ」

「ええ、でも戻らないといけないの」

「あなたの家は」、シーラが指摘した。「逃げ出したりしないわ」

ダイナは話し手をとくと見て、それから言った。「これがあれのなれの果てなのよ、シーキー」彼女は震えながらお酒をごくりと飲んだ。さらに言った。「すべてがそう。もう、それだけ、ええ。現実のものはもう一つもない」

クレアは長椅子の背越しに手を伸ばしてグラスを受け取った。怒って、ぐいぐいと飲んでから言った。「一つも?」

「何も残ってないのよ、五十年もあったものが」

「ナンセンス!」

「これで終わり!」とダイナ。「あなたたちはわからないの、何が起きたか? これが私たち三人に。こうやって戻っていくのよ。これはゲームとして始まった、ゲームとして始まったのよ。それがどう――わかる?――私がやられてしまった!」

「ゲームはゲームよ」シーラが鼻を見下ろして断言した。

「それがいま」、聞く耳を持たないダイナが続けた。「そのゲームが壊れちゃった。私たち、見たでしょ、あそこには何もなかった。それで、私はいまどこにいるの?」

「シーキーの家にいると、誰でも思うけど」

「でもあなたは現実的でしょ、マンボ」

「まあ、そうね」

「あなたはあそこに前はいたわ」

「私はまだよくわからないわ、ダイナ」、シーラが認めた。「どうしてそんなに急いで家に帰らなくちゃならないのか」

「そうだ、帰らないと！　家に帰らないといけないの――人が待ってるのよ。私は、私は手に余るくらい色々やってるから。それはそれはもう色んなことを。ああそうだ、私いまはフランクの犬の世話をしているところ。――シーキー、あの犬に噛まれなかったでしょうね？」

「だいぶ噛もうとしたのよ。――フランクは長い間お留守なの？」

「知らない。おまけにフランシスが役立たずでしょ。犬のそばに寄ろうともしないの。――マンボ、どうか忘れないでね。あなたは現実そのものなのよ。じゃあ行くわ、もう」

「ねえ、ちょっと待って！」クレアはそう命じて、グラスから鼻の先を引く。「まさか、あなたはどういうつもり、若君ロキンヴァーよ、そなたは今宵、西方に急ぎ戻るというのではあるまい？」[*1] シーラはカクテル・ビスケットの大缶を大事そうに開けて宣告する。「彼女は戻るべきではないと私は思う！」

「おうちに帰りたい」

「はい、はい、いまに帰れるから」クレアが約束した。「だけど、順序どおりにやるのよ、いい？カンタベリーでもいいし、あるいはそうね、『カンタベリーの近く』（もうカンタベリーはすぐそこよ）とローランドでもいいし？」

「あら、あきれた、ダイナ」シーラが叫んだ。「あなたのあの昔の従兄がまだいるの？」

「いいえ、もういないわ。彼は私の息子――つまり、ローランドは。ほかのことはともかく、マンボ、彼はリーズにいるの、テレサもそう」
「じゃあ、ロンドンのどこがいけないの。ウィリアムとアニーもいるのに？」

「この時間に？　とにかく、いまあの人たちはハイチのポルトープランスにいるのよ。――ああ、私は自分のベッドで眠りたい」

「自分のお墓で眠ることになるわよ、よく気をつけないと」

「だから」、シーラが食い下がった。「少し落ち着いたらいいのに？」

被告人はとにかく座った。ときおり黙りこくって、三つある窓を順々に見やったが、窓は薄いベージュのカーテンで重く閉ざされていた。クレアはシーラに尋ねた。「九番地には誰がいるの？」

「あそこは介護ホームなの。高齢の人たちの」

「静かな隣人ね、じゃあ？」

「とても。多くの人たちがもう衰弱していて、何人かは急速に」

「あなたの部屋では誰が弱っているの？」

「何のことかしら。彼らはエレベーターを付けたけど」

「十番地は――もうポメラニアンたちはいないの？」

「やかましいチビっこたちだったわね。いないのよ。噂では彼は心理学者とか、心理何とかが専門だそうよ」

「便利なお隣さん？」

「彼は人の分析はしないの、調査するだけ。上の階をロンドンからきた友人たちに間貸ししてるわ。トレヴァーが斡旋してね。けっこういい加減な賃貸契約だったのよ。一人はインド人だったとか」

「チッチッ！」

「さて、どうなんだろう。ときどき私は思うけど、もっとひどいケースもあるのよ。誰もいない大きな屋敷に一人で住んでいると、疲れるのよ。もちろん、配慮すべきことはいっぱいあるわよ――たとえば、うちの階段の絨毯にはあらゆる印が付いているとか。その上おまけに、もう一つ顔面パンチを食らったわ。母がアイリーンと共同生活を始めていたから」

「ああ。お母さまはいかが？」

「母はものすごく元気」

「それでいまは？」

「それはこれからわかることね。むろん、いつなんどき彼女だって弱るかも」

「あなたはエレベーターを入れる？」

「そうなるかもしれない。――ええ、ダイナ、何がしたいの？」

「窓の一つから外を見てもいい？」

「ええ、どうぞ」――それを聞きつけたのが野蛮人で、一番近くのカーテンを手探りし、扱いに手間どった。シーラは、夫から学んだ辛抱を発揮して、言った。「そこにあるコードを引くの」

カーテンはするすると滑るように分かれた。身勝手な人が窓を開き、上がるところまでサッシュを上に押し上げた。夜は、闇に満ち足りて静かに身じろぎもせず、明るすぎるこの部屋にまでこぼれていた。「青の洞窟」の男とは違い、自分のしていることに関心があるダイナは、彼より自分のほうが邪悪だと知っていた――この瞬間に、湿地のはずれの一羽の鳥でいることは、いかに哀れなことだったか。とはいえ、夜は残る一分なしで終わってはならない。その一分がここにあり、一分がなし得た善きことを何がしか理解して、尽きることがなった。変わらないし、出没できない一分が。湿地を囲む小さな低い鉄柵は、いまは白く塗られ、おそらく以前のものではあるまい。レイヴンズウッド・ガーデンズは前のままだった。自分の家に帰るために立ち去るべき場所。

「ダイナ、もう一ついかが？」

「何を？」

「お酒よ。いったいあなたはグラスをどこに置いたの？　それに、悪いけど、もうその窓も終わりにしてくれる？　私、鳥肌が立ちそう。——いいえ、私が閉める——ガタンと落ちてもいけないし」

シーラはグラスのありかを突き止め、目的ありげにキャビネット・バーまで持っていった。——「やめて、お願い、シーキー！　私、いまから運転するんだから」

「有名な断り文句ね」

クレアは部屋の向こうはじから——長椅子から立ち上がり、電気式の薪の火（あまりの火力に負けて）を背にするでもなく、やや左によって立っていた——叫んだ。「どうなの、シーキー、私は彼女が十分飲んだと思わないけど！」

ダイナは困り果ててしまい、それを顔に出した。

クレアが言った。「だったら、頭のおかしい退屈屋になるのはよして。しっかりしてよ！」

「あなたはすごく軍隊調なんだから」

「そんな言い方して！」

「私はここにただ座って、雑誌とビスケットを狼みたいに狙うだけで、自分の周囲には何の関心もないような人間じゃないわ！　だからこそ窓の外を見たのよ。あなたのことだけど、マンボ、あなたは一瞬たりとも人の関心が自分から離れるのに耐えられないのよ」

「ご自分のことでしょ。あなたはショックを受けたんだって？　私たちみんなショックを受けたの」

「そうね、それで誰が私を刑務所に入らないですむようにしてくれたの、ははあ？」

シーラはドレスの上部をちょっとひねって、言った。「ちょっと、あなたたち《ガールズ》、ガールズ……」

「トレヴァーも都合よく」、ダイナが言った。「ハーン・ベイに行ったものね。どれが彼の椅子なの、それにしても？――いつも彼はどこに座ってるの？　彼とあなたは、シーキー、夕方はここで普段何をしてるの？　彼は私たちに何か悪意でもあるんじゃないの、どうなの？」

「ねえ」、とシーラが言った。「あなたまだ顔色が変よ」

「彼は私たちのせいで、ハーン・ベイに行ったんじゃないでしょうね？」

「はっきり言って、彼はあなたたちがここにくるなんて、まったく知らないわ、どちらのことも」

「まあ」

「それでいいのよ、『まあ』で。あなたも誰かさんも知ってるわね、どうやってトレヴァーが二と二を足すか。さて、それで？　彼がこう思うだろうと期待したんでしょ、あなたはサマセットからちょっと飲みに、マンボはモプシー・パイを出て当てもなくここに立ち寄って一杯やる、それ以上じゃないって？　さて、それで？　私たちのあとから彼があたふたと追いかけてきて、口論しながら、私たちで古い骨を掘り返すわけ？　そうじゃなければ、だらだらだら質問した挙句に、彼がすべてを嗅ぎ付けるとか？　さて、それで？」

「よくわかりました。あなたが正しかった」

「さて、それで」

「さっきのお酒、いただこうかしら」

　グラスを手に、ダイナは水彩画に話しかけた。「で、これが永遠のオールド・ハイ・ストリートになるんだわ――この嘘っぱちが！」

「それほどひどくないでしょ？」と持主。

「これが何かの慰めになるとしたら、シーキー、もしこれがあと少しいい絵だったら、もっと悪い嘘になるところだったわね」

「私には」、クレアがグラスを持って近づいてきて言った。「あらゆる細部が正しく見える」

「ああ、それはそうね――ほら、お店の名前もちゃんと読めるし、お店もみんな正しい！　でも、必ずしもそのことじゃないの、私に異論があるのは。そうじゃないの！　ただ、何かが画家の目をはぐらかしたのよ、はぐらかされたものの代わりに、彼は何かほかのものを持ってきたんだわ」

　シーラは、この芸術品を初めて調べてから言った。「私には絵のように見えるわ。それが元来の意味だと思うけど？　絵をみんな欲しがるけど――誰が通りなんか欲しがる？　通りは十二本で十セント、じゃなくて六本で一ペンス。あの古い通りはいかにも古めかしいけど、私たちは買い物に行ったのよ。それにもう一つ思い出してね」また新たに客をもてなそうとして彼女は言った。「あなたたち二人は、よく目を丸くして、時間が経つのも忘れて窓を覗き込んでいたじゃないの、その絵ときたら、これ（この半分も大きくなかった）より少しもいい絵じゃなかったわ」

「そうね、シーキー。でもあのときは私たち、通りにいたから」

「あら」とミセス・アートワース。

「あなたは」、と訊いたクレアは、今夜はもうだいぶ腫れぼったくなった目に闘志と好奇心を混ぜて、ダイナのほうをじろりと見た。「もしこれがもっといい絵だったら、もっとひどい嘘になったと言うのね？」

「ああ、そうなの」積極的な人が言った。「この気の毒な画家は自分が見たと思ったものを少なくとも描こうとしたのね――だから、私たちがいま見ているように、細部を正しくとらえる以外のことは彼も大して見ていなくて、彼は自分が見たものを正しく見ていなかったんだわ。でも彼がもう少し上手だったら、仕事の鬼になって、自分が感じたと思ったことを描くか、描こうと努めるかに取り組んでいたでしょう。知ってのとおり、誰かが自分は感じていると思うことって、まったくの作り物でしょ。――でも、力強い効果がないというんじゃないのよ。絵の中とか外に」

「どんな効果？」

「そうね、私がよく考えるのは、絵が何に効果をおよぼしているか、だわ」

「何だって？」

「ああ、マンボ――人間よ！　人間は、感じるように前もって組み立てられたものを感じて喜んでいるだけよ、そう気づいたことない？　おまけに、そういうものをそういう人たちのために組み立てている人たちというのが、まず最初に、そういうものを自分たちのために組み立てた人たちなのよ。前もって組み立てられたプレハブの感情の巨大なマーケットがあるの。お客たちはどれをパクるか、それがすぐに決められないだけ。そのほうが何か保証になる感じがするんでしょう。何がいかがわしいと言って、多くの人にとっていままで聞いたこともない感情ほど、いかがわしいものはないから」

「あなたなら何と言う、シーキー？」

「彼女が何を話しているのか、さっぱりわからない、申し訳ないけど」

「シーキーにはプレハブの感情はないと思う。彼女はただプレハブのマナーで振舞っているだけ――それに、いいじゃない、どうしていけないの、彼女がそうしたいなら?」

「あら、ありがとう」

「あなたの喉に刺さっているのは何の骨、マンボ?」

クレアは、度し難い沈黙を守ることで、喉に骨が刺さっていようといまいと、それは私だけの問題だと伝えた。ダイナは肩をいからせて通り過ぎると、水彩画にさらに近づき、ハイ・ストリートに並んだ商店の上にある名前を読んだ。少しもひるまずダイナは続けた。「では私が教えてあげる、プレハブの感情の不正の最大の中心点、つまり、二人の人間にはさまれた何かに関する何かについて。それは愛情よ、あるいはセックスでもいい。それは違うと人は知ることもあるけど、人はときに疑う気持に誘われるのよ、全体があらかじめ仕組まれたことなのでは、と。見てよ、こんがらかるばかりなんだから。みんな自然の目的とのつながりを完全に失ってるわ。実はたいていの人は、心が乱れているほうが好きなのよ。それが仮に楽しくなくても(絶対にみんなそれで楽しいのよ、だいたいが)、心が乱れて当然だと思ってる。とんでもないことをする以外に、生きがいなんかない。人が『これはもっと単純なんじゃない?』と口を滑らせようものなら、みんな怒り狂うの。――すごく多くのことがすごく単純だから」

「あなたには」、クレアは言ったが、商店から目を離さなかった。「間違いなくそうね」

「何だかばかばかしくなっちゃって」、とダイナ。「最近は、そうよ、折り合いの付くものがほかにあるのが。地平線は広がるばかり、と思ったのね。いくらでも手に入れるの、宇宙空間までも」

「宇宙空間は置いておきましょう。ちょっと休憩」

「私はそれにこだわるつもりはないの。ただあなたにわかりやすく説明しているだけ。いえ、私が何とか伝えたいのはこれなの、マンボ――こういう夢みたいな方法で人々は何とか生きていこうとして、時間とお金を際限なく費やすけど、そんなの不必要だし、時代遅れだと思うの。そうじゃない?」

「でも、それをいちいち指摘して回ることはできないでしょ」

「できないかしら」

クレアは考えた。「不満が出る、一つには」

「また軍隊調」

「なるほど――では、商店主のように話そうか。商売上がったりよ。あなたたちは世界の半分以上を仕事の中に入れようとしないからね、小説家も含めて。それに、トレヴァーのことを出さないなんて、家探しに関するかぎりでは、ずいぶん呑気な話よね。それに、あなたはどうしちゃったの、シーキー?」

「失礼していいかしら」と言ったシーラは、空になったアイス・バケツをドレスの胸にずっと抱えたままだった。「氷を取りに下へ行ってくるわ。もう底をついたから」

「シーキー、私、そろそろ話すのやめるから!」

「お願いします、ダイナ」ホステスが遠慮なく言った。「あなたがそう言うなら」

「彼女が話すのは」、クレアは水彩画に背を向けて、話をやめた話し手を父親が見るような目で見た。

「何か言いたいことがあるときだけよ」

「あと補足したいのはこれだけ、ああいうものがあの箱の中にあったことを、私たちは知っていたということ。だから、おそらく、今夜がショックだったんじゃない?」辞去しようとして、客は最後にひと目、オールド・ハイ・ストリートの水彩画を見た。「それに、この絵には謝らないとね、ほんとは、嘘というほどの嘘じゃないわ。私が思い込んでしまったのよ、これは嘘に違いないと、これは一枚の絵になろうとしていただけなのに。それに、この絵はあるのに、通りはないなんて――この通りはいつ消えちゃったの、教えてくれないの? 消えた場所を描いた絵など、ないほうがいいかもしれない。全部なくなればいいのよ」

＊1 ウォルター・スコット Walter Scott(一七七一―一八三二)スコットランドの詩人、小説家、文人。*Marmion*(1808)第五編'Young Lochinvar'の一節。

4

ヒルマンのテール・ランプが点滅を終え、レイヴンズウッド・ガーデンズを出て西の方角に消えていった——十一番地のテラスに見送られながら。「ああ、行っちゃった」とシーラが言った。彼女はさらに言った。「心配なんかしないわよ、マンボ、私は。見てわかったけど、ダイナは吠えるほうが嚙み付くよりひどいの。誰とも議論できないで、一時間もすれば運転に飽きて、トラスト・ハウス・ホテルに迷い込んだりするんだから」

「そうかもね」もう一人が言い、そうだといいと思った。

「では」、とシーラは言い、これ以上ない無関心な冷やかさで残った客のほうを向いた。「あなたも、出て行きたいんでしょ。出発したくなったら、いつでもどうぞ。お引き止めしませんから」

「私を放り出さないの?」

「あら、いいえ」と認め、見事に取り澄ましている。「お好きなように」

「トレヴァーは今夜は戻らない?」

「ええ。査定する約束があるの、ハーン・ベイで明日一番で」

「じゃあ、私はたいして急いでないから、シーキー」

「そうなの？　では、もちろん、お好きなように。でも泊まらなくてもいいのよ、そこははっきりさせてもらうわ」

「要点は了解しました」

「じゃあ、気分転換に一緒に出ない？　トレヴァーがいないときは、私が犬を散歩に出すの」

「あなたが犬を飼ってるんじゃないでしょ？」

「というわけでもないの。ええ。九番地の患者さんが飼ってる、飼ってたの。トレヴァーとその犬は、お二人さんにしかわからない理由で意気投合して。それでいまはここが犬の住む所になったわけ。そうだと介護ホーム側では言うのよ、あるいはそういうことになったと」

「その患者さんは何と？」

「ああ、その人は急に衰弱してしまって。——コートを取ってきましょうよ、それから、犬を探してくる。言っておくけど、一等賞をもらった犬じゃありませんから」玄関ホールの後ろの辺りでシーラが自在ドアを押すと、パステルカラーのキッチンが一瞬のぞき、フリジデア冷蔵庫の上にパイプ式の照明が点いていた。「さあ」、シーラは誰にともなく言った。「元気出そう」犬が出てきた。エアデール・テリア系に何か間違いが起きたような、毛色は泥だらけの羊みたいな色、見るからに諦めきった、僕には激しい気性はありません、という犬だった。シーラは、モヘアのコートにさらりと身体を滑り込ませ（黒いマッキントッシュはこの探索には呼び出しなし）、クローゼットからステッキをさっと選び取った。「あなた、まさか」、クレアが訊いた。「それをついてよたよたするんじゃないわね？」

「そうじゃないの。犬の注意を引くだけ――なぜかこれが必要らしいの。結局トレヴァーなのよ、私たちを困らせて、こんな犬と付き合う羽目になったのは」

「もっと理想の犬には出会わなかったの？」

「目の前でみんなさらわれてしまったんだ」

十一番地はダイナが去ったあと、墓のような静寂に陥っていた。クレアは、ふと思いついて訊いてみた。「あの老婦人はどこに？」

「あら、トレヴァーの看護婦のこと？　ボウリングに行ってる」

「なあーに？」

「ええと、彼女の姪の姪《グレート・ニース》がするのを見に行ってるの。その子、何だかチャンピオンになりそうなの、どうやら。私だって」、シーラが認めた。「その子を見たいし」

二人は出発した。クレアは通りがかりにクリーム色のクーペを覗き込んだ。「あなたの？」

「ええ。トレヴァーのは農場に置いてある」レイヴンズウッド・ガーデンズを出て、台地の別の区域に入った。ここに入ると、雰囲気が変わった。道路の道幅が広く、こんもりとした木々が覆い、人影がないのは同じだった。豪壮な屋敷が、広く離れて建てられ、常緑樹の茂みから夜の中にそびえている――家々の形は、目に見えるところは、濃い赤色のレンガが日没後に見せるあの色合いを見せていた。ほの暗い明かりが一つ灯ったポーチでは、たくさんの電球を数えることができた。境界線の胸壁の上がえぐられているのは、華麗な鋳物細工が一九四〇年以降のあの熱情の時期に引き倒された跡だった。門柱に門扉はなく、あっても緩んで落ちそうな門扉が、廃絶の様相をたたえて持ちこたえていた。落ち葉が歩道を死んだものにしていた。最近落ちた栗の実がそこここに散らばり、足の下を逃げていく。犬は地上にうっすらと降りた霧をついて、まっすぐ進んだ。

クレアが訊いた。「私たち、前にここにきた？」

「私は知らないな——そうだっけ？　ノアの洪水のときからずっとあるけど」

「あなたはここの一木一石まで知ってるのね？」

シーラはステッキで石の舗道をピシッと叩いて犬に合図し、何のために外に出てきたのかを知らせた。それから言った。「春はいつも美しいところよ」

「栗の花が咲き、さんざし《メイ》、金ぐさり《ラバーナム》、ライラック、その他もろもろ？」

「などなどなど。すべての御業《みわざ》が——春ごとに。私だってわかってます」

犬が見えるところに戻ってきて、街燈を一本えらび、ゆっくりと演技を披露し、振り向いて見てもらえたことを確認した。「そうそう、それでいいの」とシーラ。犬は、これで名声を高めたとばかりに、引き紐をぐっと引っ張り、二人の女性が入り込んでいた通りから彼女たちを脱出させ、案内したのはもう一本のそっくり同じ通りだった。クレアが言った。「わからないなあ、どうしてあなたは世に出なかったの？」

「あなたが言うのは、私のバレエはどうなったか、でしょ？」

クレアは、肘のところにダイナが控えているような気がして、言った。「そうよ——どうなったの？」

「そんなの世界で一番短い話よ。何にもならなかったの」

「でもあなた、上手だったのに？」

「私を見たことなんか、なかったでしょ？」

「あの防波堤の上のときだけ」

「どこの防波堤？――私が上手だったと人から聞いたのね。私は人が噂するより上手だったのよ。きっと噂の二十倍も上手になれたわ」

「あなたが上手だってことは、知ってたわ」

「あなたが知っている以上に上手になれたはずだったの。私には素質があったもの。そうよ、素質があったんだ」

「そう？　だから、それで？」

シーラは、ほんの少し歩調を落として軽やかにクレアの横を歩いていたが、クレアがどたどた歩くので、いきなり自分のステッキで路面をこつこつと叩き、目の見えない人の真似をわざと始めた。

「ダディと母がむろん耳を貸すはずもなかったのよ、私がお金のためにバレエをするなんて――つまり、プロになるなんて。彼らには心臓が引っくり返るような事件だったのね、あの頃は。でも、私は躊躇しなかったでしょうね、クレア、両親がそんな目に遭ったって、ううん、もっとひどいことだって、いざとなれば。いざそうなっていたら――だけど、そうならなかった。私は自分にチャンスがくるまで、無駄にした言葉はなかったくらい。その間ずっと、次から次へとチャリティー公演で踊ったわ。ああ、浴びるほどもらったあの花束！　でも私はいつも、あれこれと方策をひねり出しては、抜かりなく見張っていたのよ。とうとう自分がどこへ行くべきか、それがやっとわかった。その場所というのは、ロンドンにあって、当時はダントツだったの。あそこよりいい場所はおよそどこにもなかったはずよ、本当にバレエ・ダンサーになろうという人にとって。本物の勉強ができた。その頃私は十八歳。それで一人で上京したの。『踊って』と彼ら。私は踊った。彼らが私を見つめる。そして、『ストップ！』と彼らが言ったわ、わりあいすぐに――優しくない言い方だった。そのあと少しの間、彼らは何も言わなかった。それから言った、『いや、残念だ』と。私は言った、『私の踊りのどこが残念なんですか？』と。すると彼らは、『君は一定のやり方に入り込んでいる』と言ったわ。私が低俗だ、という意味よ、クレア。つまり、私の踊りが。低俗だと彼らは思ったのね。彼らが言った、『君には習ったことで捨てなくてはならないものが多すぎるようだ』と。『どうして多すぎるんですか？』と私は訊いた。彼らは言った、『もう捨てられないくらいあるんだ』と。――彼らが私を追い返した、なんて言わないわ。自分から失礼したのよ」

「やつらが永遠に腐ってしまいますように」

「彼らが正しかったのよ、クレア」

「そう思う。やつらが永遠に腐ってしまいますように」

シーラがまるで勝ち誇ったように言った。「それで私は戻ってきたわけ」

「意気揚々とね。わかった。――でも、そのままじっと？」

シーラは顔をさも軽蔑するように、原始的に、無表情なままクレアに向けて、訊いた。「どうしてあなたは推測なさるの？」

クレアは困った。「男が。男がいた？」

「ほかにどこを推測するの？」

「なるほど。そうか、いつでも何かがあるんだ」とクレア。「助かった」

「私は助かったかどうか、わからないわ。私は十八歳だったのよ。それであなたは私に訊くのね、この長い年月に何があったかと！」

「オーブリーじゃないなら、彼らのうちの誰か？」

「オーブリーは戦死しました。私は男と言ったわ、違う？　男の子なんて言ってない」

「その人と結婚しなかったの？」

「彼と結婚！」シーラは聞いたことのない笑いを洩らし、それも聞こえないほうがいい笑いだった。やがて彼女は思い出した。「でも——そのほかに私に何があった、私のバレエが消えたあとに？」

「彼のほかに何があったの？」

「耳が聞こえなくなったの、マンボ？　いま言ったばかりよ、そのほかに私に何があったと？」

「そうだとしたら」と言って、クレアは視線をそらした。「何がそれを終わらせたの？」

シーラは口笛を二度吹いた——一度は自分にそっと、もう一度は大きく犬に。「彼の死が」

「そうか。でもあなたは絶対に——だって、できたはずよ——そこで世に出るべきだったのに？」

「どこに出るのよ——そんなときに？　そこへトレヴァーがやってきたの。結婚するのがお好きな人が」

クレアは疑わしそうに言った。「まあね……」

「何よ」、シーラは素気なくというよりも我慢できなくて叫んだ。「あなただって自分で一度試したくせに！——ええ、私はここにいるわ。取り囲まれているのよ」、——彼女は周囲を見回し、敵意からか、侮蔑しているのか、時間ごとに幻燈のように変わる木々と家々を見た——「心に触れる思い出に。奇妙にも二つのことがあるの、私が耐えられないことが。一つは春、もう一つは夜のこの時刻」

「そう、私はここにいられて嬉しいな」

シーラはとりわけふざけて言った。「では、さっさと春に戻れ！——もう犬もすんだし、家路をたどることとするか？」

「でも私はもう、シーキー、そろそろ道路に出ないと」

「では、一人は道路に、まず出発！」とミセス・アートワース。誰も聞いてない、という疑いは正しく、彼女はその肘をつかみ、クレアを一回転させた。「帰るわよ！」彼女は大声で（犬に言うように）、大柄で動きの遅い無頓着な友人に言った。応答なし。犬は、遥かに優れた分別を明示して、ひらりと身をかわし、帰り道の先に立った。シーキーは肘をザリガニみたいにぐいとつかんだ。「言いたいことを言いなさい、あなたは心配なんでしょ！」

「若君ロキンヴァーはいずこにおわしますや、それがわかればよいが」クレアは白状した。——「これなのよ」、クレアはいきなり大声を出して怒りをぶちまけた。「私の見るところ、ダイナが自分の母親をほとんど狂気に追いやったのは！」

「あら、あなたは彼女の母親じゃない。とんでもない、と私はずっと思ってきたけど」

クレアは返事をしなかった。

シーラが述べた。「ダイナはあらゆるものを持っているでしょ？」

「『あらゆるもの』ってどういう意味だかわからない」もう一人が用心して言った。

「私にはわかる。見てごらんなさいよ、彼女は自分が狙ったものすべてを、いかにして手中に収めてきたか？（あなたはまるで彼女が手でこね回す蠟細工ね、そうなると私が言ったでしょ。）だけど、それでいいじゃない——それを天賦の才と言う人もいるんだから。何が私の癪にさわるかというと、いろんな物が彼女に雨あられと降ってくること、評価するセンスも理解するセンスも彼女にはないのに。ほんとに降ってくるのよ。あのフランクとかいう男よ、一例を挙げれば——私は彼なんか要らないわよ、もういまは誰も要らないから。とは言っても、彼は誰もが振り返るような男よ。(彼に会ったことないの?)利己的な男で、嫌味なくらいキザだけど、彼は彼なりに彼女に夢中だわ。夢中になるのは利己的な男にいい影響をおよぼすのよ、彼がいったん夢中になると。それで彼女はどうかって?——ああ、彼女は彼がその辺にうろうろしているのが好きなの。それもときどきでいいの。彼がその辺にいないと、あなたは一人で何をしているの、と彼女が彼に訊くのかって? 私が教えてあげる。あの息苦しいコテージで、あの根性の悪い犬を相手に、一人でうろつきまわっているのよ——やれやれ、私だったら、このろくでなしのほうがいい! そう、ダイナは利己的な子供のまま、決して成長しないのよ」

「チャンスを与えてやって!」

「あなたが与えすぎてるの。——フランクは、だけど、全然チャンスなんかじゃない。となるとこれは——」

「もっとあるの?」クレアがうんざりして訊いた。

シーラは一息ついてから、自分の声を調節し、ダイナの声を不自然でなく真似て言った。『ああ、息子が二人も!』と彼女は宣言して、聞こえよがしの作り声で笑った——それから本来の怒った声に戻った。「息子が欲しかった?——彼女には息子を欲しがる時間なんかなかったわ。ええ、そうよ。息子たちのほうがやってきたの、例によって。息子たちがいて、とてもよかったということ。とてもよかったし、すごく楽しかったの、例によって。彼女が何のために二人の息子を欲しがったか——おままごとをするため?」

クレアは返事をしない。

「ねえ？」追及するシーラ。

「だって、私たち、誰も完全じゃないし」

「私たちのうち、何人かは人間よ！――完全どころじゃないわ。彼女は息子を絶えず引き合いに出してくるんだから。『私の息子がどうの』『私の息子がこうの』と。あなたもいまに気づくわ、彼女は一度でもチャンスを見逃す人じゃないことが」

「もういいから、シーキー、本当に、これでは公平じゃないもの。あの二人の息子たちだけど、二人とも何時間も現れないわね」

「私に公平になれって？」シーラはクレアの愚かしさに天を仰いだ。少しは冷静に話せるまで待ってから、口を開いた。「私はあの息子たちが欲しかった」

クレアは、ひどく驚き、目を回した。「知らなかった」

「結婚したら、みんな何を持ちたいと思う？　私はまだ高齢じゃなかった。三十二歳だったのよ。それにトレヴァーは、もう証明ずみだけど、子供は持てたのよ。あなたは、ほかに何があると私が考えたと思う、私がそうなったときに？」

「まったくわからないな……」クレアは悲しげにつつましく宣言した。

「それなりにいいニュースなのよ」、と相手はきっぱりと言った。「誰からも当てにされなかったの。誰も当てしてくれなかった」

「三十二歳か」クレアはじっと考えた。「ということは、あなたはトレヴァーと結婚して長いのね？」

「当然じゃない？」

「よそ見したことは一度もない？」

「ええ、おかげさまで——一度もないの」シーラが元気なく言った。そして、言い訳するように補足した。「こういう場所では足元に気をつけないとね」

「以前は足元に気をつけた？」

「思ったほど成功しなかったかな、あとになってみると」

「だけど」、とクレア。「時間とか何かで、みんな物事を忘れていくんじゃない？」

「時間と忍耐とでね、ええ。そうしようといったん決心すれば。そしてあのトレヴァーが私にはいいきっかけになってくれて、現れるべきときに現れたかな、それは否定しないわ。私は戻ったんだと言ってもいいと思うの、クレア、ダディが見たがっていた私に」

「おめでとう、シーキー」

「あら、ありがとう。それが私のしたことの一つ」

「トレヴァーの子供たちとはうまくいったの？」

「フィリスの子供たちのこと？　ええ、みんないい子よ。元気だったし」

「いまはどこにいるの？」

「結婚したわ。——だけど、ときには」、とシーラは言い、前よりずっと温かくダイナのことに話を戻した。「ときには笑っちゃったわ。たとえば、今夜。ダイナは、家に入るやいなや、囚われた野生動物みたいになったでしょ？　あのカーテンのほうへ行ったときの彼女を見た？　彼女は知っているものと思ったわ。アプルゲイトにあるカーテンだけでずっとやってきたのよ、正当化してあげれば——だってカーテンにはコードがあるのが当たり前でしょう？」

「カーテンを手で引いた時代はたしかにあったのよ、シーキー。今夜、彼女はきっと混乱したのよ」

「自分が何世紀に生きているのか知らなかったら、自分で訊けばいいじゃない。そうでしょう、目の前にあるものを手荒くいじる代わりに？　そうだ、そのあと彼女はずっとしゃべり続けて、一度自分で興奮してた！　そうだ、それに彼女はどこからあれだけかき集めたの？　子供の頃から、あなたはいつも言い当てていたけど、彼女は精神的にはどこかしらメエメエ子羊のままだった。いまだって、彼女の話を聞いていると、彼女が世界を作ったみたいよ」

「彼女は思う、ゆえにそうなる？」

「私は思ったこともないな、思考が彼女の強味だったとは。とても鋭い人だけど。あなた、彼女が電話で私にした質問を聞いたでしょ？」

「ええ、まあ」

シーラはたんに繰り返した。「とても鋭い人だけど」と話すうちに、彼女は門扉のない門を入り、ステッキで常緑樹の木々をさっと払った。「出てきなさい、もう馬鹿なんだから！——あの子はいつもここに入るの。何が動物に教えるの？——私があの家に我慢がならないのを知ってるのかな？」

「あなた、どうなの、これ雌犬じゃない？」

「性別はないの。——そうね、そうだろうと思う」シーラがそう言うと、犬が出てきた。犬とその二人の女は、ほどなくプア・ホワイト沼沢とレイヴンズウッド・ガーデンズの境界線（立派な車道）を越えた。後者がこれほど整然とまとまって見えたことはあまりなかった。比較的たっぷりしたランプに照らされて、真鍮のドア・ノッカーとドア・ノブと石段が白一色に光り、正面の扉はそれぞれ七宝焼きのごとく、暗闇の中の宝石のよう。しかしながら、場違いなものが一点あった。シーラ・

アートワースはぴたりと立ち止まり、目を閉じて言った。「見て！」

「何を？」

「ほら、見て！　トレヴァーの車だわ。トレヴァーが帰ってる」

「ははあ」

「何て言ったらいいの、クレア。ああ困った！　でも色々と考えてみれば――」

「私は消えたほうが？」

「困ったわ」

「私はもうとっくに道路にいる時間だけどな。さあて！　あなたは犬と中に入れば」

ミセス・アートワースは指で眉毛をかいた。「ここまでやってきたのに……」

クレアは自分のミニに乗り込み、窓をするすると開けた。犬が、あとにシーラを従えて、階段を駆け上がっていた。いざ出立せんとする人が頭を突き出して、かすれたささやき声で言った。「おやすみなさい、シーキー！」

階段の上で女が振り返った。「おやすみなさい、マンボ。よい旅を。それから、ああ――ありがとう！」

ミニはレイヴンズウッド・ガーデンズを離れ、ロンドンに向かった。

5

「何これ？」バター・ナイフをつまみ上げてフランクが訊いた。

「お答えできません」フランシスが言った。

「これがここで何をしてる？」

「私にはミイラのように見えますが、いかがですか？」

「どうやって家の中に入ってきたんだ？」

「バター用です、ミセス・ドラクロワによれば」

「しかし、これがどうやって家の中に入ってきたのかね？」フランクはナイフを見れば見るほど好きではなくなってきた。「洞窟のための何かのようにも見えるか」

「とんでもない。これは大のお気に入りです――彼女のトレーに乗るはずです」

「どこからきたんだ？」フランクは戦術を変えて訊いた。

彼らは食器室《パントリー》にいて、そこがフランシスの本部だった。バター・ナイフは、フランクが介入するまでは、フランシスがどこからか掘り出してきた、皮肉なほど派手な緑色のラシャ《ベーズ》の切れはしの上に座を占めていた。フランクの目にとまらないわけがない。

フランシスは自分と郵便配達夫《ポストマン》の関係について、意見陳述に入った。「私が彼に、小包のときはドアを叩いたりベルを鳴らしたりするのを思いとどまらせました。『何のためにポーチがあるのか?』と私は彼に指摘しました、『何でもいいからそこに置きなさい――それがどうなると思う、吹き飛ばされるとでも? もっと分別を持って、朝のまだこんな時間ですよ』と。あれは、おわかりでしょうが、ウィルキンス少佐、夏の初めでしたね、ミセス・ドラクロワの個人的な仲間が、洞窟に品物を蓄えるという彼女の提案に熱烈に賛同したのは。ポストマンがお屋敷を叩き壊すのではと思った朝が何回もありました――お屋敷の向こうはじでいつもお休みになっているのも同然なのに、ミセス・ドラクロワが危険信号を発しました。そこでついに私が彼にその件について話しました。彼が快く受け入れたとは申せません。もしお尋ねなら、あの叩いたり蹴ったり鳴らしたりは、小包を運ばされたことに対する彼の復讐なんです――小包みの多くは、公平に言って、鉄道便でくるべき大きさでした。しかし、もし郵便局が受け付けたなら、それは彼の災難。そのあと彼は沈静したように見えました。ところが判明したんです、彼は時間を稼いでいただけでした。書留の小包が、本人宛に届けられて、しかも署名も要るというのがきて、ちょうど待ちかねていた機会を彼に与えました。今朝の騒動ときたら、またぶり返しました! どんな騒霊《ポルターガイスト》よりひどかった、とだけ申します。そして今度はこのブードゥーです」

「何のブードゥー?」フランクはそう訊きながら、バター・ナイフを無造作にラシャの切れはし目がけて放り投げた。

「六ペンス探してるんです。よろしかったら、ウィルキンス少佐、一つ提供していただけますね。ミセス・ドラクロワはよく見たら、またもや家の中にお金というお金がないことがわかり、私は一クラウン以下の銀貨は手持がないし。――あなたはこちらにお早く見えましたね、今朝は」とフランシスは述べて、パントリーの電気時計をちらりと見た。

「少し降りた霜が我々のセロリに必要なものだったんだ」

「空気がそうとうピリッとしてませんか？　だいぶきつい霜でしたよ、そうですとも、突然降りたにしては。――それで思い出した」、フランシスはここで視線を、印象的に、かつ用心深く、フランクのほうに注いだ。「冬がこんな速度で襲ってきたら、あの洞窟はどうしたらいいんでしょう？」

フランクは肩をすくめ、マッチ箱を二つ引き出し、三つ目の正直で、やっと予備の引き出しから見つけ出した（こうした探しものをすることが彼をパントリーに連れてきた第一の要因だった）。彼は鼻を鳴らした。「ミセス・ドラクロワに訊いたらいい」

フランシスはフランクに見せていた表情を強調してから、外交上それを引っ込めた。彼は、この朝の爽快さにビリッときてアプルゲイトを一巡りしようと思い、家の中と外の錠前すべてに油をさすつもりもあって、道具を一式そろえるのに忙しかった。その間に、キッチンの廊下の先でガラス戸が開いて閉まるのが聞こえた。これは村からくる今日の未亡人の到着を告げる合図に相違ない、彼女はさっそく仕事に取り掛かるだろう――ところが違った。ミセス・ドラクロワその人が、庭からまた入ってきたのだ。フランシスはバター・ナイフを見えないところにさっと片付けた。ナイフはラシャもろとも、ナイフ類を入れる引き出しに消えた。この新参者にこれからどう対処するか、しばらくたつまで、フランシスには目処が立たなかった。

奥方さまは、パントリーの戸口を額縁にして、セーターを二枚着ていた。分厚いのをもう一枚、タートルネックの上に着ている。ガーデニング用の手袋がポケットにぎゅっと突っ込んであり、細いスラックスの片側が腰のところでふくらんでいた。セーターを無理やりかぶったためにお下げになった髪が、とりわけ輝いている朝の顔の回りにべたっとくっつき、悲しそうな表情のせいで、曇っているというよりはエーテルを帯びているようだった。「そう、ついにきたわ」彼女はフランクに言った。「霜でダリアがやられちゃった！」

「いや、君、同情するよ」

「こうなったら、今朝はダリアを刈り取らないと」

「しかし、いいかい、僕はむしろ――」彼が反対した。

「あれを今朝のような姿で放っておくのは残酷よ。あなたもぜひ見て――いいえ、いいわ、見ないでいい。誰にも見せない。すぐ燃やしてしまうのが一番親切だと思う」

「秋は秋なんです」片方の手のひらで格好のいい後頭部を撫でながら、フランクは彼女をじっと見た。「世界の終わりじゃない」

「マダムはお出かけでした、同じことが去年起きたときは」フランシスが述べた。

「そのほかは」、と叫んだダイナは、元気を取り戻したのか、そう見せかけたのか。「天国のような朝ね！」そして二人をかわるがわる見た。「さて、何をしてたの？」

「フランシスが」、フランクが不実にも言った。「洞窟をどうしたものかと考えていたところさ」

「ああ、フランシス、自分のことだけやったらいいの！」

「そうできれば嬉しいんですが」、とフランシス。「しかし事態そのものが私の注意を引くし、あえて想像すれば、遅かれ早かれというか、いずれほかの人の注意も引くでしょう。たまたまあの方角をぶらぶらしていたら、先だっての夕方でしたか、じつに厭な、かび臭いにおいに捕まりまして、マッキントッシュでできたあのカーテンの背後あたりから漂ってきました」

「『ぶらぶらして』って?」彼の雇い主が進路を急変させた。「つっ突き散らしたのね!」

「どうであれ、いいかい、ダイナ」、フランクが道理を説いた。「君が集めたあのがらくただが、あのまま全部あそこで腐らせるわけにはいきませんよ。特別な目的があって送られてきたものなんだから。それに――少なくとも僕自身の経験から判断すると――あれだけ探し出すのに大変な苦労があったんだよ」

「かかわった人たちはみんなすごく楽しんでくれて、それぞれが自分の人格をほじくり出せたのよ」洞窟の立案者は反乱軍のように宣言した。「あなたもその一人でしょ。あなたが大騒ぎしているのがお祖母さまの扇だったら、さっさと持っていったら」

「あの収集が完成したものと考えられるのでしたら」、いままで錠前に羽ペンが突き刺さるかどうかしきりに試していたフランシスが口をはさんだ。「なぜ一件落着と見なさないのですか、もう二度目ですよ? 誰かが封印するはずだったでしょう?」

「石工に頼むとしよう」と気の早いフランクが言い、先手を打った。「村に例の男がいるから、僕が頼んでもいい。それも早いほうがいい。石工たちはけっこう忙しいから」

「石工?」ダイナが叫んだ。

「いや、爆弾一発に期待してもしょうがない、いつも僕が言ってるように」

「私の洞窟を壁でふさぐの? そしたら私の洞窟はどこにいっちゃうの?――なくなるのね」

「最初にそれを考えなかったのは遺憾だな」

「私はそこまで長生きするとは思わなかったのよ、きっと」みじめな人が認めた。フランシスは、道具一式がやっとそろい、屋敷を巡回するためにパントリーを出ようとしていた。しかし足をとめて、さらに助言した。「どうして記念式典か何かしないんです？　寄進者を招いて。村から代表団がきても、別に害はないでしょう。形式ばったことはしないにしても、ひと言ふた言くらい言ってもらわないと？　何かもっと段取りがあるようなら、私が喜んで引き受けます。そうとう時間が経ちましたからねえ、マダム、考えてみれば、私たちがパーティーをしてからこっち。残念ですよ、まるきり隠遁者みたいに落ちぶれるのは」

「そうだね、彼はその辺の才能があるんだ——それとも君はどうなの？」フランクは知りたかったが、用心していた。彼はどちらかといえば社交家だった。

「誰も」、とダイナ。「楽団《バンド》について何も言わなかったようね。どこからバンドを呼びましたっけ？」

「ほら、ほら！」フランクが警告した——彼にしてはやや鋭い口調だった。

「あなたがひそかに望んでいるのは」、とダイナは叫んで、フランシスのほうに向き直った。「バーテンダーになることね。ええ、いいわよ、じゃあ。私は、三人は、二人は間違いなく知ってるから、バーテンダーを探している人を。あなたにお別れを言うのは悲しいけど」

フランシスは、馬鹿にして返事もせず、パントリーを出て行った。「オイルをカーペットじゅうにぽたぽたこぼすのはやめて！」彼女は彼の背中に怒鳴った。「もう」、彼女は普通の口調になって言った。「人が厭がることばかりして！——さて」、彼女はフランクに言った。「また出かけないといけないの。いらっしゃる？　思い出せないのよ、なぜここに入ってきたのか」

「僕はたしか」、とフランク。「セロリを一目見ようと思ってね」しかしその言い方は、深刻そうではないにしろ、自信なさそうだった。

「どうしたの、フランク?」彼女がすぐさま尋ねた。

「君はすごくそわそわしてる、わかってるね。何もなかったんでしょ?」

「ダリアのことだけ。刈り取ったかって? 可哀相だった」

「僕の見るところ君はひどくそわそわしているなあ、僕が戻ってからずっと。僕がいない間に、何か怖いことでもあったの、それともショックだったことでも?」

「もしかして、あなたがいなくて寂しかったとか?」彼女が訊いた。

「そう考えるのも、どうして悪くない」

「あなたが戻ってよかった。――外に出ましょう。ここに突っ立って何をするというの?」

「ちょっと待って」、と彼は命じて、金を入れるポケットに手を滑り込ませた。「六ペンス欲しいんだって?」

「そうなの。――ああ、よかった! ありがとう、大好きなフランク。そうなの、これをいますぐ送らないと。マンボが自分のブランド・ショップからバター・ナイフを送ってきてくれたの。あら、どこに行ったかな?――もう、フランシスはどこに隠したんだろう? あなたに見せたいのに」

「拝見しました」彼が言った。「言おうかどうしようかと思って」彼らは並んで廊下を下り、突き当たりでまぶしく光っているガラスのドアから中庭に出ると、中庭の扉を通って庭に入り、初霜が降りた朝特有の、報復するような、きらめく美しさに包み込まれた。

6

アプルゲイト

「舵手の親指、難破して彼は帰港せり」[*1] これがそれだわ。今朝届いた瞬間に、何だかわかりました。私がどうしてこれが欲しかったかも。あのお芝居全体の中で、もっとも見過ごされてきた一行よ。六ペンスを見落とすなかれ、お願い。ここに同封しましたが、隅っこに行ってしまって捨てられるかもしれないから。どうもありがとうございます。明日自分のトレーに乗せるのが待ちきれないわ。いまはこれ以上書かないことにします、お庭でものすごく大きな焚き火をしているところなの。この近所の女性が変わった仮面《マスク》を作るのよ、お値段はだいぶ張りますが。モプシー・パイにいかが？人気が出るかもよ。そうなればこの気の毒な女性にとって一番の助けになるし、母親のほかに障害のある弟も扶養している人なの。日曜日なら、いつでも見せてもらえます。どの日曜がいい？

あなたのものなる、

D.

教会の日曜日の鐘が黄褐色に染まる夕暮れに鳴り響くころ、マスク作家の家の門前でさようならの言葉が取り交わされた。その女性が見せた仕種は、別れの挨拶以外のことは未決定のままとするしかないという諦めと苛立ちを同時に伝えていた。そして当然のように、目を上に上げた。

マスク作家の村（ダイナの村からさして遠くなかった）は、サマセットのこのあたり、のみならずかなり遠方にまで、鐘を撞く人たちがいることで有名だった。ミヤマガラスは明らかにその鐘に馴染んでいて、慌てることなく騒乱に満ちた大空を渡り、村人たちは、顔も見えなくなるままに暮れていく戸口にたたずむとか、ブラインドの降りた商店の外に群がるなどして、この困苦に鍛えられた様子をしていた。ご当地生まれでない者には、困惑がじかにこたえた。村から出るのは容易ではなかった――ヒルマンは狂ったようにあちらこちらを駆け回り、掛かった罠から出られなかった。空襲のときみたいだった。

これは晩禱を告げるのに適した方法だろうか――鐘は鳴り続け、鐘を撞く人々は、その名人芸に陶然として目的を遂げつつ、ものの半時間が過ぎた。悪魔が半分手を貸して晩禱を告げていた。神聖と非神聖が交互に入れ替わり、たがいに削ったりすがりついたりしながら、この空気から誰一人抜け出させてなるものかと、疾走する自動車を追いかけて広い田園に入り、夕闇で空ろになった原野と、秋がきて空ろになった伐採林に、轟音をまき散らした。まどろむゆとりなどなかった。小道や野道、鉱泉や石切り場の跡から、隠れたまま忘れられていたものがすべて浮上し、過去の数世紀が開いた傷口を見せていた。包囲されたこの一帯は内陸部にあり、海からの支援はなかった。そのひと時は、太陽が沈むと同時に音もなく溺れていく時刻のはず。太陽はもう沈んでいた――しかし、走る車の窓の外に通り過ぎる石の壁や門柱は、いまなお鈍くきらめいて、今日という一日であった光の空間を記念するよすがとなった。

　鐘の音は最後にやっと餌食を解放した。

「ふーッ！」とダイナは言い、頭を乱暴に振って最後の鐘の音を振り払った。

「さて……」

「私って、いつもあなたを災難に巻き込んでいるみたいね？」

「偶然、じゃない？」

「偉いなあ、そう言うなんて、マンボ」

「そんなこと言ってないけど」

「でも、マスクは気に入ったのね？」

「ええ。でもこれきりよ、いいわね、ダイシー」

「何が？」

「こうやっていきなり出かけるのは」

「ああ、いいえ——それ本気じゃないでしょ？　『二人の最後の遠出』とか？　だめ、そんなこと言わないで。私は、私は気分がよくない」

「見た目は完全によさそうだけど」

「でもフランクが言うのよ、私はショックを感じてると」

「そんなの自分でわかるでしょ？」

「ええ、でも彼は私を毎日見てるから。そういう人たちでしょ、わかるのって、違う？」

「知らない。誰も私を毎日見たりしないもの」

「じゃあ、私にはわからないわ、マンボ、あなたは自分がどんな人間か、どうしたら知ることができるのか」

「なぜ？――つまり、あなたはどうしてそれがわかったの？」

「あなたのお母さまは、私がどんなか、少しご存じだった」

「母が言ったの？――母は、それよりも、私たち三人のことを考えていたはずだけど？　何事もきちんと始まらなかったわ、もしシーキーも一緒じゃなかったら。この前の夜がいい例よ」

「それはそうだ」とクレア。「それはお母さまもご存じだった。でも私が相手だったのよ、彼女が一言おっしゃったのは。――ダイシー、カンバーランドでお母さまの身に何があったの？」

「母は、月を見つめている間に、岩山の霧になって消えたわけじゃないわ」

「彼女がまさか！」

「母は夢見がちだったと思う人もいたわ。でも違うの、母は戦争の終わりに起きたあの疫病にやられたのよ。あのスペイン風邪、あれも戦争のようなものだった。あれを生き延びた人たちが、どうしてそこで死ななくちゃならないの？　とにかく、彼らは死ぬしかなかった。あれは、戦争と同じね、共通の運命だったんだわ。そして共通の運命というのは、とにかくいい人には、いいことじゃない？　母にはいいことだった。私たちがいたあの辺りは、とってもひどい所で、寒村というやつよ。どこもかしこも気が滅入るばかり。母には私のほかに誰もいなかったけど、母はできることはしたのよ――何度でも、無駄だったけど。病気は看病できるけど、気が滅入るときはどうしたらいい？　母は髪の毛一本乱さなかった——彼はきっと母が誇りだったことでしょうね」

「誰が？」

「あなたのお父さまよ」

クレアは最初黙っていたが、やがてぽつりと言った。「あなたはそこまで知らなかった？」

「知らなかった子もいた——あなたは？……マンボ、全体にだいぶ混乱していたし、混乱させたわね、この前の夜は？　そう、サウストンでは」

「私はそれについて考えるのをやめるべきね」

「わかった。——あのマスクのことはどう思った？」

車は中にあるマスクのにおいがした。クレアが膝の上に三個置いて座っていた、サンプルだった——壊れやすいのを見越して薄い紙で軽く包んである。もう一つは、ダイナがその場で買ったもので、後ろの座席で一人で顔をしかめていた。クレアは、自分の三個を手に取ると、視覚より触覚でもう一度確かめた。「どれもいい」と彼女。「あなたの言うとおりだった」

「よかったわ。ここまで連れてきたのが無駄にならなくてよかった。彼女のためにもなったし——それ、もらうんでしょ？」

「彼女には続けて造ってもらわないと。私が需要を喚起しても、品物がこないとだめだから。店にはマイナスになる」

「彼女は戸惑ったみたいに見えたけど、嬉しかったんだと思う」

クレアは何気なくマスクを一つ持ち上げて、自分の顔に持っていった。運転手は待機してヒルマンが自転車の一群を追い越すのを確認した——道路がどうやら狭くなっている。自転車は、ヒルマンのサイドライトを受けて光り、真っ赤な警告灯の列ができた――体を半分以上向き直らせて叫んだ。「そんなことしないで！」

「じゃあ、マスクは何のためにあるの？」

「壁に掛けるためにあるの」

「ダイシー……。また鐘が鳴ってる、でしょう？」

「私の教会の鐘だわ。うるさいハエのお邪魔にもならない鐘ばかりよ。――もうほとんど着いたわ。フランクのところに立ち寄ろうかと思って」

　クレアはマスクを三つ、またもとの薄紙に包み直した。「へえ？　お好きなように」

「彼はおそらくアプルゲイトにいると思う」

「じゃあ、何しに行くのよ？」（フランクはこの日曜日は例外的に、州の反対側までフンチに出かけ、まだ顔を見せていなかった。クレアは、安息日におかまいなく、ロンドンからここまでくる途中でモプシー・パイの仕事を一つ二つ片付けてきたので、アプルゲイトに着いたのは二時頃だった。しかし、見事なキジ料理には間に合った。フランシスが食事の間ずっと張り切っていた。）「コテージを見るわけ？」彼女はずっと楽しそうに言った。

「あそこで何がしたいかというと、このマスクを鋲で留めたいんだ」

「ああ。驚かせたいのね？」

　二人はフランクの家のこぎれいな門のところで立ち止まった。クレアは短い小道を見やった。この遅い光の中で、コテージの正面は背後にある木々に刻まれたように黒ずんでいた――新参者の目で、夕闇というヴェールだけを通して見ると、過ぎし日に子供たちが飽かず眺めた絵本の挿絵に似た、どこかしら不吉な感傷性があった。上の二つの窓は、重いひさしに押しつぶされていた。下の二つは箱の山を見張っている。屋敷の維持に手入れと時間が費やされてきたことが、何を見てもわかった――小道の玉砂利の間には草一本生えていない。ポーチ、ドア、そのわきの貯水桶は、カブトムシの青色《スカラブ・ブルー》に塗り替えられたばかり、濃い夕闇の中で輝いていた。しかしコテージは、その他の物と同様、下り坂にある運命を見せていた。テレビのアンテナが一本、崩れかけた屋根が描く線上に立っていて、少なくとも家の当主に情報源があることを示していた。アンテナだけは普通の大きさに見えた。

「手袋みたいに、人間のほうがこれに合わせないと、と思うけど?」クレアが言った。

「手に入れるのに大変な競争があったのよ、それだけは確か」

「太陽が当たる?」

「あら、朝早くにはまぶしいくらい! 東向きなんだから」

「車はどこに置く?」

「そうなの、それが彼には大問題。よその人の納屋に」

「鍵が掛かっているみたいね?」クレアは楽天的な声を出した。

「あら、そんな」ダイナは落とし戸のハンドル(村の鍛冶屋の作品)のところへ歩み寄ると、慣れた手つきでハンドルをねじった。ドアがぎいと開くと、中から聞くも恐ろしい唸り声が聞こえてきた――入り口が直接居間につながっていて、あのラブラドール犬がオークの長椅子を回って二人のほうに接近、牙をむき出している。ダイナは犬を押しのけて進んだ。「何かしようと思わないでね、このマンボおばさんに!」

「そのほうが身のためだよ！」

真っ黒な動物は、唸り声を使い果たして離れていき、サイド・テーブルの下に頭をもたげたままうずくまった。不愉快そうに二人の観察を続けている。「この犬の話をしないように」とダイナ。「聴いてるから。だけどときどき思うのよ、こういう恐ろしい性格をしているから、この犬がフランクの悪いところを全部引き出すんだなって。フランクはとてもいい性格なの、あなたもきっとそう思うわよ」彼女はためしに手を伸ばし、白い粉のようになった暖炉の灰に近づけた。「死んだみたいに冷たい。昨夜から消えたままだと思う。ということは、彼はついさっき、ほんの一分だけここを覗き、犬を置いて、出て行ったんだわ」彼女は辺りを見回して、マスクを掛けるところを探した。

「この犬は外に出しっぱなしだったのかな、可哀相に？」

「ええ、そうよ、彼はこの犬をシェプトン・マレットに連れて行ったもの。まあたいていの人は一度は我慢してくれるものよ。いまから取り掛かるんだったら、トップ・ライトを点けたほうがいいわね？」スイッチがカチッと鳴った。少しも迷わずに、ダイナは金槌と各種の釘が入った煙草の缶を取り出した。

トップ・ライトに照らされて、部屋は何もかも白状していた。名乗り上げるほどのものはほとんどなく、隠すものは一つもなかった。ただし読み物という部類に入るものだけは、奥のほうの暗い場所に収納されていて、その暗がりがいまだ残る唯一の謎になっていた。壁の漆喰が昔の石材の上でこんもりとふくらんでいる。低い天井は、重い十字梁《クロス・ビーム》が二本あるおかげで元の位置を保っていた。長椅子は、暖炉からほどよい角度に置かれていたが、これだけがこの場にしっくりしない家具だった――やや凹状をした大きな長椅子《チェスタフィールド》で、ジャコビアン風の麻布をまとい、座り心地はよさそうで、皮製か質のよい代用皮革で作られたサドルバッグの椅子の心地よさを思わせていた。梨の木のテーブルは、下にときどきラブラドールが寝そべったが、その向こうに小型のテーブルがいくつかあり、その上にたくさん乗っている灰皿は、それぞれに歴史があるようだった。笠付きのテーブル・ランプが二つ、だがフランクが一人で家にいるときはトップ・ライトで生活しているらしく、いまもそうだった。乱雑だったのは床の上だった。日曜新聞が、くしゃくしゃになって、腹立ちまぎれに投げ落とされた場所にあり、敷いてあるラグが何枚か、片隅を蹴飛ばされたものや、腹立ちまぎれに横にゆがんだものもあった——犬が腹を立てたのか？

ダイナは、すでに釘の先を壁の一定の場所に据えていたが、クレアが部屋を観察しているのを感じて振り向いた。そしてゆっくりした視線をさっとかわし、クレアの視線が熱心にたどっている先を見た。「素敵ね？」彼女は知りたがった。

「あなたが選んだ？」とクレアは訊いて、ジャコビアン風の麻布のほうを振り返った。

「あら、いいえ。どうして私が選ぶのよ？　でも私は好き」

もう一つある奥まった所に、へこみ傷のある黒いうるし塗りのブリキの箱がいくつも押し込んであった。「彼は荷解きをきちんと済ませていないみたい」いま観察されているのを見てダイナが言った。「どうして彼はこんな弁護士用の箱を手に入れたのか、ときどき不思議になるわ」

「訊いたことないの？」

「ないと思う」

「中には何が？」

「それはちょっとわからない」

クレアはあくびをかみ殺した。そしてクッションのない長椅子の上に座った。

ダイナはその選択に失望したようだった。「私はあまり好きになれないんだ、その長椅子。でも彼の妻は気に入っていたのね、私があれこれ思い合わせると。どうやら彼女はそれがウェールズの農家から出た掘り出し物だと信じていたらしいの――隙間風を防いでくれるのは確かよ。それは断言しておかないと。あいにく、ほら、この部屋は向こうにもう一つドアがあるでしょ、庭に直通なのよ。前は二つの部屋だったのよ。だけど、クッションを置けばいいということになって」

「ミセス・ウィルキンスはどちらに?」

「あら、彼女はもう何年も天国のほうに――少なくとも私はそう思っているけど。そうだといいと思って。フランクは男やもめなの」

「彼はそれが気に入ってるの?」

「誰がそんなもの気に入るのよ? つらいものよ。でも、それが彼と私のもう一つの共通点かな。――あなた、くしゃみしてない? 隙間風のこないにところにいたら?」

「少しくらい換気しても毒にはならないって、母ならきっと言ったわ」

「不思議だなと思ってたことを一つ、言ってもいい?」

「あら、何よ?」

「なぜ彼は彼女と結婚したの?」

クレアの背中に力が入り、長椅子の背に触れた。彼女はダイナが目を反らすまで睨みつけていたが、それでも考えることに同意し、こう言ってきりをつけた。「母に一度訊いてみたわ、ある日に。母は一心に考えてから、大笑いして、こう言ったの、『そうねえ、彼は私に何も話さなかったと思う!』

と。——結婚生活としては、ダイナ、あれで大丈夫だったのよ。母は陸軍の家系の生まれだったから。うちは代々政略結婚なんだ」

「あなたは政略結婚しなかった」

「うん、だって私はぼんやりだから。しなかったんだ」

「彼女じゃなければいいと思った?」

「まあね——」

「彼女を憎んだことは?」

「私の母を?　ううん、一度も」クレアが言った。きっぱりと言った。

「私は彼女が好きだったわ」とダイナ。「私には優しくて、私の母とも仲良くして下さって」

クレアは曖昧に言った。「母としては異例のことだったわね」

「あなたは考えたことないの、私たちの父親たちの——それに母親たちの——罪の非在が私たちに降りかかっていると?」

クレアが言った。「あなた、そのマスクを壁に掛けるんじゃなかった?」

「そうだった!」

言うは易く、行うは難し。鄙びたコテージはもうコメディの舞台ではなかった——金槌が新たな場所に振り下ろされるたびに釘が跳ね飛ばされて床に落ちた。「もういや!……ああ、もう!……古い壁なんか大嫌い!　ご覧のとおり、フランクも気の毒に、自分の絵は掛けられるところに掛けるしかなかったんだわ」彼女はそう言って、回りを見た。しかし絵はどれもこれも鳥の絵(ピーター・スコット[*2]描く)で、いつも鳥たちはそれぞれ違った高さにいるので、絵はどこにあってもよかったのかもしれない。――「息をしないで。この釘は留まろうとしているところだから！」ダイナは急いでマスクを掛け、一歩下がった。マスクの機嫌がよさそうな顔。

「では、これで――」

マスクが床に落ちた。

「きっと」、ダイナはマスクを拾い上げた。「これはここに掛けられる**つもり**はなかったのね？」そして彼女は枯れ枝が何本か入った素焼きの壺を、ラブラドールが下で寝ているテーブルの上で少し動かして、マスクをその壺に立てかけた。「ここなら、彼の目に付かないはずがないでしょ？」

「まずは、大丈夫かな」

「ああそうだ」、出て行く段になって、もう一度周囲を見回しながらダイナが言った。「ここで火を焚けばよかった、ほんの少しの間でも。そしてある意味、あんなマスクを持ち込まなければよかった――でも、もう仕方がない。そう、私はこのコテージを愛しているの。自分のだったらいいのに。ここに入った瞬間に、ああと安心できる――遠い、遠い、昔のことになっちゃった、どこかでそんな安心感を覚えたのは。フェヴェラル・コテージはコテージと呼ばれていただけ。おそらく本物のコテージじゃなかったと思う――だけど、それらしく感じたことは何度もあったわ。このコテージは裏庭にライラックの茂みがあって、同じ香りがするの。それにここには、屋根に板ガラスが一枚はめてあって、上の階よ、雨が降るとぴたぴたと音を立てるんだ。フランクの前にここに住んだ人たちは、絶対に猫を飼っていたと思う、いまでもふとそんな匂いがするもの。――私は……私は思うけど、あなたには何のことだかわからないでしょ、マンボ？」

クレアは最善を尽くした。目を閉じた。しかしクラブの椅子と灰皿が刻み込まれたままだった。

「わからない?」とダイナ。

「ダイシー、ここはフェヴェラル・コテージとは違うのよ!」

「ええ、違う。違うわ、もちろん違います。――さあ早く!」

「今度は、どこへ?」

「帰るの!」


　道は短かった。コテージを出て二分後には、車は家路に入っていた。あと四分もすれば、白い門だ。日没後は閑散とする道路に人影はなかった――もっともこの道は、アプルゲイトの向こうへ行っても、もう一つ別の農場に行き着くだけ。それに先週の霜が戸外を愛する者たちの季節を終わらせていたが、今夜はまた、ひんやりする程度だった。何本かの木々が、目の届くかぎり、進む方向を示していた。


　排水溝から猫が一匹出てきて、共犯者のようにふと振り向けたその瞳のランプに、自動車のランプが当たる。猫はさっと身をすくめて引き下がり、難を逃れた。ダイナが早口に言った。「もう一つ訊いてもいい?」

「ことと次第では」

「こうしてすべて終わってみると――」

「何が終わった?」(クレアは、膝の上で揺れるマスクを抱え直した。)

「あの金庫の底に、あなたは何を入れたの?」

　クレアは心中、駆け引きしているようだった。「シーキーからは何も引き出せなかったんでしょ?」

と彼女が指摘する。

「ええ——だけどあなたは何を入れたの？」

「ああ、いいわ。シェリー[*3]よ」

「詩人のシェリーじゃないでしょうね？」

「訊いてどうするのよ、私の言うことを信じないなら？　私は彼を見捨てたの」

「あなた、絶対に気が狂っていたんだわ」

「私は彼が**間違っている**と思ったの」

「あなたは絶対に気が狂っていたのよ！　私は拳銃《ガン》を入れたんだ」

「ナンセンス」

「訊いてどうするの、私の言うことを信じないなら？」

「私は訊いてなんかいませんよだ——でもいったい、どういうこと？」

「いまはガンと呼ばれているものよ。ピストル、というか、連発銃《リヴォルヴァー》だったかしら？　誰かがそれでほかの誰かを撃つのよ、いまは、おそらく。私はあなたたち二人に拳銃があると言ったのに、二人ともぜんぜん関心がなくて」

「あなたの話を私たちが信じるとでも思った？」

「それがあなたのよくやる間違いなのよ、マンボ。でも、それはそれで——ほら、やっとうちの素敵な白い門に着いた！」

　門があった。お化けみたいだが穏やかに。いつも開いたまま。人生のように大きな門だった。「駄目」とクレアは叫び、またマスクを押さえた。「このひねくれ者、そうは行かないから！　ちょっと待ってくれない?――車を停めて!」

「駄目」と運転手は言って、運転を続けた。「フランクが車の音を聞きつけたわ」

彼は聞きつけていなかった。大音響でレコードをかけていた。迎えに出てくるわけもない。玄関ホールでダイナはオーバーを僧正の椅子《ビショップス・チェア》に放り投げ、クレアのも放り投げようと待った。二人は声を立てないようにした。

脱線列車が線路に入った、
そして彼女は叫ぶ――ぼーぼー。
脱線列車が線路に入った、
そして彼女は叫ぶ――ぼーぼー。
脱線列車が線路に入った、
汽笛は大きく、エンジンはあと戻り、
そして彼女が叫ぶ、ぼー、ぼー、ぼー――*4

ダイナはクレアの前に立って、応接間のドア(いつも半分開いていた)を回ると、言った。「あら、まあ、フランク!」と、声は穏やかだった。

「気分転換なんだ」と言って、彼は悪びれることなくレコードをとめた――ともあれ彼はプレーヤーの横に立っていた。「いや、まあ、お帰りなさい。君は教会へ行ったものと考えていたところです」

それから彼は姿勢を正し、といってかまえる風でもなく、クレアのほうを向いた。ダイナが両者を紹介した。二人は歩み寄って、握手を交わした。「先日お目にかかるチャンスを逃しました」彼は彼女に言った。「ほんの二、三分の差でした」彼女は、ええ、そう聞きましたと言った。

「私たちが教会に行かなかったとしても、お願い事がないせいじゃないわね、マンボ？」ダイナは思い出して身震いした。「ああ、もう！――フランク、何をお昼に食べたの？」

「キジかな、おもに」

「ああ、だったらあまり寂しくなかったわね。誰かいたの？　いいえ、それはあとでいいわ」彼女は考え直して彼に言った。「あなた、わかるでしょ、マンボと私に、まず何が必要か――そう」彼女は周囲を見回して言い添えた。「あなたのお酒はどこ？」

「お待ちしていました」彼はいつにない正式な口調で言った。「何をお持ちしましょうか？」彼はクレアに尋ねた。

クレアは彼に告げた。そして、ミセス・ピゴットの時計を見て、感想を述べた。『もうずいぶん遅いのね、ねえ」

「家にいるほうがずっといいな！」家に帰った人は歌い出し、自分の椅子に満足げにうずくまった。

「どこかに止まり木に止まってね、マンボ。それとも？　ご存じのとおり、ここにあるものはみんな、あなたのものだから」さらに続けた、「これが火よ！」と、愛情と畏敬の念をこめて炎を見つめながら。

「悪くない、でしょ？」振り向いてフランクが言った――彼は部屋の向こうはじにいた。「君はフランシスにフランス映画でも見に行けと言ったの？」

「言ったけど、彼が行くとは思わなかった――彼、行ったの？　一人で、それとも誰かと一緒に？」

「ミセス・コラルのところのフィンランド人と」

「そう、いいじゃない」

「これでよろしかったでしょうか?」フランクはクレアにこう言って、たっぷりと注いだグラスを手渡した。

「見たところ、ぴったりのようだわ。ありがとう」彼女が飲んだら、ぴったりだった。そして言った。「あなたの犬に会いました」

彼が言った。「何のことでしょう。どこで?」

「そうなの、フランク」彼の隣人が陽気な声を上げた。「私たち、コテージを回ってきたから——中に入ったの、一分だけ」

「じゃあ、残念ながら、やつの一番いい状態を見ていただけなかったようですね」彼は遠くから声をかけてクレアに言った。彼はトレーの位置に戻っていた。そこに立ってデカンターを見て顔をしかめながら、ダイナに言うともなく言った。「前もって知っていたら、僕はここにいても向こうにいてもよかったんだ」

「なるほど」と言ったダイナは、当たり前のことを言わされて少しいらいらした——頭をそらせ、二人の間で邪魔をしている雑多な品物越しに彼を見た。ソファの瀬に並んだクッション、ランプ、ニシキギとその他の木の実を挿した深いボウル、などなど——「あなたがいらしたほうがコテージはきっと素敵な感じがしたわね」

この事実は必ずしもコテージを回想した言葉ではなかった——周囲の状況はどうあれ、フランクの周囲にいると得したような気がした。この部屋のいまがまさにそうだった。シェプトン・マレット、あるいはその近辺まで出かけるために着たスーツを彼はまだ着ていたが、これが驚くほどぴたりと決まっていて、これぞ日曜日、それも楽しい日曜日の化身のように、とはいえ別に俗っぽいところはなかった。その外見に漂うかすかな遊びの感覚は彼の身に着いたものだった。この運のいい男は、衣服が好きだったし、衣服も彼が好きだった。しかし人と好みは必ずしも相思相愛ではない。これまで生きてきてフランクが当然抱いてもいい自意識のあるなしはともかく（ダイナはないと言う）、彼は運のいい男に見えたが、それは、自意識たっぷりに見えるよりも、遥かにいいことだった。
「そうかもしれないと言っておこうか」とフランク。「つまり、そうだといいが。でもそれはちょっと話が違うでしょう。僕はあそこを片付けないで出てきたし、寒くてまるで墓場みたいだったし」

　三人全員が飲み物を手にすると、クレアはソファにずっと居座ることになり、彼は結局いつもの自分の椅子に落ち着き、そこからお客に注意を向けた。「どうですか」と彼。「この午後は計画どおりでしたか？　僕の理解では、あなたは地元の魔女を表敬訪問されたとか。和やかにいきましたか？」

「大部分、仕事できたようなものですから」クレアが言った。暖炉の火を受けて、彼女はコートのボタンを外した――今回はスーツと同じツイードで、前回のツイードよりも地味で、攻撃的でない柄ゆきのコートだった。冷笑的な慎重さは相変わらず、黒っぽいシルクのシャツは襟が高くなっていた。ターバンがなくても、さほど変わった感じがしなかったのは、彼女がずっとかぶってきたターバンで、髪形がターバンと同じになっていたからだ。もっと違って見えたのは、イアリングをしていることだった。四角い、大型の、いかにも上質の真珠の、とめ型《スタッド》のもの。彼女はじつに端正《ハンサム》に見えた。彼女の外観にもかすかな遊び感覚が漂っている。彼女が言い添えた。「商売抜きのおしゃべりショップほどいいものはないわね」

「同感です。それにあなたはマスクの行列を通り越してきましたね？　僕の考えでは、彼女は色々なアイデアをあの鐘楼の下で暮らすことから得ているんだ。要するに、僕は彼女の作品が一つでもある暮らしはしたくない。家に帰る、ドアを開ける、あのマスクが僕を見てにたっと笑ってる？――真っ平だ、申し訳ないが」

「あら、フランク、あなたはもう逃げられないのよ！」

「それはいったいどういう意味なんだい、ダイナ？」

「いまにわかるわ。ああ、どうしよう！」

「おしゃべりショップが不足してますよ」彼はクレアを相手にして話した。「誰か相手をしてくれる人がいれば、昔のことでおしゃべりするほど楽しいことはないなあ、ねえ？　そういうのは、いつまでたっても終わりがなくて、ましてや底をつくことがない。最近ミセス・アートワースには会いましたか？」

「あなたは残念だけど、まだ会ってないわね、マンボ？」ダイナがさっと割って入った。

「駄目なんだよ、彼女の住まいが遠くて」彼はパイプを取り出し、じっと見つめてから、もとに戻した。

クレアのほうはソファの上で座り具合を変えた拍子に、肘に当たったクッションが一つ転がり落ちた。ダイナは、芝居じみたことが大好きな性分が出て、つい指摘した。「マンボはいつも落とすのよ。――フランク、こうやって三人が顔を合わせたんだから、あなたがお祝いをしてくれてもいいんじゃなあい、セント・アガサもよくやった、こんな私たちをよくも育てたと言って？　私たち、たいしたことはないけど、もっともっと悪くなってもよかったんだから。振り返ってみると、ミス・

アーディンフェイは色々な理想を持っていらしたんだわ」

フランクは、もっと何かが出てくるか待っていたが、出てくるなら何がと思って、「いいね」と言った。クレアはクッションを拾い上げ、もとに戻した。ダイナは、見るからにこの二人に失望し、そっぽを向き、火を見つめた。ずっとそのままでいる。フランクは彼女をじっと見ていた。「疲れましたか？」彼は慰めるように言った。どういう理由からか、彼女はそれを聞き逃した。

「どうしてそんなことを考えたの、彼女が疲れるなんて？」クレアが訊いた——初めて出た、茶化すような意見だった。

「物事をやり過ぎるんです」彼が言った——初めて素気なく。「彼女は何でもやりすぎるんだ」

「考えたんだけど」彼らの話題の主がやっと浮上してきた。「私たち、あとで、オムレツでも食べたらいいんじゃないかしら？　まだあのキジが一羽あるけど、冷肉じゃ、つまらないでしょ。でもスープもいいかもしれない、最初のキジの骨でおだしをとる？　となると、骨をすぐ煮出さないと」

「すぐ？　こいつは簡単だな！」フランクが叫んだ。そして、自分のグラスをさっとつかむと、立ち上がって出て行った。

「料理できるの？」クレアが彼のあとを目で追いながら訊いた。

「いまは誰でもできるでしょ？」

「どうかな。私は外食するんだ。——さて、拳銃がどうしたって？」

「母の手袋の引き出しの底にあったの」

「フェヴェラル・コテージの？　信じられない」

「またそう言う！　そうなの——私、砂糖ネズミ《シュガー・マウス》をしまう所を探していたの。私の部屋はどこに隠しても、うちで頼んでいた変人のメイドが嗅ぎつけて、食べちゃうし、母にわけを話しても無駄なの、ニキビができるから駄目だって。そこでたまたま思いついたのが、何組あるか知らないけど、長い長い手袋がいっぱい入った引き出しのこと、たたんで綺麗にしまってあったのよ。フェヴェラル・コテージの頃は、母はもう手袋なんかしなかったから、引き出しを見るはずもないでしょう？で私は手袋を持ち上げて、その下に砂糖ネズミを隠そうとしたら、あのピストルだかリヴォルヴァーだかがあったの。そんなわけで、話したでしょ、拳銃が一丁あるのがわかったわけ」

「それを取り出したのが問題だったね」とクレア。

「どうしてよ、母は一度も使ったことないのよ」

「だけど、あなたは母親のものを盗んだのよ」

「母のものだったものは全部私のもの、母がそう言ったんだから」

「あなたが持っていたものはどうなの？」

「私は母のものだから」

クレアは顔をしかめて座り、考え深げに握りこぶしで膝を叩いた。「拳銃にどんな歴史があるんだろう――どうしてそこにあったのかな？」

「従兄のローランドが、未亡人の必需品だと思ったとか？　いいえ、彼はそんな馬鹿じゃないはず。母は神経質じゃなかったし、何事もなかったし――あの頃は、思い出してみて？――神経質になることなんてなかったわ。それよりも、母が相続した物の一つで、母が処置に困った物だったかもしれない。骨董品には見えないし。けっこう新しい物に見えたわ」

「弾が入ってた？」

「見ないほうが安全だと思ったの」

「あきれた、それをあんな茂みに運び込むなんて！」

「まあ、暴発しなかったし……。もしかしたら、そうだわ、父の物だったかもしれない。でももしそうだったら、彼はきっとたいして信用してなかったんだわ。だって、もし信用していたら、使ったはずでしょう、列車に飛び込む代わりに？」

　クレアの「何だって？」が、唇で凍りついた。

「ごめん、ほんとにごめんなさい、マンボ！」ダイナは叫び、うろたえてしまった。「あなたは知っているとばかり。みんな知っていると思ってた」

「あなたがいくつのとき？」

「生まれてすぐだった」

「妻に何ということを、彼女に何ということを！」

「何か理由があったのよ、父には耐えられないことが。何かが父の心の奥底で崩れてしまったのよ、それも突然。そう、私の予想では、心痛があって、お金がからんでいたかなと？　母には関係のないことだったの。父と母はとても幸せだったのよ」

「幸せ過ぎた、かもね？」

「そんなことわかりっこないでしょ？――ともあれ、というわけで従兄のローランドが私たちを引き取ったのよ」

「その人は誰なの？」

「従兄のローランド？　母の母の本当の従兄。彼がすべてを考慮してくれたのよ。私の学費も、彼が払ったんだと思う。でもね、これはもっと気高いことがあって、彼は長年ずっとお花と新刊の小説本を切らすことなく母を扶養してきたんだから。そこから想像すると、彼が母を扶養していると言って議論を始めた男たちがいたかもしれないわね。彼が扶養したとしても、母にはそれ以上の出費はなかったはず——その二つだけだったから、母が欲しかったのは。だけど、その二つはいくらあってもよかったし、いくらでもあったのよ。そのほかでは、母はとても自立していたわ」

「欲しいものは全部って？」

「詩よ、だけど、母は詩の本はすでに持っていたから。母の部屋に山積みになっていた」

「また結婚なされればよかったのに？」

「また？——私でさえ二度とする気はなかったわ。ああ、もういや。もうたくさん。二度と味わいたくないショックがあるもの」

「でも、あなたにはその種のショックはなかったのね？」

「ええ、でもあれはショックだった。ビルが死んだでしょ。まだ子供たちが小さいときで。未亡人は」、とダイナ。「どの家族にもあふれるほどいたわ」彼女は椅子から立ち上がって、ドアまで行って呼んだ。「あなたなの、フランク？」

「いま行くから」、彼の声がホールでした。「みんなでキッチンでどうかな？」

「私たち、キッチンで食事をするのが好きなのよ、マンボ——あなた、かまわない？——邪魔なフランシスがいないときは。彼がいないときって、めったにないんだ」

アプルゲイトのキッチンは、一九一二年にこれを建てた人が堅牢に仕上げていて、ほんの二つ三つ入れ替えたことで、さらに堅牢になっていた。たとえば、白いアーガ・クッカーが、やや大きすぎたスチール製のレンジに代わって置かれ、流し場の水道栓はすべて真鍮製からクロム製に代わっていた。壁には置き台と張出し棚と棚がぐるりと取り付けられていた。戸棚は十分にあり、赤いタイル張りの床の中央には、人待ち顔をした、磨きがきいて清潔なモミ材の重厚なテーブルがあった――いまその上に出ているのが、卵の入った籠、泡立て用のボウル、胡椒と塩の壺、そして大きなライオンの頭が刻印されたバターのかたまりが柳の絵模様の皿の上にあった。そのほかの準備は食器棚の上に出ていた。キジの湯気がぐつぐついっている骨から漂ってくる。

「すごくいい感じ」クレアは、テーブルが占めている場所以外はくまなく歩き回り、その中央に立ちはだかって、こう言った。フランクは隠してあったオムレツ用のフライパンを二つ取り出すと、大きさを比べた。その間にダイナは、濃いパープルの袖をめくり上げ、サラダのドレッシングを作る態勢に入った。お客が言い添えた。「私にできることは何もない、わね？」

「ないわ。だけど、あなたはどうしてここにきて暮らさないの、マンボ？」

「どうもありがとうございます」

「きっと」、と言いつつ、ダイナは木のスプーンを規則的に素早く動かしていた。「素敵だろうな」

フランクがキッチンを出て貯蔵室へ行き、廊下の向こうの程遠からぬその場所から、銀器やグラスなどをまとめてトレーに乗せる音がした。ダイナが続けた。「あなたが引退したらね？」

「引退なんかできないけど、ありがとう」

　ダイナはドレッシングに何かを一つまみ足した。「きっと」、彼女はまた繰り返した。「素敵だろうな」

「なぜ？」

「私たち、もっと時間ができるわ、そのときは。時間がたっぷり」

「『柳の小屋をあたしに作って、あなたの門のすぐそばに』[*5]？」

スプーンがとまり、ダイナは真っ青になった。「どうしてそこまで言うのよ？　歴史的に見ても、フランクがコテージを買ったのは、私と出会う前だったわ——私が存在することなど関知する以前のことよ、どうして彼がそんな？　どうしてあなたは何もかもぶち壊すの——なぜ？」

「自分のためだけに」

「騒動ばかり起こすんだから、どこへ行っても！」

「ごめん」

「そのあなたがよくもシェリーを非難するわね！」

うまい具合にフランクがトレーを持って戻ってきた……。夕食は、出来上がると（いきなり出来たのではない）、驚くほどうまくいった。ダイナは、骨から煮出した液体に出来合いのキジのスープをカップに一杯足し、あとでシェリー酒も足した。オムレツは、何かと不利な状況で作るとありがちなように、ダイナが作ったうちでは最高の出来栄えだった。クラレットがおいしかった。「あなたは」、食事が終わりにきた頃になって、フランクは、深くはなくとも温かみのある本物の関心をもって、クレアに訊いた。「今夜のうちにまた道路に出ようというんじゃないでしょうね？」

「いいえ、彼女はそのつもりよ——自分でそう言うの。飛ばすのが好きなの」

「帰らないといけないんです、あいにく」クレアが言った。そして真面目な顔になって自分の時計を見た。

「それには大反対だ」とフランク。

「何に大反対なの、フランク？」

「車を飛ばすことに」彼はダイナに目配せし、眉毛の下からさらに目にもの言わせた。「人生は短すぎる。――例の六ペンスはちゃんともらいましたね？」彼はクレアに訊いた。

「ええ。あなたが出して下さったんでしょ？」

「喜んで出しました。――暖炉の火を起こしたほうがいいかな、そこに、また」と彼はダイナに言った。「それから僕は失礼しよう」彼が出て行った。ダイナはコーヒー・メーカーの下のバーナーに火を点けた。「もうみんな帰っちゃうんだ」彼女は言ったが、自分に言ったのか。

なぜかかすかに、応接間から音楽が流れてきた。

脱線列車が丘を越えた、
そして彼女は叫ぶ――ぼーぼー。
脱線列車が丘を越えた、
彼女は叫ぶ――ぼーぼー。
脱線列車が丘を越えた、
僕らは最後に彼女がまだ走るのを聞いた、
彼女は叫ぶ、ぼーぼーぼー――

二人は鳴りをひそめた。ダイナはコーヒーを待ち、皿を何枚か積み重ね、洗い場に置くと、言った。「一分も無駄にしないのね、彼は？」

「これこそともに独り残されるべき炎だわ」フランクを見送って戻ったダイナが言った。「独り残されて見つめることになる炎、というか」クレアはぽつんと立ったまま、はじが丸くめくれた家族写真を何枚か眺めていた、ボウルの中で見つけた写真だった。多くが同じ五人の子供の写真で、何人かは幼い子供だった。そのほかは同じ二人の少女（というか若い娘）だった。「どっちがアニー？」クレアは訊いた。「で、どっちがテレサ？」

「テレサはおどおどした笑いを浮かべているほう。彼女のほうが魅惑的だと私は思う。だけど、アニーは人の心に入ってくるの、また別の理由で。彼女は前からふっくらしていて――そうでしょ？――駒鳥みたいにふっくらしてるの。彼女の背中はもう大丈夫よ」

「もう接骨院に行かなくていいのね？」

「接骨療法のおかげで、もう行かなくていいの。――あなたはきっと大好きよ、二人とも」ダイナはおずおずと言った。「誰だって大好きになるわ。できることなら私たちが――できることならあなたが――？」

クレアは、何も聞こえなかったように、また子供たちを眺めた、一人また一人と。「誰もあなたに似てないね、いまも――昔も」そして、写真をまたボウルに落とした。「そうか、あなたは仲間にはこと欠かないんだ！」

「ええ、そう、そうなの。そう、私は仲間がいないということはないわ」

薪が一本、ほかの薪の重さに負けて傾き、突然暖炉の火が高い炎になった。「何て彼はいい人なんだろう」とダイナは思い、訊いてみた。「そうじゃない？」そして自分の手で頬を打って、声を上げた。「ああ、なのに、私は彼にマスクのことで何の警告もしなかったなんて！　どうして何もしなかったのかしら？　どうしたらいい――電話でも？」

「手遅れ、と言うしかないね」

「ごめんなさいと言えるじゃない？」

「それがあの男性の感じることだったら、どうしてあそこに置いたりしたのよ？」

「マンボ、彼はそんなことを口にしたことがなかったのよ、今夜まで！　どうして私にわかる？　悪くすると、彼はあれにうんざりしてたんだわ、きっと。それにしても、馬鹿なことしちゃった！　私、あのコテージに入る理由が必要だったの」

「理由が必要？」

「あなたは私を馬鹿にして笑うかも。でもさっきは、彼に何てことをしたんだろう、ただでさえ彼が悩んでいるのに！　彼はあまり幸せじゃないのよ、私がそうしたの。私のすることは全部馬鹿げていて、間違ってる。たとえば、絶対に彼に貸すべきじゃなかった、『ミドウィッチの郭公鳥』なんか。もう読んだ、『ミドウィッチの郭公鳥』？」

「いいえ、まだ」

「そうだ、あれが最後の藁なのよ！――どうやって説明しようかしら？　フランクは子供が嫌いだから。そのほかの点では、もっとも勇敢で、何事も恐れない男だわ。でももしかしたら、彼には軽い共犯コンプレックスがあるかもしれない。彼は嫌いなのよ、例の『早い者勝ち』が、いまにも始まりそうなのが、ほらみんなを競争させようとするでしょ。自分の孫のことも大いに疑ってるわ。

彼はもう悟ってるのよ、あのおちびちゃんが、可哀相に、やがてあの本にあるようにエイリアンの『黄色い目』になることを――だから彼は孫のそばに、近くにすら行きたくなかったの（先週やっと行ったわ、あなたにそう言えて嬉しい）。私が彼にあの本を貸したときに、もう被害が出ていたのね――だけど、『ミドウィッチの郭公鳥』だけが悪かったのかな？」

「あなたはそんな迷信にまみれているわけね、このサマセットくんだりで？」

「あら、そんな。でもあれは待機中のお祖父さんには向かない本だった、それは認めます。そのことで彼と議論をしようとしたら、事態がどんどん悪化してしまって。『人がもしその〈早い者〉だったら』と私が切り出したんだ、『年齢に関係なくそうなのよ』と。彼は私をつくづくと探るように見て、言ったわ、『そうか、君の言うとおりかもしれない』と。私は何をしたらいいの、あなたもわかるでしょう、彼がとてもいい人で優しいのに？　それは別にしても、私は彼をよく退屈させるの――というか、そうね、彼は私が退屈させた最初の人なのよ。だけど、退屈は愛情の一部だから」

「そんなの私は認めません！」

「じゃあ、愛着の一部」

「それもどうかな」

「じゃあ、あなたには愛着もないのよ。――マンボ、あなたって、レズビアン？」

「ほかに何があなたは知りたいの？」

「私はどうかな、と思っただけ」

「あなたは『どうかな、と思っただけ』ね、シーキーが誰かを殺したかどうかについて」

「彼女は、『そうでもない』と言ってたわ」

「そこで話をとめておこうか?」

「心配なのね?」

「なぜ?」クレアは動じることなく訊いた。「あの同じ時に、あなたは『人間は、誰でも興味を持たれるのが嬉しいのよ』と言ったわね。それは本当よ、誰にとっても」彼女はいったん言葉を切った。「それでもやはり、そうなの、人は感情を傷つけることができるの。あなたが言うのは間違ってる、私には愛着がないなんて」

「あなたが何であっても、私はかまわないの!」

「それが一番ひどいわ、いままであなたが言ったうちで」

「でも私はあなたのことが好きなの!」と魅了されてダイナが叫ぶ。「あなたも私を愛しているのよ――いえ、私はそう思ったのかしら? 私はあなたが必要だった。そこにいて欲しかった――ここに、本気で。あなたが自分のことをどう思っても、あなたはとても強い人よ。それに、あなたなら理解してくれると思ったの。みんなを怖がらせないで、ほかの誰に私は話したらいいの? 一緒にいて、しばらくでいいから、いいでしょ?」

「ねえ、ダイシー、あなたは何を恐れてるの?」

「私が望んだのは――」相手はここで言葉を切り、あとが続かなかった。

「あなたの人生だけど、どうなのかな、あなたは隠すのに必死だったわね。『ほら母だわ!』『ほらうちの白い門よ!』って。私たちの中には、隠すものもないし、必死になるものもない人がいる。中には感じるよりも考える人がいるのよ」

「親切じゃないのね、それって?」ダイナは面食らって訊いた。

「どうして私があなたに親切だなんて思うの？　私が親切だったことなんて、あった？」

「あなたのお父さまはご親切だった」

「あなたが何さまになろうと」、クレアは怒っていた。「いまあなたがなったものは、色々な意味で素晴らしいけど、あなたもとっくにわかってるんでしょう、あなたはつねに昔のままのあなたで、それがまやかしだってことは。遊び人風にしているだけ。正々堂々と遊んだことは一度もなし、いつも同じ繰り返しよ。ただ、あなたはお得意のゲームが前より上手になっただけ。それがあんまりうまく行くので、いまでは、ゲームをしているのに、ゲームをしていることが、ほとんどわからなくなっているの。しかもどうやらあなたは何もわかってないらしいね、これだけの年月が経っているのに、自分が際限なくやっているのがゲームなんだということが。さあ、はっきり言うわよ。あなたはゲームのやりすぎなの。これもやりすぎたゲームなの。怖かった？　怖くなんかないでしょ——あなたは男をたぶらかす女の娘なんだから！」

ダイナは部屋の向こうはじにいた。彼女は標的になって、標的のように立ちつくし、体を薄くして壁にくっつき、その頭の後ろにはシーキーが前にくすくす笑いをした絵の一枚が掛かっていた。彼女の口から出たのは、「でもあなたはその彼女を愛したわね？」だけだった。

「ええ。一度で十分だった」

「私も——」

「さあ、何よ？」

「私も父親っ子なの」

クレアは無言だった。

「飲み物でも?」

「もうたくさんいただいたわ、ありがとう」

「『有名な断り文句』ね?」

「いえ、私はここに泊まるわけには」と言って、クレアはコートのポケットを叩いた。「もう遅いから、失礼しないと」

「出かけるにしては遅いのよ。ここで眠ったら、明日は鶏が鳴くのと同時に出かけたらいい——鶏が鳴くのと同時に?」

「何も持ってきてないから」と言ってクレアはコートのボタンを留めた。

「歯ブラシを上げるから、新しい歯ブラシよ?」

「いいの——男を豚にするキルケめ」

「わかりました」ダイナは静かに言って、背を向けた。

＊1　シェイクスピア『マクベス』第一幕第三場の第一の魔女の台詞。

＊2　ピーター・スコット　Peter Scott（一九〇九—一九八九）イギリスの鳥類学者、自然保護論者、画家、オリンピック選手。

＊3　パーシー・ビッシュ・シェリー　Percy Bysshe Shelley（一七九二—一八二二）イギリス・ロマン派を代表する詩人。

＊4　'The Runaway Train' (1925) 作詞 Robert E. Massey、作曲 Harry Warren & Carson Robinson。

＊5　シェイクスピア『十二夜』第一幕第五場のヴァイオラの台詞。

7

その部屋は応接間の上にあり、大きさも同じだった。少し長めに見えた。突き当たりに窓がなく、壁は天蓋に占領され、天蓋の垂れ幕は、その中にベッドを引き入れて、部屋全体を引っ張っていた。ベッドのすそから始まる薔薇の模様の絨毯が部屋のもう一方のはじまで敷き詰められていた。それでも入ってきた人は、前景の厳粛なたたずまいに胸を打たれた。なぜか?——というのもベッドは幅も長さも十分にあり、たっぷりしていた。しかしこれは、早く未亡人になった人の夫婦用のベッドで、その周囲にはどこかしら、入室のあるなしはともかく、半分が空っぽという気配がぬぐえないままに残っていた。それに、ここ数日は、ほかのすべてから遠ざかる感じが加わって、死の床のような様子——というよりも、埋葬を前に正装安置するためのベッドか?——のような様子を帯びていた。その上にいる女は、生きるのをやめたようにじっと横たわり、身体はまっすぐ、持ち上げられたことのないカバーの下から、そのか細い体格の輪郭を見せていた。彼女はベッドのはじに寄って横たわり、そのそばに裁縫用のスツールが引き寄せてあった。もう一方の脇腹の向こうは砂漠が広がっていた。両方の瞳（テントの影に隠れてそれらしく見えるもの）は閉じられていた。病気の症状として彼女に見られるのはこの無関心だったが、あまりの無関心ぶりに、それ自体が病気ではないかと思われた。

　そこにある窓から外を見ると、下にある窓と同じように、芝生から果樹園まで見渡すことができた。一つは広い張り出し窓で、化粧テーブルが置いてあった。もう一つはもっとベッドに近く、上部が開けてあった。十一月初旬の一日は、朝が諦めて去り、太陽も出ないまま、早くも暮れようとしていた。あとは日の名残が窓の大きな板ガラスから入ってくるだけだった。部屋は、ドア側にある火格子の中で燃え続けている火が温めていた。半分開いたままのドアが作る長方形が、だんだん暗くなっていた。

　チンツ張りの肘掛け椅子が火のそばにあり、シーラ・アートワースが座って編み物をしていた。いま、二度目の注意深い視線を患者に投げてから、肘の近くにあるテーブル・ランプを、危険を承知で点けた――仲間が欲しくて？――それから笠を傾けてベッドを防ぐようにした。彼女本人は光の輪に囲まれた。ときどきクリスタル・ガラスの編み針が交差する軽い音がして、きらきらと明るく光るのは三重のネックレスだった。暖かいので彼女は上着を脱いでいた。蘭のような淡い紫色のひだ付のブラウスは、袖なしだった。青みがかったブロンドの頭がとても目立った。その上と、光の輪の上に、陶磁器で込み合った戸棚がお化けみたいにぼやけている。

「あなたがまさか編み物なんか？」遠くから弱々しい声がした。

「あら、ハロー、ダイナ」

「ハロー」

「ランプがお邪魔？」

「あなたはいつからここに？」

「今朝から」

「私はいつからここに？」

「いつからでもいいじゃない。お茶をいかが、目が覚めたのね？」

「目が覚めたの？」

家から階段を上がってこのドアに入ってくるのは静寂だけ、開いた窓から入ってくるのは、頭が悪いのか、寝ぼけたのか、一羽か二羽の鳥が啼く声だけだった。しかしいまは、果樹園の奥のどこかで、子供たちが大声で呼び交わしていた。シーラ・アートワースは耳を澄ませた。そして言った。

「帰ってきたわ」

「何て、シーキー？」

「『帰ってきた』と言ったの」

「そうね」ダイナの手が出てきて、裁縫用のスツールの上を空しく探った。「私の本はどこ？　どうしてなくなっちゃったの？」

「本は要らないでしょ？」

「そばに置いておきたいの」

「そう、向こうに置いただけよ」機転の利くこの看護婦は、棚の上のほうにうなずいてみせてから、立ち上がろうとした（患者にこの意志が出ただけでも希望が湧く）。「私はただ、本があなたを押しやっていると思っただけ。これを片付ければ、誰がお見舞いにきても、座る場所ができるから」

「誰かがお見舞いにくるの?」

下の応接間には息子たちが座っていた――ローランドはこちら側の、ウィリアムはもう一つの肘掛け椅子に座り、暖炉の火をはさんで向かい合っていた。なすべきことをしようとして遠路はるばるやってきたものの、当面、これしかすることがなかった。フランシスが出すと決めたお茶のトレーが(彼らは一時間ほど前に到着していた)、ほどなく二人の間に出され、ある意味でギャップを埋めてくれた。清潔な白い肌の色をのぞけば、どちらも母親の容貌は受け継いでいなかった――彼女もつとに指摘していたように、それは二人が息子だったからでもあろう。人目を引く感じのよさが互いによく似ているのが、おそらく父親譲りだったからだろう。二人はともに堅実な(とはいえ堅苦しさは少しもない)、自分の立場を心得た表情をしていた。母親の話は真実だったのかもしれない。息子たちは、一人が生まれて二年後にもう一人が生まれ、それぞれが生後すぐにまず母親の腕に抱かれる儀式にさいし、彼らはどちらも一目で――多少の楽天主義と、確かな優しさとともに――その状況を受け入れたという。母親が息子をリードしたというよりも、息子たちのほうが母親をリードして、父親のいない幼児期と次の青年期に起きた種々の問題を乗り越えてきたのか? 彼女がもしいい母親になれたとしたら(多くの人が驚いた)、それは息子たちのおかげだった――と彼女は見なしていた。愛情がない交ぜになった感謝の気持を彼女は息子たちに抱いていた。息子たちの結婚は、彼女を喜ばせると同時に、不安を鎮めてくれるように思えた――彼女はもしや、息子たちと長く暮らしすぎて嫌われるのが怖かったのか?

ウィリアムは、窓のほうを向いているほうの息子だったが、外の果樹園に目をやっていた。ローランドには、弟の頭の向こうにある鏡に果樹園がくぐもって（願いどおりに）映っていた。その果樹園のどこか、ねじれた林檎の木々の間にさっきから姿を消した娘を、息子のそれぞれが一人ずつ持っていた。到着するとすぐに娘たちは、森に心を奪われてしまった――つまり、もし果樹園が森と呼べるものなら。

子供たちを連れてくるのは正しかっただろうか？ それはミセス・コラルからお墨付きが出ていた。「あまりびっくりなさらないで下さい」とミセス・コラルは書いてきた。「かりに何をお聞きになっても。でも、もしおいでになるお考えなら、そのほうがいいと思いますが、二人のお嬢さんが役立つかもしれません、彼女を元気付けるのに、だってこれが多くの問題の根底にあるわけですし。お嬢さんたちが我が家にお泊まりいただくのが楽しみです、お宅はきっと、誰が考えても、お取り込みでしょうから。お嬢さんたちは優しくして下さるわ、うちのコラリーに、次女の幼い娘のことですが、ええ、コラリーは扁桃腺を取ったあとナニートンからうちにきておりまして、ちょっと寂しい思いをしているチビちゃんです」

意味をなしていなかった。漠然と乱れていて、アプルゲイトから届いた最初の通知のたぐいは、ミセス・コラルの予想どおり、不安をかき立てた。その後、検閲が厳しくなったようだった。医者は何と？ 医者はおりません。彼女が会いたがらないので。村の人たちがきて、彼女の世話をしています。誰かが、明らかに、ここに越してきて面倒を見ないと。たとえばアニーが、あるいはテレサが？ これら二人の娘は、いまのところ、あまり自信がないと打ち明けた。二人はしょっちゅう電話し合って、しきりに相談した。テレサは、自助努力で、あの偏屈老人のフランク・ウィルキンスに連絡が付いた。彼と対立したわけではなかった。うまくいかなかった、と彼女は緊張したアニーに言わなくてはならなかった。「あなたどう思う」とアニー。「彼らは喧嘩したの?」「あの年で?——何が喧嘩の種になる?」「でも、彼って電話でどんな感じだった、テレサ?」「ぼんやりしてた」「何だって、聞こえなかったけど?」「ぼんやりしてた」

その間、面倒を見ると言えば、ミセス・アートワースという人が、今朝到着し、フランシスによれば、どこから見てもその任に当たるつもりのようだった。彼女は、前にここにきたときのように、タクシーできた。今回はいわゆる一泊用のバッグを持ち、その大きさがフランシスには悪い冗談に見えた。

「『アートワース』?」息子たちは、その知らせに、同じ名を繰り返した。

「変わった名前でしょう?」とフランシスが訊き、一人からもう一人へ斜視の目を移した。

「ともあれ」、とローランドは、その目を無視して言った。「大変にご親切なことじゃないか、ミセス・アートワースは」(フランシスに対して威圧的でいようという息子たちの方針は、彼らの性格が横柄だということではなく、むしろ彼らの母親が口にしていた楽天主義に由来するものだった。)「夫人は自分の欲しいものは、そのまま君に要求するんだね?」

「いつもそうです」

「じゃあ、この家のことは知っているわけだ。何度もきたことがあるの?」

「一度」

「そうか、ありがとう、フランシス。それだけだ」

フランシスが話し手に鋭い不信の目を注いだのも、もっともだった。彼にはまだまだ続きがあって、何一つ片付いていなかった。

「とにかく」、彼らはフランシスに言った。「いまはこれで」

彼は職務にふさわしく敬礼すると、その場を離れた。お茶が終わり、息子たちは煙草に火を点けて、応接間を見渡した。感想なし——あとは乾いた木の実が一つ落ちるたびに立てる軽い音だけ、枯れ枝とその他の木の実を挿した背の高いボウルが、ソファの後ろにあるサテンウッドのテーブルの上に乗っていた。ローランドは椅子から立ち上がるとプレーヤーまで歩いて行き、その上で埃をかぶっているだけの小型レコードを調べてみた。「子供の好きな名曲集」これで彼の中の父親が目を覚まし、彼は言った。「子供たちはお茶ももらえないのかな?」

「いや、あっという間に消えてしまったから。ミセス・コラルからもらえるだろう。彼らを待たせて苦しめたりは……。ミセス・アートワースはどうする?」

「話をするか?」

「害もあるまい?」

その瞬間はぴたりと息の合った瞬間だった。二人が下から階段を見上げると、上から女性が降りてくるところだった。階段の手すりを曲がり、ゆったりと、まるで滝を下るように、近づいてくる、トレーを手に何気なくバランスを取りながら。銅葉ブナがボロ切れのような枯葉を少し残して裸になり、夕暮れが解き放たれて、うっすらと階段の窓に近づいていた。彼女のシルエットがそこに浮かび、髪の毛と、頑丈でも軽やかな体形と、むき出しの腕が銀色の輪郭線を描いていた。

彼女は有利な場所にいた。光線は彼女の背後から射していて、若々しく上向いた、代々のユグノー教徒らしい息子たちの顔に降り注いでいた。謎めいた凝視にさらされているのはわかったが、そのまなざしは彼らには見えなかった。

彼女は階段の一、二段上で立ち止まって言った。「息子さんたちね、そうでしょ」

「ええ。ミセス・アートワースですね?」

「ええ。でも、いまは上に上がるつもりはないんです、よろしいかしら」

「ちょうど考えていたところです、お話できればと?」

「ああ、そう。私もお伝えしようと思ったところ。彼女は少し混乱しています、いまのところ」

ローランドが言った。「でも我々がきていることは知っていますね?」

「彼女は忘れるのよ、ええ」

息子は彼女を見つめ、戸惑いが恐怖へとふくれ上がった。

ローランドが言った。「子供たちがきていることは知っているんですか?」

「まあね、あそこで彼女のそばに座ってましたが、私には聞こえましたよ」

「ミセス・アートワース、どのようにお考えですか……?」

「ごめんなさい」、彼女は、例によって人魚のようなまなざしに、からかうような無念の思いと、病院風の厳格さをない交ぜにして、言った。「ここで立ち止まっていられないの——ちょっと急用があって。あとで、よろしいかしら? フランシスとお話になった?」

「でもいまはあなたがここの——」

「ええ。でも彼が彼女を見つけたのよ」

「お尋ねになるなら」、フランシスが言った。「もう一人の方がこのミセス・アートワースをその任務につけたんですよ」

フランシスには誰も尋ねていなかった。だからと言って事情が変わるわけではなく、ここは介入するときだと彼は感じた。彼はこの場を一人芝居のように取り仕切ることができたし、また（彼の雇い主がとくと承知していたように）ある場面を、外部の手助けなしに、付け足すことだってできた、それが必要不可欠と彼が考えさえすれば。彼は、いままた、二人の息子を応接間に入れてピンで留めておいた。お茶のトレーを持ち去って、酒のトレーを運んできた。（「慌てたって？」とんでもない、お屋敷は時計で計ったように進んでいた。家主が残した乱れた跡は、きれいに抹消されていた。たしかにテーブルの上には、木の実の死骸が転がっていた。しゃべりながらそれを見たフランシスは、しかめた顔を上げ、それで半ば人の注意をそらし、半ばそらせなかった。）まぶしいくらいに真っ白な上っ張りを着て、彼はドアからさほど遠くない位置に立っていた――彼は、彼らに負けないくらい、いつでも出て行けたのだ。道義的に見て、彼は好都合な立場にいた。彼は息子たちに義務を課した。起きた事に尻込みするなら、どうして出てきたんです？

彼は主題に向けて、周辺から攻めていった。幸先の悪い二羽の鳥の話、「あの二人のご婦人」の詰から始めた。自分の見解を述べるきっかけは、ローランドが彼にミセス・アートワースにもお酒を出すよう命じたときに訪れた。応接間であなた方と一緒にいるのを、きっとあのご婦人は嫌がるでしょう――患者を長く一人にしておきたくないのです。

「この方が反対なさるので」、とフランシスは続けた。「ほかの人はみんな締め出されてきました。いまにおわかりになりますよ。ジン・トニックが彼女の飲み物ですよ、それが知りたいなら。それもつまり、いまのところ。私は許すつもりはありませんよ、夜が更けたらスコッチに変えるなんて……。とはいえ、別の一人がその根元にいるんです、もしお尋ねなら。叩くやら電話するやら――

あの女性はポストマンを殴ったんです。しかし彼女の手段は電話でした。彼女ですよ、日曜日にこれが起きたときにここにいたのは。もちろんご存じですね？　それに彼女がさっさと行ってしまったことも――これですから！　いやはや。いきなり月曜日の朝の一時、二時に電話してきて、少佐と私でミセス・ドラクロワをベッドに運んでいる最中でした。(私が少佐に電話を入れました、事件の重大さを知って彼はすぐに飛び込んできましたよ。) リン、リン、リン、リンとあの道具が鳴り始め、しかもベッドのすぐそばで。それにすぐストップをかけました。電話の内線を切り、そのままにしたのに、リン、リン、リン、リンとこの下で鳴り続けて。ちょっと休みがあって、また始まる。『はっきり言ってやりなさい』、と少佐。『地獄に堕ちろと』私はもっとうまくやりました。彼女に言いました、『番号をお間違えです』と。彼女は私の声を知っていたけど、お互いさまです。それから朝の八時以降、さらなる騒動が――眠れない夜を過ごしたようです、彼女の口ぶりでは。あとは、お決まりの手順を採りました。『ミセス・ドラクロワはお話できません』と、私は夫人に電話があるたびに伝えてから、電話を切りました。一度など、彼女は何とかして私に言い返してきましたよ、『できませんって？』と。そう、彼女が訊いてきたから、こういう返事をもらったんです。『ミセス・ドラクロワはあなたに言うことは何もありません、ただいま現在』と私は言いました。

　あれは少佐です、申し上げるのも残念ですが、彼が砦を開け渡しました。昨日です。この辺りを例の暇そうな様子でうろつき回り、彼が電話をとって答えたんです――あれです、ほらあそこの電話に。私のくるのが一分遅かった。『片付けてしまって』と彼が彼女に言っているのが聞こえました。『僕に言えるのはそれだけです、彼女は片付けてしまい……。いいえ』と彼。『誰も。誰がいますか？……ええ』と彼。『日曜日の夜ですよ』。

というわけで、彼女が、お尋ねになるならですが、このもう一人のあとについて、飛び出したんでしょう、蝙蝠が群れて飛び出すみたいに。『あなたが行きなさい』と彼女が彼女に言ったんでしょう。『私の名前は、あそこではドロまみれだから。あなたはまだ爪先をドアに挟んでいるから。あなたが自分で行って、ただら《p.d.q.》に行って、敵地を偵察してきて』と。彼女の参謀をこの屋敷内に配置するとは、とんでもないでしょう？」

ウィリアムがむっとして尋ねた。「君は頭がどうかしてないか？」

「しかし、一人のほうが六回、もう一人のほうも半ダースほど、ほんとですよ。何という二人でしょう」とフランシスは哀れむように言った。「まったくもう！　彼女はほとんどわからないんですよ、自分が何をしているのか、彼女たちを引っかき回しておいて」

「僕ならもう黙るよ、フフランシス、もし君だったら」

「彼女は二人のために広告を出したんです！」

「もういい！」ローランドの言葉は鋭く、権威があった。「君がそうやって話すことじゃない。どうかしたんじゃないか？　みんな母の客人ですよ。それがわからないなら、もう出て行きなさい」

「出て行く」なる言葉が意味するところは不確実なまま、フランシスは思慮深い目で、長男のドラクロワ氏を二度見た。

「君にとって相手は『彼女』じゃないでしょう」ウィリアムが指摘した。「どなたにもお名前がある、そうでしょう？　もう一人の女性は何と？」

「バーキン-ジョーンズ——ミスを付けて。名前に意味でもあるんですか？……ないですよ、私はないと思う」

「そんなことを思う必要はないから、言われたことだけするように、いいね？」ローランドが言い渡した。そして急いでトレーのところに行き、グラスにジンをどんどん注ぎ、トニックの瓶の栓をぐいと回した。それを見ていたフランシスが言った。「もっと氷を入れないと。私たちは氷がいっぱいあるのが好きなんです。レモンは二切れ。トレーに乗せたほうが私は好きです。私たちはうるさいほうで」

「自分で一杯やればいい」

「まず、日曜日のことが聞きたいでしょう。私はめったに外出しないのですが、その晩にかぎってたまたまフランス映画を見に、フィンランド人の友だちと行きました。この村じゃありませんよ、わざわざ言うまでもないでしょうが。違うんです、農業会館であったんです。日曜の夜は教養的な催しがあり、これが心理的なフランス映画で、アヴァン・ギャルドで……。ここに帰ってきたら、明かりが全部点きっぱなし、驚きましたよ、家は静まり返っていたんですから、誰もいないみたいに。私は結論しました、ミセス・ドラクロワが消し忘れて寝てしまったものと――外出しているはずはない、彼女の車がドアの前にありましたから。私は明かりを消したほうがいいと思いました。入ったとたん、ここで彼女を見つけたんです。

　椅子には座っていなくて、ソファの真ん中にいました――そこに、私がいま指差しているところです。彼女は後ろにもたれていました。手の甲を額の真ん中に当てて――そこに大きな打ち傷が、みんなが言うには、目立つほどに。彼女は私を見ていません」

「どうして見ていないとわかる？」

「彼女は見ていなかったから。私は言いました、『どうかしましたか、マダム？』と。彼女は聞こえませんでした」

「どうしてわかる?」

「聞いていいなかったから」

「どうして思わなかったんだ、彼女は眠っていると?」

「目が開いていました、手の下で」

「どう思った? 彼女は死んでいると?」

「まだあの映画を見ているような気持でした」

「ほかに何か目に付いたものは?」

「部屋がすごく寒かったです。ここには大きな火があったのに、灰を見ると、きっと燃え尽きたんでしょう。彼女は一人でした」

「それはもう言ったことだ、君が色々な言葉で」

フランシスは初めてここで、馬鹿みたいな表情を作って自分を隠した。彼は言った。「みんな出て行きました」

「どんな理由があって、君と少佐は医者を呼ばなかったんだ?」

「私たちでできることをしました。彼女をベッドに運ぶとか。すると彼女が言ったんです、『もし誰かをここに入れたら、私はあの窓から飛び降りるから。ガラスなんて平気よ』と彼女は言いました。『ガラスなんかつき破ってやる』と」

「彼女らしくないな」

「彼女自身が彼女らしくなかったです。そこで少佐が『彼女はそのままにして』と言って。少佐はその夜、彼女にずっと付き添ってあの椅子に、いまミセス・アートワースが座っている椅子です。ウィルキンス少佐は発作じゃなくてホッとした、発作は何度も見てきたからと。ミセス・アートワースも発作じゃなくてホッとしてます、彼女は看護の経験があって」

「もっと重い脳震盪だったかもしれない」

「ミセス・アートワースは、脳震盪じゃなくてホッとしてます」

「ミセス・アートワースが現場にきたのは、もっとあとだ。君たち二人がもっとも瀬戸際の責任者だったんだ」

「それだって」、とフランシスは言って、一人からもう一人へ、そのローマ人らしい瞳を移した。「私は怖気づいたりしませんよ。それに、私が想像するに、少佐だって」

「わかったよ。どうもありがとう」ローランドが言った。そして弟のほうを見た。「要は、母を見てみないと」

「できましたらぜひ」とフランシスが言った。彼はジンのグラスとトニックの瓶を取り上げ、トレーに置くために運んでいった。「こちらこそありがとうございます、ミスタ・ドラクロワ」と彼は言い、二人を呼び名ではっきりと区別した。


トレーが上下左右に往復している間に（ミセス・アートワースは自分のお茶のトレーは自分でキッチンまで持って行き、そこで村からきている未亡人とブイヨンのことで言葉を交わしていたらフランシスに捕まってしまい、ジンとトニックのトレーを手渡され、上に持って行かされる羽目になった）、ドラクロワ家の子供の一人が正面のドアを使って入場を果たし、階段を使って、祖母の部屋まで上がってきた。

少女はまずドアから、ひとまずという感じで、中を覗き込んだ。それから中に入ってどんどん進み、暖炉わきの椅子に誰もいないことを確かめた。誰もいないぞ。持主はいないが、残された編物が繭のように丸くなってガラスの編み針に刺さっていた。ここは私の陣地だ――少女は前進した、蜜蜂のようにハミングしながら。そして、ベッドのすそからじっと瞳を凝らし、前に見えるのは祖母だと思って少し関心を持った。「ハロー？」彼女は呼んでみた（呼んでみるだけならいいだろう）。

「ハロー、エマ」（これが子供の名前だった、あの本からもらった名前。八歳だった。）

「いつ起きるの？」

「お風呂を使ったら」

「お風呂を使えるの、風邪を引いてるのに？」

「どこにいたの？」

「洞窟には行けなかったんです、ロープが張ってあって。それにブランコもなくなっちゃった」

「いいえ、ブランコはあるでしょ」

「ううん、ないの。ブランコはなくなっちゃった――お祖母さまも行って見てみて、階段の窓から！」

祖母はベッドの中で身体を動かした――こいつはたいへんだぞ、子供にはわかるまいが。何とかして、できるかぎり動いて枕の上に身を起こし、ベッドの上の広がりに目をやって、黄色いガウンがないか探した。ここに持ってきていいと言われていたガウンだ。見えたが、手が届かない。「ほら」、彼女は言った。「お湯の栓をひねってきて。お風呂を使いたいの」

「まだ持ってる、私が上げたアヒル？」

「ええ」

「いまでも泳ぐ、お祖母さまがお風呂のときは？」

「ええ。その黄色いのをとって、エマ」

「アヒルを入れてもいい、お湯の栓を回したら？　それともあの人はお祖母さまをお風呂に入れたいのかな？　あの人は、お庭にいる大きな女の人じゃないでしょ？　あの人が試してみたけど、洞窟のロープはあの人にもほどけなかったのよ。ロープが勝手にふくらんじゃったみたい。彼女は、もし洞窟に入りたいなら、ナイフがないとダメだって。彼女が言ってたわ、お祖母さまは親指みたいな形をしたナイフを持っているって――そうなんですか？」

「私のスリッパがない」

エマがベッドの下を見た。「あった」彼女が報告した。「どうして人がたくさんいるんだろう！　どうしてコラリーがここにいなくちゃならないの？　彼女はここに隠れていたのよ、私たちがきたとき。あの子、私たちのあとばかり追いかけるんだもん。いろんなことを私たちにべらべらとしゃべるんだ。私たち、あの子が好きじゃないの――まだ」

「ミセス・コラルのとこの子でしょ」

「どうして私たち、ミセス・コラルのおうちで寝るんですか？」

「ミセス・コラルのおうちで寝てるの？」

エマがくしゃみをした。「私、風邪引きそうな気がする」彼女は負けじと言った。「あそこの洞窟の底まで行ったら、寒かったんだ。コラリーは、キツネだってあの階段は下りないって」

お祖母さまはベッドカバーを跳ねのけると、裁縫用のスツールを押しやり、ベッドのはじに腰掛けて、スリッパを履いた。エマが黄色いのを祖母に渡すと、祖母は立ち上がり、それで身体をくるんだ。こうして暗いテントの外に出ると、彼女が受けた打撲傷（中にいるときは暗いシミにしか見えなかった）が壮麗な実像を現した――マーブル模様のたんこぶが額の真ん中にあった。子供は走っていってランプの傾いた笠をもとに直した、こうしないと打ち身のマーブル色がよく見えないんだもん。そして戻ってくると、畏敬の念をこめて、言った。「さわってもいいですか？」（見るだけでは足りなかった。）

「そっとね、エマ」

「何をしたの？」

お祖母さまは目をしばたたいた。

「何かにぶつかったのね、それとも何かがお祖母さまにぶつかったのかな？」

打撲傷の持主は自分の指でそっと傷を調べた――しかし、どう見てもその傷の歴史は謎か、あるいは秘密か、そのどちらかだったから、彼女に言えるのは、「さあ、お風呂を……」だけだった。

エマは駆け出していった。蛇口の栓を二つとも回し、水流がほとばしると、渦巻く水面にアヒルを進水させた。

鳥が飛び去ったのがさほど嬉しいわけはなく、シーラ・アートワースは空になったベッドを真っ直ぐにし、また編み物に戻った。（彼女は浴室のドア越しに説明を引き出していた。「大丈夫よ、シーキー、血管は切れてないから」「何を言うかと思ったら、あなた、中でも大丈夫なのね？」「泳げるくらいよ」）シーキーはランプの笠をもとに戻した――誰がいじったのかな？　ときどきジン・トニックで息をつぎ、息子たちについて考えた――というか、オーキッド色のブラウスの胸のところからチンツ張りの椅子の肘の花模様に目をやって、二つの色が見事にマッチしているなと思った。

患者は浴室を出ると、看護婦は椅子の一部だといわんばかりに通り過ぎた。またベッドに入り、前のように平たくなって、一連の思索を続けるような声で、独り言を言った。「あなたは吹いて、吹いて、私の家を吹き倒した」

「『マクベス』?」

「ええ?」

「『マクベス』、でしょ」

「『父上は反逆者だったのですか、母上?』――これが『マクベス』」

「魔女が出てくるんじゃなかった?」

「それだけじゃないわ……。『あるのは恐怖ばかり、愛情はなし』――これが『マクベス』。それから、『この顔、顔、顔は何だ?』悲劇はほとんど全部が悲しい、とは思わないわ、ただ悲劇的なだけよ。でも『マクベス』は悲しいわね。悲しみのかけらがいっぱい詰まっているのに、あまり人は気がつかない――欺かれた期待、無害なものが恐ろしい最期を迎える。ダンカン王はマクベス家に喜び勇んでやってきたのよ――『この城はいい場所にある』と言って。ずっとこういう気持だったのよ、友人の家を目指して夕方車を走らせている、車を降りると空気の香りが嬉しく、あらゆることが楽しみになる――でも人は殺されたりしない。バンクォーは息子と一緒に馬車で出かけ、美しい夕闇の中を元気いっぱいに戻ってくるの、夕食を楽しみに。そこでバンクォーが巣を作るツバメについて話すの。『これぞ夏の客人なり、聖堂を飛び交うイワツバメよ』と」

「お風呂に入って、元気が出たのね、きっと」

「そうよ、『これぞ夏の客人なり、聖堂を飛び交うイワツバメよ』」

「あなたいまそれ言ったじゃない」

「私、聞きたいの」

「『これぞ夏の客人なり、聖堂を飛び交うイワツバメよ』」シーラは無理もない冷淡さで暗唱した。患者は耳を傾けていた。「今度は泣きたくならなかった――まあいいわ。でもマクベスが、一番可哀相だと私は思う」

「どうしてそうなるの、私は何か聞いたっけ?」

「彼は取り返しの付かないことをしたのよ」

「別に心配しないわ、私だったら」

「彼は、でも、よくわかっていたのよ、少なくとも、何がもう取り返しの付かないことかを。取り返しの付かないことをしたことが怖くなるものかしら、それが何だったか正確に理解しないで?」

「私の理解を超えてるわ、正直に言って。マンボに訊いたら」

「もういないわ」

「ねえ、ダイナ、あなた起き上がったほうがいいわ。ブイヨンがくるみたい」

「あら、まあ。私は――」

「歩き回れるなら、起き上がれるでしょ」

「ええ。でも私、カレー・エッグのほうがいいな」

外の音にハッとなり、当然むっとした看護婦がドアまで跳んで行き、まんざらでもない調子で言った。「ブイヨンのお出ましよ!」

だがミセス・コラルのお出ましだった。「ちょっとお顔を見てからと思って——子供たちを連れにきましたの」彼女は考えながらベッドを見た。「よくなりまして、今晩あたりは? そうだといいと思って」そして特別にジェリーを入れた小さな壺を持ち上げて見せた。「ちょっとしたものをお持ちしたのよ、気分も変わるし、あなたも元気になるし、色々と」患者は頭をもたげて、万能薬を見つめた。ジェリーが紅めのうのようにきらりと光った。「それに、素敵じゃありませんか、お友だちがここまでおいでになって」ミセス・コラルは、抜け目のない、幅広の、しわが刻まれた顔をチンツ張りの椅子に向けた。「ミセス・アークワード、でしたね?」

「アートワースです」シーラがきっぱりと言った。

「シーキーよ」名ばかりの女主人が言った。「こちらはミセス・コラル」

「まあ、顔色がずっとよくなったわ!」訪問者が喜びの声を上げた。「(今夜は本当に顔色がいいわ、ほら!)それに、あなたの息子さんたちには驚きました! お二人とも、もうここには顔を出されたんでしょ?」

「二人はここに顔を出したの、シーキー?」

「あとで上がってくるでしょう、少しくらい」とミセス・アートワース。

「お二人ともむろん、お母さまを疲れさせたくないでしょうね」ミセス・コラルは急いで同意したが、戸惑いもあった。ため息が出た。「気になるんです、お二人が知りたいのは」、——本能が働き、彼女は椅子にいる人を権威者と見なして相談した——「どうして医者に見せなかったのかということですよね」

「それももっともだわ」ミセス・アートワースは言って、鼻の先から編み物を見下ろした――いっそう素早い、いっそう明るい輝きが、編み針からほとばしった。「私は今朝から世話をしているだけ、ご存じでしょうが、だけど、どうしてかしらね――ええ、彼らもきっと不思議に思うでしょうね、ええ！」

「いいえ、思わないわ」と患者が言った。

ミセス・コラルは、ジェリーの瓶をまだ抱えていて、いつにない戸惑いを外に洩らし、この瓶をどこに置いたらいいか決めかねていた。壺や瓶のあるところのほうがこの瓶もくつろげるかしら？彼女は歩を進め、化粧品の間に置いてやった。「あら、もう暗いのね！」と述べた彼女は化粧テーブルのそばに立ち、張り出し窓から外を見た。「そろそろかしら」、と彼女はチンツ張りの椅子に訊いた。「すぐにもカーテンを引くことを考えないと？」

「いいえ」と患者が言った。

「ご本がみんななくなってますわね？」裸のスツールを見て訪問者が述べた。

「また戻せばいいのよ」と看護婦。「彼女がそう望むなら」

「いいの、心配しないで、シーキー」

「でも、おかげで誰か座れる場所ができましたね？」

「お掛けになったらいかが、ミセス・コラル？」

「いいえ、申し訳ありませんが――もう行かないと。ミセス・ドラクロワ、息子さんたちを心配させないで下さるわね？」

「あの子たち、目隠しした車で私を連れ去って欲しいのかしら？」

「もう、そんな言い方なさらないで——ばかばかしい。ひどいじゃありませんか！」

「もうおよしなさい、ダイシー」シーキーが命じた。

「それとも、シーキー」おさまらない者が続けた。「九番地にお部屋を見つけてくれる？　私はおかしくないとあなたは言うけど、私、もう駄目みたい」

「冗談じゃない」シーラの声は鞭の一振りのようだった。

「それに、ウィルキンス少佐が心配してらっしゃるわ」とミセス・コラル。

患者は薄くなって寝ており、下に敷いたシーツにぴたりと貼りついたよう。しばらくの間、かすれ声さえ聞こえなかった。

「あなたは看護に慣れていらっしゃるようですね？」ミセス・コラルはミセス・アートワースに言った。

「看護婦になれるでしょうね」相手は同意して、模造のヒョウ柄のバッグに手を入れて、毛糸玉をもう一つ取り出した。「そう思うわ、ええ。でもあれやこれやと理由があって、訓練は一度も受けませんでした」

「経験がものを言うんですよ、長い目で見ると」ミセス・コラルは感慨にふけった。「経験があれば、ですわ、私はそう言いたくて」

「友人を看護したんです、彼の死の日まで」

「まあ」とミセス・コラル……「まあ」と彼女は繰り返した。「そうよ、私はちょっとお寄りしただけだから。もう、あなたをずいぶんお騒がせしちゃって」と彼女は枕に伝えた。「明日には、あなたも子供たちに会う気になるでしょう、誰が違うと？　さあもう失礼して、子供たちを捜さないと」

「ミセス・コラル——？」

「はい？」

「子供たちだけど、ここに泊まったらいいのに？」

「あら、でも、もう準備してますのよ」

「だけど子供たちの部屋はここだし、いつでもここで寝ていますし。彼女たちの部屋はここなんだから……」

「うちには素敵な部屋が最上階にありましてね、インド人が代わりに入るまでは」

「どうやってあの子たちを連れて行くんですか？」ミセス・アートワースはそう訊きながら、すでにミセス・コラルが見込んだ収入の程度を割り出していた（正解だったことがあとでわかった）。「それとも車をお持ちなんですか？」

「いいえ。それに自転車もないんですよ、お聞きになってびっくりしたでしょう。私は自分の足のほうが好きなんです」とミセス・コラルは言って、信頼できるペアを見おろして、こくりと一回うなずいた。「でもたしかに、問題があるかしらね、子供たちの荷物やそのほか色々なものをすっかり我が家に運ぶには。素晴らしいのよ、子供たちって自分が持って行きたい物の種類と量が、最後の瞬間になると。コラリーが持ってきた物をぜひ見て下さいな。きっと笑いますよ。この二つは一山あるわね、私もいま見たばかり。そこに山になっているのは、ドアのすぐ内側に、すぐ持って出られるように。だからどうかと思いまして、お父さまのどちらかに子供たちと私と、そのほか色々とローズバンク——我が家の名前です——まで運んでいただけないかしら、お車で？　時間はたいして掛かりませんわ。ウィルキンス少佐なら運んでいただけたのに、それはもうたしか、でも、彼の姿がどこにもなくて」

「わからないわ、どうしてその段取りが付かないのか」とミセス・アートワース。「ちょっと見てくるわ」彼女は立ち上がった。「いまからくるのは、ダイナ、あなたのブイヨンだから」

「そうなの？　私、憶えてない」

活動的な女は、もう出て行こうとして、その前に天蓋のほうをちらりと見た。ダイナは肘をついて起き上がっていた。その白い顔を下へくだり、不面目な傷跡の下を、涙が一粒、戸惑ったように流れ落ちた。

「さあ、元気を出して下さいな！」ミセス・コラルが励ました。「明日は子供たちに会えるんですから」

「ええ」


子供たちは、アプルゲイトを離れるのがどうにも不安になり、結局、執行猶予を勝ちとった。父親たちは、彼らをミセス・コラルのところへ輸送する用意はあったが、すぐに実行するのに気後れがして顔を見合わせた。「すみませんね、ミセス・コラル、しかし、いまから上に行って、母を見てこようかと」

「素敵なことじゃありませんか！　でもそれはあとになるんじゃなかったかしら？」

「あとでまた上に行きますが、やはり」

「それはちょっと、場合によるわ」ミセス・アートワースが言った。

「心配ですわ、いまだとみなさん、彼女が少し悲しんでいるのをご覧になるわよ」ミセス・コラルが言った。「五分前は、明るくしていらしたけど。変わるんですよ」

「みんな変わりますよ」ローランドが言った。

「申し訳ありませんね、これであなたを追い出すようなことになったら、ミセス・コラル」ウィリアムは兄よりもずっと丁重に言った。

「おかまいなく！」善良な婦人が言った。「六歳とか七歳ですべてが変わるのね、誰が不思議に思いますか？　でも私はもうおいとましないと、ええ、オヴンの調節があって。すべて六時にセットしてありますの。ちょっとしたお茶をあの子たちに出してやろうと、最初の晩ですし、チーズと卵のカスタードとチョコレート・プディングを。でもそれ以上は何も出さないほうが、甘やかすだけですから」

「ええ、まったく」

「コラリーは私が連れて行ってもよろしいのよ」ミセス・コラルはそう言い、あまりの妙案にうっとりして、辺りを見回した。だが、おチビちゃんはどこにもいない。

息子たちは、二人で集団になり、階段のほうへ歩を進めていた。ミセス・アートワースはすでに階段の下にいて、言った。「私が先に行って、あなたたちがくると伝えてこようかしら」

「いや、そんなご面倒はいりません。母は僕らには慣れていますから」

彼女は不審そうな顔を一方からもう一方に移しつつ、見事に結い上げた髪に触れ、よく考えてみた。「そう、ええ。それはそうね……。あなた方だけで彼女と？」彼女が訊いた。

彼らはこの質問に唖然とした。「いや……」と息子の一人が。「どうお思いになりますか……？」

「あら、私にはわからないわ——どうして私に？　そうね、そういうことでしたら、私、ちょっと出かけてくるわ。新鮮な空気に当たりに」彼女は倦み疲れた肺に深呼吸をしてみて、これだと思った。「そうだ、身体を伸ばしに行ってこよう」彼女は両腕を伸ばしながら言った。

「ご承知ですね、もう暗いですよ?」

「あら、遠くには行きませんから」彼女は言い、楽しそうに、そっと二人を見た。「お宅の門の外には行かないわ。お家の近くだけにします。はっきり言って、私は田園地帯にはゾッとするの。――フランク・ウィルキンスは勇敢にたち向かっていらっしゃるのね、余談だけど? 彼にはお会いになって?」

息子の一人が、一瞬たってから言った。「ええ、半分だけ見かけました」

「まあ。彼はあなた方に様子を知らせてくれるんじゃないかしら?」

「彼に会ったのは」、もう一人の息子が言った。「ほんの一分で、それもやや遠くから。どこかへ出かけるところのようでした。出かけていきましたよ」

「そうか」彼女は独特な抑揚を付けて言った。「じゃあ彼はあなたたち二人には会ってないのね?」

「フランシスに言いつけて下さいますね」、ローランドが言った。「もっと必要なものがもしあったら?」

「必要なものが出ていたら」、と彼女。「自分で勝手に使っていいかしら? ともあれ、私が欲しいのは息抜きなのよ、第一に」

彼らは言った。「では夕食のときにお会いすることに?」

「そうなるわね」彼女はやっと言った。「ええ」

階段を彼らに明け渡すようにしてから(いわば)、彼女はモヘアのコートを探しに行った。ビショップス・シートの上にあった彼らの外套の下からコートを掘り出した。杖を選んでから――散歩を犬に知らせるため?――ポーチの内側のガラスのドアを抜け出し、暗闇に消えた。

そう、フランクを半分見かけたことは、どこか薄暗い、居心地の悪い何かがあった――この件は、ミセス・アートワースとその明快な質問がなかったら、二人の息子は、二人に共通の暗黙の記憶として封印していただろう。その何かは、起きてから一時間から三十分たったあとで、夫人が割り込んできて彼らに認めさせたことだった。応接間はまだランプのない状態にあり、薄暮の中、いわゆる盲目の男の休日の中にあった。家の外では、大地がとり憑かれたように見える、その時刻の終わりが近づいていた。

フランシスを追い出して、息子二人は話し合った――ウィリアムは、いまも母親の椅子に座ったまま、張り出し窓のほうを向いていた。ローランドは動き回り、三つある窓の外を、ときどきぼんやりと眺めている。彼らの話はぼんやりではすまなかった。突破口を見つけなければ、というのが彼らの意図だった。目下のところ、アプルゲイトの状況は刻一刻と、意味をなすどころか、意味をなさなくなりつつあって、それはミセス・アートワースの介入と、フランシスの蜘蛛の巣のような曖昧さのせいだった。母親に会いに行くこと、だから階段を上がることを知らせようという提案(のちに実行された)は、ついにそれしかないと勧告していた。衆議一決、彼らは杯を上げた。

突き当たりの窓(対になる窓が部屋の上になく、壁が天蓋に占領されていた)に人影が射した。窓枠を横切る物腰から、それはあの放浪の旅人ではないかと思われた――何をしているのか、何が欲しいのか、それをいまにきっと問いただされると哀れにも覚悟している放浪の旅人。半明かりすら消えたいま、草も木もほとんど見分けがつかなかっただろうに、彼は動いた——その動作にはいままでずっとそこにいた名残があり、姿が見えてきた。

「ほら」とローランド。「あそこに哀れなフランクがいる」

ウィリアムは、頭を上下させながら、突き当たりの窓と自分の間にあるさまざまな障害物の隙間から、また頭越しに見やり、同じ結論を出した。そして「ほんとだ」と言った。

「何をしようというのかな?」

「それがわかっているようには見えないね。しなくてはならないことがあるのかな?」

「入ってもらう?」

「自分で入ってくるんじゃないの、もし入りたければ?……。彼がおそらくその人だよ、うん、話をしなくちゃいけない相手は。現場にいたんだから。母にちょくちょく会っているんだから、何か別の話があるかもしれない——たとえば、このことが先週の日曜日になって初めて起きたことなのか、前にも問題があったのかどうか」

「そうだね」

フランクは、その間、視界から消えていた。息子たちはしばしホッと安堵した。しかし、芝生が見える窓の向こうに目をやって、彼がまた視界に入ってくるかどうかを見た。「とにかく彼には元気を出してもらおうよ、いいね?」ウィリアムが言い、二人はじっと待った。

「さて、どうしたものかな。一杯飲みに連れ出すとか?」

返事の代わりにウィリアムは、肩をすくめ、たくさん飲み物が乗っているトレーのほうを意味ありげに見た。「外に?」

「わかってるさ」ローランドはトレーのことは承知していた。「しかし、僕が考えていたのは、情景を変えることなんだが？」

フランクは、予想どおり、また見える所にきていた――今度は斜めに芝生を横断し、果樹園に向かっている。ウィリアムはもう一度ちらりと目をやって言った。「彼は我々には礼を言わないんじゃないかな」

「何か考えてるかな？」ローランドは前よりもおそらく不安になっていた。「彼が知っていることで、我々の知らないことがあるのかな？」

「彼は目立つことをする人だから、その点は割り引いて」

「うん。だけど――？」

「もう一つ言っておくと」、とウィリアム。「彼は病気が我慢できないタイプなんだ。反感を覚え、病気と聞いただけで支離滅裂になり、パニックになる。必ずしも利己主義というのではなく、一種の恐怖症なんだね。その種の恐怖症は年齢とともに悪化するから、彼もそうなんじゃないかな。当たり前だと思うよ――自分自身はまるで知らないうちに、その時がきて、いつ何どき自分が壊れないものでもないなんて？」

「そうだよ、僕だって知らないさ」ローランドが言った。「そんなの知らないよ」

彼らが議論している間に、すっかり遅くなっていた。フランクは上の窓を見たが、一瞬だったのでふと見ただけだろうか。彼は窓の中から観察されていたが、またもや大枝の間の太古の暗闇にまぎれてしまった。「彼はもしかしたら、だよ」、ローランドは思い出したように言った。「何か自分にできることがないか見にやってきて、中に入るのは、考え直してやめたんだ。だとすると、嫌な感じだな」

「いや、ただ、ハローと言いにきただけじゃないの？」

「だったら、どうしてそうしない？……。何があろうと我々が一つしないといけないのは、遅かれ早かれ、彼と話すことだ」

「賛成。たいへんな失態になるよ、彼と話さないなんて」

「うん」

「でも、なぜ彼は医者を呼ばなかったんだろう？」


延長が認可されたことがわかると、ドラクロワ家の子供たちはフランシスを捕まえて、去年の八月にしたトランプ遊び、ジンラミーをパントリーのテーブルを囲んで再開したがった。（コラリーも仲間に入れること。）しかしフランシスはそんな気分ではないことがわかった。「あなた方のお祖母さまだけが」、彼は予言した。「倒れるだけではすまないかもしれません、このぶんでは」彼はミセス・スローズ（手伝いの未亡人）と夕食をとっていた。

「でも、フラーンシス、八時になったら？」

「髭を剃らないと」

子供たちは彼がグラスの戸棚から珍しいものを取り出すのを見ていた。「それ、何に使うの？」

「何に？　これはフィンガー・ボウルです」

「すごく曇ってるわね、フランシス」

「まあ、そのとおりだと思います。さあ、もう行って——私の神経をダメにしたいんですか？」

そこで子供たちは代わりに何をしようかなと思った。誰もいない応接間が手に入ったので、子供たちは去年の八月の裁ち物鋏を、お祖母さまの机のネックレスの引き出しから取り出すと（つまり、この家の子供たちが取り出したのだ。コラリーは見ていた）、小型ピアノの中の空間に秘蔵されていた何冊ものツルツルした雑誌を引っ張り出し、ソファの上に一列になって座り、取り掛かった——つまり、この家の子供たらが取り掛かった。コラリーは、鋏を目の前に出されたものの、じっとしていた。「これでいまから何をするの？」彼女は知りたがった。

「だって私たちがするからよ」とパメラは言って、早くも鋏は　頭の恐竜の回りを飛んでいた。（パメラは、あの本から命名されたのではなく[*1]、いま五歳、従妹より六ヶ月年長だった。）エマはふんふんと言い、アステカ族の祭壇で忙しかった。

「これは大自然の雑誌で、あなたが私にくれたのよ、そうじゃない？」とコラリーは訊いたが、疑いは深まるばかり。

「色つきの鳥も載ってるんだから——載ってたわよ」（実を言うと、その特別な雑誌は、去年の八月にずたずたに切り抜かれていた。）「あなた、鳥は嫌い？　それとも、ほら、自動車のがあるわよ——自動車は切り抜くのがすごく簡単よ」

エマはふんふんと言った。コラリーは、とっくの昔に終わってしまったモーター・ショーの頁をせかせかとめくりながら、何か探しものをしているように見えた——自分の扁桃腺でも？　そして一台のジャガーに鋏を押し当てると、悲愴な声を出して言った。「怖いことになったわね、あなたのお祖母さま？」

「何が怖いの？」

「怖いことになったわね、あなたのお祖母さま、って言ったのよ。一生身体が不自由になって、それに、頭も変になっちゃって」

「ほー、ほー、コラリー！」

「村じゅうに広まってるわよ」

「もしあなたが村じゅうを回ったら、天然痘にかかるわよ」

「そんなのウソ！」とコラリーは叫んで、妖精の唯一の証拠である妖精編みにした金髪を後ろに投げた。

「じゃあ、一足す一は二」

お手上げだった。またジャガーに攻撃をかけ、コラリーはおかまいなしに言い放った。「みんなが一家に同情してるわ」

「何の一家？」パメラが上の空で訊き、恐竜の尻尾の細いところを、熟練の技で切り抜いた。

「あなたたち、みんなのこと」

「私たちは、あなたの一家に同情してるんだけど、コラリー」

「お祖母さまはお風呂に入ったわ」とエマ。「私がお湯を出してあげたの」

会話が途絶えた。パメラは、もとの状態から完全に切り離した恐竜を自分のそばのソファのはじに置いて、あらためて眺めた。エマは、ふんふんと言ったぶんだけ遅れたのか、アステカ族の祭壇の土台部分にきたところだった。コラリーは完全な失敗例としてジャガーを見放し、無傷のオースティンに注意を向けた。お尻の下のソファと足元のラグに切りくずが散らかっていった。

コラリーが、誰にともなく、鼻を鳴らして不吉な音を立てた。

「彼女がブランコを取り外したんじゃないわ」エマがパメラに言った。「誰かが外したのよ」

「彼女が背中を見せたらすぐに」

「あのご婦人もがっかりしてたわ」

「でも彼女がブランコを揺らすのは無理のはず。彼女は重すぎるもん」

「あの人のことを言ってるなら」、すっかり協調的になったコラリーが言った。「彼女は何をしたと思う？　お宅の小道を歩いていたわよ。自分の自動車があるのに、村に置いてきちゃって。あの人、変な人ね？――あそこで何をしているんだろう？　近寄ってきて、私たちに話しかけようとしたわよ。『もし誰かがきて、あなたに話しかけようとしたら』ってマミーに言われてるの、『無視しなさい』って。あなたは近づいていって彼女をけしかけちゃったのよ。『洞窟を見た？』と彼女が言ったでしょ、『私は一度も見ていないのよ。一緒に見ない？』って。彼女に何の関係がある？　見るからに変な人だったわ」

「ミセス・フロッグかな」とエマ。エマは蛙《フロッグ》が好きだった。

パメラは過ぎし日の『ヴォーグ』を引っ張り出していた。そしてコルセットの広告頁をめくり、一頁破りとると、半身像の女性に鋏を当てて作業を開始した。「お祖母さまの様子を見たかったんじゃないかと思うけど？」と彼女。

「だったら、彼女はどうしてドアまで行ってベルを鳴らして訊いてみなかったのかな？　いつもお祖母ちゃまはそうしてるわ、誰かが病気のときは――ドアまで行ってベルを鳴らして訊いてみるものよ」

「彼女は私に訊いたよ」エマは納得した調子で言った。「私が『祖母は病気です』って言ったのよ」

コラリーはそわそわした。「あの人はいまどこにいると思う?」

「お祖母さまの友だちのこと? どこかにいるでしょう」

クレアは子供たちに感謝していた。その夜は彼らがアプルゲイトから閉め出されたと聞いて気の毒に思っていた——私のせいだ。とはいえ、もしクレアがいなかったら、彼らは、学期の途中のいま、ここにはいなかっただろう。「どこへ行ったの」、クレアは突然思いついて、パメラに尋ねてみた、あとの二人が同じロープの結び目で爪を傷めたときだった。「あなたのお祖母さまは学校のあとは?」クレアは運がよかった。歴史が大好きな子供は顔をぱっと輝かせた。「セント・アガサのあとですか? 学校はどこにも。何人かの子供たちとカンバーランドで勉強しました。それから、あの戦争が終わったあとは、従兄のローランドが、彼女はフランスに行くべきだと言ったの」

「あなたは従兄のローランドに会ったことがあるの?」とクレアは訊いた。「まさかないわね?」

「彼はもう死んでました」パメラはプッとふくれて、自分の親戚の怪しい奇癖を打ち明けるように言った。「だから私の父は彼から名前をもらったの。だって——あなたは彼に会ったんでしょう?」

「一度か二度、遠くから」クレアは言い添えた。「そのほうが、彼にはよかったのよ」

「従兄のローランドの兄が従兄のクロードよ。従兄のクロードは主教《ビショップ》だったの」

「ああそうだ、ええ——ええ——主教さまがたしかにいらっしゃったわ」

「だけど、そのせいであの椅子がお玄関にあるわけじゃないの。あれは祖母がオークションから持ってきたんです」

「たくさん知ってるのね、ほんとに」大柄なほうの人が認めたが、なかば不満そうに、爪が裂けたところを舐めながら、傷のもとになった結び目にしかめ面を投げた。「駄目だ」と彼女。「だから、諦めるしかない。また今度ね、ナイフを持ってこないと」

「男の人たちがナイフを持ってるのよ。ウィルキンス少佐さえいてくれたらいいのに」

そこで（エマがハミングしながら近寄ってきた）クレアが自慢した、親指みたいな形をしたナイフを知っているわと。「でも結び目は切れないわよ、バターだけ切るナイフなの」

「ほんとですか？」

「ええ。私の店にあったんだから」

クレアは岩肌に刻まれた階段を上がっていった。


いずれにしろ、果樹園のどこかにフランクがいた。クレアにはわかっていたが、かすかな足音でも、活気のない芝生の上を歩くと聞こえ、十一月になって腐った林檎がごろごろしていた。ときおりちらっと光るのは、木々の隙間にある暗い茂みだった。彼女は立って、フランクのたどりそうなコースを考えていた。どこへ行っても大枝に邪魔されそうだ。彼女が立っている場所から出ている道筋はなかった。あてずっぽうに行くことにし、彼はこちらを行ったと勝手に決めて進んだ。空き地に出ると、ダイナと彼のポタジェがあり、彼がそこで立ち止まっていた。彼女もそこまで近づいて彼と対面した。「何だ、あなたでしたか？」と彼。「知りませんでした」

「ええ。私です」彼が目をそらすまで、例の石のような目で睨みつけると、好意と悪意が同じように蒸気になって二人の間から消えていった。クレアが訊いた。「何があったの？」

「ダイナが病気になりました。そう言いましたよ、電話で」

「わかってます。でも彼女はどうなったの?」

フランクが言った。「あなたを責めているんじゃない——それはまったく」

「ありがとう。どうして?」

彼は考えるのが辛そうだった。「この全体像はあなたの理解を超えるのではないかと感じ始めたところです。あなたが原因でなかったわけではない——いや、あなただったと思う。しかし、あえて申し上げれば、あなたにはわからないことだ。誰にわかります? 日曜日、あなたたち二人の少女が口論になった、でしょ? それから僕の推測では、彼女は何かにぶつかって、頭をやられた。だが、彼女はご覧のとおり——いや、ああなったのか?——あれにはもっと多くのことがあったんです」彼はクレアから目をそらし、ポタジェのガラスのベル・ジャーが二つ三つ、深まる秋に曇っているのに目を留めた。「あともう一波乱あった」、彼が言い足した。「とでも言いましょうか。それが今回の問題です。それが問題でして」

クレアはポケットに両手を突っ込んだ。そしてまともに訊いた。「だけど、何がおっしゃりたいの? 私が知りたいのは、そのことよ——それとも、あなたは知らないとでも?」

「いいえ、知っていると思いますよ」彼は真面目に言った。「あるいは少なくとも、かなり正しい憶測はできる。まず始めに、彼女がことここに至った過程を見てみましょう。彼女は平気の平左。知ったこっちゃない。もうたくさん。終わり」

「何を知ったこっちゃないの?」

「我々みんな、彼女を取り巻いているみんなのことが。彼女のこの場の人生。この住まい。彼女は未練をなくしました」

「未練をなくすのは、病気じゃないわ」相手は食い下がった。

彼はまた彼女を見た。「僕が『病気』と言うときは、ほかに言い方がないからですよ？　それに、これだ。大いに気配りしてきた女性が、気配りなんかクソクラエとなれば、それは病気でしょう？　とはいえ、彼女は気配りをやめたんじゃない。気配りする方向を切り替えたんだ。何かに気配りするのをやめただけです、あれから」

「いつから？」

「ご存じのはずですよ」と彼。「違いますか？　あなた方三人が一緒だったときですよ、いつだったかは神のみぞ知る。それに彼女はこだわり続けている。彼女はあなたたち二人にまた切り替えたんだ。彼女がわざとしたと取らないで下さいよ——彼女はそれすら自覚してはいないでしょう。しかしあなたたち二人のところにまっすぐ帰ってきたんだ。とくにあなたに。あなたに、ですよ。あなたは、ご自分で自覚している以上に、重要人物なんだ。全然知らなかったわけじゃないでしょう？」

彼はクレアに顔をしかめて見せた、腹を立てたからではなく、強調したいからだった。「だから僕は、あなた一人を責めてはいない」

「いいえ、私は知らなかったんだと思う。あるいは、見えなかったのか。ほかのことを考えていました」

「だろうと思っていました」

「お見通しなのね」

どちらであろうと彼は頓着しなかった。「しかし、大事なことは」、彼は追及した。「いま何が起きたかですよ。いまになって、何かがあって、底がすっかり抜けてしまった。日曜の夜遅く、フランシスが僕を呼んだあと、彼女は自分が何を言っているかわからなかった。いや、自分が何か言っているのか、それ自体がわからなかった。彼と僕で彼女をベッドに運んだとき、彼女はひどく落ち込んで叫んでいた。『みんななくなってしまった、それとも、あれはあったのかしら？　いいえ、全然なかったんだ。一つもなかった。なかった、なかった、なかった……』これが延々と。聞いているだけで恐ろしかった。つまり、何かがあって、底が抜けてしまったんだ、ええ？　で、彼女はいまどこにいる？　つまり、彼女には何がある――いまは？」

「私に言えるといいんだけど」とクレア。

「ぜひとも言っていただきたいが……。まあ、そういうことで。とにかく、それが僕の推理です」

フランクは向きを変え、去っていった――彼女は彼がポタジェの浅い畝を踏んでいくのを見守った。それから振り返り、いまきた道を戻って果樹園に入った。入ったあとも相変わらず茂みを選んで隠れて歩いた。その後、自分の立っている場所から、エマが屋敷をぐるりと回って正面のドアへ向かうのが見えた。これは二人でできるゲームだ、とクレアは大胆になって考えた。割れた爪をもう一度舐めてから、彼女は思い切って葉が落ちてブランコもなくなったブナの木を迂回する道をとり、階段の窓から誰かに見られないように用心した。正面のドアの前には、ダイナの車がまだ停めてあった。あれは日曜日、今日は水曜日。目下のところ、この混乱の中、ヒルマンを移動させようと思った人間はいなかった。私がしようか？　いや。代わりに激しい疲れがどっと出て、助手席のほうのドアを試してみた。開いた。彼女は中に入り、想像上の運転手の横に座ると、眠ってしまった。日は長かったが、夜はなかった。

暗がりの中、シーキーが窓を叩いてクレアを起こした。彼女は開いたドアにもたれて、舌打ちをした。「まあ、何と言おうか……」

「あら、ハロー。あなたの犬はどこに？」

「酔っ払ってるの、あなた？」

「いいーえー。万事どうなった？」

「彼女は大丈夫。息子さんたちが上に行って彼女といるわ――どうして家の中に入ってこないの？応接間には誰もいないわ、子供たちのほかは」

「彼らは庭にいたけど」

「それはどうかしら。みんな応接間にいるわよ。いまにもミセス・コラルのところへ行くそうよ、父たちが降りてきたら」

「父たちって？」クレアは聖書の父たちかと思って慌てた。

「息子たちよ」

「ああ、そうか」クレアは車から出た。「シーキー、私がここにいることを彼女には内緒にしてくれる？」

「ほのめかすなというのね？」

「彼女のほうから訊かないかぎり」

看護婦は任務に戻ろうとして言った。「わからないのよ、彼女のことは、一分きざみで。いまは、カレー・エッグが欲しいんだって」

看護婦はまた患者を一人で引き受けていた。ベッドのそばから空になったブイヨンのカップをとかし、火を起こし、お見舞いにと村人から送られた、からし色の菊の花をクリスタルの花瓶に活けた。「トランプのカードがどんどんめくれていくじゃない?」患者は見ていて、細い声で褒めた。

「何て?」

「とんとん拍子だって言ってるのよ、シーキー、そうでしょ?」

シーラは（ストレッチ運動に外に出たあと、晩餐のためにと着替えたブラウスを着ていた）、化粧テーブルの鏡に映った自分をしげしげと見た。「『東《イースト》、西《ウエスト》、旧友が一番《ベスト》』ってみんな言うわね」

「ああ、それ本当だ！ でも、トレヴァーはいかが?」

「トレヴァーはいかが?」

「一人きりなの?」

「彼は、私がここへくるべきだと思った人たちの一人よ」

「彼は知るよしもないでしょうが、私には重大なことなのよ、シーキー、彼が生きていて、あなたとちゃんと結婚したと知ることが」

「ああ」ミセス・アートワースは言ったが、褒められたという様子もなかった。彼女が訊いた。「そのほかの彼が考えられる?」

「何年も——何年も——私は心配だった、彼の骸骨が白くなって、あそこの排水溝に引っかかっていると思うと。あなた、知ってるでしょう、『宿り木』の話?」

「知らない」

「彼は帰りの大型バスには乗っていなかったのよ。全員がその件では完全な沈黙を守ったわ。母には自分の考えがあったのね。それから翌朝早く、私たちはカンバーランドへ発った——憶えてるでしょ、私たちは永久に去ったの。そしてそこに戦争が起きて、人は見たのよ、真実とは思えないほどひどいことを。あなたたちに広告を出したのは、百も二百も理由があったからだけど、シーキー、その中の理由の一つは、あなたたちに私は最初に会いたかった、私はどうしても訊きたかったから、『トレヴァーは出てきた?』と。どんなに長い年月だったか、言うまでもないけど、だってわかるでしょう、私が考えていたのは、トレヴァーと彼が押し込まれたことばかりだった。時が経つにつれて、理性でそれからうまく抜け出せたと私は想像していたの——でもそうじゃなかった。なぜなら、一九四〇年に、ミスタ・チャーチルが、あの見事な、士気に燃える演説をして、いまに各地の海岸線で戦うことになると言ったとき、私の最初の反応が何だったか、あなたにわかる? 『これであの排水溝が吹き飛ばされて、トレヴァーが出てくる』だったの」

「あなたの考えることときたら」

「彼はいまでもマッチが嫌い?」

「嫌いだったの?」とシーラ。

「私をもう憎んでない? そうよ、トレヴァーは人を憎んだりしなかったわ。でも……?」

「あなたによろしくって言ってたわよ」

「彼がここにいたらいいのに」患者はそう言って、幸福感にあふれたため息をつき、枕の上から天蓋を清らかに見上げた。

「ここに誰がいるか、教えてあげる」

「いいえ、それはやめて——教えてもらうまでもないわ。知ってるもの」

「あら、そう?」

「彼女には帰って欲しい。お願いだから帰して。帰るべきよ」

「彼女は気持が高ぶっていて」シーラは用心しながら言った。

「じゃあ、私はどうなの？　伏してるのよ」

「彼女が私をここにこさせたのよ、ダイナ」

「どうなの、あなたはとてもいい看護婦さん？」

「だって、あなたは彼女が殴ったと言いふらしてるでしょ」

「彼女が殴ったのよ」

「そんなこと——そんなはずないでしょ？」シーラ・アートワースは、不信なあまり自分の額を手でさわって言った。

「はい、はい、それはありませんでした」と患者は言い、我慢できなくなって、些細な問題にけりを付けた。「私が何かにぶつかったんです」

「あら、やっぱりね？　すると、彼女はずっと苦しい立場にいたんだわ。苦しい立場に」

「じゃあ私の立場は？　彼女に言ってやって、悪魔が教会の鐘から解き放たれて、我が家に入ってきたほうが、彼女の顔を見るよりずっといいって。駄目です、彼女には帰ってもらいます。もう手遅れ」

「仲直りに手遅れはないけど」

「私は彼女に泊まっていってと懇願したわ。私は、私は彼女が必要だった。彼女はこう言ったのよ、『いいえ、男を豚にするキルケめ』と」

「彼女はいつも悪口雑言だったじゃないの」

「いつも遠くへ去っていたんだから。離れていたらいい」

「公平じゃないわよ、ダイナ」

「私が公平だったことなんて、ないでしょ」

アートワース看護婦は、本来の職務を再開した。「私が夕食で下へ降りる前に、体温を測っておきましょう」

「そうよ、早くしてよ」

シーラは体温計をダイナの口に放り込んだ。ダイナはそれをまた口からひょいと出して、急いで言った。「ちょっと待って――誰だったの、シーキー、あなたが本当は殺さなかった人は?」

「話せば長くなるわ、ちょっと」シーラは深く思いあぐねて言った。

「明日話してくれる?――ずいぶん綺麗なブラウスねえ、シーキー」（綺麗なブラウスだった。東洋のみが知るショッキング・ピンクのブラウスで、サリー用の生地で作られ、だから金糸が混じっていた。）「男の子たちが喜ぶわ」彼らの母親がさらに続けた。「あの子たち、あなたにしびれてるんでしょう、もう、わかってるんだから。彼らがあなたのことを私に訊いたもの」

ミセス・アートワースは驚いて見せた。

義務に忠実な患者は体温計（消音タイプ）を再び口の中に放り込んだ。

長い部屋は無人のまま、いるのは患者だけだった。暖炉の火が立派な火格子の中で、儀式の火のように燃えている。暗闇は彼女に好かれ、窓枠にぴたりと貼り付いて居座るのを許されていた。薔薇また薔薇がいたるところにあって、いくつかは傾いたランプの笠の下にほのかに見え、いくつかは見えなくても、向こうのドアから遠くのベッドまで切れ目なく置かれているのが察知できた。日曜日以来君臨してきた予測不能に、患者はふたたび身をゆだねて横たわり、ここしばらくは誰かのために起き上がる必要もなく、従順に海へと運ばれていく人のようだった。というかむしろ、彼女自身が引き潮になっていたのか。

しかし誰かが、階段にひとたび足を乗せるや、ためらうことなく、用心深く上がってきた。足音は開いたドアに近づいてくると早くなり、急ぎ足になった。自分で自分の足音を聞いているのか――なろうと心してきたものになることだけを目指して。わかった。素晴らしいじゃないか、何とかしてそんな希望が消えずに残ってきたとは、いままで何度その足音が向きを変え、立ち去らなくてはならなかったかを考えれば。今回は、合図か何かがあるのだろうか？　今日は水曜日だ。

フランクは、かつて立ち止まったところに立ち止まった――絨毯に届く一歩手前、戸口をまたいだ位置だった。彼はためらいながら言った。「ええと、お邪魔します」

待つ間に、彼女の本がなくなっているのに気づいた、昨日からないぞ。あった、あそこに。戸棚の上に積み上げてある――なぜだ？　彼は薔薇を一輪二輪と踏んで前進し、低くした頭をもたげ、瞼の下からくまなく見た。化粧テーブルの上にいるよそ者は何だ？　だが、枕の下から音が出てきた。「何か？」と彼は訊いて、眉をひそめた。

「私が言ったの、『あなたね』と」

「ちょっと覗いてみようと思って」彼は言い訳をした。「どうなの？」

「あなたはどうなの？」彼女が知りたかった。

「あそこにあるジャムの瓶は、いったい何をしているんです？」

「ジェリーよ。ミセス・コラル。あなたはどこにいたの?」

心の中で大声で、「あなたはどこにいた、だと?——君はいまどこにいるんだ?」と叫びながら、彼はコラル・ジェリーを調べに行き、それから答えた。「うん、その辺をうろうろと、ね。うろついていたんだ」

「色々と目配りしてくれた?」

「そうとも言えるかな、ああ」

「ねえ、そんなところに突っ立ってないで。大声を出すと、お互いに疲れるから」

「何なりとお望みどおりに」彼が言った。そして部屋を中へ入り、ベッドのすそに立った。彼が訊いた。「ちょっとだけでいいから頭を上げてくれないかな、できたらでいいけど? ほとんど君が見えない」

彼女は肘をついて体を起こした。

畏れ入ってフランクは、さらに深く眉を寄せた。「虹の色が全部ある……」

「ええ。こんなに美しいたんこぶって、あなた、見たことある?」

「それ以外は、元気そうだね。ダイナ。休息と睡眠が体によかったのかな?」

「フランク、この前の晩だけど、あなたをギョッとさせなかったらよかったんだけど?」

「仕方ないさ」彼が言った——顔が真っ青になり、わきを向いた。

「いいえ、仕方はあったのよ——私が馬鹿だった。彼女のマスクがあなたを怖がらせるとは、全然知らなくて」

「マスク?」彼が繰り返した——呆然としている彼を誰が非難できる? 彼は頭の後ろをかいた。「ああ、何だ——あれのこと？　ずいぶん前のことみたいだ。あれを見て僕が思ったことで、君は僕に腹を立てた」

「私がまさか——私がそんな？」

「知らないよ。それは僕にはわからないこと、わからなかったことだ。しかし君は僕に反感を持ったんだ」

「ダーリン、ねえあなた、フランク」そういう声に震える愛がこもり、ダイナは思わず彼のほうに手を差し伸べていた（広くて長いベッドだった）。「ロバはよして」

「神に祈ってるんだ、ロバにして下さい！」

「さあ、さあ、さあ、さあ」

警告なしに彼はベッドのすそを離れて空いた場所を探し、ベッドのはじに身を投げて、彼女の頭が乗っていないほうの枕に顔を埋めた。どこか厳格な行為だった。二人の間には広大な距離があった。彼女はふたたび手を差し伸べ、今度は横に、しかしベッドは長くて広かった。

「フランク、元気出して」

無反応、無言。

「フランク、一つだけあるの……」

無言、無反応。

「一つだけ——ブランコを元通りにして下さる？」

一種の拒否の動作が、枕の中に。

「そうね、当たり前ね」と彼女。「私が言いたいのは、私がお願いしてるんじゃないの——でも、あなたが自分から進んでブランコを元通りになさったら？　正直な話、あなただって、ブランコはあったほうが。だってあなたはものすごく器用だから。元通りにするだけでいいんだけど？　子供たちがすごくがっかりしてるの」

「切り抜き？」クレアは無神経に子供たちに尋ねた。

子供たちは彼女の面目を立てるために、自分たちの返事を彼女は待っていないものと考えてあげた。にもかかわらず、彼らはいっせいに目を上げた。三人そろって。また別の三人の子供たち。あの深い穴倉の底、塵の入ったあのバケツ、彼女は数を数えたことなどなかった――軽やかなあの身のこなし、子供たちは無数にいた。あらゆる場所から応答してきた。彼らは顔を見せるというよりも、視線を投げてきた。彼らの手が彼女の手と組み合わされ、ロープの結び目で取っ組み合った――だがそれは終わっていた。いまは、すべてが変わっていた。ここでは、ソファの上に一列になり、全部で「三人」、洞窟のときと変わりなかった。大柄な、老いて太った、難破船のような外観をしたよそ者は、ありのままの自分をよく見る目が一段と備わっていた、かつては見えなかったのに。

彼らの頭の上に降り注ぐ光はソファの後ろにあるランプからきていて、写真のようにはっきりと彼らをとらえていた。彼らは、まるで馴染みがない、と認定されたかもしれない。真ん中にいるエマは駒鳥の巣、ふわふわした髪の毛がヘア・リボン《スヌード》の下からはみ出している。その右側がパメラ、すっきりとしたドラクロワ家の眉とブラシでかき上げた巻き毛。そして左側がコラリー、キャリバン風の前髪越しにお行儀よく覗いている。彼らをまた見たのが間違いだった――彼らを見るのは間違っている。

しかしながら、雑誌が散らかっていた。クレアは、暖炉の敷物の上に立ちはだかって、暖炉の火から子供たちを守りながら、大きな身体を折り曲げて一冊拾い上げた。「もしも」、パメラが鋏を休めて言った。「ご覧になっても、もうほとんど残ってないと思います、その雑誌には」

そのとおりだった。多くの頁が引き破られて、ぎざぎざになっていた。その他の雑誌も切除され、あんぐりと口を開いていた。しかしざっと目を通して、まだ残っているものを見るのは面白く、子供たちにウケなかったから残ってしまい、ウケたから切り取られているものについては、その性質をよく考えてみた。

エマは、祭壇の作業は終えていたが、祭壇をまだ膝の上に大事に置いていた。しかし彼女は手を伸ばして、コラリーがこわごわ探していたネイチャー・マガジンを取り上げ、まだ誰も揺り起こしていない色つきの鳥がいるかどうか見た。「ほかのものに手を付けるのは、もうダメなの」パメラがエマに警告した。「もう行かなくちゃならないんだから。片付けたほうがいいと思う」パメラ自身はハート型のレディを確保しており、いま言った言葉に行動を合わせようとしていた。

「私は行きたくない」コラリーが文句を言って、自分の祖母がとった宿泊の措置が自分のせいではないことをはっきりさせた。それに、彼女は少しスノッブになっていた。いま座っているラウンジは、この狂ったレディの危険にわが身がさらされていてもいなくても、彼女の目には本物と見えた。

「あなたはいまから、あのインド人が寝ていたところで寝るのよ」と彼女はエマに告げた。

クレアは敷物から降りて自由の身になった。しかしパメラが一、二分後に、そのあとについて幽霊が出る部屋に入ってくると、親指と人差し指に挟んだ恐竜を見せた。「これを見て下さらない？有史以前なのよ」

「おや、おや、ほんとだ」クレアは言って、恐竜を同情の目で見た。ほかの子供たちは、フランシスがお掃除をすませない理由がわからず（お掃除はして欲しい）、応接間めぐりを始め、物を持ち上げたり、また下におろしたりし始めた。「これは私たちの写真だわ」エマはそう言って、スナップ写真が入ったボウルを覗き込んだ。

「ここにありそうなものを教えてあげる！」クレアが突然叫んだ。これで子供たちは興奮し、彼女について張り出し窓のテーブルにやってきた。彼女は引き出しを引き、手を滑り込ませ、奥の奥にあるものを探しているようだった。「ああ！」彼女が宣言した。出てきたのは中国製の象牙のパズルだった。クレアはすっかり夢中になり、その上で顔をしかめ、すっかりのめり込んで、息をするのも忘れていた。複雑に入り組んだ象牙は、カチカチと鳴った。クレアは生齧りの下手なやり方で切り抜けていた。そこで、いきなり終わりがきた——吐くのか吸うのか、どちらか忘れて止まっていた呼吸が、はあはあと苦しそうに出てきた。「この点で、いつも私はこうなるの。だけど、この向こうへ越えたことがないの、一度も！——今度は、あなたがやってみたら！」

彼女は振り返って、パズルを差し出した。

だが、礼儀正しい子供の最後の一人ももう立ち去っていた。

彼らは玄関ホールにいて、自分たちのあれやこれやを眺めていた。父親たちの物音もして、彼らの母親の部屋からまた降りてくるところだった。クレアは、入ってきたら、息子たちに何と言うべきか、考えていた。しかし彼らは入ってこなかった。やっと応接間で一人になると、クレアはもう一度パズルを生きていたところまで戻し、立ったままミセス・ピゴットの時計を見たが、時間を見たのではなかった。

だから、もうどのくらい遅れたのか遅れなかったのか知らないうちに、シーラが応接間に、ピンクのブラウスなどとともに、入ってきた。「ハロー」、とシーラが訊いた。「どうやって生き残ったの?」

「どうしても出て行ったほうがいいのね?」

「また遠路はるばると?」

「パブに部屋を取ってあるの。白鹿亭《ホワイト・ハート》」

「それでいったい何をするの、ホワイト・ハートに戻ったあと? 何をするんでしょう、ホワイト・ハートでじっとするほかにすることのない人は?」

「私、酔っ払いじゃないよ、まだ」

「別に責めてないけど」シーラは言って、飲み物のトレーのほうを向いた。「やれやれ、何てこと! フランクもわざわざやってきて、たったいまよ、一幕演じたばかり」

「まあ、それもあるし」

「ええ。彼はすぐ追い出したわ。私、爪を塗っているところだったの」シーラは言い添えて、仕上がりを見つめた。

「シーキー、人はこうやって生きてるのね」

「ええ?」

「『魅せられたる森に入れ、汝、畏れなき者は。』」

「何か食べるものがもらえそうなの、ホワイト・ハートでは?」

クレアはむろんひるまなかった。

『それぞれになすべき仕事あり。
されど、調べが不信なれば、
　用心せよ。
苦難の十字架すべてを震わし、
頭巾に隠れたすべての眼《まなこ》
その凝視は汝を包む屍衣《かたびら》なり。
魅せられたる森に入れ、汝、畏れなき者は――』*2

「もう行くわ」クレアは辺りを見回して言った。

「でも、この散らかりようったら」ミセス・アートワースは宣言し、全体を見渡した。「子供たち、それに何もかも――ところで、わかってるわね、あの木の実《ベリー》が毒なのは?」彼女はマホガニー《サテンウッド》のテーブルから、手でつかめるだけつかんで木の実を集め、口笛をひゅっと吹いて火の中に投げ込んだ。「ともあれ生き延びたことだけでも」、と彼女。「私にはミステリーだわ」

「子供たちが、それとも、ベリーのこと、シーキー?」

「あら、子供たちよ、当然でしょ」

「ベリーにはあらゆる意味があるという話だけど」

「あら、そうなの?」

「私はもう行ったほうがいい、ね?」クレアが繰り返した。

「私には、いま現在あなたの未来が見える、とは言えないわ、マンボ」相手は率直に言ったが、心ない言い方ではなかった。

「どうも。では私は出て行くとするか、とっとと歩いて」

「あなたのミニはどこに?」

「村のほうに置いてきた」

「できれば」、とシーラ。「あなたを送るべきなんだけど、ダイナが置いていったヒルマンで。でも実は、私はよその人の車にどうしてもさわれないの。ダメなのよ。それをやると神経質になるのよ」

「あなたが?」

「私はよその人の車にはさわらないから、議論しても無駄よ」

「議論なんかしてない」クレアはボタンを留めながら言った。「だって、私は散歩するのが楽しみだし、あの小道と、その何もかもが楽しみなの。あの猫に会えるかもしれないし」

「車を一台壊しちゃったことがあるの。ある人の車を壊したの、ある男性の車だった。彼は、『彼女を外に出して!――彼女を出して!――彼女を出してくれ!』と私の耳元で怒鳴り続けた。私は外に出たわ。彼が言うとおりにしたの。いままでに運転したこともなかった、あんなに馬力の大きい大型動物の新種など。それは彼の車じゃなかったの、私はそれは知っていたと思う。彼は車のセールスマンで、余技でレースもやっていたの。だけど、興奮するものなら何でもよかった。彼はいつも狙撃の標的だった、彼の人生の大部分が。あの戦争を潜り抜けたんだから。肺が片方残っていて、いつも死ぬほど咳き込んでいました。それで、みんなこうやって生きてきたのよ」

「その追突だけど」、とクレア。「あなたはそれで彼を殺したわけじゃないでしょ?」

「ないわ。私はその車を壊し、自分の神経を壊した。それでいいでしょ? ええ、それで彼を殺したわけじゃないわ」

「もう運転は嫌いになった?」

「嫌いになって何年も――何年も」

「あなたが持っている軽快な小型車がもったいない」

「ええ。私にはいつも車があった。トレヴァーが私にぜひとも」

「運転はやめなさい!」

シーラは目を丸くした。「それって、ちょっと変だと思わない?」

「あとで何が起きたか私に話したいのね?」

「いいでしょ? そう、彼には心配事が無数にあって。その追突の後遺症もあるし、そうじゃないのもあるし。彼が病人になった、瀕死の病人に、と私が言うのは、彼はもう道路でショーができなくなったということなの。彼はもう自分を一個の自分として維持できなくなって。彼の病気が、そう、最優先になってしまった。誰でも彼を見れば、彼がどんなに恐れおののいていたか、わからないはずがない。医者だって彼がどんなに重症か、彼に告げるまでもなかった。彼は横たわるだけ、あの家の一番上の部屋で。この前の夜、私は犬を庭から出せなかったでしょ、『私と一緒にいるのよ。私と一緒にいて』と言ったけど、彼が言ったのよ、『君は僕を愛したことはないが、僕と一緒にいるんだ。出て行くな。僕と一緒にいるんだ、もう長いんだから。それが僕の願いのすべてだ』と彼が言ったの。『大それた願いじゃないね? 君は僕を愛したことはなかった』と――。ついにその日がきたのよ、クレア、私は彼に、『あなたはそればかり言うのね』と言って、部屋を出たの。部屋を出たのよ、彼を残して。私はあとまで知らなかった、たまたまその日が彼の死んだ日だったとは。だから死んだのよ、彼は」

「ああ、わかった」クレアが言った。

「あなたにわかったかどうか。私は彼を愛していたのよ。愛するのをやめたことはなかった。私は彼を愛したのよ」

「それを彼が知らなかったはずがないじゃない？」

「もう一つ訊いてよ」シーラ・アートワースが言った。「彼は何を思っていたのかしら、その長い年月、もし彼がそれを知らなかったら？　すべてが無駄になったのよ、その年月――彼は一切知らなかった」

「あなたは一切外に出さないから、シーラ」

「愛は人が感じるものでしょ」とシーラ。「あるいは私はそう考えてきました。そのほかに何ができる？　その人が理解しないなら、あなたに何ができるというの？　外に出す？　外に出すのはまた別のことだわ。私だって外に出すものはあったわ、バレエがあったときは」

「まだよくわからないのは――」

「ほら、これだもん」とシーラ。「この話は一切しなかったのに、いざしたら、何のことだかわからない、そうでしょ？」

「そこまで考えもしなかったから。――そういう彼女に会いたかった」クレアが言った。

「ああややこしい」とシーラ。

「うん。間違いにはいろんな歴史があるけど、始まりはないのね――まるで、そうね、歴史みたいね？」

「あなたはいつまで」、とシーラが訊いた。「何も食べないでいられるの？」

「なぜ？」

「だって、もしあなたがもう少し待ってくれたら、どこかで……」

「もう少し隠れていろということ？　上品ぶることないわ、シーキー。それに心配しないで。私が隠れる方法を見つけておいたから。で、どうする？」

「あなたは向こうに行ってていいわ、私たちのディナーの間は。心配ないわ、その頃にはもう彼女は寝ていると思う。とめる人がいないと、彼女はすぐ居眠りするくらいだから。だいたい彼女は、そっとしておいて欲しいみたい。ドアも開いてるから、あなたもちょっと覗いてみてもいいし。でも、万が一、彼女が起きていたら、クレア、私だったら入らない……」

「よくわかりました」

シーラはグラスをトレーに戻した。（「あなたは？」と彼女は訊き、クレアを見た。「ノ・サンクス」）

シーラは目分量でもう一杯ついだが、そこで手をとめた。考え直していた。応接間のカーテンは、お茶の時間からこっち、出たり入ったりで、フランシスがときどき引いて閉めていた。ミセス・アートワースは窓まで行き、片方の肘を隙間に入れてカーテンを開いた（ちらりと見たのは無駄ではなく、引き紐が見つかった）。窓のサッシュを引き上げて、芝生の上にグラスの中身をぱっと捨てた。

「それが何であれ、もったいないじゃない？」クレアが述べた。

「ハイな気分になりたくないの」

「へえ？」

「そうなの」シーラの仕種はバレエ・ダンサーのように、透き通った袖がひらひらと左右になびいた。「そうなの」と彼女は言い、例の微笑をたたえた。「今夜は、やめとくわ」

フランシスはミセス・アートワースの前にフィンガー・ボウルをばっちりと置いた。彼女は目もくれなかった。彼はカット・グラスの汚れが気になったし、フィンガー・ボウルを置いたレースのマットは、洗濯のし過ぎで伸び切っていて、その下にある皿の繊細な、おそらくは美しい模様を隠していた。デザートは全部バナナでできていたので、その皮を最初だけ剝いておき、いざ食するときのために、美しい模様入りのナイフとフォークを彼女のために整えたが、フィンガー・ボウル本来の手を洗う役割はおよそ出番がなかった。それにはどうしても葡萄でなくてはならなかったのに。フィンガー・ボウルがものの役に立たない邪魔者だということが、フランシスの目前で証明された――ミセス・アートワースは、遺憾ながら、最上の晩餐会《バンケット》に規則的に出ている人だった。彼女は自分の皿からフィンガー・ボウルを、ボウルが乗っているレースごと、平然と、しかも上の空で、わきへどかし、しきりに何に注目し続けていたかといえば（ディナーのコースが続く間に、次第に馴染んできた母親らしい皮肉な態度で）、ミスタ・ウィリアム・ドラクロワが話す事柄に、だった。

「どうかなあ」、彼女はそこで口を開いた。「あなたに彼女がそこまで話すかしら！」

しかし、年長のほうのドラクロワが、フランシスの配慮に報いるかのように、応対した。「たしかに」、と彼は、輝くボウルを一つずつ見渡しながら言った。「これらは中に蓮《はす》の花でも浮かべるべきでしたね、僕らがいる間は？」

「誰だって」、ウィリアムはミセス・アートワースに言った。「ローランドはインドのシムラにいたんだなと思いますよ……。そうじゃないんだが、しかし」、と彼は続けた。「そうとう大変な儀式だったんでしょうね！　一番興奮するところは、あなたたちがそれぞれ自分の秘密の品物を中に入れた瞬間でしょう？」

ミセス・アートワースは驚きをあやうく外に出しそうになった。「ああ、彼女がそう言ったのね？」

「永久に墓まで持って行く秘密だったのに？」

シーラはほほ笑んだ。「それが意図したことだった——と思うけど？」

「ひと言も」、とウィリアム。「誰もひと言も聞いてませんよ、今夜までは」

「彼女がそれで疲れなかったらいいけど？」ミセス・アートワースは看護婦の片鱗を見せた。

「疲れなかったんじゃないかな。そのあと、疲れていましたか？」

「そうね、まあ、疲れてなかったわ」

「反対に、母は気分がそうとう良さそうでしたよ」と言ってローランドがミセス・アートワースに向けた視線は、多少堅苦しくても、感じの良さに変わりはなかった（ある意味では、ローランドの慎重さが感じの良さの価値を高めていた）。「母は、どこから見ても、いつも気分が良さそうで——最近とくに。あなたが奇跡を起こして下さった」

「あら、そんなこと」彼女はあっさり言って、自分のことは受け流した。「小さなことはしてるのよ、彼女が元気になるかなと私が思いついたことは。——じゃあ、お聞きになった、ちょっと気になる噂のほうも？」

フランシスは、プロとして出没しながら、聞き耳を立てているという事実を隠しそびれた。「これですべていいんじゃないか、フランシス、どうやら」とローランドが言った。

「ポートワインはどうしましょうか？」

「ああ、ポートは欠かせない」

出て行くフランシスは、長く不在にする気はないと、固く決意していた。ミセス・アートワースは疑り深く、ドアが閉まるのを待ってから（閉まったように見えたが）、おもむろに言った。「人間は怖いときほど、大げさになるのね――たぶん」

「この場合は」ウィリアムが言った――一瞬ハッとして思い出していた――「せめてそう願いたいものですね」すると兄が問題を拡大した。「そもそもこれは、前後の順序などなしで始まったんです。ありそうもないことだったし、母らしくもなかった。原則として、そう、母は非常に冷静な人ですから」

母親のこの一面が元クラス・メートの心に響かなかった事態は、ミセス・アートワースが突然見せた、フィンガー・ボウルに対する熱烈ともいえる興味によって、当面覆い隠された。美しい、見るからに一点の汚れもない右手の指の爪先をそろえると、彼女はその指をちょっとだけ水につけた。それから自分の膝に目を移してナプキンを探した――ナプキンは滑り落ちていたが、彼女は平然として五本の指を軽く振って乾かしてから、一言述べた。「それが、つまり、あなたたちが以前にここへこなかった理由ね？」

兄弟は陣営を固めた。即座に、ただし都会風に、彼らは明らかにした、僕たちはそこまで踏み込みませんよ（あなたとは）、と。ただし、彼らの願いは、ミセス・アートワース自身に自分が行き過ぎたとは感じさせないで（彼女は行き過ぎていた）、話題を変える用意があることを示すことだった。フランシスがポートワインを持って入ってきて、彼らを助けた。「これですよ、僕が保証する」とローランドが言い、デカンターがその前に置かれた。

ポートワインを流し目で見ながら、シーラは本当に憂鬱になって（ポートワインはつまらないし、それにまつわるあれこれにもうんざりしていた）言った。「これは彼女のために選んだの？」それからさらに冷たく付け加えた。「彼女はまったく幸運な人ね」

「ただし」、ウィリアムが述べた。「母は飲まないんです」

「ほかの人は飲みますから」と兄が言った。「だから母は少し手元に置いておかないと」

ピンクのブラウスの袖がしゅっしゅっと鳴った——袖は肩から二つに割れていて、手首のところでギャザーになってまとめられ、なぜか単なる袖なしのブラウスよりも遥かに甘く美しかった——ミセス・アートワースはバナナの皮を剝いていた、それはフランシスが彼女の高さに差し出した銀の皿に乗ったひと房から、数分前にもぎ取ったバナナだった。キャンドルのほうはフランシスに探して出してもらえず、というのも、ミセス・ドラクロワと少佐が最後のキャンドルを使ってしまっていた。だが今夜のダイニング・ルームは彼女が仕切り、まぎれもないテーブル・センターは、サイド・ボードとサービステーブルに点々と灯ったランプによって、不都合なく照らされていた。ミセス・アートワースは、取り込み中の仕事から目を上げ、畏怖と驚異に満ちて、おバカな子羊でノータリンのダイシーがこの世に送り出した二人の賢い親父《おやじ》たちを見つめた。「考えてみれば、すごいことね……」と彼女は言った。

「何が？」

「さあ、何だったかしら」と言って彼女は引き下がった。

「誰の発案だったんですか」、ウィリアムが言った。「つまり、金庫だけど？」

「あら、それは間違いなく、あなたの母上の発案でした。彼女には名案がたくさんあって」

「誰が考えたんですか、特別に秘密の三つの品物のことは?」

「それは」、と彼女は考えてから言った。「私だったと思います」

「僕らはどっちも」、ローランドが言った――目配せをして自分がしゃべると合図した――「こうなると、そうだなあ、それが何か知るまでは、おちおち眠れませんね」

「あら、そう?」とミセス・アートワース。「それはお気の毒。ほかの二人が何を入れたか、それは私にはわからないけど」

「今日の今日まで?」

「今日の今日まで。――お母さまが何を入れたかは、むろん彼女がお二人に話すでしょ」

「僕らで母には訊きました」ウィリアムが打ち明けた。「言うまでもないでしょうが。しかし全然ダメでした。全然――母は貝のように口をつぐんでしまいました」

「難攻不落」ローランドが補足した。

「で、ミス・バーキン-ジョーンズはやっぱり拳銃にこだわって?」

「だと思うわ。クレアはつねづねとても意志が固いから」

「あなたもきっと」、ウィリアムが訊いた。「同じように意志が固い方なんでしょう?」

ミセス・アートワースは、まず一人、続いてもう一人に、水平線を見つめる人魚のまなざしを注いだ。「私はいい気持がしないでしょうね、あとの二人が話していないのに、話したら。もっと厭だわ――だって――二人に話さないうちに、あなたたちに話すなんて。笑って下さいな、でも二人にちゃんと言ってね、私は絶対にしゃべらなかったと! 見ていて可笑しいでしょう、いまさらねえ、でも、私はお墓まで行きますから、やっぱり、あの二人に知られるくらいなら」

「はあ？」

「本当に？」

「いいのよ」と彼女。「でも、あなたたち、きっと大笑いなさるわ、実物が何か知ったら」

「飢えたタンタロスの責め苦だな」ウィリアムが言った。

「あなたの良心を秤にかけようというんじゃないんです」とローランド。「だけど――？」

「もう、じゃあ、いいわ。私の六本目の指よ」

「ミセス・アートワース？」

「私の六本目の指よ」彼女はいっそうはっきりと公表した。「私は生まれつき片方の足が六本指だったの」

「両足ではなく？」

「その場合は、私の十二番目の指になるわ、そうでしょう？」

彼らはシーラの数学における卓越性に一礼した。

「すぐに切除したのよ、もちろん。でも母が、感傷的な理由からでしょうね、そうとしか思えないけど、それをとっておいたのね。というわけで瓶の中に入っていたの――当然、アルコール漬けにして。ある日のこと、私はマスコットがないといけないと思って、母に頼みました、返してくれないかと。『変なこと考えるのね』と母は言ったけど、返さないとは言わなかった。だからほら、マスコットにしていたんです」

「しかし、ミセス・アートワース、どうしてそれを埋めてしまったんですか？　マスコットは人がいつも身に着けているものでしょう？」

「ああ、でもあの頃は」、彼女が言った。「紛失する恐れがあったから!」

「代わりに、お墓がきちんと持っていてくれると?」

彼女は彼らの理解の良さを祝って、こくりとうなずいた。『ずっとそこにある』と思ったの。『ずっとあるんだ』と。それに、このこともあったし——おわかりのとおりよ。それを隠しておくことを隠し通さなくてはならなかったの。これで難問解決ね」

「だけど、マスコットは人が見せて歩くものでしょう?」

「あれは見せて歩くものだったかしら?」

息子たちは、しばし理解できなかった。互いに顔を見合わせた。それから彼女を見た。

彼女は相手が目をそらすまで睨みつけた。「どうかした」、彼女は叫んだ。「私の奇形が?」

一時休止。

「あなたは非常に面白い方ですね、ミセス・アートワース」ローランドは彼女そう語りかけ、そこに込められた敬意が彼の堅苦しさで深まっていた。「立ち入りしすぎになりますか、もし僕がお尋ねしたら、マスコットが幸運をもたらしたどうか?」

彼女は袖を振ってもとに戻し、片方の手を上げた。美しい髪の毛の周囲をその手がそっと撫でる。そして彼を横目で見た。「何に幸運をもたらしたかと?」彼女はからかうように訊いた。

彼は真面目に話した。「あなたはバレエをなさっていた」

彼の弟が言った。「ええ、あなたがバレエをなさっていたのは知っています」

「どうやら」、と彼女。「お母さまがしゃべったのね。でも、いいわよ? ええ——私はなかなかのバレリーナでした、子供のときは」

蜘蛛の巣が張るくらい遠い場所にベッドが引っ込められ、すべてが長くなっていた。部屋は道路になり、その突き当たりで何かが起きていた、眠りだった。カーテンの屋根の奥深く、眠る人の頭は見えなかった。そんな眠りが部屋を感受できる環境に変え、そこに入ると、抱擁そのものの中に自分がいるのがわかった。彼女が目を覚まさないのが、心配だったか、願いだったか？　いや、どうする、もし彼女が二度と目覚めなかったら？

　手前のはじにクレアは立ち、そこに暖炉の火が熾きていた。火格子の奥に埋もれ、魂のようにかすかに揺らめいている。そのそばにランプが灯っていた。三重のシルクの笠の傾き具合のせいで、部屋の大部分が謎めいていた。来訪者のクレアは、ほかの人たちを自分で想像してみることにした——私と同じように、もっと正確には、みな名ばかりの幽霊たちなのだと。それは死んだ人にかぎったことではない。たとえば、ランプを少し回したのに、どうしてトレヴァーの眼鏡に光が当たらないのか、彼はドアの中に立っているのに？　落ち窪んだ、頭を垂れた、しかも威厳がなくはない男は前に進み、ベッドのそばの裁縫用のスツールに座ると、手を伸ばして言った。「ハロー、ダイシー。また会えてよかった」（「僕が自分で行けるといいが」と彼は電話で言っていた。願望は行動ではないのか？　人はいるはずの場所にいる。だから私たちは、体はなくても、どうかお互いに出没しようではないか、夢の中だけでなく？）

　私たちは互いにゆだねられてきたのだ、あのかけがえのない日々に、とクレアは思った。互いにゆだねられたのは、偶然によってであって、選択によってではなかった。偶然によってであり、偶然の代理人は時間と場所。偶然は選択よりいい。もっと気高い。その無頓着さゆえに、いっそう気高いのだ。偶然は神、選択は人間。あなたは――と彼女は考えた、ベッドを見ながら――偶然に、そうだ、選んだのではなく、ふたたび私たちを必要としているのね。

クレアは振り向いて、暖炉と向かい合い、思い切って陶器の世界をまた覗いてみようと思った。羊飼いと羊飼い女は、修繕された腕と腕を差し伸べ合っていた。美しいボウルが数個、ひび割れ模様をその中であやしながら、じっとたたずんでいる。壊れてしまったものを、縫い目がむっつりとつなぎ合わせている。取っ手は、小さな合金の爪につかまれて、カップにしがみついている。クレアは、誇り高い世界のもろくはかない展示、またの名は、不変不屈の展示に見とれていた。

軍人の子供は平和な風景も見ていた、いくつかは灰色の、いくつかは彩色の風景のデザインがカップとボウルに描かれていた。これらみな小さな惑星、そのどの一つにも騒々しいものはどこにもない。しかるに、大自然は私の畏ろしい自然だ、と亡命者は考えた。彼女は憧れのまなざしで、寄せては返す海辺、山頂、港湾と湖、それにお城までもが、カップとボウルの、もろくて、丸いふちに描かれているのを見つめた。彼女はこのほかの場所で、こうした風景を目にしたことはなかった。彼女はそれらを愛していた、なぜなら、それらは彼女のためにあったことはなかったから。

あなたは――と彼女は思い、ふたたびベッドを振り返った。私は。そしてむろんシーキーは。互いにゆだねられていたのだ、私たちの知らぬ間に。互いに疑いを抱き、何とそれが正しかったことか。あなたは一番疑わなかった、でもそれが間違いだった。ある点までは正しかったけれど。私たちなりに、高貴な性質があり、互いのその性質を知っていた。私たちは私たちのプライドがある。でも、それがいまは!……互いに呼び集めて、説明をするべきではなかった。それが破局を招いた。しかし、見るがいい、いかに無慈悲なものか、子供たちとは――私たちはどこでやめるべきだったのか、それもどうやって？

そしていまは何もない。何もないということが、私たちがつねに恐れていたことだった、なんて？

そう。そうだった、畏ろしかった、あの空っぽの箱を覗き込んだときは。私はあなたを慰めなかった。あなたを慰めたことは一度もなかった。私を許して。

クレアは決めた、さっさとホワイト・ハートに戻ったほうがいい。行こうとして振り向いたときに、最後に見た砂浜のことを思った、防波堤から見た砂浜だった。広い砂浜と、走る人影。

「さようなら、ダイシー」彼女は言った――いまと、あの時のために。

眠っている人が少し動いた。ため息をついた。それから肘をついて身を起こして、言った。「そこにいるのはどなた？」

「マンボ」

「マンボじゃないわ。クレアね。クレア、いままでどこにいたのよ？」

＊1　サミュエル・リチャードソン　Samuel Richardson（一六八九―一七六一）イギリスの小説家。*Pamela*（1740）『パミラ』書簡体小説。
＊2　ジョージ・メレディス　George Meredith（一八二八―一九〇九）イギリスの小説家、詩人。'The Woods of Westermain'（1883）の一節。

エリザベス・ボウエン年譜

一六四八年
オリヴァー・クロムウェルによる清教徒革命により国王軍は敗退。一六六〇年の王政復古までの十二年間、イギリスは共和国となる。

一六四九年
国王チャールズ一世、処刑。クロムウェル、アイルランド侵攻。イギリスのウェールズ地方の名家であったボウエン家のヘンリー・ボウエンがクロムウェル軍に従軍、その戦功によりアイルランド南部のコーク州に領地を与えられる。その後、アングロ・アイリッシュとして同地に定住。

一七七五年
ヘンリー・ボウエン三世によって居城ボウエンズ・コート完成。

＊

一八九九年　〇歳
六月七日エリザベス・ドロシア・コール・ボウエン、ダブリンのハーバート・プレイス十五番地（現存）に生まれる。父ヘンリーはダブリンで法廷弁護士を開業。両親の結婚九年目に生まれた一人娘。

一九〇五年　六歳
父が「無気力症」を自覚して入院。この頃からエリザベスに吃音症が出る。

一九〇六年　七歳
母とともにイギリス在住の親戚を頼って渡英。

一九一二年　一三歳
母が肺癌で死去。エリザベスの吃音が顕著となり、たとえば「マザー」の「M」の音で吃ったという。父、退院。ハートフォドシャー州にあるハーペンデン・ホール校に入学。吃音の各種治療を試みるが、エリザベス自身が治療法に馴染ます。吃音癖は重症ではないが生涯残る。

一九一四年　一五歳
ケント州のダウン・ハウス女学校に入学。七月　第一次世界大戦勃発。八月　イギリス宣戦布告。一九一六年徴兵制度施行。アイルランド軍はイギリス軍として参戦。

一九一七年　一八歳
ダウン・ハウス女学校卒業。

一九一八年　一九歳
十一月　第一次世界大戦終結。この戦争でシェル・ショックを発症した帰還兵の看護に当たる。

一九一九年　二〇歳
ロンドンのアート・スクールに通う。二学期だけで退学。短篇を書き始める。

一九二一年　二二歳
父、再婚。イギリス軍将校のジョン・アンダソン中尉と婚約、すぐ解消。

一九二三年　二四歳
最初の短篇集 *Encounters* 出版。八月　ノーサンプトン州の教育局補佐官だったアラン・キャメロン（当時三〇歳）と結婚。アランはオクスフォード大学出身、読書家で高い知性の持ち主。エリザベスの最大最善の理解者。第一次世界大戦で塹壕戦を体験、毒ガス後遺症の眼病に長く苦しむ。戦功十字章授与。ただし飲酒癖あり。

一九二五年　二六歳
アランがオクスフォード市教育長に就任。同市郊外のオールド・ヘディントンにあるウォールデンコート荘（現存）に住む。夫の人脈や本人の才気煥発と愛すべき吃音癖などで知的なオクスフォード社会に迎えられる。

一九二六年　二七歳
短篇集 *Ann Lee's*（『アン・リーの店』）出版。

一九二七年　二八歳
長篇第一作 *The Hotel* 出版。

一九二九年　三〇歳
短篇集 *Joining Charles*（『そしてチャールズと暮らした』）出版。長篇第二作 *The Last September* 出版。これはボウエンズ・コートをモデルとし、「アイルランド問題」を背景にした小説。二〇〇〇年に映画化、本邦未公開。

一九三〇年　三一歳
父、他界。一族初の女性相続人としてボウエンズ・コートの当主となる。アランが財政面などで全面的に支援。

一九三一年　三二歳
長篇 *Friends and Relations* 出版。翌年、長篇 *To the North* 出版。

一九三三年　三四歳
ハンフリー・ハウス、モーリス・バウラなどと恋愛。

一九三四年　三五歳
短篇集 *The Cat Jumps*（『猫が跳ぶとき』）出版。アランが大の猫好き。ここに収められた「相続ならず（Disinherited）」はボウエンが最も愛した短篇。

一九三五年　三六歳
長篇 *The House in Paris*（『パリの家』）出版。最高傑作とする批評家もいる。アランがBBC直属の学校教育中央情報局長となり、ロンドンに移動。リージェント・パークのクラレンス・テラス二番（現存）に一九五二年まで、猫のローレンスとともに居住。ヴァジニア・ウルフら多くの文人の知己を得るが、ブルームズベリー・グループには属さなかった。新進のアメリカ作家だったメイ・サートンの訪問を受ける。

一九三七年　三八歳
ショーン・オフェイロンと恋愛。

一九三八年　三九歳
長篇 *The Death of the Heart* 出版。最高傑作という読者も多く、作家自身が最も好んだとされる作品。

一九三九年　四〇歳
イギリス徴兵制度導入。九月　対独宣戦布告。第二次世界大戦突入。

一九四〇年　四一歳
チャーチル首相就任。空襲監視人および情報局調査官として活動。大戦中、第二次世界大戦では中立国を宣言したアイルランド情報を収集。アランは国防軍に参入。

一九四一年　四二歳
短篇集 *Look at All Those Roses*（『あの薔薇を見てよ』）

出版。カナダのイギリス駐在大使チャールズ・リッチーと知り合い恋愛関係に。のちに生涯の友。

一九四二年　四三歳
ボウエン一族の年代記、*Bowen's Court* 出版。七歳まで暮らしたダブリンの回顧録、*Seven Winters* 出版。

一九四四年　四五歳
クラレンス・テラスが空襲で損壊。チャーチル家所有のフラットに仮住まい。

一九四五年　四六歳
第二次世界大戦終結。リッチーは帰国後カナダ国連大使などを歴任。短篇集 *The Demon Lover*（『悪魔の恋人』）出版。

一九四八年　四九歳
CBE（大英帝国三等勲爵士）に叙勲。王立文学協会叙勲士。

一九四九年　五〇歳
長篇 *The Heat of the Day*（『日ざかり』）出版。リッチーに献呈。戦争小説の傑作とされる。ダブリン大学より名誉博士号。死刑問題検討協議会のメンバーなど公的業務にも従事。講演などで渡米。

一九五〇年　五一歳
随筆集 *Collected Impression* 出版。

一九五二年　五三歳
アラン、病気療養中のボウエンズ・コートで死去。

一九五五年　五六歳
長篇 *A World of Love*（『愛の世界』）出版。

一九五七年　五八歳
オクスフォード大学より名誉博士号。

一九五九年　六〇歳
近隣の農場主、コーネリアス・オキーフにボウエンズ・コート売却。家具調度類は競売に付される。

一九六〇年　六一歳
ボウエンズ・コート、取り壊し。オクスフォードに居住。

一九六四年　六五歳
長篇 *The Little Girls*（『リトル・ガールズ』）出版。母と二人で少女期を過ごしたケント州のハイズに住居を購入、母方の先祖伝来の屋敷にちなみ、カーベリー荘と命名。

一九六五年　六六歳
短篇集 *A Day in the Dark*（『めの一日が闇の中に』）出版。

一九六九年　七〇歳
長篇 *Eva Trout, or Changing Scenes*（『エヴァ・トラウト――移りゆく風景』）出版。チャールズ・リッチーに献呈。完成した最後の小説。

一九七〇年　七一歳
『エヴァ・トラウト』、第二回ブッカー賞のショート・リストに残る。受賞は逸す。自叙伝 *Pictures and Conversations* に取り掛かる。未完のまま死後出版。

一九七一年　七二歳
第三回ブッカー賞審査委員。肺炎で入院治療。

一九七二年　七三歳
声が出なくなる。長年にわたるチェイン・スモーカー。カナダから急遽飛んできたリッチーの配慮でロンドンの病院に入院。

一九七三年（七三歳）
二月二十二日早朝、リッチーに見守られロンドンのユニヴァーシティ・カレッジ病院で死去。コーク州、ファラヒ教区、セント・コールマン教会で葬儀、多くの村人が参集。同教会の墓地に両親と夫のかたわらに埋葬される。最後の長篇小説 *The Move-In* の第一章が遺稿となった。

＊

一九九九年
生誕百年を記念して *Elizabeth Bowen Remembered The Farahy Addresses* 出版。

作品解題

アルカディア再訪

一九三九年に始まった第二次世界大戦がようやく終わった一九四五年に、イヴリン・ウォーの『ブライヅヘッド再訪』(*Brideshead Revisited*) が出版された。その第一部「かつてアルカディアに」の冒頭で、セバスチァンがこう言っている。

ここは金の甕を埋めるのに丁度いい所だ。……私は私が幸福な思いをした場所毎に何か貴重なものを埋めて、そして私が年を取って醜くてみじめな人間になってからそこへ戻って来てそれを掘り出しては、昔を回顧したいんだ。(吉田健一訳『ブライヅヘッドふたたび』筑摩書房　一九九〇)

ときは一九二四年、オクスフォード大学に在籍する眉目秀麗な青年貴族セバスチァン・フライト卿は、結局、金の甕を埋めることも、掘り出すこともできなかった。大学時代に身についた飲酒癖が高じて心身ともに病んだ彼は、「年を取って醜くてみじめな人間になって」、余生を修道院で送ったからだ。エリザベス・ボウエンは、自分とほぼ同時代に生まれ、作家としても個人的にも交友関係にあったイヴリン・ウォー(一九〇三〜六六)の『ブライヅヘッド再訪』に、強い感動と衝撃を覚えた。ボウエンは恋人であり友人であるチャールズ・リッチーに次にように書き送っている。

〔最近の小説で〕私がこれほどの反応をもって読んだものは絶えてなかった……。全体として見ると、これは上質な気高いロマンスで、過去が持つあの煌めき（というよりもむしろ、過去に寄せる人の想いの煌めき）に包まれています。

さらにボウエンは、この小説に湛えられた「感覚に訴えてくる圧倒されるような感情」はプルーストに通じるものがあると感じ、そこに確実に捉えられた「愛の風土」を眼前に見て陶然とするものがあったようだ。それは何にも増して、一九二三年を起点にした『ブライヅヘッド再訪』でウォー自身が書きとめないではいられなかった当時のイギリス・アパーミドルの哀しみ、つまり、「第一次世界大戦が始まる前の時代は、もう二度と戻ってこない」のだという深い哀惜と郷愁の念が、ボウエンにも痛いほどわかったからでもあろう。『リトル・ガールズ』（一九六四）は、失われた過去に寄せるボウエン自身の「想いの煌めき」から生まれたもの、ボウエンにとっての「アルカディア再訪」ではなかったか。

ボウエンは『リトル・ガールズ』の主人公である三人の少女たちに、「金の甕」ならぬ「金庫」をタイム・カプセルとして土の中に埋めさせている。埋めた場所は彼女たちが「幸福な思いをした場所」すなわち三人の少女が無垢な三年間を過ごした「セント・アガサ女学校」の校庭であった。苦労して探してきた「金庫」を夜陰にまぎれて三人で土の中に埋めたのも束の間、その直後の一九一四年七月に始まった第一次世界大戦は、少女たちの学校生活にピリオドを打ち、少女たちもまたそれぞれに離散していく。一九三九年には第二次世界大戦が勃発、少女たちはお互いの生存すら不明のままに約半世紀が過ぎる。だがボウエンは、地中に埋めた「金庫」を掘り出すべく、いまはむろんオールド・ガールズになった元リトル・ガールズを再度召集し、アルカディアすなわちセント・アガサ校を再訪させる。「金の甕」は果たして地中から出てきたのか。その中に彼女たちは何を入れていたのか。

戦争と少女

三人が再訪したとき、セント・アガサ校はすでに跡形もなくなり、跡地に建てられた屋敷の一つが「青の洞窟」と名づけられていた。『ブライヅヘッド再訪』にも「青の洞窟」クラブというのが出てくるのは偶然だとしても、イヴリン・ウォーが「少女」を登場させ、この長い小説の全体を鳥瞰するような役割を彼女に託していることは無視できないのではないか。それがセバスチァンの末の妹コーデリアである。初登場したときは十一歳、そして十五歳になって再登場するコーデリアは、その名もかのリア王の末娘と同じ、マーチメイン公爵家の令嬢というだけではくくりきれない、醒めた感覚と冷たい体温を思わせる不思議な成長期にあるのがコーデリアという少女である。さらに彼女の女家庭教師は気が狂って身投げするというおまけがつくなど、それはそのままボウエンの「少女」に共通するものがある。コーデリアは、その時代に生まれた少女たちの共通の運命として、戦争では銃後に回り、心身に深い傷を負った兵士の看護に当たる。その経験が老いた父マーチメイン公爵の看病に役立ち、彼女はのちにブライヅヘッド邸を事実上相続することになる。「戦争」を描くとき、作家が「少女」を登場させるのは、「経験」と「無垢」の究極のテーマを底流に見るからではないだろうか。

現代を代表する英国作家イアン・マッキュアン（一九四八〜　）の『贖罪』(*Atonement* 2001) は、すでに古典となるべき作品として高い評価を得ているが、そのヒロイン、ブライオニー・タリスもまた、明らかにボウエンの「少女」の血を引く同族の少女である。ときは一九三五年、十三歳だったブライオニーは断固として「嘘」をつき、十歳年長の美しい姉セシリアの恋人ロビーを刑務所と戦場に追いやり、若い二人の生涯を狂わせる少女である。その嘘の背景には少女に特有のミステリーがある。この嘘という大罪のつぐないを十字架として無言のうちに生涯背負ったブライオニーは、ケンブリッジへ進学する代わりに従軍看護婦としての訓練を受け、正視できないほどむごたらしい戦傷に苦しむ瀕死の兵士たちの看護に当たり、その孤独な死を見守る。『リトル・ガールズ』ではシーラが傷病兵の看護経験を持ち、しかも彼女には戦争で片肺を失って帰還した男性を間接的に死に追いやった苦しい過去がある。

さらに『贖罪』ではブライオニー・タリスがのちに高名な作家となり、一九九九年、七十七歳になった彼女の最後の小説は、戦争が始まってすぐの一九四〇年一月に第一稿を書き、五回以上の改稿を経て、一九九九年三月に最終稿が仕上がったもの。ブライオニーは十八歳で書いたその第一稿「噴水のそばの人影ふたつ」(小山太一訳『贖罪』新潮文庫　二〇〇八)を、『ホライゾン』という文芸誌に投稿していた。それを「むさぼり読んだ」のが実名で登場するエリザベス・ボウエンである。ボウエンは昼食をとりに行く途中でこの文芸誌の編集部に立ち寄り、そこに積まれていた原稿をふと取り上げ、その日の午後のうちに読み上げたという。この第一稿は物語に「背骨」がないとしてボツになるが、この『ホライゾン』は一九四〇年を代表する文芸誌で、ボウエンとも交友関係があったシリル・コノリーが編集長をつとめていた。マッキュアンは時代考証としてコノリーのほかにもヴァジニア・ウルフやローズ・マコーレイなど実在した作家たちをさりげなく登場させながら、ブライオニーの原稿はボウエンに読ませている。「少女」と「戦争」といえば、エリザベス・ボウエンを登場させないわけにはいかないことをよく知っているのだ。蛇足ながら、ブライオニーの住まいはリージェンツ・パークにあるフラットとのこと、ボウエンが住んだのもリージェンツ・パークの一画にあるフラットだった。マッキュアンはそれも知っていたのだ、と私は思う。

ボウエンの少女

ボウエンの少女はひとまず二つに類別される。その一つは早々に化粧をしたり煙草を吸うことに関心が向かい、男性や男女のカップルを見るとくすくす笑い(“giggle”)が抑えられない少女。もう一つは、友情なり愛情の対象がもっぱら同性である少女に向かい、男性といえば素敵な父親や憧れの叔父さんしか思い浮かばず、その他の男性は視野に入らないまま、悠然と長い少女時代をすごす少女である。ボウエンの短篇「チャリティー」（拙訳『あの薔薇を見てよ―ボウエン・ミステリー短編集』、ミネルヴァ書房　二〇〇四に収録）に出てくる少女チャリティーが前者、チャリティーを自宅に招いたレイチェルが後者の少女である。晩餐のためにイヴニング・ドレスを二着もトランクに詰めてきたチャリティーは、レイチェルが読書や将来についてしきりに話したがるのには耳も貸さず、レイチェルの姉のアデラが煙草を吸う物憂げな様子に見とれている。植木鉢に捨てられた煙草の吸殻までもが羨ましい。しかしそのチャリティーは、いざ夜になると、一人で客間に寝かせるなんてひどいと言い、泣きながらレイチェルのベッドに勝手に入ってくる。次の新学期、チャリティーとは疎遠になったレイチェルは、一人で校庭の奥へと向い、そこで「ジャングル」を発見する。短篇「ザ・ジャングル」は「チャリティー」の続編であり、ここでレイチェルはラクロスの名手でフランス語が堪能な少女エリースに出会うことになる。拙訳『幸せな秋の野原―ボウエン・ミステリー短編集2』（ミネルヴァ書房　二〇〇五）に収めた短篇「あの一日が闇の中に」は、実はただのダンディーで、無能な叔父を、そうとは知らずに一途に慕い憧れるレイチェル型の十五歳の少女バービーの話である。女遊びで財産を蕩尽した叔父の正体を知らされた一日を、少女は以来暗闇の中に封印するのである。ボウエンは少女の一人ひとりに無垢という名にふさわしい日々を過ごさせている。その誰もが懐かしい少女時代のたたずまいを永遠にとどめ、時計が止まったかのような永遠のときを生きている。『リトル・ガールズ』の第二部のすべて、つまりセント・アガサ女学校の教室のカーテンが風に揺れるところから、砂浜で開かれたお誕生会が終わる最終章にいたる一語一語が、「第一次世界大戦が始まる前の、二度と戻ってこない時代」を伝え、その時代を懐かしむボウエンの「想いの煌めき」に包まれている。当コレクションの第一巻『エヴァ・トラウト』のエヴァがついに持てなかったのもこの「少女時代」であったことは言うまでもない。

ボウエンの少女たちは、水泳の授業になっても水着にならず、お部屋で見学している大柄な上級生がいても、初潮とか生理などという言葉は死んでも口にしない少女たちである。しかしどうやら（当時は）十五歳が少女期の終わりだったようだ（ハンバートによれば「ロリータ」は九歳から十四歳まで）。先述したように

『ブライヅヘッド再訪』では十一歳だったコーデリアが役割を帯びて再登場するのが十五歳のとき。『リトル・ガールズ』では、ファグ金魚店に現れたハーマイオニ・ボレットがその十五歳。帽子に手袋にピンクずくめのいでたちもさることながら、餌のせいでうちの金魚が死んだと言って、ミスタ・ファグに餌代を負けてもらおうという大人顔負けの魂胆、ダイナとクレアとシーラはまだ十一歳、店の片隅に後退して、この上級生をじっと見ている。

だがハーマイオニなどまだまだ罪がない。『贖罪』になると、ブライオニーの従姉のローラがまさに十五歳、その服装は、ヒップラインがくっきりと目立つズボンにカシミアのセーター、銀の腕輪をジャラジャラさせて、爪には真っ赤なマニキュアが塗ってある。そして何よりも、ブライオニーの兄が連れてきた友人を前にすると心臓がどきどきし、上ずった声が裏声になる。ブライオニーの嘘を「嘘」と知りながら、固く口を閉ざしたローラには、打算か勝算があったのだろう。十五歳の自分を強姦した当の男と数年後には結婚し、その財力をいいことに上流階級に君臨し多額の寄付をし、八十歳の今も意気盛んなローラのド派手な外観は、映画『101匹わんちゃん』でグレン・クロースが白と黒の異様な扮装で怪演した「クルエラ・デ・ヴィル」にそっくりだとマッキュアンは記す。チャリティー型の少女の成れの果て、いや失礼、成功例であろう。この「ボウエン・コレクション」の第三巻になる『愛の世界』に出てくる少女モード・ダンビーは十二歳、明らかにレイチェル型の少女でありながら、その範疇に留まろうとしない。彼女の目は何を見ているのか。その挙動からは一瞬も目が離せない、少女の新顔である。

キャロルのアリスとボウエンの少女

しかし、『リトル・ガールズ』の主人公である三人の少女は、前述したとおり、この二つの類型をいつか脱して成長し、オールド・ガールズとして再度顔を見せなくてはならない。しかもオールド・ガールズとしての日々のほうがずっと長いのだ。その意味でこの小説は、「不思議の国」を出たあとに女学校に入るアリスたちの後日談であり、ボウェンの「少女もの」の総仕上げと見ることができる。

まずダイナ（正しくはダイアナ、愛称はダイシー）・ピゴットは、結婚後はミセス・ドラクロワに。次いでクレア（愛称はマンボ。その由来は?）・バーキン-ジョーンズは、短い結婚を解消して、元の姓に戻っている。三人目のシーラ（愛称はシーキー）・ビーカーは、現ミセス・アートワースである。この三人は、むろん名前が変化しただけではない。ダイナとシーラにはチャリティー型の少女の面影があり、クレアはレイチェル型を踏襲してきた少女といえよう。だからこの三人は最初から仲がよかったわけではない。たまたま入った女学校で偶然出会っただけの仲間。しかし偶然の出会いがいつしかまとまって三人組になっていた。クレアは小説の最後のほうで、偶然は神、選択は人間ね、だけど、自分で選択（チョイス）するよりも、偶然（チャンス）のほうがずっといいし、気高い、と言う。クレアの言葉は、ことに戦争に二度までも遭遇し、しかも二度までもそれを生き延びた彼女たちにとって、絶対者による深い慰めと感じられたのかもしれない。

ダイナとクレアとシーラの関係をよく観ると、すぐボス役をしたがるのに頭の悪いのはダイナ（第二次大戦の契機となった事件を「オーストラリアの公爵」が殺害されたと勘違いするのはその一例）、文学的で頭のいいのはクレア（浅はかなダイナを見捨てないでとダイナの母から頼まれている）、ただしクレアは軍人の子供、父について秘密の基地を転々と移動しなければならない。美貌のシーラは地元の金持の娘、未亡人の母と暮らすダイナの慢性金欠病をからかうだけで、何の同情も見せない。しかしセント・アガサ校の校庭にあった曲がったブランコを乗りこなしたのはダイナとクレアとシーラの三人だけだった。セント・アガサの三年間で彼女たちが学ばなかったことは、一つもないと言っていい。セント・アガサは彼女たちに生涯にわたる、切っても切れない絆を与えたのだから。

ボウエンは女学校におけるいわゆる「エス」のような関係を取り上げたことはないが、前作『エヴァ・トラウト』の作品解読でも触れたように、同性同士の関係が個人の生涯におよぼす影響を明らかに重視して小説を書いている。時間的に見て男女間の愛情以前（本編でボウエンの言う“before love”）に位置する同性同士の親密な関係について、たとえば、映画『スタンド・バイ・ミー』を評した作家の村上龍は、母親の庇護をようやく脱した少年が、少年同士で満ち足りた世界を築くのは、次なる女性に出会ってその呪縛に囚われる前の、ほんの短い時間内の出来事である。映画『スタンド・バイ・ミー』はその短い時間をよくぞとらえた傑作である、という意味のことを述べていた。これは、『ブライヅヘッド再訪』でマーチメイン公爵の愛人ケアラが語る、

まだ愛するということの意味が解らない子供がそういう愛し方をするものです。英国ではそれが、もう大人になり掛っている頃に来るようですが、それはいいことだと私は思っています。青年がそれを女の子によりも、他の青年に感じたほうがいいんです。

という言葉に通じており、それはまたボウエンの少女観にも通じている。『リトル・ガールズ』の少女たちは、人を愛するということの意味などどこ吹く風、女学校で偶然出会った少女たちと毎日学校で顔を突き合わせながら、詩の朗読や水泳やダンスや食事などを通じて、誰かが好きになったり嫌いになったり。時の流れが止まった楽園のような長い少女時代を過ごしている。

しかしボウエンの少女の部屋には必ず時計がある。短篇「カミング・ホーム」(『あの薔薇を見てよ』に収録)では、少女ロザリンドが入るどの部屋にも時計があり、ちくたくと意地悪い音を立てている。ボウエンの少女たちは、時計の針が刻々と時を刻んでいることを実はよく知っている。コーデリアやブライオニーと同じように、ボウエンのリトル・ガールズは、いつまでもキャロルに愛されたアリスのままでいることは許されない。時間とともにオールド・ガールズになって、自分の人生を最後まで見届けなくてはならないのだ。彼女たちは、夫の多くを戦争で失っている。平和時であっても、ダイナの隣人の紳士フランクを見れば推測がつくように、いざとなると男はうろうろするだけ。たとえば、ボウエンの短篇「林檎の木」(『あの薔薇を

見てよ』に収録）で寄宿校の女生徒マイラは、クラスメートに溶け込むにつれて、二人組の親友だったドリアがだんだんとうとましくなり、ついに「あんたなんか死ねばいい！」と言い放つ。マイラのほかに友人のいないドリアは、校庭に一本あった林檎の木で首吊り自殺を遂げる。その直後現場に行ったマイラの頭上に、林檎の木からぶら下がっているドリアの死体が……。以来、林檎の木のお化けに憑きまとわれるマイラに同情し、その悪魔祓いを成し遂げたのは、男らしくて人望も厚い荘園領主であるマイラの夫サイモンではなく、虚栄心を維持する情熱を精神力に変えた中年女のミセス・ベタスレーだった。少女同士の関係で充足して生きてきた少女たちにとって、のちに出会う男性は、パーティーで着る華やかなドレスを目立たせるためのブラック・タイであればいい、とまでは言わないが……。ダイナはフランクを助手にしてガーデニングを楽しんでいる未亡人。クレアは世界の高級土産物品を扱うチェーン店のオーナーで、従業員は販売主任も販売員もみな女性。そしてシーラは地元の不動産業を一手に引き受ける名士夫人で、夫はときどき車の運転を引き受けてくれる。というわけで、彼女たちはこれからも三人で何とか楽しく折り合っていくことだろう。ダイナの孫娘エマ（オースティンから命名）とパメラ（リチャードソンからの命名ではないとのこと）に、散文的なミセス・コラルの孫娘コラリーが加わってできた新たなリトル・ガールズの今後はどうなるのか、それは誰にもわからないが。

ダイナの母とクレアの父

『リトル・ガールズ』の第一部の終わりの情景は、「人を愛するということの意味」が無垢な少女たちの無意識に密かに刷り込まれるという、ほかにあまり類を見ない美しい情景ではないだろうか。ボウエンはダイナの母とクレアの父の間に生じた許されぬ愛という形で、人が人を愛するという暗黙の試練の場にまずクレアを立ち合わせ（第二部二章）、ついでここ第二部の最終章でそれをダイナに目撃させている。しかもダイナの場合、そこには差し迫った戦争という息詰まるような空気が流れている。ときに一九一四年七月二十三日、海辺の砂浜で開かれたオリーヴ・ポコックの誕生日のお祝いも終わりに近づき、軍務でこられないと思っていたクレアの父が、やっと砂浜に姿を見せる。それはひとえにダイナの母、ミセス・ピゴットにひと目会い、彼女の今後の身の処し方を知り、別れの挨拶をするためだった。戦争を目前にして（オーストリア＝ハンガリーの対セルビア宣戦布告が同月二十八日）、バーキン-ジョーンズ少佐はこれが最後の別れになることを確信している。少佐は最後にダイナ母娘に向かい、「あなた方に神のお恵みを《ゴッド・ブレス・ユー》」と言う。自分の母とクレアの父の今生の別れを目撃しながら、その場面が持つ本当の意味を知らず、「どうして?」を連発するダイナ。「ああ、ダイシー――ダイシー!」と母に言われて沈黙するダイナ。

それで子供は黙り込み、ときに母のコートの袖のタッサーシルクにゆっくりと頬を寄せて深々とため息をつき、ときにそこに顔を埋めて小さくくんくんという愛らしい音を立てた。吐息の暖かさが染みとおり、コートの生地に湿った跡が残った。

ダイナはこの場面が持つ意味は知らないが、その後にとったダイナの挙動をつぶさに見て、「この親密なやり取りが持つ力をダイナの体が受信し」、「言葉にならない大人の欲望を解釈し……、禁断の愛を少女の体が読み取っている」と解釈するのは、ボウエン再評価の狼煙を上げたベネットとロイルである（Andrew Bennett & Nicholas Royle, *Elizabeth Bowen and the Dissolution of the Novel*, St Martin's Press, Macmillan, 1995）。この見解には、ボウエン研究にいっそうの弾みをつけた批評家であるケンブリッジ大学のモード・エルマンも深く共感している（『英語青年』の二〇〇八年六月号に寄稿した拙論「エリザベス・ボウエンと『エヴァ・トラウト』」を参照されたい）。

『リトル・ガールズ』の第二部は、二度と戻らない一九一四年以前の「とき」を想うボウエンの心の「煌めき」がとくに輝いた箇所、作家ボウエンの劇化の試みが非常な効果を挙げた部分だと思う。その試みとは、この二度と戻らない「とき」を、子供の無垢と大人の経験に重ねて一枚の美しい画面にまとめること。しかも子供（「とき」）をあくまでも主役にして、大人（「戦争」）はあくまでも背景に置くこと、である。私たちはバースデイ・ケーキの上にピンクのお砂糖ではっきりと書かれている日にちはオリーヴ・ポコックの誕生日だとばかり思っていたが（ボウエンの間接表現）、それがダイナの母とクレアの父が互いの姿を目にする最後の日だったとは。一九一四年八月四日、イギリスは対独宣戦布告、そして同年八月二十二日にクレアの父はベルギーの激戦地モンスで戦死する。ダイナの母はカンバーランドに疎開して戦争は生き延びたものの、終戦の翌年に欧州全土を襲ったスペイン風邪で他界。ミセス・ピゴットは愛する人の悲報をどんな気持で聞いたのか。「ゴッド・ブレス・ユー」という彼の最後の言葉。彼女の命を奪ったスペイン風邪は、罪の代価としての死、いや、恩寵だったのかもしれない。許されぬ愛は、密かに生まれて、密かに描かれ、密かに葬られる。訪れる者もいないミセス・ピゴットの墓は、もう一つのタイム・カプセルなのだ。

このように考えると、第一部の最終章は『リトル・ガールズ』という小説そのものの要石であることがわかってくる。リトル・ガールズの少女期はこうして終わる。「性」を禁忌として、そこから自由に遠ざかっていた「少女たち」こそが真の「成熟」に到達することができる。これがボウエンの少女観である。ダイナはクレアに「あなたって、レズビアン?」と訊き、クレアはダイナに「男を豚にするキルケめ」という捨て台詞をぶつける。それも二人の仲介者で皮肉屋の三人目のシーラがいるから、ぶつけることができた言葉、この本音の応酬によってリトル・ガールズは名実ともにオールド・ガールズになったと見ることができよう。いや、オールド・ガールズになったリトル・ガールズ、それが彼女たちの変わらぬ姿かもしれない。

訳者あとがき

エリザベス・ボウエンは、父ヘンリーと母フローレンスが結婚して九年目に生まれた一人娘だった。少女の頃から当時のつねとして女家庭教師がいて一緒に散歩に行くなどしていたが、ボウエンの学校生活は、父が神経症で入院し、母と二人でイギリスに渡ったあと、海辺の町フォークストンにあった「リンダム・ハウス校」に通学生として通うことから始まった。おっとり（ぼんやり）していて必ずしも良妻賢母ではなかったにせよ、母フローレンス（ダイナの母ミセス・ピゴットに似ている）は、どこに出ても気後れしないレディになるよう人一倍気をつけて愛娘を育てた。ミルクをたくさん飲むこと。いつも手袋をして手の甲にそばかすを作らないようにすること。さらには、頭脳を疲れさせないために七歳までは勉強や読書はさせてはならぬという考えに同調するなど（アガサ・クリスティの母も同様の考えから、幼いアガサに読書を禁じていた）。それもあって少女時代は学校を早退したり欠席したり、ボウエンにとって学校生活はあまり楽しくなく、成績もぱっとしなかった。

フローレンスはボウエンが十三歳のときに肺癌で他界するが、あとに残していく最愛の娘の将来を自分の姉妹や従兄たちに託し、その結果ボウエンはハートフォドシャー州にあった寄宿学校「ハーペンデン・ホール校」に入学することになった。自分が母を失ったことを知らない『赤の他人』に囲まれていること、誰も自分に同情しない環境がボウエンには嬉しかった。他方、その女学校の制服は茶色だったにもかかわらず、ボウエンは母との別れが耐えがたく、制服の襟元に「黒いタイ」を結ばないではいられなかった。ボウエンが最後の学校生活を過ごしたのは、ケント州のダウンにある「ダウン・ハウス校」だった。時に一九一四年九月、ボウエン十五歳、同年七月に始まった第一次世界大戦は、一九一七年の夏にボウエンらが卒業しても終わらなかった。

　当時の女学校ではさまざまな「熱病」がはやり、その中にタイム・カプセルを地中に埋めるというのがあった。勉強では目立たなかった代わりにゲームや遊びではいつもリーダー役だったボウエン（ダイナに似ている）は、ハーペンデン・ホール校時代にその熱に感染し、小さなビスケット缶に自分で書いた暗号文やささやかな思い出の品々を詰め、校庭の隅の壁の下に埋めたことがあった。

『リトル・ガールズ』のダイナ、クレア、シーキーがみなボウエンの分身であるように、彼女たちのアルカディアだった「セント・アガサ校」もボウエンが学んだ三つの学校を少しずつモデルにして作られた架空の学校で、その所在地である「サウストン」もまたボウエンにとって母と過ごした想い出も懐かしい「フォークストン」をモデルにした架空の町である。ボウエンが書いた“The Mulberry Tree [Downe House]”と題するエッセイを読むと、校庭に桑の木《マルベリー・ツリー》が一本あり、七月にはドロシー・パーキン種の薔薇が咲き乱れ、教室とダイニング・ルーム、職員室と寄宿舎など、約六十名の女子生徒が寄宿していたというダウン・ハウス校が、実在した場所こそケント州だが、リトル・ガールズの母校、セント・アガサ校によく似ていることがわかる。

「ダウン・ハウス」は、元来は牧師館として建てられ、のちに『種の起源』で名高いチャールズ・ダーウィン（一八〇九―八二）が一八四二年から一八八二年に他界するまで住んだ屋敷だった。広大な庭があり部屋数も三十を超える大邸宅で、ボウエンの頃は女学校に転用されていたが、いまではダーウィン記念館として公開されている。後年ここを訪れたボウエンは、「私はもともと科学的な人があまり好きではなかった……。ぞろぞろとありがたそうにやってきて、チャールズ・ダーウィンのことは考えても、私たちの青春については何一つ知らない人々なのだと思うと悲しくなる」と書いている。

リトル・ガールズの三人はまだ十一歳だが、ボウエンがダウン・ハウス校にいたのは十五歳から十八歳で卒業するまで。だが、このエッセイを読むと、ボウエンとその仲間たちが解題で述べた「レイチェル」型の少女だったことがわかる。映画の『制服の処女』とは無縁だったとボウエン本人が言うように、誰にも似合わない制服を着た少女たちは、みな恐ろしいほど「ブス」だった。布が擦り切れたようなテディ・ベアやお猿のぬいぐるみと一緒にベッドに入り、棚に飾るのは遠い親戚でもハンサムで外観がいい人たちの写真ばかり、ケンブリッジの学生で眉目秀麗な詩人ルパート・ブルック（第一次大戦で戦死）の写真も人気があった。夏休みの間に恋をした人は一人か二人、しかし、「恋」や「男性」のことはボウエンの仲間ではまず話題にならなかった。おしゃべりの話題は芸術、ローマ・カトリック、自殺、またはクラスメートの悪口、夜九時に寮監のお部屋で消灯のベルが鳴るとみな寝室へ戻り、お祈りをして就寝した。

しかし、一九一四年九月に入学、一九一七年夏に卒業、というボウエンの時が時だけに、少女たちにとって「学校生活は戦争なしには想像できない」し、「男の人たちは私たちのために死んでくれている」と感じない日はなかった。食事のテーブルで戦争の話をすることはご法度、生徒の兄か誰かが戦死または負傷しても、「きまりが悪くて」誰もそれを口にはしなかった。「死は身近にあったが、だからと言って戸惑いが薄れることは絶対になかった」。ボウエンは予習に時間を使い、詩集や聖書を読み、『エンサイクロペディア・ブリタニカ』で「人生の事実」について調べた。運動はラクロス、ホッケー、クリケット、水泳、土曜の夜はダンスがあり、みな白いドレスに着替えて参加した。一九一五年には食糧事情が悪化、「食用ブタ」の飼育が奨励されるなど、女学生たちは食卓に出されたものはみな平らげるという習慣が身につき、おかげで「味覚」が麻痺してしまったとのちのボウエンは嘆いている。ダウン・ハウス校での日々はボウエンにとってまさにアルカディア、仲間ができ、友だちの裏切りにも会わず、吃音症やお金のないことでバカにされることもなく、「群れの一頭」でいられることほど幸福なことはない、としみじみと回想している。現実には戦争とともにあったボウエンの学校生活を小説『リトル・ガールズ』の土台に据え、戦争が始まる直前の一九一四年七月を『リトル・ガールズ』の中心にある第二部の背景とし、それが第二次世界大戦後の第一部と第三部に厚みを与え、リトル・ガールズがオールド・ガールズへと成長する日々の重さを暗示する。多くの読者がボウエンのこの小説の意義とボウエンの作家としての力量をそこに見ることだろう。小説の最後のクレアの台詞、「願望は行動ではないのか？　人はいるはずの場所にいる。だから私たちは、体はなくても、どうかお互いに出没しようではないか、夢の中だけでなく？」は、かけがえのない思い出やアルカディアは、二度と戻らないのではなく、いつでもそこにあり、いつも私たちのそばにある、という真実を伝えている。「願い」は「行動」なのだから。これが二度の大戦とともに二十世紀を生きた作家ボウエンのメッセージだと思うと、誰しも背筋が伸びる思いに浸るのではないだろうか。

ボウエンが『リトル・ガールズ』を献呈したアーシュラ・ヴァーノン（Ursula Vernon）はウェストミンスター公爵の令嬢で、旧姓は**Lady Ursula Grosvenor**。すらりとした長身とその美貌のほどは、映画の都ハリウッドを代表し一世を風靡した女優グレタ・ガルボに似ていると言われ、一九二〇年代を彩った容貌も生き方もグラマラスな女性の一人だった。ボウエンは一九五〇年代になって彼女と知り合い、家庭環境や外見的な違いはあったにせよ、二人は非常に親しい間柄となった。アーシュラの影響でボウエンがサングラスを愛用したのもこの頃から。『リトル・ガールズ』はレディ・アーシュラの屋敷でそのほとんどが執筆されたこともあって、ボウエンはアーシュラ・ヴァーノンに本書を献呈したのだろう。

「ボウエン・コレクション」の第二巻『リトル・ガールズ』が予定通り完成し、出版の日を迎えることができた。天国の渾大防《こんだいぼう》三恵さん、見ていますか？　そして中島かほるさん、ありがとうございました。天の父なる神、恩師である小池滋、高橋哲雄の両先生はいうまでもなく、私の翻訳という仕事に理解をもって接してくれている同僚の新冨英雄、伊勢紀美子のお二方にも感謝しています。今回もリー・コールグローヴ先生に助けていただきました。東京女子大のクラスメートが始めて三十五年になる「ボウエン会」の野村、原、堀越、高木、故高井さん、目下休会中の鋤柄さん、私の元生徒たちが始めて二十二年になる「エリザベス会」

の縄谷、弥富、佐藤、金谷、石原、桑垣、廣瀬、矢頭さん、それから我が大学の生涯学習センターの「ジェイン・オースティン・クラブ」、「英米小説読書会」、「英和読書会」の皆々様、いつも真っ先にボウエンの小説を買い（買わされ?）、わけのわからぬ私の熱弁を毎回聞いて下さって、本当にありがとうございます。我が夫と愛猫アンディ、長男が生まれた娘夫婦、老母と兄夫婦にも感謝しています。おかげでエリザベス・ボウエンの小説を翻訳し日本の小説ファンに届けられる幸運に恵まれました。国書刊行会の礒崎純一編集長と編集者の姫嶋由布子さんには一方ならぬお世話になっています。ことに姫嶋さんがいなかったら、本書が日の目を見るときはまだまだ先になっていたでしょう。

ところで「ボウエン・コレクション」の第一巻『エヴァ・トラウト』は、幸いなことに、「二〇世紀英国文学の重鎮ボウエンによる「安定した世界像を突き崩すきわめて現代的な実験」（松浦寿輝氏）、「普遍的な名作として読み継がれるべき小説」（豊崎由美氏）など、高い評価を得ることができた。この『リトル・ガールズ』は、やはり単語も構文も難しいけれど、『エヴァ・トラウト』に比べれば格段に読みやすく、ボウエンのコミカルな作風がよく出た、読んで楽しい小説になっている。セント・アガサの女学生たちの行状に思わず噴き出し、元リトル・ガールズの面影が消えないオールド・ガールズのそれぞれに共感するうちに、「無垢と経験」という文学の一大テーマが垣間見える。オースティンからボウエンにいたる「良質の風俗小説」（松浦寿輝氏）には、コミカルな味が欠かせないのもイギリス小説の伝統なのだ。コミック小説としてこれを楽しむ読者や批評家がたくさんおられることだろう。ともあれ、本書を手に取った方々がますますボウエンを好きになり、その世界に魅了され、ボウエン・コレクションの今後に期待していただけたら、訳者としてこれにまさる喜びはありません。

二〇〇八年　盛夏　　太田良子

著者　エリザベス・ボウエン　Elizabeth Bowen
エリザベス・ボウエン（1899〜1973）は、『ガリヴァー旅行記』のＪ・スウィフトや『ゴドーを待ちながら』のＳ・ベケットと同じように、文学史上に残る偉大な作家を輩出してきたアングロ・アイリッシュの作家である。アイルランドにある一族の居城ボウエンズ・コートを維持しながら、イギリスに住んで二度の世界大戦の戦火をくぐり、73年の生涯で長篇小説10篇と約90の短篇小説を書いた。アングロ・アイリッシュ特有の映像感覚と言語感覚にすぐれ、イギリスとアイルランドの対立の歴史や二度の世界大戦を招いた20世紀が、ボウエンの一見上品なお茶会や少女やゴーストの世界に色濃く反映していることもあって、20世紀を代表する作家としての評価が高まっている。代表作『パリの家』（1935）はイギリスで20世紀の世界文藝ベスト50の一冊に選ばれ、『エヴァ・トラウト』（1969）は1970年のブッカー賞の候補になった。『リトル・ガールズ』は1964年に出版された。

訳者　太田良子（おおた　りょうこ）
東京生まれ。東京女子大学文学部英米文学科卒。学位論文はT. S. エリオット。71〜75年ロンドン在住。79年東京女子大学大学院英米文学研究科修士課程修了。修士論文はヘンリー・ジェイムズ。81年東洋英和女学院短期大学英文科に奉職。94〜95年ケンブリッジ大学訪問研究員。98年より東洋英和女学院大学国際社会学部教授。日本文藝家協会会員。日本ペンクラブ会員。三代目のクリスチャン。著書に『ギッシングを通してみる後期ヴィクトリア朝の社会と文化』（共著、渓水社）ほか、訳書にＪ・ハーヴェイ『黒服』（研究社）、Ｅ・ボウエン『あの薔薇を見てよ―ボウエン・ミステリー短編集』『幸せな秋の野原―ボウエン・ミステリー短編集２』（ミネルヴァ書房）、『エヴァ・トラウト』（国書刊行会）などがある。

ボウエン・コレクション

リトル・ガールズ

2008年8月15日初版第1刷印刷
2008年8月20日初版第1刷発行

著者　エリザベス・ボウエン
訳者　太田良子
発行者　佐藤今朝夫
発行所　株式会社国書刊行会
〒174-0056　東京都板橋区志村1-13-15
TEL. 03-5970-7421　FAX. 03-5970-7427
http://www.kokusho.co.jp

印刷所　株式会社シーフォース
製本所　株式会社ブックアート

ISBN978-4-336-04986-5
落丁・乱丁本はお取り替えいたします。

ボウエン・コレクション

全3巻

エリザベス・ボウエン
太田良子訳

ウルフ、マードック、レッシングに並び、20世紀イギリスを代表する
女性作家ボウエンによる傑作長篇3作、精選のコレクション。

エヴァ・トラウト

無口で大柄、愛車ジャガーを乗り回すヒロインは間もなく25歳になるエヴァ・トラウト。母親は出産後すぐに飛行機事故で即死、パリにいる愛人に会いに行くため、だったが、果たして本当に愛人がいたのか？　世界的な投機家だった父は実はゲイで、エヴァが23歳のときに自殺。その原因は？　莫大な遺産を受け継いだエヴァは、周囲の人々の目に見えない陰謀から逃れるべくアメリカに渡り、不正な手段で生後三ヶ月の男児を養子とし、ジェレミーと名付ける……。八年後、少年ジェレミーを連れて帰国したエヴァを衝撃の運命が待ちうける。

リトル・ガールズ

イギリスの海辺の町にあるセント・アガサ女学校に通うダイナとクレアとシーキーは、互いに好きでもないのに、いつしか三人組になっていた。苦手な詩を暗唱したり、海で得意の水泳をしたり、校庭の隅にあったブランコを揺らしたり。しかし女学校という楽園は1914年に勃発した第一次世界大戦で終わりを告げ、続いて起きた第二次世界大戦は三人の少女たちを三者三様の人生へといざなう。〈リトル・ガールズ〉が〈オールド・ガールズ〉になり、かつて女学校時代に埋めたタイム・カプセルを掘り出したとき、その箱からでてきたものは何だったのか。

愛の世界

アントニアの従兄ガイはアイルランドにある「モンフォール邸」の若き当主。だが第一次大戦に出征して戦死、このモンフォール邸と、ガイが婚約していたイギリス娘リリアが、ガイの遺産としてアントニアの手に残された。肖像写真家としてロンドンに店を持つアントニアは、腹違いの従兄フレッドとリリアを結婚させ、モンフォール邸を管理させることで二つの難問を解決。ところが、その二十年後、美しい娘に成長したフレッドとリリアの長女ジェインがモンフォール邸を訪れ、屋根裏から古びた手紙の束を発見。手紙の末尾にあるイニシャルはすべてG。それらの手紙から戦争で引き裂かれた恋人たちの真実が明らかに……。